マイナス・ゼロ

広瀬　正

集英社文庫

目次

この本を少年時代の自分に送る

著者

マイナス・ゼロ

プラス・ゼロ

大本營發表（昭和二十年五月二十六日十六時三十分）
南方基地の敵Ｂ29約二百五十機は昨五月二十五日二十二時三十分頃より約二時間半に亙り主として帝都市街地に對し燒夷彈《せういだん》による無差別爆撃を實施せり
右により宮城内表宮殿其の他竝に大宮御所炎上せり
都内各所にも相當の被害を生じたるも火災は本拂曉迄《ふつげうまで》に概《おおむ》ね鎭火せり
我制空部隊の邀撃戰果中判明せるもの撃墜四十七機の外相當機數に損害を與へたり

二十五日夜の空襲による被害狀況左の如し
秩父宮《ちちぶのみや》邸、三笠宮御殿、閑院宮御殿、山階宮御殿、伏見宮御殿、梨本宮御殿、李鍵《りけん》公《こう》邸いづれも全燒
被害區域、麴町、澁谷、小石川、中野、牛込、芝、赤坂各區に相當の被害あり、麻布、目黑、四谷、板橋、京橋、世田谷、荒川の各一部に被害あり、その他區部全域に

わたり若干の被害あり
　主なる被害施設　外務省、運輸省、大東亞省、讀賣新聞社、東京新聞社、文理科大學、慶應大學、増上寺、濟生會病院、東京病院、滿洲國大使館、中華民國大使館、泰《タイ》國大使館、ソ聯《れん》大使館、元米國大使館、ドイツ大使館、アフガニスタン公使館、蒙古《もうこ》自治政府事務所、スウェーデン公使館
（昭和二十年五月二十七日　朝日、東京、日本産業經濟、毎日、讀賣報知、以上五社共同發行の『共同新聞』から）

1

浜田俊夫は、まっくらやみの中で縁先に坐り、イライラしていた。

だれだって寝入りばなをたたき起こされれば不機嫌になるのはあたりまえだが、ことに彼の場合、中学二年の食べざかりだというのに、最近は腹一杯食事をしたことがなく、胃腸にぜんぜん負担がかからないから、いやが上にも熟睡でき、したがってその反動も大きいのである。
二、三日前、学徒動員先の工場長が「これは軍の機密だから、だれにも口外せぬように」と前置きして「お前たちが製作しているのは、じつは飛行機の重要なる部分品である」と打ち明けてくれたのは、もちろん俊夫たちをはげまそうという魂胆からだろうが、

それなら「食料の特配を、あすからふやしてやる」といってくれたほうが、どれほど効果が上がるか、わからなかった。一日二千何百カロリーとかの主食配給量は、学者が研究の結果、これだけあれば生きていけるということで決められたのだそうだが、そのギリギリの線の配給が、去年の空襲以来めちゃめちゃになり、一週間ぶんの主食の代替として、わずかばかりの乾燥トウモロコシ粉が配給されたりしているのだから、生きているのがふしぎなくらいである。でも、母が血まなこになって、買い出しやヤミ買いをしてくれているおかげで、俊夫も、どうにか、栄養失調で目をまわすことだけは、まぬがれているのだった。

ごはんをおなか一杯食べられないとなれば、中学二年生にとって、残るたのしみは寝ることぐらいである。暖かいふとんの中での約十時間、これだけはぜったい配給制になる心配はない、と俊夫は思っていた。ところが、それが大違いだった。

ゆうべも空襲があって、夜中に二時間ほど起きていた。だから、今夜は空襲もお休みだろうと安心していたら、やにわに寝入りばなを、サイレンで起こされてしまったのだ。

「毎晩のように空襲があるのは、アメリカの神経戦さ。ひっかかっちゃいけない。おれなんか、空襲警報が出たって、いつも平気で寝てるよ」と、きょうも、ある級友が目を真っ赤にして力説していたが、俊夫はその子ほど豪胆にはなれなかった。それは、俊夫が、一度罹災《りさい》した経験があるからなのだ。

俊夫がやられたのは一月二十七日で、罹災者としては草分けといえた。そのとき、俊夫と母は京橋に住んでいたのだが、まっぴるまB29の編隊が現われて、二五〇キロの爆弾と山のような焼夷弾を落としていった。近所の家四軒がふっ飛び、俊夫の家は家財道具ごと丸焼けになった。俊夫は、いつも友達に、その爆弾投下の凄絶《せいぜつ》な光景を語って聞かせるのだが、ほんとうは、それはあとで近所の人から聞いた話で、彼は母と二人、ずっと防空壕《ぼうくうごう》にはいりつづけていたのだった。ものすごい音がして、耳がガーンとなり、腑《ふ》抜《ぬ》けみたいになっていると、隣組の人が入口から声をからして呼んでくれた。出てみたら、家が燃え上がっていて、その上、もう少し壕を出るのが遅かったら、煙にまかれて窒息死するところだったのである。

俊夫たちは、その晩から小学校の講堂にうつって、五十人ほどの人と共同生活をしていたら、五日めになって、母の知り合いの人がたずねてきた。茅場《かやば》町で大きな糸屋をやっている老人で、すまいは小田急線の梅ケ丘にあった。老人が「こんなところで、たいへんでしょう?」というから、俊夫が「だいじょぶです、ここはぼくの母校ですから」と答えると「じつは、東京もけんのんになってきたので、ちかぢか、くにの信州へ疎開することにしました。よかったら、留守番代わりに、うちへ来てくれませんか」と頼みこんできたのだった。

それから、まる四月たっている。

さっきサイレンが鳴ったとき、警戒警報発令と警防団の人がどなる声がしたが、それっきり、あたりはシーンとしている。下町の京橋と違って、この辺の家は、みんな広くて庭があるから、近所の人の話し声は聞こえてこない。いや、この辺の人は罹災の経験がないから、まだのんきに、ふとんにはいっているのかもしれない。

しかし、最近の警戒警報は、去年あたりの空襲警報にあたる。いまの空襲警報は、おどしではなく、ほんとうの敵機来襲なのだ。空襲警報が出てから起きたのでは、間に合わないことだってある。そんなことで、むだ死にでもしたら、それこそ非国民だ。俊夫は、非国民には、なりたくなかった。だから、こうして、無理をしてでも起きて、がんばっている。

「トシちゃん、靴をちゃんとはいておいたほうがいいよ」

座敷の奥で、手さぐりで荷物の整理をしている母が呼びかけてきた。

俊夫は仏頂面をして、聞こえないふりをしていた。が、思い直して、足もとの地面にある靴をとって、はきはじめた。それがいかにつらい作業だか、母にはわかっていない。一週間前に、動員先で、配給券の抽選に当たって手に入れた本革の編み上げ靴だが、サイズがひとまわり小さく、両手を使って満身の力をこめてひっぱらないと、足がはいらない。しかも、足が中におさまった瞬間、小指のマメの痛みが脳天まで響きわたるのだ。俊夫は、ここ二、三日は、足をひきながら歩いていた。しかし、前にはいていたズック靴は、母が農家へ行ってサツマイモと換えてきてしまったのだから、どうしようもない。

今夜の俊夫が不機嫌なのには、さらにもう一つ原因があった。サイレンで起こされたとき、何かとてもたのしい夢を見ていたのだが、それがどんな夢だったか、どうしても思い出せない。思い出そうとすればするほど、頭の中にモヤモヤしたものが、ひろがってくるのだ。

月は出ていなかったが、闇になれた目に、庭の菜園や防空壕の入口が、青く、深海の底の写真のように浮き上がって見えていた。

二坪ほどの菜園には、カボチャの実がなりかけている。どうせ、しろうと栽培だから、小さなカボチャが三つ四つとれるだけだろう。雑炊にまぜたって、二日ぶんがせいぜいだ。その横の、ここの家主が作った防空壕は、入口だけは立派だが、中はてんで見かけ倒しだ。天井なんか、戸板を渡して土をかぶせただけだから、二十貫以上の人なら間違いなく踏み抜いてしまう。そのうしろに見える柿の木だって無用の長物だ。秋になって、少しばかり実がなったって、渋くて食べられないだろう。それから、柿の木の向こうに見える、おとなりの研究室のドームは、なんだって、あんな気味の悪い迷彩を……。

とつぜん、俊夫の頭のモヤモヤが消えた。夢の内容を思い出したのである。

思い出したとたん、俊夫は頬がカーッと火照《ほて》るのを感じた。が、この闇の中で、母に、赤い顔を見とがめられる心配はなかった。赤くなりっぱなしだって、かまわない。

啓子さんは、いまごろどうしているだろう。俊夫は闇をすかして、隣家のドームを見つめた。

あのドームは頑丈にできているから、啓子さんは、もしかすると、あの中で、スカート姿でいるかもしれない。よその女の人は、いつでもみんな、モンペやズボンをはいているが、啓子さんはときどき、スカートをはいていることがあるのだ。

おとなりの娘、啓子さんは、足もきれいだが、顔も映画女優小田切美子そっくりの美人だった。これはけっして俊夫一人の主観だけではなく、この辺へよく白米などを売りにくるヤミ屋のおやじも「あんまり似てるんで、びっくりしましたよ」といっていたほどだ。ヤミ屋がそういったとき、俊夫の母は何もいわなかったが、母は映画をほとんど見たことがないのだから当然だろう。それにこれは、俊夫がいつも航空少年という雑誌の間にはさんでいる小田切美子のブロマイドに、母が気づいていない証拠でもあった。

その啓子さんに、俊夫は一つだけ、気に入らないことがあった。おとなりへ行くと、啓子さんはいつも、イモの粉で作ったケーキなどを出して「おなかすいてるんでしょう？　たくさんお食べなさいね」とすすめてくれる。まるで、こども扱いなのだ。こっちが中学二年なら、向こうだって女学校五年だ。たった三つ違いなのに。

もっともこれは、俊夫が隣家へ行く理由が、啓子さんの父に勉強を見てもらうためということもあった。啓子さんの父は大学の先生なので英語、物理、数学など、なんでも教えてくれるのだが、苦手の数学の問題をやっているときに、そばに啓子さんがいたりすると、俊夫はもう、母をのろいたくなってくる。母が、せめてもう三年早く自分を生んでくれたら、こんな場合、中学校よりずっとやさしいはずの女学校の問題を、俊夫のほうから啓子さんに教えてやれるのだ。

それに、母はこのごろよく「おとなりへ、あんまり行かないほうがいいよ」という。ただし、これは啓子さんのことではなく、先生のほうが原因だった。先生は、天皇陛下のようなふちなしメガネをかけ、チョビひげを生やした、物静かな人だが、勉強のあとなどときどき、「この戦争は日本が負けるにきまっている。だから、早くこの無謀な戦争をやめなければならない」と熱をこめて語ることがある。なんでも、大学で、俊夫に話すのと同じ内容の講演をしたとかで、特高の刑事と憲兵が調べに来たことがあり、それ以来、近所の人は「あの先生はアカだ」といって先生の所へ寄りつかなくなってしまった。母のは、近所の人の受け売りだが、俊夫も反戦論者と赤の違いを説明するほどの知識は持っていないので、ただ「うん」と答えて、その日だけは、となり行きを中止せざるを得ない。

だが、母も気っぷの点では、山の手人種のように不人情ではない。同じ親一人子一人の啓子さんには同情して、なけなしの食料などを始終分けてあげたりしているのだが……。

ふいに鳴り出したサイレンの音が、俊夫の考えを中断した。短く断続する、けたたましい音は、係員がヤケになってスイッチを押しまくっているとしか思えなかった。あるいは、ほんとうにそうなのかもしれない。

同時に縁側に出してあるラジオも鳴り出した。サイレンの音がじゃまになって、アナウンサーの声はとぎれとぎれだが「関東地区に空襲警報発令」といっていることは明らかだった。

俊夫が庭に立って、ふり向くと、母も、すでに庭におりていた。モンペをはいた姿が小娘のように見える。去年のいまごろは、俊夫と母はちょうど同じ背丈だったが、いまは俊夫のほうが三センチほど高くなっている。

母は、肩から斜めにかけたズックのカバンを、片手でしっかりおさえていた。そのカバンが不自然にふくれているのは、配給通帳や印鑑のほかに、六年前、中支戦線で戦死した父の写真と位牌がはいっているからだった。

サイレンは長い間、鳴っていた。きめられた吹鳴時間を超過しているようだった。

サイレンの音が止まったとき、低い、地響きのするような音が残っていた。重爆撃機特有の爆音である。それが友軍機のものではないことは、はっきりしていた。東京近辺にいる友軍機は、邀撃《ようげき》用の戦闘機だけなのだ。

爆音はどんどん大きくなっていく。爆風で割れないように紙を貼ったガラス戸が、ビリビリ振動しはじめた。

「おかあさん、防空壕へはいんなよ」

と俊夫はさけんだ。爆音と重なって、ゴボゴボいう変な声になった。

母はチラリと縁側の方を見た。そこには、すぐ持ち出せるように行李《こうり》が二つ、ならべておいてあった。浜田家の全財産である。

「はやく」

と俊夫は大声を出した。

母は防空壕の入口へ行った。が、そこでふり返った。

「トシちゃん、あんたは?」

「ぼくは表で見張ってる。あぶなくなったら、はいるよ」

俊夫は、いいながら近づき、母の肩に手をかけて、入口へ押しやった。

母は防空壕の中へ消えた。どこかで、あわてふためいたどなり声がする。この辺の人は、まだ空襲でやられた経験がないのだ、と俊夫は思った。

爆音は頂点に達した。方向感が、まったく感じられなくなった。敵の編隊は真上に来ているのだ。

俊夫は、ウーンという急降下のような音がしたら、すぐ地面に伏せる身構えをしていた。爆弾の場合、そうするよりほかないのだ。

だが、パサッパサッという、竹刀のふれ合うような音が、あたりでしはじめた。焼夷弾だ、と俊夫はとっさに思い、夢中で目を閉じて、地面にはいつくばった。

俊夫は、そのままの姿勢で、耳をすませていた。爆音が次第に遠のいていく。そっと身をおこすと、左手で何かが光った。見ると、庭のはずれの植込みの中から、花火のような火が吹き出している。シューッと音がして、これ見よがしに火勢が強まっていく。

俊夫は、あわてて立ち上がると、あたりを見まわした。ほかに花火は見えなかった。防空壕も無事である。

「おかあさん、焼夷弾だ。手伝って……」

防空壕の入口にどなっておいて、俊夫は縁先の防火用水のところにかけつけた。セメントの用水桶の前に、水を張ったバケツが三つ、出陣を待っている。俊夫は、一番大きいのを選んで、ひっさげ、植込みに突進した。

〈たたきつけるように水をかける〉と学校でくれた防空必携にあったが、夜空に映える火花の壮烈さは、とても訓練用の発煙筒の比ではなく、俊夫は結局、三メートルほどはなれた地点から、往来に水を撒《ま》くスタイルで、水をかけた。一瞬、火花は弱まったものの、すぐまた勢いを盛り返した。

空のバケツを持って用水桶のところへ引き返そうとした俊夫は、水入りバケツを提げた母と出っくわした。焼夷弾の火に照らし出された母の顔は、いきいきとしていた。京橋で店をやっていた頃のようだ。俊夫は空のバケツをつきつけて交換すると、焼夷弾の前へもどった。こんどは二メートルそばまで踏みこんで、水をかけた。

母は、三つあるバケツに次々に水をくんで渡してくれた。彼女は落ち着いていた。ここが自分の家ではないからだった。いざとなれば、全財産の行李二つだけ持って、家の前の畑に逃げればいいのだ。あしたからの住居は、区役所が心配してくれる。

だが、俊夫は奮戦した。のべ何十個かのバケツを運んで、中の水をだいぶ地面にこぼし、自分の足にもかけてしまったが、半分近くは確実に焼夷弾に浴びせることができた。そして、母は結局、行李をかつがずにすんだ。

「もういいよ、もうだいじょぶだ」

俊夫は、そういって、母から最後のバケツを受け取ると、その中身を念のため、湯気の立っている焼夷弾の燃えかすに、ゆっくりかけた。彼は、その燃えかすの六角の筒を、あした工場へ持って行って、友達に見せるつもりだった。

「よかったねえ、けがはなかったかい?」

母が、肩で息をしながらいって、八紘一宇《はっこういちう》と書かれた手拭いをとり出し、俊夫の体の濡れた所をふきはじめた。

だが、俊夫はすでに、空バケツを提げたまま、茫然《ぼうぜん》と、となりのほうを見つめていた。例の研究室のドームの横に、チョロチョロと赤い炎が見えるのだ。

「まあ」と母も気がついて、手拭いを持つ手をとめた。「啓子さん、だいじょぶかしら」と彼女は早口でいった。

俊夫は、ちょっと考えてから「行ってみなきゃ、わからない」と答えた。

2

門の所から直接炎は見えなかったが、玄関の上の空に、やたらに火の粉が舞い上がっていた。

俊夫は、いつも帰りに通る、楡《にれ》の木の下の小道をつたって、庭へまわった。

母屋から四メートルほど離れた所にある物置きが火を吹いていた。が、どこにも先生たちの姿はない。

「せんせえ!」

と俊夫はどなった。早く水をかけないと、母屋の屋根が燃えはじめる。もう火の粉がとびうつっているのだ。

だが、俊夫は一声さけんだだけで、つきあたりの研究室めがけて走り出した。ここの家では防空壕を倹約して、そのコンクリートのドームを代用品にしている。二人は、きっと俊夫たちの京橋のときと同じで、その中にいて、まだ何も知らずにいるのだ。

濡れたゲートルと靴が重くて、俊夫は何度かつんのめりそうになった。庭の真ん中で、彼はとうとう、もんどり打って転がってしまった。が、何かに足をとられたような気がしたので、俊夫は起き上がりながら、ふり返ってみた。「あっ、先生」と彼はさけんだ。俊夫は這い寄った。先生は、あおむけに長々とのびていた。鉄帽も防空頭巾もかぶっていず、いつもの黒い背広のままだった。

「せ、せんせえ……」

俊夫は、かかえ起こそうと、うしろから先生の両脇に手を入れたが、すぐ無理だとあきらめて、やめてしまった。先生はぐったりとなってしまっている。

俊夫は迷った。先生を火の粉の降る中においたまま、啓子さんを呼びに行ったものかどうか。彼は、まだのんきにドームへはいっている啓子さんに腹が立った。が、ふいに、先生がウーンとうなった。俊夫は、いそいで先生の横にまわり、顔をのぞきこんだ。先生は、うすく目を開いていた。そういえば、メガネはどこかにふっとんでしまっている。

「先生！」

と俊夫は呼んだ。

わかったようだった。先生は、頬と唇を何度かけいれんさせ、それからやっと「としおくん」という、かすかな声を出した。

「先生」俊夫は力を得て、いった。「いま、啓子さんを呼んできますから」

「としおくん」

と先生が前より大きな声を出したので、俊夫は立ち上がりかけたのを、やめてしまった。

先生は不明瞭な声でつづけた。

「いかないでくれ、きみにたのみがある」

「え？」

俊夫は、思わず家のほうを見た。いつも先生に数学を教えてもらっている部屋の軒が燃え上がっていた。もう、いまから中にはいって、何かを持ち出すことは、とてもできそうもない。

そこへ爆音が聞こえてきた。また、敵機が来ているのだ。が、俊夫は防空頭巾をぬぎすてて、右耳を先生の口もとへおしつけ、左耳を指でふさいだ。俊夫の目に、燃え上がる家が横になって見えていた。軒が火の粉を散らして、焼け落ちていく……。

隣組の人たちがはいってきたとき、俊夫は、地面に倒れた先生の横に、茫然と立っていた。

「あ、どうしたんだ」

「ここの先生じゃないか」

人々は、かけよってきた。

「巡回診療班の人が、その辺にいるはずだ。呼んで下さい」

先に立った組長が、うしろの人たちにどなり、鉄帽のアゴ紐を気にしながら、先生のそばへ来て、しゃがんだ。

「頭です」

と俊夫はいって、防空頭巾を拾った。それから、研究室に向かって走り出した。うしろで、バケツのふれ合う音がしていた。が、先生の家は、もう完全に火に包まれていた。

研究室のドームが、煙の中に浮かんでいる。その上で、探照灯の光が交差していた。俊夫がドアのノブに手をかけたとき、左手の空にパッと光の点ができて、墜落していった。友軍機のようだった。

プラス18

1

〈63年盛夏のサニー・ルック　優雅な光沢としなやかな風合のシルクプリント、デリケートなエレガンスをたたえたリバーレース、涼しく気楽にお召しいただけるオールオーバーレース・ラッセルレース、高級服地で知性と気品にあふれた夏のモードを発表！……〉

ならんだ活字の横に、問題のサニー・ルックを着た美女のカラー写真が配してある。その衣裳も、もちろん悪くはないが、それより、モデルの皮膚の色や質感がすばらしい。やわらかなうぶ毛の生えた肌の感触が、みごとに再現されている。最近の印刷技術の進歩は大したものだ。こうした広告にヌードの使用が禁じられているというが、これなら当然といえる。

この車内広告というやつは、私鉄などでは、おそらく相当の収入源になっているにちがいない。新聞雑誌の持ちこみ組や居眠り族をのぞいて、乗客は数分から数十分間、手持ちぶさたでいるわけだから、よほどの美人でも乗っていないかぎり、どうしたって広告に目が行く。

浜田俊夫は、ここしばらく、私鉄に乗っていなかった。彼のいま住んでいるマンションは都内の青山だし、たまに郊外に用事があっても、自分の車か会社の車で間に合ってしまう。今夜も最初は車で行くつもりだったが、出がけに時計を見て、ふと気が変わり、電車に乗ってみる気になったのだった。

とうにラッシュ・アワーはすぎており、車内には空席もあったが、彼はドアのわきによりかかって立っていた。そのほうが見通しがきくからである。

彼の向かい側の座席には、会社の帰りに脱線したらしいネクタイのゆるんだ男が、天井に目を据えている。家に帰ったときの奥さんへの言い訳を考えているのにちがいない。そのとなりは二人分ほど空席で、次はロードショーのプログラムを見ながら楽しそうに語り合っているカップル。それから、居眠りしている父親の手を一生懸命ひっぱっているプラスチックの水筒をさげた坊や。バイオリンのケースをかかえた若い女性、着ているブラウスの色は、網膜に永久に残像が残るのではないかと心配になるほどの、どぎつい原色の赤だ。

広告もふくめて、車内には、ありとあらゆる色彩が、ごった返していた。うすよごれたカーキ色一色だった十八年前とは、たいへんな違いである。

もっとも、当時俊夫は、電車にはあまり乗ったことがなかった。いまのとはまた違った種類の満員電車で、乗客を無理に車内に押しこむことはせず、ドアをあけたまま、はみ出した人々を車外に鈴なりにぶらさげて走るという乱暴なものだったが、俊夫は友達と一緒に連結器の上に乗るのを常としていたのである。五月二十六日の朝にいたっては、電車そのものがなかった。ズタズタに切れた架線の下の焦げた線路を伝って、動員先の工場まで歩いて行ったものだった。

俊夫は腕を組み、目を閉じた。新しい軽金属ボディの車両のリズムが、軽く、快い……。

俊夫が組んでいた腕をほどいたのは、車内スピーカーが、こう告げたときだった。

「次の停車駅は梅ケ丘、梅ケ丘でございます……」

2

当時畑だった所がすべて住宅になり、すっかり様子が変わっていた。一年ほどしか住んでいなかったので地理の記憶もあいまいだったし、元来が会社でも方向音痴で通っている俊夫だったが、時間を余分に見てあるので、それほどあわてなかった。

昔、毎日かよっていたときは駅からちょうど四分だったのを、今夜の俊夫は二十数分かかって、やっと当時母と住んでいた家の前に到着した。標札の姓は、あのとき疎開していた糸屋の旦那と同じだった。出征していた長男が、いまここの主人のはずだった。戦後二、三度母をたずねてきたことがあるが、最近はずっと交際がとだえている。寄って、あいさつする必要もなかった。が、もとのままの古い玄関を見ると、俊夫は「ただいま」とはいって行きたいような衝動を感じた。

家の前の、昔より幅が広くなって舗装された道を、常夜灯が明るく照らし出している。その同じ光の中に、左どなりの家の門が、白く浮き上がっていた。俊夫は、ちゅうちょせず、そこに向かった。

コンクリート製の門柱の間隔は、四メートルほどもあるだろうか。場所も、いまは、家の左はしにある。木製の両開きの扉が内側に開かれており、四メートルの幅一杯の道が、まっすぐに正面の車庫までつづいている。玄関は、その途中の右手にあった。軽量鉄骨造り平家の、大胆なデザインの住宅である。その平らな屋根の上に、白い丸いものが見えていた。

俊夫は、うしろにさがって、道路の反対側のはしまで行った。思った通り、そこからだと、ドームの上部が、かなり見えた。もちろん、迷彩はおとされ、月光に白く輝いている。

俊夫は二、三歩左右に動いてながめてから、道を横切り、門をはいった。門の標札には「及川」とだけ書いてあった。俊夫は及川氏がどういう人か、まったく知らない。が、一〇四番で調べて、一月ほど前と今朝の二回、電話をかけ、及川氏夫妻の声だけは聞いていた。及川氏の声は、よく外国映画の吹き替えをやっているテレビタレントの声によく似ていた。しかし、その老人の声ばかりやっているタレントは、実際は三十前の男だそうで、それを基準に及川氏の年齢を判断することは困難だった。及川氏自身が電話に出たのは最初のときで、俊夫が思い切って「来月の二十五日の晩はご在宅でしょうか」ときくと、とっぴな質問にとまどっている様子だったが、「ええ、うちにいますよ」と一月先のことを、うけあってくれた。俊夫がさらに「おうかがいして、ぜひお願いしたいことがあるのですが」とおそるおそるいうと「そうですか、ではお待ちしています」とあっさり答えてくれたので、俊夫はかえってびっくりしてしまった。なにしろ、見知らぬ男からの訪問予告の電話である。相手があやしんで途中で切ってしまうのではないかと、俊夫は電話しながら気が気ではなかったのだが、あとで、ひょっとすると及川氏は作家かもしれないと気がついた。作家なら、編集者が原稿依頼に訪問するだろうし、その予告の電話もあるにちがいない。この種の電話には、なれているわけだ。が、及川氏の承諾は得たのだし、俊夫はその後べつに及川氏の身許《みもと》調べはしなかった。そして今朝、一応念押しに電話をかけたところ、出たのは女の声で「はあ、うかがっております。どうぞおでかけ下さい」と、その一人称的な話しぶりからみて、夫人のようだった。

及川邸の玄関に立った俊夫は、ドアの中央にはめられた波板ガラスの向こうに明りがついているのを見て、安心した。彼は、着ている仕立ておろしのツイードの上着を見まわし、右のポケットの所についている糸屑《いとくず》をとって捨てた。それから、ドアの横の押しボタンを押した。

家の中でチャイムが鳴っている。俊夫はボタンから指をはなし、一歩さがって待つことにした。が、両手を前で組もうとした瞬間、いきなりドアが開いて、人が顔を出したので、彼はめんくらってしまった。まるで自動販売機のようだった。最初に押しボタンに指をふれたときからでも、四秒とはたっていない。きっと、ちょうどそとに出るところだったのだろうと俊夫は推測した。

相手は白髪の老人だった。飴色《あめいろ》の太いメガネをかけている。

俊夫は軽く頭をさげて、いった。

「夜分おじゃまして、申し訳ありません。わたくしは、先日お電話したものですが、こういう……」

用意の名刺を差し出そうとすると、相手はさえぎった。

「まあ、どうぞおはいり下さい。お話は中で……」

電話より幅のある声でいい、及川氏はドアを大きく開いて、俊夫を玄関に招き入れ、抱くようにして、横の部屋にさそった。老人だが、及川氏は一七三センチの俊夫と同じ位の背があり、俊夫は抵抗するわけにいかなかった。

すすめられたソファに浅く腰を下ろし、俊夫は改めて、名刺を差し出した。会社の肩書のついた名刺だった。今夜の用事は、会社とは関係のないことだったが、肩書のない名刺は作ってないので、やむを得ない。

及川氏は、名刺をおしいただくと、老眼鏡の度が合っていないのか、長い間かかって読んでいた。それから、名刺をコールテンの部屋着の内ポケットに大切そうにしまって、

「ごらんの通りの隠居生活で、名刺を持ちませんが、及川といいます」

及川氏は太いベッコウぶちのメガネをかけているので、その表情は、はっきりとはうかがえなかったが、電機会社の部長がなんの用事で来たんだろう、と思っているにちがいなかった。

俊夫は、膝《ひざ》に手をおき、その手を見ながら切り出した。

「わたくし、今夜たいへんあつかましいお願いで上がりました。じつは、いきなり、まことにぶしつけでございますが、お宅のお庭に研……ドーム型の建物がございますですね。あそこを今夜しばらくの間、よろしければ……いえ、ぜひ使わせていただきたいのですが……」

及川氏は「ほう」とだけいった。俊夫の次の言葉を待っているようだった。

「じつは、ある人が……いえ、ある人に、わたくしは頼まれたものですから……必ず、ここへ来てくれるように……その人は、あのとき……戦争中です。ここに住んでいまし

た。その人が、今夜ここで……」

俊夫は、しどろもどろになった。どう考えたって、自分のいおうとしていることは非常識きわまることなのだ。彼は、先日会社の株主総会で説明したときのような自信と落ち着きを持つことができなかった。

ところが、ありがたいことに、及川氏のほうで助け舟を出してくれた。

「なるほど、ときどき、そんな話がありますね。戦地で約束して、十年後に靖国神社で会おう、なんていう、あのたぐいですね」

「はあ」

俊夫は、自分も年とったら、ぜひ及川氏のような物分りのいい老人になろうと思った。

「そうですか。いや、わたしはかまいませんよ。そういうことでしたら、どうぞご自由にお使い下さい」

俊夫は、ハンカチを出して、汗をふいた。

「ありがとうございます。ほんとに勝手なことばかり申しまして……」

「いえいえ」

及川氏は、そういったきり、何も質問しようとはしなかった。やはり紳士だった。他人のプライバシーには立ち入らないというわけなのだろう。

しかし、と俊夫は考えた。及川氏だって、内心は、事情を聞きたくてウズウズしているにちがいない。それに、だいたい今夜は、この人に全部打ち明けて、研究室の使用許可を得るつもりだったから、時間は充分とってある。及川氏も、さっき自分で隠居だといっていいたくらいだから、忙しいわけでもないだろうし、ゆうべ頭の中に書きつけておいた草稿を無駄にする理由は何もないのだ。

「もし、ごめいわくでなければ」と俊夫は意味のないにひとしい社交辞令を、まずいった。「ひと通り、事情をお耳に入れておきたいのですが……」

「ええ、それは……あ、ちょっとお待ちを……」

ドアにノックの音がしたのだった。及川氏は年に似合わず素早い行動で立って行き、ドアを細目にあけると、首だけそとに出して小声で二言三言しゃべっていた。相手は女性のようだった。

及川氏は、すぐ紅茶とクッキーをのせた盆を自分で持って、もどってきた。

「家内なんですが、寝間着なので失礼するといっています」

「それは」と俊夫は腰を浮かして盆を迎え入れた。「こちらこそ、かえって夜分おそく、なにして……」

「ミルクにしますか、レモンにしますか」

と及川氏は右手を盆の二〇センチ上でとめて、きいた。

「それでは、ミルクを……あ、すみません」

及川氏は紅茶にミルクを入れて俊夫に渡すと、自分のにもミルクを入れた。

俊夫は、及川氏が自分の茶碗に砂糖を入れ、かきまわし終わるまで待った。それから、紅茶を一口飲んで茶碗をテーブルにおき、事情を説明にとりかかった。

「じつは、わたくしがいま申し上げました約束というのは、十八年前のちょうど今月今夜、空襲の晩でしたが、ここに住んでいた人が焼夷弾の直撃を受けて亡くなる直前、最後に残した言葉だったのです……」

3

十八年前のことなので、記憶はうすれてしまっている。

だが、俊夫がいまでも大事に持っている古ぼけた手帳には、質の悪い戦時中のインキで書かれ、薄茶色に変色してしまった字が、次のようにならんでいる。

〈千九百六十三年五月二十六日午前零時、研究室へ行く事〉

六十三年に傍線が引いてあるのは、先生が一九六三年と何度も念を押したからだった。その日時に必ず自分の研究室に来てくれるよう、先生は俊夫にいい、そのあと何かいいかけて、こと切れてしまった。俊夫は翌朝、忘れないように、手帳に万年筆で書きとめておいた。それを、俊夫は十八年間、保管してきたのだった。

先生の葬儀は、戦時中でもあり、翌日俊夫と母と近所から来てくれた老人の三人だけで、ごく質素に行った。その老人は、前からときどき先生の家へ出入りしていた鳶職《とびしょく》で、役場の手配などを親切にやってくれた。その夜の空襲では死者が多く、もうちょっと手続きが遅れたら棺桶の配給にありつけないところだったそうだ。老人のおかげで葬儀はなんとか形がついたが、その席には肝心の人が一人欠けていた。先生の娘啓子さんが行方不明だったのである。

俊夫が火災の中を研究室に行ったとき、そこには誰もいなかった。そのほか、どこを探しても彼女の姿はなかった。焼跡に死体の発見されなかったことが、わずかに希望を抱かせていた。何年かたった後も、俊夫の母はときどき、「啓子さんは、まだどこかに生きているかもしれないね」と思い出したように、いっていた。空襲のとき、東京では行方不明になった人が、ほかにもずいぶんいたようだが、それらの人々はおそらくみんな、爆弾でこなごなに吹き飛ばされたか、出先で空襲に遭って黒焦げの焼死体になり、身許不明のまま葬られてしまったのに違いない。しかし、肉親の人たちにしてみれば、どこかで生きているかもしれないという、万に一つの望みを、なかなか捨て切れないものだ。母がそういうことをいうのも、啓子さんに近所づきあい以上のものを感じていたからだろう。

当時の俊夫は、それより先生の遺言のことが気にかかった。一九六三年というのは、もしかすると聞き違いだったのではないかという心配が、何度も彼をおそった。彼はいろいろな数字を考えてみたが、「ロクジューサン」と聞き違えるような発音の数字は発見できなかった。先生は、やはり一九六三年といったのだ。十八年も先の、同じ日の同じ時間、それも真夜中に、同じ場所に来てくれというのは、いったいどういうことなのか、彼には見当もつかなかった。が、とにかく、ずっと先のことである。そのときまで待つよりほかなかった。

俊夫は、母には遺言のことは話さなかった。母は先生のほうとは、ほとんどつきあいがなかったし、話したところで、どうなるはずもなかった。

終戦を迎えると、俊夫と母は京橋に戻り、焼跡にバラックを建てて、焼けるまでやっていた理髪店を再開した。俊夫は中学を出たら床屋を手伝うつもりでいた。ところが卒業まぎわ、学校を通じて、ある匿名の人からの学費の援助の申し出があった。

相手が見ず知らずの人だし、どういうわけで俊夫などに学費を出してくれるのか、多少の不安もあったが、一応無条件ということであり、担任の先生の保証もあったので、彼はその好意を受けることにした。ちょうど、六・三制への切り替えが行われていたときで、俊夫は旧制中学を卒業すると、新制高校の二年に編入され、高校を出ると、日大の工学部に入学した。その間も先生の遺言のことはときどき気になっていたが、学部へ入って間もなく、俊夫は思いついて、先生のことを調べてみることにした。ところが、まず困ったのは、先生の戸籍が不明なことだった。世田谷区役所の帳簿には、どこにも先生の名は見当たらなかった。戦後すでに五年たっており、戦災者の名簿も残っていなかった。そこで俊夫は、先生の勤めていた文理科大学へ行ってみたが、文理大も同じ日に戦災を受け、記録は残っていなかった。結局、俊夫が先生について得た知識といえば、その後先生の教え子数人を訪ねて聞いた、ごく平凡な生物学者だった、ということだけだったのである。

俊夫の専攻は電気工学だったが、卒業の前年、匿名の後援者から、母校の中学校を通じて、ある電機会社へ就職して欲しいという意思表示があった。当時その会社は、町工場に毛のはえた程度のちっぽけな会社だったが、恩人の意向とあって、俊夫はちゅうちょせず、そこへ入社した。その人は、おそらく会社の関係者だろうが、俊夫はいまだに、その人が誰だか、わからないでいる。もし、わかれば、どんなことをしてでも恩返しをするつもりだった。というのは、その後、会社はテープ・レコーダーとトランジスタ・ラジオの製作が当たって、大発展したからである。

会社のほうはどんどん規模が大きくなって、二年前、生え抜きの社員の俊夫は技術部長に抜擢された。母はとうに理髪店をやめて、楽隠居の生活を送っていたが、それから間もなく、俊夫の出世に満足しながら、この世を去って行った。母に孫の顔を見せてやれなかったことだけが、俊夫の心残りだった。母はリウマチで床につく前の数年間、俊夫の嫁さがしに熱中していたのだが、持ってきてくれる写真のどれを見ても、俊夫はなんとなく気乗りがしなかった。

去年の春、俊夫は急に先生の遺言のことを思い出した。そして、一年後に行くようにいわれているあの研究室が、いまどうなっているか、心配になってきた。俊夫は終戦以来、一度も梅ケ丘へ行っていなかったのである。

俊夫も母と同様、啓子さんがひょっとしてどこかで生きているかもしれないという気持ちを抱いていた。空襲のショックで記憶を失い、見知らぬ土地で生活していることもあり得る。だがその場合、もし何かのきっかけで記憶が甦《よみがえ》り、梅ケ丘へ帰ったとすれば、もちろん、あの知り合いの老人の口から、先生を埋葬してある、浜田家の菩提寺のことを聞くだろうし、その寺へ行って俊夫の住所を知り、彼女のほうから連絡してくれるはずである。だから、梅ケ丘へ行ってみたところで失望が待っているだけであり、それがかえって彼女の死を決定づける結果になるような気がして、足を向ける気になれなかったのである。

考えてみると、あの研究室のある場所が現在どう変わっていようと、先生の遺言の実行には、べつにさしさわりはなさそうである。おそらく先生は、一九六三年に自分の研究室で誰かと会う約束をしていたのに違いない。長い期間をおいたのは、会う目的がお互いの研究に関することであったせいだろう。それも相手は外国の学者と思われる。真夜中の時間を指定したのも、相手が遠い外国から来る人なら、考えられることだ。だから、研究室がもしなくなっていたら、自分はその付近で、それらしい人を待てばいい――これが三十一歳になった俊夫の下した解釈だった。

しかし、古ぼけた手帳の字を見ていると、何かもっと神秘的な、予期しない出来事が起こりそうな気がしてくる。俊夫はその考えを否定するため、できるだけマンションの机の抽出しにある手帳を見ないよう、この三日ほどは毎晩、銀座で遅くまで飲みつづけていたのだった。

4

俊夫は話し終わると、胸のつかえが下りたような、さっぱりした気持ちになった。及川氏は、かならずしもいい聞き手とはいえなかった。適当な合いの手もはさんでくれず、感銘を受けた様子も見えなかった。が、第三者なのだから、いたし方あるまい。及川氏は軒を貸してくれただけなのだ。

「そんなわけですから」と俊夫はいった。「誰かたずねてくるかもしれませんから、またごめんどうでも、よろしくお願いします」

「え?」

及川氏は、けげんそうな顔をした。

「わたくしは、夜中におじゃまするわけにもいくまいと思って、こうして早めにおうかがいしたのですが、相手の人だって、真夜中にだまってはいってくるようなことはしないでしょう。もうそろそろ来るかも……」

「ああ、なるほどね……」及川氏は立ち上がり、「それでは、わたしは向こうへ行っていますから、どうぞここでも研究室でも、ご自由にお使い下さい。まだ起きてますから、何かあったら、このベルをおして下さい」

及川氏は壁のボタンを指さした。

「それから、退屈でしたら、このテレビでもラジオでも……」

ふり返ってみると、うしろの低い本棚の上にならんでいる小型ラジオとテレビは、いずれも俊夫の会社の製品だった。俊夫は、ますます及川氏が好きになった。

「タバコも、ここにありますから、よろしかったら……」

ちょうど切らしていたので、これもありがたかった。このところ、少しタバコを吸いすぎるようだ。

「では、よろしく……」

ドアをあけて出て行く及川氏を最敬礼して見送ると、俊夫は腕時計を見た。十一時少し前だった。

俊夫は立って、本棚の所へ行った。こういうときには、静かな音楽でも聞くにかぎる。彼はラジオのスイッチを入れようとして、その横に小さな額がふせてあるのに気づいた。彼は、なにげなく、それを起こしてみた。

「あっ……」

しかし、俊夫はすぐ気がついた。よく似ているが、そうじゃない……。往年の映画スター、小田切美子だった。肉筆のサイン入りブロマイドである。及川氏も、ファンだったのだろう。

俊夫は数秒ながめてから、元通りにそれをふせ、ラジオのスイッチを入れた。及川夫人が目をさまさないようにボリュームをしぼり、ソファに坐った。

流れ出したコルトレーンのテナーに、俊夫は聞き入ろうとした。が、やはり、いつの間にか別のことを考えはじめていた。

もう間もなく相手はやってくるだろう。ここは玄関のわきの部屋だが、もしチャイムが鳴ったら、すぐ自分が玄関に出ようか。それとも、及川氏が出てくれるまで待つか。彼は、いろいろな人の、いろいろな場合を想定して、考えつづけた。

十一時五十五分までに、俊夫は、九本のピースを灰にし、及川氏がおいていってくれたポットの紅茶を三杯飲んだ。

初夏の夜の冷えこみがはげしかった。時間はあまりないが、俊夫はがまんできなくなった。

ドアの前まで行くと、ドアが自然にあいて、及川氏が顔を出した。

「さっき、いうのを忘れましたけど、トイレはこの廊下を行って、つきあたりを左に曲がり、そのつきあたりの右側です」

なんという気のつく人だろうと俊夫は思ったが、礼をいっているひまはなかった。彼はいわれた道順をいそいだ。

応接間にもどってみると、誰もいなかった。十二時二分前だった。やはり、相手は研究室に直行するつもりだろうか。俊夫はテーブルの上にのっている自分のライターをとってポケットに入れると、すぐ玄関に出て靴をはいた。ラジオをつけっぱなしにしてきたのを思い出したが、もう時間がない。相手はたぶん外国人なのだ。彼は日本人として遅刻したくなかった。

俊夫は芝生の中央に作られた小道を、研究室に向かった。ちょうどあの晩と同じ角度にドームが見えた。よく手入れされているらしく、月光に真白く輝いている。その前には誰も立っていなかった。

俊夫は時計を見た。夜光塗料を塗った長針と短針が、ほとんど重なりかけていた。

俊夫は、ちょっと足をとめて、ふり返った。母屋の一番手前の窓だけに明りがついていた。誰も来た様子はない。

俊夫は足ばやに進み、研究室の前の四段ほどの石段を上った。彼は手をドアにのばした。

その瞬間、ドアのノブが自然にグルリとまわった。そしてドアが開いた。

5

彼は、不意をうたれはしなかった。

室内の明りがまぶしくて、最初にわかったのは、相手が自分より背が低いということだけだった。

ついで、逆光の中に浮かんだ相手の輪郭が見えてきた。妙な服装だった。フードのついた上着。ニッカーのような太いズボン。そのスキー服のようなものに、俊夫は見覚えがあるような気がした。

と、相手が二、三歩研究室の中に後退した。室内の明りが、その人の顔を、まともに照らし出した。

フードの下で、切れ長の目が大きく見開かれている。その人のほうは、ドアをあけた瞬間、いきなり彼の顔が目にとびこんできたわけだから、おどろくのも無理はない。

彼は、できるだけ静かにいった。

「しばらくです」

もちろん、この場合、それ以外のあいさつの言葉があるとは思えなかった。

だが、彼女は目を見張ったまま、またあとじさりしはじめた。まるでうしろに目があるかのように、器用に左手の壁の方へ迂回して行く。

「ぼくですよ、俊夫です。しばらくですね」

彼は、追いつきながら、いそいで名乗った。先日、会社の部下に大学時代の写真を見せたら、これが部長とは思えませんね、と感心していたが、こっちは大学どころか中学以来だ。考えてみれば、見違えないほうが、おかしいくらいである。

「トシオ……さん?」

と、はたして彼女は、立ち止まると、おどろいた声を出した。

「ええ」俊夫は微笑しながら、いった。「そんなにぼく、変わりましたか」

それから彼は、お世辞にとられないよう、真顔にもどって、つけ加えた。

「でも、あなたは、あのころと、ちっとも……」

だが、期待した彼女の笑顔は得られなかった。彼女は眉を寄せながら、変なことをいいだしたのである。

「トシオさんて、おっしゃると、あの、トッコーの……」

「えっ」

俊夫は、おどろいて大声を出した。

「お父様なら、いま呼んできますから、ちょっとお待ちになって……」

「あの……」

俊夫があっけにとられて絶句していると、彼女は軽く頭を下げて、足ばやにドアの方へ歩き出した。

俊夫は、あわてて追いつき、彼女の前に立ちはだかった。

「わかりませんか、ぼくですよ、浜田俊夫ですよ、あのとき、ほら、おとなりに住んでいた……」

彼女がキョトンとしているので、俊夫はいいながら、強調する意味で、つい彼女の肩に手をかけたのがまずかった。

「ううっ」

俊夫は絶叫して、床にうずくまってしまった。大事な所を、いやというほど蹴り上げられたのだった。

虹のようなものが目の前に見えていたが、俊夫は必死になって立ち上がり、前をおさえながら、ヨロヨロと、彼女のあとを追って、研究室のそとに出た。

「ケ、啓子さん」

月光を受けてビロードのように輝く芝生の上に、モンペ姿の彼女が立っていた。

彼女は、防空頭巾の上から、両手で頬をかきむしるようにして、早口でつぶやいていた。

「どうしたのかしら、うちがないわ、うちがない。ああ、あれなんだろ、へんだわ、おかしい……お父様あ、おとう……」

大声を出しかけた彼女の口を、やっとたどりついた俊夫は、うしろから手でふさいだ。そのまま、いまのことがあるので、相手の体の動きに用心しながら、彼女の耳もとでささやいた。

「しずかにして下さい。ここのうちの人が起きてしまいますよ。さあ、向こうへ行って、しずかにお話ししましょう」

「うっ」

彼女がもがいて声を出しかけたので、俊夫は思わず両腕を使って、はがいじめにした。が、相手は女性だから、遠慮して、力はあまり入れなかった。にもかかわらず、彼女は急にぐったりとなってしまった。地面にずり落ちそうになったので、俊夫は膝をついて、あわてて支えた。左手でうっかり彼女の柔らかい乳房をわしづかみにしてしまったが、火急の際だから仕方がなかった。俊夫の腕の中で、首をうしろに垂らした彼女は、さいわい、何も知らずに目を閉じている。

母屋のほうを見ると、まだ窓に明りがついていた。俊夫は両足をふんばり、彼女を抱いて立ち上がった。体の力の抜けた人間がいかに重いものであるか、彼は十八年前に経験ずみだった。今回は相手が女性で、こっちが大人になっているとはいうものの、やはり、母屋の玄関まで約三〇メートルを運び切る自信が持てないほどの重さが、両腕にかかっていた。それに、及川氏は話がわかる人だからいいが、及川夫人が起きてくるだろうし、夫人が、真夜中に見知らぬ男が気絶した女をかつぎこむという事態に、どういう反応を示すか。それを考えると、いずれにしても、及川邸は敬遠したほうがよさそうだった。俊夫は、腕の中で彼女の体をずり上げ、まわれ右をした。

最後はほとんど地面をひきずるようにして、やっと彼女を研究室に運び入れた俊夫は、片隅にソファがあるのに気がつき、最後の力をふりしぼって、そこまで行った。ソファに下ろすと、彼はホッと一息ついた。が、見ると彼女は大の字なりに寝ている。モンペをはいていてよかったと思った。そういえば、彼女は空襲中そのままの、完全な防空服装をしている。俊夫は彼女の両足をきちんと揃《そろ》えて肘《ひじ》掛《か》けにのせてやると、横腹につかえているズックのカバンを前にまわし、防空頭巾を脱がせて頭の下にかった。

彼は、あたりを見まわした。柔道の有段者ではないから、活の入れ方は知らない。水が必要だった。

が、彼は、そばの棚の上に、この場合、水よりもずっと役に立ちそうな物を見つけた。この場合だけではなく、俊夫をふくめた一部の人たちは、いつだって、そう思っている、ウイスキーの角瓶だった。グラスも一緒についている。

俊夫は、それをとって、グラスについだ。重労働をしたあとなので、グラスを持つ手が震えていた。彼女の口へ持って行く前に、中身が全部こぼれてしまいそうだった。

「しょうがない」

俊夫は、そうつぶやくと、ドアのほうをふり返った。もちろん、誰ものぞいてはいなかった。そこで、彼はウイスキーを自分の口にふくみ、彼女のからだにおおいかぶさった。彼は、ついでに相手の顔を至近距離から、しばらくながめたのち、唇を合わせた。

彼女のほうは、ウイスキーを飲む気も、キスをするつもりもなかったわけだから、かたくとじた唇に閉め出しをくって、ウイスキーの大部分が首筋の方へ流れていってしまった。が、それが水を浴びせたのと同じような効果をあげたようだった。彼女はピクリとからだをふるわせて、目を開いた。俊夫は、いそいで身を起こして、何もしなかったような顔をした。

次の瞬間、彼女はパッと起き上がった。その勢いは、俊夫が、またかとあわてて前を用心したほどだった。

「アラ……」彼女は、小さくさけんで、胸もとをかき合わせながら、真っ赤な顔になり、「しつれいしました。あなたは俊夫さんのおとう……お父様は戦死なさったんだわ、あら、ごめんなさい、じゃあ、俊夫さんのごしんせきの方ですのね」

「いえ、ぼくは、その……」

まだいってる、と俊夫はうんざりした。この頑固さを彼女に遺伝させた父親が、うらめしくなった。

「俊夫さんのお母様には、いつもお世話になっています。空襲の最中なのに、どうもわざわざ……」

「空襲?」

俊夫は、びっくりして聞き返した。

「いますぐ父がまいりますから。でも、そんな背広姿で、よく……」

「啓子さん、啓子さん」

俊夫は大声でさえぎった。彼女のいうことは、まともじゃない。どうかしてしまったのだ。

こんどは俊夫があとじさりする番だった。が、彼はからくもふみとどまり、大きく息を吸いこむと、彼女の目をみつめながら、ゆっくりといった。

「いいですか、ぼくのいうことにハッキリ答えて下さい。あなたの名前は?」

「伊沢啓子です。あっ、じゃあ、やっぱり、あなたは刑事さんでしたのね」

彼女は不動の姿勢をとった。カチンとかかとを合わせる音がしなかったのは、彼女が地下足袋をはいているからだった。

「……伊沢啓子です。十七歳、聖仁高女五年生、学徒挺身《ていしん》隊で大森のマルマル工場へ行っています。あの、工場の名は秘密にしろって……」

「え？　何をいってるんです、十七だなんて……それで、あなたは、あれ以来ずっと、どこで、どうしてたんです？」

「あれ以来って、おっしゃいますと？」

「空襲のあった晩ですよ、昭和二十年の五月二十五日、その日から、きょうまで、どこへ……」

「きょうまでって、どういう意味ですの？　きょうは五月二十五日でしょう」

「ええ、だから昭和二十年の、ですよ」

「でも、今年は昭和二十年でしょう」

「え？　はあ、そう思いますか」

　俊夫はガックリとなった。アウトである。

「だって昭和二十年ですもの。皇紀二千六百五年……」

　皇紀二千六百五年、と俊夫は頭の中でくり返してみた。皇紀二千六百年の記念式典のときに、小学校で紅白の鳥の子餅をもらったことがある。大東亜戦争がはじまったのは、その翌年だった。……彼女は、いま戦争中だと思いこんでいるのだ。それだ、と俊夫は気がついた。

　アムネジアだ。彼女は、この十八年間の記憶を失ってしまったのだ。ショックによる記憶喪失。そのショックは……十八年ぶりに会ったためにちがいない。

責任の一半は自分にある、と俊夫はふるい立った。

「啓子さん、あなたはね、いま……」

彼は、いいかけて、いきなり彼女に平手打ちを喰わせたらどうだろうと思った。ショックによる記憶喪失は再びショックを与えることによって回復することがある、と本で読んだことがある。だが、俊夫は彼女の護身術の腕前を知っているので、やはり正攻法でいくことにした。

「いいですか。あなたは勘違いしているんだ。もう空襲中じゃないんです。いまは昭和三十八年なんですよ」

「三十……八年？」

彼女は、かすかに唇を動かしていった。小さな、形のいい唇は、口紅をつけていないのに、つやつやとして、リンゴのように赤い。

「そうです。今年は昭和三十八年、西暦一九六三年」

俊夫は皇紀の年号もつけ加えたかったが、とっさに計算するのは無理だった。

「あなたは、いったい……」

と彼女は俊夫を見上げた。その顔にかすかな笑みが浮かんでいた。

俊夫は、その今夜はじめて見せた微笑を、彼女の確信が揺らぎ出した証拠だと判断した。

「いや、本当なんです。このぼくを、よくごらんなさい。親戚でもなんでもない、浜田俊夫本人なんです。あのとき中学生だった……」

しばらくの間、彼女の、特売場の品物を検査するような目付きに会って、俊夫は閉口した。が、ここが大事と、懸命に目を見開いて、がんばった。

と、彼女は不意にまた微笑を浮かべ、あとじさりしはじめた。

いけない、と俊夫は思った。彼女の浮かべているのは、作り笑いなのだ。彼女は、自分ではなく、俊夫のほうがおかしいと思っているのだ。

俊夫は、いそいで背広の内ポケットから、運転免許証をとり出した。

「ほんとうなんです。これをごらんなさい、昭和三十八年と書いてあるでしょう。ほら、ここにぼくの名前も。ぼくのいってることは、ウソじゃないんです」

俊夫は、ドームの壁伝いにあとじさりしている彼女を、同じスピードで追いながら、リレー走者のバトン・タッチのように、開いた免許証を差し出した。

そこには、こう書いてある。

〈交付、昭和三十七年十一月二十二日。有効期限、昭和四十年十一月二十一日。東京都公安委員会〉

彼女は、俊夫と免許証を見くらべながら、スピードを落として立ちどまり、免許証をのぞきこんだ。

免許証の字に二、三度目を走らせたのち、彼女は俊夫に目をやり、それからドームの入口のあたりをせわしく見まわしていたが、やがて壁の一点を見つめたまま、動かなくなった。

俊夫は、その彼女の胸もとに目をやった。紺がすりの着物につつまれた、胸の隆起が、大きく波打っている。その左胸に名札が縫いつけてあった。


〈聖仁高等女學校學徒挺身隊第五班六拾五番伊澤啓子〉


彼女は、大切にしまっておいた、このモンペを、思い出のために今夜着てきたのだろう。それなのに、のうのうと仕立ておろしの服なぞを着てきた自分の無神経さに腹が立った。でも、当時の服をとってあったとしても、今では小さくて着られるはずがない、と俊夫は自分にいいわけした。

そうだ。現在のことよりも当時のことだ。

俊夫は反対側から攻めてみることにした。彼女の記憶がどこで跡絶えているか、それをはっきりさせよう。そこから順繰りに思い出させて行けばいい。

「啓子さん、あなたは、昔のことをどこまで覚えていますか」

「どこまで?」

と彼女は俊夫のほうをふり向いた。

「ええ。そうですね、昭和二十年五月二十五日の晩のこと、覚えていますか」

「え?」

「ええと、そう、二十五日の十時半ごろに警戒警報が出ましたね。それを覚えていますか」

彼女は、俊夫をじっと見つめて、うなずいた。

「そうですか。じゃあ、そのときのことを話してください。サイレンが鳴ってから、どうしました?」

「サイレンが鳴って、すぐ起きて、防空服装に着替えました。枕もとの夜光時計を見たら十時五十四分だったので、お父様はまだ起きているだろうと思って、書斎へ行ってみました」

「ほう」

抜群の記憶力だと、俊夫は感心した。

「そうしたら、お父様は何か書類の整理をしていました。あたしを見ると、そこに坐りなさいといって、書類の整理をしながら、戦況のことを話し出しました。沖縄の……」

彼女は、口をつぐんでしまった。俊夫のことを、まだ特高か憲兵ではないかと、かんぐっているらしい。

先生は、おそらく、例の反戦論を、彼女相手にぶったのだろう。

「そこはいいです。要するに、先生とあなたは戦況の話をしていたわけですね。それからしばらくたって、空襲警報が出たでしょう。そのときは、どうしました？」

「サイレンが鳴って、敵機来襲っていう声が聞こえたので、あたし、研究室へ行きましょうって、お父様にいったんです。そうしたら、お父様は、うんうんて返事はするんですけれど、なかなか書類の整理をやめようとしないんです。ですから、あたし、そんなことはあしたにして、早く研究室へ行きましょうって……」

「要するに、先生と二人で、ここへ来たんですね」

どうも、女の話はくどくていけない。俊夫は先を急いだ。

「ええ」

「ここへはいってから、少したって、先生はそとへ出て行ったでしょう？　違いますか」

「ええ、出て行きました、何か持ってくるものがあるからって。でも、あなたは、どうして、そのことを……」

「それで、あなたは、ここで待っていたわけですね」

「ええ、ずっと……でも、お父様がなかなかもどってこないから、どうしたのかと思って、出てみようとしたら、あれのドアがあかないんです」

「え？」

俊夫は、彼女の指さすほうを見て、はじめてその物体に気がついた。

「なんですか、あれは」

高さ二メートル半ほどの灰緑色の箱。ロッカーを大きくしたような感じだった。円型の研究室の、ちょうど中央においてある。

彼女の返事を待たず、俊夫は、そのそばへ行ってみた。裏側にまわると、ドアがあった。俊夫は、ドアの横をこぶしでたたいてみた。ゴツンと鈍い音がした。

「なるほど」と俊夫は、後からついてきた彼女をふり返った。「ずいぶん厚い金属ですね。これなら、そばで爆弾が破裂しても、だいじょぶだ。いつも空襲のときは、ここにはいっていたわけですね」

彼女は、かぶりをふった。

「いいえ、今夜がはじめてよ」

今夜というのは、十八年前の今月今夜のことにちがいないが、その日にはじめてこのシェルターが完成したのだろう。とすれば、この折角のシェルターも、たった一回しか使用されなかったわけだ。

俊夫は、それを見上げ、話を元にもどした。

「それで、あの晩、この中へはいったんですね」

彼女は一瞬、俊夫の顔を見つめたが、あの晩というのは、自分のほうの今晩のことだと気がついたらしく、うなずいた。

「ええ、はいったわ。この中のほうが安全だって、お父様がいって……二人で中へはいって、それからお父様は、ちょっと持ってくるものがあるって出て行ったの。それだから、あたしは一人でこの中で待っていたら……」

「ちょっと待って下さい。ここへはいったのは空襲警報が鳴ってすぐでしたか」

「ええ、すぐ……ほんの一、二分」

それなら、ちょうど焼夷弾が落下しはじめたころだ。すると、先生は、そのとき何か忘れ物を持ってくるために庭に出て……。

「それから、どうしました?」

「あたしは中で待っていたけれど、お父様はなかなか来ないの。それで、ドアをあけようとしたら、どうしてもあかないんです」

「………」

「あたし、こまってしまって泣きそうになったわ。そうしたら、ふいにガチャッて音がして、ドアがひとりでにあいたの。あたしは、すぐそとに出て、お父様を探そうとして、それで、あのドアをあけてみたら……」

「そうしたら、どうしたんです?」

「あなたが立っていたんです」

「アナ……」急転直下だった。「立っていたって、このぼくがですか、十四歳のころのぼくじゃなくて?」

俊夫は早口できいた。

「そうよ、いま、あたしの目の前に立っているあなたです」

「………」

「それからあとは、あなたが一緒にいたんだから、ごぞんじでしょ?」

俊夫は腕をこまぬき、シェルターを見上げた。彼女は今夜、ここへ来て、この中にはいったのだ。そして出てきたときは、十八年間の記憶を失っていた……。

「この中は、いったい、どうなってるんです?」

と俊夫は彼女の顔を見た。

彼女は、だまってドアの前へ行き、それを引きあけた。俊夫は中をのぞいてみた。

内部に明りがついていて、四方のクリーム色の壁を照らし出している。正面の壁にスイッチのようなものが数個ついていた。中は狭くて、潜水艦の内部のような感じだった。

殺風景で、さむざむとしている。

とつぜん、俊夫は中に入れていた頭をひっこめ、ドアをしめてしまった。それから、彼は、そこに立っている伊沢啓子のからだを上から下まで、じろじろとながめまわしはじめた。

6

俊夫も、会社の接待などで、バーやキャバレーへよく行くが、ホステスと話していて、一番困るのは「あたし、いくつに見える?」という質問である。俊夫は、仕方がないから、女の声の真剣さの度合いに応じて、頭に浮かんだ年齢より二つから五つぐらい若くいってやることにしている。すると、女は「ほんとは、もっとお婆ちゃんだと思ってるんでしょう」なぞといいながらも、まんざらではない様子で、声をひそめて本当の年を打ち明ける。それは、いつもだいたい俊夫の推定年齢と一致する。だが、これは決して、俊夫の、女性の年齢に対する勘がいいという証拠にはならない。なぜなら、ホステスのいった本当の年というのは、やはりいくつかサバを読んでいるにちがいないからである。

また、俊夫の会社にも、若い女性が大勢おり、このほうは身許の書類に正規の年齢が記載されている。俊夫は前に、その書類の綴じ込みに目を通していて、ふと本人たちを思い浮かべ、一部の女性が自己の年齢をかくすために、いかに化粧に精魂を傾けているかを知って、驚嘆したことがある。

しかし、と俊夫は思う。物事には、やはり限度というものがあるはずだ。いくら近年美容科学が進歩し、女性たちがその蘊奥《うんおう》を極めたとしても、年齢を誤魔化《ごまか》し得る範囲は、せいぜい十歳どまりではなかろうか。ことに、クリームやパウダーで完膚なきまでに厚化粧した場合ならともかく、ほとんど素肌のままでいる場合なら、なおさらだ。

及川氏邸内の研究室で、俊夫が十八年ぶりに再会した伊沢啓子は、今年三十五歳になっているはずだった。三十五歳といえば、昔なら大年増もいいところ、現代だって、すでにトウの立ちはじめた年齢である。目尻に皺《しわ》ができて、なんとなく皮膚がたるんでくる。イタリー人やスペイン人ほどではないにしても、全身ことにウエストのあたりに脂肪がついてくる。たいていは、一目で年齢の見当がつく。

俊夫は、ドアの所ではじめて会ったときから、彼女のからだにそれらの徴候がないことに気がついていた。美容体操その他に精を出したのだろうと、彼は思っていた。だが、あらためて彼女のからだを仔細《しさい》に点検した結果、それどころではないことを知ったのである。一言にしていえば、彼女は十八年前より若く見えた。

当時、毎日のように会っていたころ、俊夫にとって、彼女はあくまでも三つ年上の女性だった。中学生の目には、十七歳の彼女が、近所の二十歳あるいは三十歳の女性とまったく同じ大人として映っていたものである。それが、いま目の前にいる彼女は、自分より年下も年下、まるで少女のようだった。どうおまけしても、二十歳以上には見えない。

俊夫は、あのころ勇気を出して伊沢先生から彼女の写真を一枚もらっておけばよかった、と後悔した。そうすれば、その写真を十八年間保存しておいただろうし、今夜の彼女とくらべることができるわけだ。

その場合、これは非常に大胆な推理だが、その写真と目の前の彼女は完全に一致するのではないか、と彼は思うのである。今夜の彼女は正確なところ、十九か二十歳に見える。しかし、彼女のような整った美貌の女性は、普通若いころは年より老けて見えるものだ。だから、彼女は、実際は当時の十七歳のままの姿でいるのではなかろうか。

もちろん美容術のせいではない。俊夫は、この自分の推理に、すでにいくつかの根拠を見出していた。

まず、例のシェルターのごとき物体である。あれは、内部の様子から見て、どうもシェルターではないように思える。それに、シェルターなら屋外に作るのが常識である。あれでは、まわりの建物が崩れてきた場合、それ自体がいかに頑丈であろうと、脱出が不可能になる。また、先生は研究室が堅牢《けんろう》にできているから防空壕《ぼうくうごう》の代わりになるといっていたが、それならそれで、二重のシェルターは必要ないはずである。あの物体は、何かほかの目的のために作られた物にちがいない。

それから、今夜の伊沢啓子のトンチンカンな言動がある。あれが記憶喪失のせいだという解釈は、苦しい。彼女の記憶は昭和二十年五月二十五日午後十二時で跡絶えているらしいが、そんな切りのいい時刻を指定して、それ以後の記憶をきれいさっぱり消すなぞという芸当が、人間の脳細胞にできるだろうか。

最後の根拠は、シェルターの中をのぞいたとき、ふと俊夫の頭に浮かんだものだった。あるいは連想といったほうがいいかもしれない。それには、彼の記憶のよさが後楯になっていた。

戦時中、俊夫は伊沢先生の家で、よく外国の雑誌を見せてもらったものだった。戦争直前までのライフやタイムなどで、中学二年の彼には、記事を読むのは無理だったが、写真をながめるだけでも、結構たのしめた。当時話題になりかけていた癌の治療の光景や、生まれてはじめて見るヌード写真など、俊夫は息を呑んで見とれたものだが、その中で今でも彼の記憶に残っているものの一つに、米国のある学者の実験を、順を追って撮影した組写真があった。

俊夫は、そのとき、ビーカーの中に白い球や金魚がはいっている写真の意味がわからず、先生にたずねてみた。すると、先生はチラリと雑誌に目をやっただけで、それはなんとか博士の実験だと即座にいい、説明してくれた。ビーカーにはいっているお湯のようなものは液体空気で、零下百何十度とかの、大変な低い温度になっている。そこへゴムマリを漬けると、とたんにコチコチに凍ってしまい、金槌でたたくと、瀬戸物のようにコナゴナに割れてしまう。博士は、次に金魚を漬ける。気の毒に、金魚もコチコチになってしまうが、博士は、こんどは金槌を持ち出さず、しばらく様子を見た上で、金魚を普通の水のはいった金魚鉢に入れてやる。すると、金魚は息を吹きかえして、元気に泳ぎ出すというのであった。

先生は、なんとか君は、といつの間にか博士を君づけに変えて、この凍らせている時間をしだいに長くすることと金魚だけでなくもっと高等な動物を凍らせて生き返らす研究をしている、といっていた。俊夫は、興味を持って、先生にいろいろ質問してみようと思ったら、そこへ啓子さんが来てサツマイモの配給のことをいい出したので、沙汰やみとなってしまったのだった。おかげで、そのあといく日も、凍った金魚のうらめしそうな目付きが、俊夫の頭にしこりとなって残っていた。

それと、俊夫がそのとき妙に気になったのは、先生がなんとか博士を途中から君づけで呼んだことだった。彼は十八年後の今になって、やっとその理由がわかったような気がするのである。

先生は、その米国の学者と懇意なのか、あるいは、その研究を大して買っていないのか、どちらかだったのだ。そして、おそらく、その両方か、後者なのにちがいない。

俊夫は、自分の考えを、どう彼女に説明したものかと思った。

7

もちろん、結論には絶対の自信があった。それによって、今夜起こった出来事は、すべてつじつまが合う。

問題は用語だった。彼女がまた気絶しないように、刺戟的な言葉は避けねばならない。「冷凍」などというのは、最もいけない。あれは霜の下りた冷凍食品を連想させる。「冷蔵」や「凍結」にしても同じだ。かといって「低温」では意味があいまいだ。

俊夫は、ふと誰かの小説で読んだ「人工冬眠」という言葉を思い出した。なるほど、あれがこれだ。あの言葉なら、いける。さらに、その原語であるコールド・スリープなら、なおいい。

それから、彼女に、父の実験台にされたと思わせないことだ。あの人道主義者の伊沢先生が、そんなことをするはずがない。先生は、金魚はおろか、モルモットの段階もとうに経ていて、成功に自信があったのだろう。ただ、自分の愛娘《まなむすめ》を空襲と芋雑炊の生活から解放してやるため、未来の平和な時代まで眠らせることにしたのだ。十八年という長い間隔をおいて、タイム・スイッチが正確に働いたことにも、先生の自信がうかがえる。

それにしても、及川氏がよく、この機械をそのまま保存しておいてくれたものだ。もし途中で、ドアをこじあけられでもしたら……俊夫は、そう思ってギクリとした。また、彼女に話すのが、こわくなってきた。

彼女は、俊夫が腕をこまぬいて考えている間、そばでじっと考えこんでいた。やはり自分がおかしいとさとり、しきりに記憶をたどろうとしている様子だった。

しかし、もちろん眠っていたのだから、何も思い出せるはずもなく、彼女はそれがもどかしいのか、しだいにモジモジしはじめた。落ち着かない様子で、両手をこすり合わせ、ときどき、からだの向きを変えている。そのテンポが、だんだん早くなっていく。

そして、ついに彼女はいった。

「あの、あたし、お手洗いへ行ってくるわ」

「えっ」

俊夫は、あわてた。たしかに冷えたのだから当然だが、彼女は女性だから、表の草むらでというわけにはいかない。どうしたって、及川邸へつれて行かねばならないが、モンペ姿の若い女性を見たら、及川氏がなんというだろう。

だが、彼女は身をひるがえすと、ドアのほうではなく、研究室の奥へ向かって、かけ出した。

そこに十八年前にあったトイレを、及川氏が保存しておいてくれたろうか、と俊夫の心配はべつのことになった。

さいわい、彼女はなかなかもどってこなかった。俊夫は、そこで心を決めた。じっくり話し合うためには、それにふさわしい場所が必要だ。

彼は、部屋の隅にある電話機のところへ行った。この研究室では、何でも部屋の隅にある。広い部屋の真ん中には、例の機械がポツンとあるだけだ。

受話器をとって、友達がやっている小さなタクシー会社の番号をまわすと、社長自身のねむそうな声がした。

「なんだ、浜田か。こんな夜ふけに、いったい、なんだ?」

「いや、すまんすまん」と俊夫は天井を向いて、あやまった。「急用ができて、車を一台まわしてもらいたいんだけど……」

「自分の車はどうしたんだ、エンコか」

「いや、ちょっとわけがあって、車をおいてきたんでね。……それから、できたら、なるたけ古いポンコツ車がいいんだが」

63年型のフォアランプでも来ようものなら、彼女は、またびっくりして気絶してしまうにちがいない。

「変な注文だな。ええと、そうだ、フォードの30年てのがある。こないだ、アメリカ人が63年の新車と交換しないかって、いってきたやつだ」

「へえ、そりゃゴキゲンだ。ぜひそれにしてくれ。それから、運転手が国民服に戦闘帽でもかぶってると申し分ないんだが……」

つられて、こっちも冗談をいってしまうと、相手はクックッと笑った。

「なんだか面白い趣向がありそうだな。よし、わかった。まかしてくれ」


俊夫が彼女をつれてドームを出たとき、母屋の窓に、まだ一つだけ明りがついていた。及川氏が書き物をしているのにちがいない。

彼女が立ち止まり、目を丸くして、その方を見ている。俊夫は、からだで彼女の視線をさえぎった。

「さあ、早く行きましょう。早くしないと、おそくなる」

彼は当たり前のことをいって、彼女をせきたて、そのまま門のそとに出てしまった。無断でひとの家にはいるのはまずいが、出るのはかまわないだろうと思った。それに、彼は機械のパテントのことで、あすにでも、また及川氏をたずねるつもりだった。そのときに礼をいえばいい。

ガレージは代々木上原なので、待つほどのこともなく、30年型の勇姿がガタガタと現われた。

「やあ、なるほど奥方はモンペ姿で……どこだい？　その仮装パーティは」

そういって運転台から顔を出したタクシー会社の社長は、チョンマゲのかつらをかぶっていた。

8

俊夫は目をさました瞬間、ふとんをはねのけて飛び起き、横のふとんに目をやった。ふだんは寝起きの悪い彼が、こうも素早く行動できたのは、夢の中で同じ心配をしつづけていたからに違いなかった。

ふとんは、からではなかった。彼女は、ちゃんとその中に寝ていた。俊夫は大きく溜息をついた。これが夢である筈はなかった。夢の中の彼女は、そのたびに消えてしまっていたのだから。

ゆうべ、俊夫は車の中で、彼女をどこにつれて行ったらいいか、ずいぶん迷った。自分のマンションでは、モダンすぎて、また気絶のおそれがあるし、和風の旅館ならその点はいいが、開放面が多いのが心配になる。とにかく、うっかりほかの人に会わせられないし、彼女が一人で出て行く危険もある。当分、目が離せない。で、どこかに旧式なホテルでもなかったかと考えているうちに、仮装パーティでないことを察した社長が、一人で呑みこんで、この、知り合いがやっているという、代々木の旅館へ乗りつけてしまったのである。彼女は、A型フォードのステップを降りながら「まあ、こんなところに温泉が……」とつぶやいた。そういえば、サカサクラゲの氾濫は戦後の現象であったことに気がついて、俊夫はとりあえず、ここに落ち着くことにしたのだった。

彼女は、よく寝ていた。十八年間も眠りつづけたのに、まだ寝足りないとみえる。もっとも、あの機械の中はせまいし、やわらかいクッションもなかった。それで、いまこそ快適な眠りを思うさま楽しもうというつもりだろうか、彼女の寝相はあまりよくなかった。掛けぶとんをはいで両腕を出し、右腕などは肩の辺までむき出しになってしまっている。彼女は、もうモンペを穿いていないのである。

ゆうべ、女中が浴衣《ゆかた》を持ってくると、彼女はいそいで着替えてしまった。女中にじろじろ見られたのが場違いのモンペのせいだと気がついたらしい。自分の身に一大変事が起こっている最中だというのに、まったく女というのは、いついかなる場合でも服装のことが気にかかるとみえる。

とすれば、彼女の今の寝相は、俊夫より、スリープレスなどというものを知らない彼女自身にとって、よりショッキングなものに違いない。俊夫は、彼女の両腕をふとんの中に入れ、掛けぶとんを掛け直してやった。彼女は何も気がつかず、完全な防空服装で気絶していたときと同じ、安らかな寝顔をしていた。

枕もとの腕時計を見ると、九時を少しすぎていた。今日は日曜日だから、会社のほうは心配ない。だが、今日中に、彼女の問題を片付けてしまわねばならない。俊夫は、ゆうべ女中に持ってきてもらったピースを取ると、ふとんの上にあぐらをかいた。

彼は煙を吐きながら、室内を見まわした。

和風の造りの中に適当に安っぽい、モダンなものを配してあるデザインは、彼女に新しい環境を理解させるのにちょうどいいようだ。

床の間の横の違い棚の下に16型のテレビが置いてある。彼女はゆうべチラリと目をやったが、それがテレビだとは気がつかなかったらしい。いまのテレビ・セットのデザインは、二十年前の人が予想したものとは、ぜんぜんかけはなれている。

反対側の隅に、紺がすりのモンペがきちんとたたんで置かれ、その上にズックの防空カバンがのっている。その中を調べるのだったら、いまをおいてないと思い、俊夫はチラリと彼女に目をやった。

彼女は暑いのか、またふとんをはいでしまっている。が、さいわい寝返りを打って、向こうを向いていた。俊夫はピースを灰皿でもみ消すと、そっと立ち上がった。

防空カバンの前へ行って腰を下ろそうとしたとき、その上のハンガーにかかっている、彼自身の上着が目にとまった。そのツイードのふたポケットから、白っぽいものがはみ出している。俊夫は、それが、ゆうべ研究室の機械の中にあったノートであることを思い出した。ドアから出るとき、無意識にポケットに入れたまま、忘れてしまっていたのだ。彼は、そのノートを取ってふとんの上に戻り、彼女に背を向けて坐った。

ノートは、小型の、いわゆる大学ノートで、かなり手ずれがしていた。表紙にも裏にも、何も書かれていない。

表紙をめくってみると、第一頁には、細いペンで符号のようなものが、ギッシリ書きこまれていた。見たこともない記号である。俊夫は次の頁を開いてみた。そこにも同じ字がならんでいた。

俊夫はノートを縦にしたり、横にしたり、してみた。その符号のようなものは、ノートを正位置にして横書きしたものらしかった。しかし、もちろん英語やドイツ語ではない。むしろアラビア文字に似た感じだった。伊沢先生の専門だった生物学の記号かもしれない、と俊夫は思った。とにかく、あの装置に関する何かが書かれているに違いない。

しかし、いくらながめまわしたところで、わかるはずもなかった。あとで図書館へでも行って調べるよりほかない。俊夫は、あきらめて、ノートを枕もとにほうり出した。

ノートはちょうど水平に畳の上に落下したので、パタッと、かなり大きな音をたてた。

すると、うしろでゴソゴソと音がした。

俊夫は、頭の中でゆっくり十かぞえた上で、彼女のほうに向いた。きちんと掛け直されたふとんの中で、彼女が目を開いていた。

俊夫は微笑んでみせた。が、彼女は、ゆうべここへはいってからずっと見せていた、警戒心に満ちた、かたい表情を変えようとはしなかった。ふとんの中で、手だけが動いて、両肩を少しでも隠そうとしている。

「おさきに顔を洗ってきます」

彼はそういって立ち上がり、洗面所へ行った。

そこで用便と洗顔をすませると、俊夫は廊下へ出て、電話室へはいった。

ダイヤルをまわし、出た相手に、彼は「七号室の山田さんをお願いします」といった。

かなり待ってから、ねむそうな女の声がしてきた。

「もしもし……」

「あ、もしもし、コズエさん？　ぼくだ、浜田だ」

「あら、ハマちゃん、おとといはどうも」

「寝てたんだろう？　起こして悪かったな」

「ううん、いいのよ、ハマちゃんなら。あら、まだ九時半じゃない……きょうは日曜だったわね。ハマちゃん、きょうはゴルフ？」

「いや、きょうは……じつは、きみにちょっと、たのみがあるんだ」

「あ、ほんと。じゃ、どっかで会いましょうか」

「いや、いまちょっと出られないんで、電話ですませたいんだ。じつは……若い女性の身のまわりの品を見つくろってもらいたいんだが」

「あら、ハマちゃんも存外すみにおけないじゃない。でも、ひどいわ、いままで、そんな彼女がいることをあたしにだまってたりして……いいわよ、プレゼントでしょ？　どんなものがいいの？」

「ええとね。とりあえず、いますぐ着られるようなスーツ、あんまり派手じゃないのがいい。それから靴、ハンドバッグ……それから、それにはいる程度の化粧品。それから、ストッキングとハンカチ……そんなところかな」

「すごい。やっぱりハマちゃんともなると、ちがうわね。ハンドバッグ一つでゴマ化したりしない。で、彼女のサイズ、わかる？」

「そうか、サイズがあるんだな、こまったな。でも、ちょっといそいでるんだ」

「じゃ、大体でいいわよ。彼女の背丈はどのくらい？」

「そう、きみと同じぐらいかな。太さは、きみの半分ぐらいだが」

「まあ、ひどい……要するに標準サイズね、わかったわ。で、お宅へとどければいいのね」

「いや、うちじゃなくて、代々木の、ええと……若葉荘ってとこへたのみたいんだ」

「まあ、じゃ、ハマちゃん、いまそこにその人と……」

「うん」

「ひゃあ、ごちそうさま」

「いや、じつはちょっと事情が……」

「いいから、いいから、わかってるわよ。とにかく、まかしといて」

俊夫は正確な場所を教えて電話を切り、廊下へ出ると、帳場へまわった。

彼は今日一杯のぶんの支払いをすませ、ついでに新聞を借りた。おかみがおつりの計算をしている間に、帳場の入口にしゃがんで、新聞にざっと目を通した。彼女にあまり刺戟を与えるような記事はカットする必要がある。

彼は、その朝日新聞の朝刊から、まずテレビ欄のある部分を抜き取った。テレビの存在は説明するとしても、東京に六つものチャンネルがあるという事実は強烈すぎる。日曜日なので、八頁の日曜版がついていたが、これには原子力センターの紹介が出ているので、まるまるカットすることにした。彼女は原子爆弾も知らないのだから。しめて十二頁、カットしてしまったので、残りは半分の十二頁になってしまったが、空襲中の新聞は一頁の半分の大きさの紙、たった一枚きりだったのだから、これでも多すぎるくらいだった。

部屋へ帰ってみると、きれいに片付いた部屋の窓ぎわに、丹前姿の彼女が立ち、そとを熱心に見つめていた。

彼女がふり向いたので、俊夫は黙って新聞を差し出した。彼女は素直に受け取り、その場にキチンと坐って読みはじめた。

彼女が最初に目をやったのは、上部の日付けだった。「昭和38年（1963年）5月

26日　日曜日」と左横書きで印刷してあるのを、ためつすがめつながめていたが、印刷の間違いということもあると思ったのか、上のほうだけをめくって、ほかの頁の日付けを確かめている。

それがすむと、彼女は第一面に目を戻した。俊夫はその横に坐って、紙面をのぞきこんだ。

大したニュースはなく、トップが「宅地債券、希望者募る」、そのとなりが「公労法ILO条約に違反、勧告委が指摘」という記事だった。中央に「前途多難な物価対策。砂糖、早くもお手上げ」という見出しの記事があるが、関税額が出ているだけで、具体的な物価が出ていない。彼女は、砂糖が一斤《いっきん》につき二、三銭上がったのかと思っているに違いない。

と、彼女はページをまとめてめくり、社会面を開いた。

「婦警さんとアベックでデパートに〝捕物陣〟、泥棒会社の主犯、東京で逮捕」という記事がある。彼女は興味をもったらしく、それを読みはじめたので、俊夫は灰皿のところへ行ってピースに火をつけ、そこから彼女の様子を見守った。

しばらく熱心に社会面を読んでいた彼女が、不意に新聞を持ったまま立ち上がり、俊夫のそばへ来た。

「あのう」と彼女はいった。「これ、なんですか」

彼女は、社会面の一番下を指さしている。そこは広告で「大掃除に、味の素KKのDDT」と書かれていた。

「ああ、これはね、ディクロロ……」化学があまり得意でなかった俊夫は、つまってしまった。「正式な名前は忘れましたけど、強力な殺虫剤なんです。終戦後、米軍が持ちこんだ薬で、そのおかげで東京にはハエやカがほとんどいなくなったんです」

「だれが持ちこんだんですって?」

「米軍です。アメリカ軍」

「まあ、アメリカ軍が……」

彼女は、鬼畜米英がそんな薬をくれたなんて信じられないという顔付きをした。

そこへ、女中が朝食を運んできた。

彼女式に、十八年間をゼロとして計算したとしても、その前に食糧難の時代がつづいていたのだから、彼女はノリや卵が久しぶりのはずである。それなのに、彼女はほとんど箸をつけなかった。一杯のごはんをもてあまし、味噌汁だけをすすっている。

「何か冷たい飲物でもとりましょうか」

俊夫はそういうと、彼女の返事を待たず、室内電話の所へ行って、コカコーラを注文した。

すると、彼女が「まあ、コカコーラがあるの?」と声を上げた。

「えっ」俊夫はおどろいた。「コカコーラを知ってるんですか」

「あたし、前から一度飲んでみたいと思っていたんです。うちにある本の広告に出ているのが、とてもおいしそうなんですもの」

「そうでしたね」

彼女のうちにあった、戦前の、たしかライフの裏表紙に色刷りの広告が出ていた。とてもリアルな絵で、泡が吹き出しているのが、シューッと音が聞こえそうな感じだった。

彼女は、自分では食べなかったが、俊夫のごはんの給仕をしてくれた。

「よろしかったら、あたしのぶんも召し上がって」

そういって三ぜんめのごはんを差し出してくれた彼女の顔を見たとき、俊夫はアッと思った。あのころ、俊夫にトウモロコシ粉のケーキをすすめてくれたときの表情そのままなのである。彼女は、目の前にいるのが、浜田俊夫本人であることを、もう完全に納得しているのだ。

これは、是が非でも、彼女の残したぶんをぜんぶたいらげる必要がある、と彼は思った。あのころの自分は、ものすごい食欲だったのだから、そのイメージをそこなってはまずい。

しかし、四ぜんめのごはんを食べ終わると、三十二歳の俊夫は、もうお手上げ状態だった。その彼を、運ばれてきたコーラが救ってくれた。

彼女は、いそいそと二つのコップにコーラをつぎ、すぐ一つを自分の口へ持って行った。彼女は一口飲んで顔をしかめ、

「セルロイドみたいな味ね」

といった。

俊夫は、自分のぶんのコップを鼻へ持って行き、においをかいでみた。そして、ちがいない、と感心した。

だが、彼女はコーラを少しずつ試すようにして、ぜんぶ飲んでしまい、ゲップをした。

「あら、ごめんなさい」

彼女は赤くなって、口もとを手でおおった。

このぶんなら、もう何も説明する必要はないように思えた。彼女は、自分でどんどん新しい知識を吸収していくだろう。午後には東京を案内してまわっても、さしつかえなさそうである。

しかし、彼女はまた黙りこくって、考えこみはじめていた。

彼女はあの機械のことを考えているのかもしれない、と俊夫は思った。頭のいい彼女のことだ、自分できっと、あの機械が何であるか、判断してくれるだろう。

と、彼女が畳を見つめて、小さな声でいった。

「お父様は、なくなったのね」

俊夫は、コーラのコップをとり落としてしまった。十八年ぶりにこの世界へ戻ったというのに、自分のうちの研究室で彼女を迎えたのは、肉親の父ではなく、隣家のむすこだった。これは、どう考えたって、父の身に何か変事が起こったことを意味している。もっと早く、そのことに気がついて、ショックを与えないように、うまく話を持っていくべきだった。

彼女は、畳にコーラが吸収され、泡だけが残っているのを見つめながら、またポツリといった。

「いつ？」

こうなったら、へたな小細工をするより、ありのままをいってしまったほうがいい。俊夫は、居ずまいを正して坐り直した。

「あの晩でした。昭和二十年五月二十五日、午後十二時ちょっと前でした。焼夷弾の直撃を受けられたのです。お宅のお寺がわからなかったので、ぼくのうちのお寺に葬りました」

彼女は、ハッとした様子で目を上げた。

「きのうは、ちょうど命日でしたので、研究室へ行く前に、谷中《やなか》のお寺へ行って、お線香をあげてきました。うちの母もおととし死んで、そこにいます。うちの父や母が一緒ですから、先生もきっとさびしくないと思いますよ」

彼女は、じっと俊夫を見つめていた。その切れ長の大きな目に、みるみる涙がわいてきた。

「あとで、一緒にお寺へ行きましょうね」

彼女は、こっくりとうなずくと、ワッと俊夫の膝に倒れこんできた。

俊夫は夢中で抱きしめた。

9

コズエがやってきたのは、ひるごろだった。

「お客さまが見えました」という女中の声に、俊夫が「はい」と答えて出て行こうとすると、入口の戸があき、ボール箱を二つ持った女中を先に立てて、山のような紙包みをかかえたコズエが乗りこんできた。

「早かったでしょ。銀座をかけずりまわったのよ」

「ずいぶんあるな」

俊夫は包みを見まわした。全部の費用を二万円ぐらいと胸算用していたのだが、どうやらその倍はかかっているようだ。

不意の闖入者《ちんにゅうしゃ》に、啓子は部屋の隅で身をこわばらせていた。ゆうべ研究室の入口で俊夫とはじめて会ったときの表情と違うのは、まぶたがはれている点だけだった。

コズエは啓子にニッコリ笑ってみせると、

「やっぱり、あたしの勘はピッタリだわ」と俊夫にささやいた。「ハマちゃんのいつもの好みから見て、きっと、こんな感じの人だろうと思ってたのよ。だから、このスーツならぜったい似合うわ」

コズエは一番大きいボール箱の前に坐って、それをあけはじめた。彼女の手は口ほど器用ではないので、ピッチリはまった箱の蓋がなかなかあかなかった。

啓子は、いつの間にかそばに来ていて、コズエの手もとを見つめていた。それからもう一人、そのスーツの箱を運んできた女中も、そのまま、中身の出現を待ちわびている。目の前に女中の太い足がヌッと立っているのに気がついたコズエは、手をとめて立ち上がった。

「ああ、あんた、ごくろうさん」

コズエに百円札を二枚渡され、女中は名残り惜しそうに、ふり返りながら出て行った。

すると、コズエがいった。

「ハマちゃん、おたくも消えてよ」

「え?」

「彼女をファッションモデルみたいにしてあげるからさ。その間は男子禁制」

コズエは、啓子のはれぼったい顔を見て、洋服の着方も知らない山出し娘と判断したらしい。おかげで俊夫は、それから一時間ほど、ピースと共にベランダに閉じこめられるはめになった。

やっと「もういいわよ」という声がかかって、俊夫が中にはいって行くと、コズエは啓子に前を向かせたり後を向かせたりした。それから「じゃあ、あたしはこれで」といった。

俊夫は、コズエを玄関まで送って行った。

「全部でいくらだった？　いま現金の持ち合わせはあまりないけど」

「ああ、いいのよ」

「いいのよって、きみ……」

「全部ツケだからだいじょうぶ。これでも、あたしは銀座で顔がきくんだから。勘定書が来たら、ハマちゃんのほうへまわすわ。で、どうだった？　あれみんなよかったでしょ？」

「ああ……見違えちゃったよ」

「根が彼女、美人だもんね。それに、あたしが磨きをかけたんだから、ハマちゃんにおごってもらわなくちゃ」

「これは少ないけど」と俊夫は用意しておいた千円札二枚を、コズエに渡した。「帰りの車代だ」

「あら、悪いわね。じゃ、うまくやんなさいね、バイバイ」

コズエがバスの停留所のほうへ歩いて行くのを見とどけて、俊夫は部屋に戻った。

啓子は、ベランダの籐椅子に坐り、足を組んでいた。テーブルの上にコンパクトがのっている。

「きみによろしくってさ」

俊夫は、そういって、啓子の向かい側の椅子に腰を下ろした。

「いい方ね」

啓子は微笑した。上に組んだ足のシームレス・ストッキングの先で、スリッパが揺れている。

「うん、少し言葉遣いがあらいのが玉にキズだけどね……啓子さん、口紅が少し濃すぎるんじゃないかな」

俊夫は、とうとうたまりかねて、いった。くまどりのような、アイシャドーと目ばり。まるで場末のキャバレーの女だ。

啓子は、組んでいた足をほどくと、手をサッとコンパクトにのばした。

「あたし、そう思ったんだけど、あの方が……」

厚化粧の下の顔が真っ赤になっているらしいことは、耳たぶから判断できた。彼女は立ち上がって、鏡台の前へ飛んで行った。

十分ほどたって、啓子が俊夫の前へ戻ったとき、コズエの一時間にわたる苦心の成果は、気の毒にも全部拭い落とされてしまっていた。

「ずっと、そのほうがいいですよ」

俊夫は、自分がまた丁寧な言葉遣いに戻っていることに気がついた。

「これ、あなたの?」と啓子は、大学ノートをテーブルにおいた。例の、変な字が書かれたノートである。「……鏡台の横にあったんだけど、忘れるといけないから」

「あ、そうだ」と俊夫はいった。「啓子さん、その中の字、わかりますか」

ノートを取ると、戦前派の啓子は、右のほうからパラパラと頁をめくった。そして、変な顔をして、開いたノートと俊夫の顔を見くらべている。

その頁に目をやり、俊夫はアッと叫んだ。そこには、日本語が書かれてあるのだ。

「ちょっと見せて……」

俊夫は、啓子の手から、ひったくるようにして、ノートを取った。


〈である事は一目瞭然である〉

という一行めの字が目にはいった。俊夫は次の頁をあけてみた。そこも日本語だった。そして、あとの頁も、ずっと日本語だった。彼は気がついて、前のほうをあけた。第一頁は例のアラビア文字のようなのがならんでいる。パラパラと頁をめくってみると、ノートのちょうど真ん中あたりまでが同じ文字だった。それからあとが、ノートを横に使って、縦書きの日本語になっている。

俊夫は、日本語のはじめの部分から、読みはじめた。

〈四月三日（土曜日）わたくしわ今日から此《こ》の日記を日本語で書事を結心《（ママ）》した。もお字も澤山覺ゑたし其の字を……〉

俊夫はパタリとノートを閉じた。

10

ノートには、何かとんでもないことが書いてあるらしい。これは、まず自分一人で読んでみる必要がある、と俊夫は思った。

その間、啓子の注意を、ほかにそらしておかなければならない。

「テレビでも見ませんか」

と彼はいってみた。

昭和三十年代に、テレビがこんなに発達するなんて、おそらく戦前の人は誰も考えなかっただろう。いまのテレビは、啓子にとっても、大きな驚異であるに違いない。

「まあ、テレビジョン？　あれね」

はたして、啓子は部屋の中をのぞいて、目を輝かせた。勘のいい彼女は、床の間の横にあるテレビがテレビジョンであることに、すぐ気がついたらしい。

「十年前から放送しているんです。東京には、テレビジョンの放送局が五つもあります」

俊夫は、そういいながら、テレビの前へ行った。

ついてきた啓子は、テレビ・セットをしげしげと見ていたが、

「ずいぶんスクリーンが小さいのね」

といった。

俊夫はがっくりとなった。啓子はしろうとなのだ。戦前の一般の人は、テレビジョンというのは無線で送られる映画、ぐらいの知識しか持っていなかったのだろう。

「部屋は暗くしなくてもいいんです」俊夫は先まわりしていい、テレビのスイッチを入れた。「ええと……」

彼は腕時計を見た。一時半だった。

「きょうは日曜だから、いまごろは何をやってるかな」

チャンネルをまわしかけた俊夫は、啓子を見て、やめてしまった。彼女は、ブラウン

管に現われた画像を、観兵式における陪観者のごとく厳粛な顔付きで見つめているのである。

やがて、彼女は「あら、花柳章太郎だわ」と知己を発見して歓声をあげた。それから、

「花柳章太郎、ずいぶんふとったわね」と俊夫に顔を向けた。

そこで、俊夫はセットのうしろにまわり、垂直振幅のツマミを調整して、花柳章太郎が丸顔にうつらないようにした。一般家庭のテレビには、どうもこの垂直振幅の調整がずれているのが多い。テレビというのは足がふとくうつるものだ、と頭からきめてかかっている人もいるほどだ。いまの啓子を、けっして笑えないわけだ。

俊夫は、手のほこりを払うと、

「おなかがすいたでしょう?」

と啓子にきいた。自分はいいが、彼女は朝食をほとんど食べていないのだから。

啓子は、明治座からの新派の中継に目を据えたまま、「いいえ」と答えた。

「でも、何か食べないと、からだに毒だ。ここは昼食は出さないことになっているけど、女中にたのめばお握りぐらい作ってくれますよ、きっと。お握りでいいでしょう?」

俊夫が室内電話を取ろうとすると、

「もったいないわよ」と啓子が顔を向けた。「あたし、食糧持ってるんですもの、それをいただくわ」

「え?」

啓子は立ち上がって、モンペの上の防空カバンを持ってきた。

「非常用の食糧だけど、もういらないわけですものね」

啓子は笑って、カバンの中から紙袋を取り出し、その口を開いた。

中身は軍用の乾パンだった。キツネ色の、消しゴムほどの大きさで、両面に二つずつ、おへそがついている。

「いかが?」

俊夫は、差し出された袋から一つ取ると、鼻へ持っていってみた。べつに変なにおいはしなかったが、十八年も前の物だ。食べても大丈夫だろうか。

啓子はもう、乾パンをポリポリおいしそうに食べはじめていた。目は、じっとテレビ画面に注がれている。

しばらく見まもっていたが、べつに腹痛を起こしそうな気配もない。俊夫は、電話でお茶だけ注文すると、乾パンを二つもらって、ベランダへ行った。

ピースに火をつけると、彼はノートを開いた。

俊夫は、ノートの日本語の部分に、まずざっと目を通した。日記体で書かれているが、日付けはかなりとんでいる。平均一月に一回ぐらいの割で書かれており、一回の分量も二、三行のものから二頁ぐらいの長いものまで、いろいろだった。昭和十二年の四月三日にはじまり、昭和二十年五月二十五日で終わっている。そして、そのあと白紙の頁が何頁か残っていた。

俊夫は、四月十三日の頁の次にある、最後の日付けの所から読みはじめた。

〈五月廿五日（金曜日）私は今夜愈〻計畫を實行する事にした。米空軍の空襲は日を追つて激烈となつてゐる。聯合國側では近〻日本に對し最終的な申入れをする模樣であり、其の爲の牽制であらうか。此の邊も安全とは言へなくなつて來た。加ふるに、私の身邊に對する當局の追及の嚴しさは明日にでも身柄を拘引《こういん》しかねぬ狀態である。事態は遷延を許さない〉

おしまいの二つの文章は走り書きである。おそらく、空襲警報が発令され、本当に事態が遷延を許さなくなったのだろう。

しかし、とにかく、この文章では、計画という言葉が使ってあるだけで、具体的なことは何もわからない。そこで、俊夫はその二つ三つ前の日付けの所を拾い読みしてみたが、そのことに関連ありそうな字句は見当たらなかった。

俊夫は、あせらず、最初から順々に読んでいくことにした。

最初の日付けは年の途中だから、年号は書いてなかった。彼は、少し先をめくって、次の年の年号をしらべ、昭和十二年であることを判断した。

〈四月三日（土曜日）わたくしわ今日から此の日記を日本語で書事を結心した。もお字も澤山覺ゑたし其の字を書く練習にもなるからで有る。啓子わ今日學校で級長に選擧されたそおだ。大變御芽出度い。啓子わ六い日に神風號を見送りに行度いとゆうが、夜中だからやめさせる事にした。啓子わ新聞を拾い讀みするよおになつた。わたくしも頑張ろお〉

昭和十二年だから、神風というのは、特攻隊ではなく、朝日新聞社の訪欧機のことにちがいない。

だが、そんなことより、俊夫はびっくりしてしまった。あの伊沢先生が外国人だなどとは、考えたこともなかったのである。背は一五五センチぐらいで、縁なしメガネをかけ、チョビ髭をはやした先生は、色は俊夫なぞよりむしろ黒いほうだった。少なくとも白人ではない、と俊夫は思い、部屋の中にいる、先生の直系に目をやった。

彼女は、テレビの画面を見つめたまま、身じろぎ一つしていない。その横顔は、日本髪がよく似合うといわれた映画スターの小田切美子に、やはりそっくりだった。

俊夫は先を読むことにした。

そのあとも、内容はほとんど啓子に関することばかりだった。啓子が学校で甲上をもらってきたとか、はじめてオミオツケを作ってくれたのがうまかったとかいうことを、熱心に書きとめてある。

俊夫の注意をひいたのは、ところどころに機械という言葉が出てくることだった。〈機械に異常なし〉〈機械の手入れをした〉などという文句が随所にあり、中には、それだけしか書いてない日付けもある。それが研究室にあった例の物体のことなのかどうか、俊夫にはわからなかった。もしそうだとすれば、あの機械は昭和十二年にすでに完成していたことになる。

さらに一ヵ所、先生が自分の仕事のことを書いているところがあった。昭和十三年二月の日付けで、もうこの辺になると、字の誤りもなく、すっかり達筆になっていた。

〈二月十五日（火曜日）やつと私の就職口が決つた。かねてから友人の小山君が口をかけてゐて呉れた文理科大學の講師である。今日行つて學部長に會つて來た。部長は私の論文を讀んだと言ひ、非常に褒めて呉れた。私の受持は古代生物學である。月給は百五拾圓。これでもう四月からはヨーヨーの製作をせずに濟む〉

ヨーヨーというのは昭和八年ごろ、大流行したオモチャである。当時ヨチヨチ歩きできる程度だった自分の歯型のついたヨーヨーが、空襲で焼けるまで、うちにあったことを、俊夫は覚えている。その昭和八年から五年たっているわけだから、おそらくヨーヨーの流行も下火になっていたにちがいない。そこで、ほかの仕事を探しまわった末、やっと大学の講師の職にありついたというわけなのだろう。俊夫も、読んでホッとした。だいたい、天皇陛下的風貌の先生がヨーヨーをけずっているなぞ、似つかわしくない。だが、古代生物学も、先生にとってはヨーヨーと同じく、生活の方便にすぎなかったらしく、そのあと大学の仕事に関しては何も書かれていなかった。

十六年三月には、啓子が聖仁高女の入学試験にパスしたことを特筆大書してある。入学金が三円五十銭とある。

だが、十二月の宣戦布告については、何も書いてない。先生には関係ないことだったのだろう。その代わり、ベルグソンとパデレフスキーの死に深く哀悼の意を表している。

昭和二十年の初頭に、次のようなのがあった。

〈昭和廿年一月一日（月曜日）啓子はこの國流に數へれば今日から十八歳、もう大人である。普通ならば總てを打明けてこの國をあとにしても良い頃であらう。併《しか》し私は今日別の決心をした。暮から遂に米軍の空襲が開始され東京も漸《やうや》く危險に曝《さらさ》れて來た。こうなつては啓子を殘して行く所《どころ》か、萬一の時には啓子自身の爲に機械を使用せねばならぬ。

啓子は或ひはひどい打撃を受けるかも知れないが、身の安全の爲には止《や》むを得まい〉

俊夫は、何度もくり返して読んだ。これが日記のピークのようだった。それから、彼はそのあとの分に目を通し、ノートをとじてテーブルの上においた。

聞きなれたコマーシャル・ソングが聞こえてきた。見ると、啓子は熱心にコマーシャルを見ていた。

「もう『ドライママ』は終わったんですか」

と俊夫は声をかけた。長年の修練のおかげで、彼は、ノートを読んでいても、テレビが何をやっているかぐらい、ちゃんと耳にはいっていた。

「ええ」

と啓子は、やっと俊夫の方に顔を向けた。

「こっちへ来ませんか。ぼくのほうも、ひと通り読みましたから」

「ええ、目がつかれちゃったわ」

啓子は立ち上がって、目をパチクリやった。それから、テレビの前によって、爆発物にさわるように、こわごわスイッチの方へ手をのばしているので、俊夫は立って行ってスイッチを切ってやり、一緒にベランダへもどった。

向かい合って坐り、俊夫がピースをくわえると、啓子がマッチをすってくれた。

「あ、どうも……テレビ、おもしろかった?」

「ええ、とっても……すばらしい薬ができたんですってね。あたし飲んでみようかしら」

「ウィークデーだと、毎日三時から洗剤の……いや、外国映画をやってるんですがね」

「まあ、そう。あたし、外国映画なんて、ずっと見てないわ。大東亜戦争のはじまる前の月に、日比谷映画劇場で『スミス氏都へ行く』を見たきりだから、もう四年も……あら、ほんとうは二十二年ね」

啓子はそういうと笑ったが、俊夫は笑わずに、

「あのう」といった。「先生のことを、少し教えてくれませんか。いえ、じつは、先生のことは、お名前のほかは何も知らないんで……。こうして、あなたにお会いした以上、少しお聞きしておいたほうが、法要をやるにしても……」

「いろいろ、すみません」

「いいえ……で、その、先生のご家族のことなんですが、あなたのお母様は?」

啓子はしばらく、じっと俊夫の顔を見つめた。それから目を伏せて、小声でいった。

「あたし、孤児院で育ったんです」

「ええっ」

俊夫は思わず大声を出してしまった。

「あたしは捨て子だったんです。ほんとうの両親は、いまだにわかりません。国立の孤児院にずっといて、七つのときに、いまのお父様の養子になったんです」

だが、それを聞いて、俊夫はかえって自分の気が軽くなったような気がした。さっき、啓子の父が外国人とわかってから、彼はなんとなく妙な気持ちになっていた。それがいま、彼女が孤児で、父とは血のつながりがないと知ったとたん、いっぺんにけし飛んでしまったのである。先生には申しわけないと思うが、しかたがなかった。

「遠足で井の頭《いかしら》へ行った帰りに、電車の中で席をゆずってくれた人があって、それがお父様だったの。お父様は、あたしが亡くなった娘さんに生き写しだったので、どうしてもあたしのことが忘れられなくなったんですって。あたしが胸につけていた記章をたよりに孤児院にたずねてきて……あたしも、はじめて会ったときから、お父様が好きだったから……」

啓子は、コズエの持ってきたハンカチを取り出した。

俊夫は立ち上がって、彼女の肩を軽く抱き、部屋の中に誘い入れた。

彼は、それからしばらくたって、一人で外出した。

11

帰ってきた俊夫は、テレビの前に坐っている啓子の姿を見て、胸をなでおろした。彼は、もしかすると彼女が、父のお寺へでも行こうとして、出ていってしまっているのではないかと、来る途中、気が気ではなかったのである。

その点、彼は、自分を含めたテレビ技術者たちに、感謝しなければならなかった。啓子はずっと、テレビを見ていたらしい。

俊夫の姿を見ると、啓子は自分でちゃんとテレビのスイッチを切って、立ち上がった。

「おかえりなさい。そろそろ、お帰りだろうと思って、お食事用意しといたわ」

「それは……」

俊夫が上着を脱ぐと、啓子はそれを受け取ってハンガーにかけた。

「ガスライターっていうのがあるのね。シューッて火焔《かえん》放射器みたい……」

「ああ、ぼくも持ってる。ほら」

テレビのコマーシャルのおかげで、俊夫はそれを披露することができた。ずっと、啓子の前では、マッチを使うことにしていたのである。

啓子は俊夫にタバコを吸うようにすすめ、二人は灰皿の前に坐った。

「あたし、おすもう見ていたの」

「そうだ、きょうは千秋楽だったな。大鵬勝った？　全勝？」

「ええタイホーっていってたわ、あのおすもうさん。ディアナ・ダービンにちょっと似てるわね」

「へえ」

「紋付を着た双葉山から優勝カップ、もらってたけど。これ、どうやってやるの?」

「いや、ここを押すんです。ね」

「あら、かして……あ、ついた、ねえ、ほら早くタバコ……」

「あ、どうも」

「それから、玉錦に似てるワカなんとかいうおすもうさん、お塩をあんなにたくさんまいて……」

「若秩父?」

「ええ、そう。もったいないと思わないのかしらね」

「それは……つまり、塩はもう配給じゃないから」

そこへ食事が運ばれてきたので、俊夫はそれ以上難問に苦しめられずにすんだ。

食事の膳には、ビールが二本そえてあった。それが押し売りではなく、啓子の注文であることは、女中が姿を消すと、彼女がすぐ栓をぬいて俊夫のコップについだことでもわかった。

「どうも……」

俊夫は膳の前に坐ると、ビール瓶を取った。

「さあ、啓子さんも一つ……」

「じゃあ、少しね」

俊夫は、いわれた通り、少しついで、様子を見ることにした。これから話をするには、彼女が少し酔っていたほうがいいかもしれない。だが、彼女がもし泣き上戸だとすると、かえって逆効果になる。

啓子は、コップ半分ほどのビールを、数回に分けて飲み終わると、じきに真っ赤になった。火照《ほて》った頬を、両手ではさんで、おさえている。

俊夫は、ハンガーの上着のポケットから、ノートを取ってきた。

「このノートのことなんだけどね。じつは、これはゆうべ、あの機械の中で見付けたんだ」

「まあ……じゃ、これ、お父様のノートなのね。かして」

啓子は、俊夫の手からノートをもぎ取ると、読みはじめた。彼女は額に八の字を寄せて、ものすごいスピードで読み進み、日本語の部分に目を通し終わるのに、数分とはかからなかった。読み終わると、啓子は、

「この〝計画〟ってなんなのかしら」

といった。彼女もやはり、そのことが一番ポイントと見たらしい。

「ぼくは、そのことは、そのノートの前のほうに書いてあるんじゃないかと思う」

啓子は、ノートの前のほうの、変な字の頁を開き、見まわしはじめた。

「啓子さんは、先生のお国がどこか知っている？」

啓子は、顔を上げ、かぶりをふった。

「そう。じゃ、先生が日本の人じゃないことだけは、知ってたわけ？」

啓子が国籍問題を、いまのノートではじめて知ったとすれば、もっとショックを受けてもいいはずだ。

「そりゃ、一緒に暮らしているんですもの。最初のころは字も読めなかったし……でも、あたし、お父様にべつに聞いてみようとは思わなかったの。いうときが来れば、いってくれるでしょうし、それに、そんなことどうでもいいんですもん。あたしには、やさしくて、いいお父様なんだから」

「…………」

「それで？」

「ああ、それでさっき、言語学をやっている友達のところへ行ってきたんだけど、二人でいろいろ調べた結果、これはアラビア系の文字でもなく、そのほか現在知られている、世界中のどの国の文字でもないという結論になった」

「まあ」

「その友達は、これは暗号ではないかというんだけど、ぼくは、やっぱり世界のどこかに未知の小さな国があるのではないかと……」

「…………」

「啓子さん、でも、いずれにしても、時間さえかければ解読できると思う。げんに、もういくつか、わかった字もあるんだ」

「まあ、ほんとう?」

「うん」俊夫はビールを一口飲み、啓子の手からノートを取った。「これは日記だから、日付けと、それから各年の頭に年号がついている。この変な字のほうにも、ほら、日本語になる四つ前に。この次は昭和十三年と日本語で書いてあるんだから、この六つの字が……」

と俊夫はノートを指さし、

「十二という数字を表わしているかどうかはべつとして、昭和十二年を意味する数字であることは間違いない」

「まあ」啓子は目を輝かせ、「ならんで坐ったほうがいいわね」

と、俊夫とさし向かいになっていた自分の膳を、彼の右わきに運んできた。

俊夫は、啓子が落ち着くのを待ち、

「この六桁《ろっけた》の数字は、全部で五種類ある。つまり、それぞれが昭和八年、九年、十年、十一年、十二年を表わしているわけだ。ところが、この五種類をくらべてみると……」

「あら、俊夫さん」

と啓子がさえぎった。

「え?」

「それなら、そんなこととするより、一回一回の頭に日付けがついてるでしょ。だいたい月に一回ずつ書かれているんだし、最初に月が書いてあるんでしょうから、よくくらべてみれば、1から12までの数字が全部わかってしまうんじゃないかしら」

「いい考えだけど」俊夫は微笑した。「そううまくはいかないんだな。ほら、これが日付けらしいんだが、これは数字が一つだ。ここにあるのは二つ。それから、これは三つ、三桁だ。先生の国では月という単位がないらしい。三百六十五日を全部、一月一日から何日めということで数えているらしい」

「まあ」

「では、もとにもどって……ええと、五種類の数字があるっていうところだったね。この五種類をくらべてみると、六つめの、つまりおしまいの数字が全部違う。ところが、それだけではなくて、五種類のうち、最後の一種類は、おしまいから二つめの数字も、ほかのと違っているんだ。これが、どういうことを意味しているか、わかる?」

「さあ」

「ここで数が一桁上がっているんだよ。そうじゃない?」

「そうだわ。その通りだわ」

「昭和十一年から十二年にかけて、一桁上がっている。つまり、この年号は昭和でもなければ、皇紀でも西暦でもない。みんな昭和十二年に一桁上がっていないからね。どこか知らない国の年号に違いない」

「六桁の数字っていうと、ずいぶん古い国ね」

「いや、もしかすると、頭のいくつかは数字でなくて、何々紀元という記号かもしれない。どうも数が多すぎるものね。それより、これでだいぶ数字がわかったんだ。この昭和十二年の数字の最後の字は、一桁上がったところだから、つまり0だ。その前の昭和十一年のぶんの最後の字が9で、昭和十年のが8、その前が順に7、6と、これで数字が五つわかったわけだ」

「すてき。おビール、どうぞ」

「あ、どうも……それからまだある。昭和九年の最後の二つは同じなんだ。ね」

「あら、ほんとだわ」

「だから、これは77だ。結局、最後の二桁の数字は、昭和八年から順に、76、77、78、79、80ということになる。ほら、昭和十二年の最後から二つめと、昭和十年の最後の字は同じだろう。完全に間違いないわけだ」

「あと五つ数字がわかればいいのね」

「そう。もう少し深く分析すれば、きっと全部わかるだろう。それより、ぼくは、数字のほかに、もっと大事なものを発見したんだ」

「なあに？　大事なものって」

「啓子さんが先生のところへ来たのは七つのときだって、いってたね。それは昭和十年じゃない？」

「そうよ」

「このノートの昭和十年のぶんの……この辺だ。いいかい、ちょうどここから同じ字が頻繁《ひんぱん》に、毎回出るようになっている。この前には、この同じ組み合わせの字は出ていない。この字が何を意味しているか……」

啓子の目が大きく見開かれた。

「あ、あたしの名前！」

俊夫は、大きくうなずいてみせた。

「どれ、どんな字？」

啓子は、俊夫の右腕にすがって、ノートをのぞきこんだ。

「これだよ。ほら、四つの字の組み合わせだ。ここにもある。一つめと三つめの字は同じだから、これはKという子音、二つめはエイという複合母音を表わしているんだろう」

「これを、お父様が書いたのね」

啓子は箸の先に醬油をつけて、膳の上に真似して書きはじめた。茶碗や皿を押しやって、いくつも書きならべている。

「でも、啓子さん、これから先は、まるで雲をつかむようなんだ。あとは、そのうちにＩＢＭを使って分析しよう」

「なあに？　それ」

「電子計算機だ」

「ああ、計算機。あたしがソロバンでやりましょうか。二級のお免状持ってるの」

「うん、ありがとう」

俊夫はノートを閉じて、うしろの畳の上におき、ビールと料理に専心することにした。

「ちょっと見せて」

と啓子がノートを取った。

彼女は、まぐろの刺身を口に運びながら、父の書いた字を最初から一頁一頁、なつかしそうにながめていた。

と、彼女はとんきょうな声をあげた。

「あら、ここにローマ字が書いてあるわ」

「えっ、どこにどこに？」

俊夫は、あわててビールのコップを左手に持ちかえ、啓子の肩越しにノートをのぞきこんだ。

啓子は箸をさかさまに持って、頁のまん中辺をさした。

ほかの字と同じような書き方なので、いままで気がつかなかったのだが、よく見ると、それは明らかに活字体のローマ字だった。全部大文字で七つ。はじめがH、そしてG、それからつづけてWELLS。

H・G・WELLS……H・G・ウェルズ……俊夫はそれが「世界文化史大系《アウトライン・オブ・ヒストリー》」の著者であることに気がついた。学生時代に買った岩波新書を、いまでも持っている。

しかし、なんでこのイギリスの文芸批評家の名前がでているのか。俊夫は天井をあおいだ。

と、啓子がまた声をあげた。

「もう一つあるわ、ここに」

「えっ」

「ええと……T……I……」

なるほど、いまのすぐあとだが、字と字の間隔がせまいので、さらにまぎらわしく、読みづらい。

が、やっとそれはTIME・MACHINEと読めた。

12

二、三年前に封切られた映画に「タイム・マシン」というのがあった。その原作者がH・G・ウェルズなのだ。彼は評論だけでなく空想科学小説も書いたのだ。

俊夫は原作は読んでいないが、映画のほうは見ていた。

ある青年がタイム・マシンを発明する。タイム・マシンというのは、時間の中を旅行する機械で、それを使うと、未来へでも過去へでも自由に行くことができるのだ。青年はタイム・マシンへ乗って、何百万年もの未来の世界へ行く。そこでは、すでに現代の文明は亡び、原始人が住んでいる。青年は、その種族間の争いに巻き込まれるが、最後に原始人の美女と結ばれる。

俊夫は、そのストーリーを啓子に話して聞かせた。

「おもしろいお話ね。でも、それは映画でしょう。ほんとうに時間を旅行するなんてこと、できるのかしら」

「さあ……でも、たとえば十八世紀まで、人間が空を飛ぶことは不可能だと、誰もが信じていた。ところがモンゴルフィエ兄弟の気球が成功し、ライト兄弟が飛行機を発明して、その考えを打ち破った。それから、昭和のはじめ、ある学者が、飛行機のスピードは将来といえども、ぜったいに音速、音の速さを越えることができないという学説を発表した。ところが、どうだ。いまでは音速の二倍以上のスピードを出す飛行機が、いくらでもある」

「まあ、それ、ほんとう？」

「たしかに、プロペラ推進では、学者の説の通り、音速に近づくにつれて効率が低下するから、時速八〇〇キロ、音速の約三分の二が限度だ。しかし、人類はジェット推進を考案することによって、その壁を打ち破った」

　話しているうちに、俊夫は自分自身をも説得していることに気がついた。

「だから、現代の科学ではぜったいに不可能と思えることでも、将来、べつの面からのアプローチで達成できるかもしれないのだ」

　そう結んだとき、彼はやっと、あの研究室にあった物体がタイム・マシンであることを納得することができた。

「それじゃあ、あれね」と啓子がいった。「いまから何百年か、何千年かたったら、タイム・マシンがほんとに発明されるかも……あっ」

　啓子は叫び声をあげ、早口でつぶやいた。

「タイム・マシンというのは時間旅行機だから、もしそれが発明されたとしたら、未来の世界から、この世界へやってこられるわけだわ」

「そうか！」

と俊夫は、しぼり出すようにいった。

彼は、啓子の頭のよさにおどろいた。自分は、あの物体がタイム・マシンであることにばかり気をとられて、それに気がつかなかった。伊沢先生はタイム・マシンを発明したのではなく、タイム・マシンに乗ってきたのだ。先生は、外国から来たのではなく、未来からきたのだ。

「うん」

と、啓子がいった。

「H・G・ウェルズっていうのは、さっきの映画の原作者だっていったわね」

「じゃあ、小説かなんかに書いたわけね」

「ぼくは読んでないけど、十九世紀の終わりごろに書いたらしい」

「やっぱり。お父様はきっと、この世界の人はタイム・マシンなんか知らないと思っていたのに、小説にしろ、タイム・マシンのことが書いてあるのを見て、びっくりして日記に書いたんだわ」

その通りだ、と俊夫は思った。先生は英語が達者だから、原書で読んだのに違いない。

俊夫は頭の中で、考えをまとめてみた。伊沢先生は、未来の世界からタイム・マシンに乗って、はるばると二十世紀の日本へやってきた。目的は、おそらく視察か何かだろうが、二年ほど滞在しているうちに、孤児の啓子を見つけて養子にしたので、急には帰れなくなってしまったのだ。自分と一緒に未来の世界へつれて帰ればいいわけだが、風俗習慣も違うし、啓子がかわいそうだと思ったのだろう。それで、日記にあったように、啓子が一人前になったら、すべてを打ち明けて、未来へ帰るつもりだった。ところが空襲が激しくなったので、別の計画を立てた。あとは、あの物体が人工冬眠機ではなくタイム・マシンである点をのぞき、俊夫がゆうべ考えたのと同じでいいわけだ。

人工冬眠なんてデタラメを啓子にいわなくてよかった、と俊夫は一人で赤い顔をした。

啓子も赤い顔をしていたが、これはビールのせいだった。

「おビール、もっとそういいましょうか」

と彼女はいった。自分が、もっと飲みたいらしい。

俊夫は返事の代わりに、電話機をとって、ビールの追加をたのんだ。

「ねえ、お父様のいた未来って、どのくらい先の未来かしら。何百年か、何千年か……」

「いや、もっと未来かもしれないよ。何万年か、何十万年も先の未来」

「あっ、そうだわ」

「え？」

「お父様のいた国が未来だとすると、さっきの年号の数字、もしかすると、紀元前何年なんていう、あれじゃないかしら。ふつうの年号と反対に、古いほうほど、年数が多くなる……」

俊夫は飛んでいって、ハンガーの上着から自分の手帳と万年筆を持ってきた。

彼は、先生のノートを見ながら、手帳へ数字を書きならべた。

「うん、さっきの、76、77、78、79、80だと思った数字は、23、22、21、20、19とも解釈できる。そうだ。このほうが本当だ。ローマ数字も、アラビア数字も、それから中国数字も、1という字が一番簡単で、2、3とだんだん複雑になってきているが、これも正にその通りだ。ね、このチョンとはねただけのが1、これが2、これが3……この一番ややこしいのが9だ。間違いなく、これはBC、紀元前の年数を表わしている」

「じゃあ、六桁だから一、十、百、千、万、十万……最初のが紀元前の記号としても、万の桁になるわけね」

「うん、先生のいたのは、何万年も先の未来だ。だとすると、いまの二十世紀文明が進歩した未来世界ではなく、そのずっと先の、ぜんぜん別の時代かもしれない」

もし、このとき、この問題をもっと深く分析していたら、あとになって大変な事件が起こるのを防げたかもしれなかった。だが、そこへ来たビールのために、二人は話を中止してしまったのだった。

二人はたがいにビールをつぎ合い、カチリとコップを合わせた。

「きみが、早くこの世界に馴れるように」

「がんばるわ」

結局、二人にとって現在の問題は、啓子の十八年間のブランクのことであり、何万年のことなどはどうでもよかったのである。

俊夫は立って、窓際へ行った。

たくさんの灯が見えていた。あたりの旅館や料理屋のネオンの看板。高速道路のナトリウム・ランプ。むこうの空は赤坂、銀座方面だろうか、ネオンの灯に映え、赤く染まっている。

啓子が来て、横にならんだ。

「平和ね」

と彼女はいった。

「うん」

13

翌朝九時ごろ、二人は旅館を出た。

俊夫は、大きな紙包みを大事そうに、かかえていた。その中には、啓子のモンペと頭巾、防空カバンがはいっていた。二人にとって、思い出の品になるに違いなかった。

啓子は、生まれてはじめてはいたハイヒールが、歩きにくそうだった。俊夫は、彼女の腕をとって、ささえてやろうとした。

「あら……」

啓子は赤くなって腕をふりほどき、あたりを見まわした。むこうからやってくるのは、帝国陸軍の憲兵ではなく、若いカップルだった。彼等はしっかりと抱き合い、頬をすりよせて歩いている。

目を丸くして見つめていた啓子の理解は早かった。彼女は、自分から俊夫の腕にすがって、歩き出した。

こんなところを会社の連中に見られたら大変だ、と俊夫は苦笑した。朝っぱらから、温泉マークの近所を女と歩いているなんて……。彼は会社への連絡がまだだったことを思い出し、電話ボックスをさがした。

彼は、一身上の都合で二日ほど休む旨つげ、部下を呼び出して、開発中のカラー・ブラウン管について、留守中の指示を与えた。一緒にボックスにはいった啓子は、相手の声まで一言も聞きもらすまいと、一心に耳をすませていた。

今日中に行かねばならないところが、たくさんあった。梅ケ丘の及川邸、谷中の法念寺、世田谷区役所……ここで啓子の戸籍を調べる必要があるのだ。

ゆうべ以来、啓子はもう一生俊夫のそばから離れない気になっている。となれば、彼女の籍のことを考えねばならない。

空襲の翌日、伊沢先生の死亡届けと共に彼女が行方不明になったという届けが出されたはずだから、彼女の名は、とうに戸籍から消されてしまっているだろう。それを復活させるとなると、十八年のブランクのことのほかに、彼女の本当の両親のこともからんでくるかもしれない。この問題の解決には、相当な手間を喰うことを、俊夫も覚悟していた。

近くの駐車場に、俊夫の愛車スバル三六〇が待っていた。きのう外出したついでに、マンションへ寄って、乗ってきたのだった。

「まあ、これが俊夫さんの自動車？　K《カー》・D《デー》・F《エフ》に似てるわね」

「カーデーエフ？」

「ヒトラー総統の命令で、フェルディナンド・ポルシェ博士が設計した自動車なの。ドイツの国民車よ」

「ああ、フォルクスワーゲンか」

この世界にも、啓子の知り合いは存外多いようだ。ワーゲンがいまだにモデルチェンジしていないことを知ったら、彼女はさぞ喜ぶだろう。

「ドイツ人の技術は優秀だが、やはりアメリカの物量にはかなわなかった、そういって、お父様がこの間話してくれたのよ」

「さあ、早く乗って」

〝お父様〟の話は当分避けたほうがいい。俊夫は彼女を車の中に押しこんでしまった。

車が走り出すと、さいわい、啓子は、父のことより、窓外の風景に気をとられているようだった。

「俊夫さん、東京は戦災で、相当焼けたんでしょ?」

「一時は、見渡すかぎり、焼野原だった」

「復興工事も大変ね」

「え? ああ、あれは復興工事じゃなくて、高速道路を建設しているんだ。来年は、東京でオリンピックが開かれるからね」

「オリンピック? やっぱり、やることになったのね」

「やっぱりって?」

「ほんとうは、昭和十五年に開催する予定だったんでしょ?」

「そうだったっけな」

「万国博覧会のほうはどうなったの?」

「ええ?」

「紀元二千六百年で、万国博覧会も開催される予定だったでしょ。戦争で延期になってしまったけど……もう、やっちゃった?」

「いや、まだだけど……」

「そう、よかった」

「え?」

「お父様がね、一緒に見に行こうって、前売り券を買ってくだすったのよ。あの防空カバンの中に、はいってるわ。空襲で焼けてしまったら、もったいないと思って、あたし、入れといたの。十円もしたんですものね。十二枚綴りだから、二人で行きましょうね」

「うん……でも、こんど万国博が開催されるとしても、そのキップは使えないと思うよ」

「どうして? 十円も出して買った前売り券が使えないなんて、そんなことが……」

「啓ちゃん、そんなことより、ほら、あすこを見てごらん」

「あら……じゃあ、やっぱり日本は大東亜戦争に勝ったのね」

「いや、じつは、きみがお父さんのことを思い出すといけないと思って話さなかったんだけど、日本は無条件降伏したんだ」

「まあ……それじゃ、どうして、あすこにエッフェル塔があるの?」

「ハハハ、そうか。あれは戦利品として運んで来たんじゃない。東京タワーといって、日本人がつくったんだ、テレビのアンテナ用に」

百年前につくられた、パリのエッフェル塔と東京タワーは、建築技術の面でどのくらいの違いがあるのか、電気が専門の俊夫には、わからなかった。

俊夫は、自分たち技術者が、戦後の十八年間、ろくな仕事をしていないような気がしてきた。

14

ブザーのボタンを押すと、例によって、自動販売機のように、及川氏が飛び出してきた。

「やあ、いらっしゃい」

俊夫は、二度目だし、門の所で出て行く人とすれちがったので、あわてなかった。

「おとといの晩は、どうもいろいろとご迷惑をおかけしまして……お休みのようでしたので、帰りに、ついごあいさつもせず……」

俊夫は丁寧に頭を下げた。

「いやなに……」

頭を上げてみると、及川氏の視線は俊夫を素通りして、うしろにいる啓子に行っていた。

「及川さん、この人は伊沢啓子さんといいまして、もとここに……」

俊夫が、いそいで紹介しかけると、及川氏は大声でさえぎった。

「ああ、ひとつどうぞよろしく」

及川氏は啓子に向かって軽く頭を下げたが、それきり、お上がりくださいともなんともいわなかった。

なんだか変だ、と俊夫は思った。それから、ハッと気がついた。あの研究室にある物体はタイム・マシンである。だから、三日前までは、研究室にはなかった。おとといの晩、はじめてあそこに現われたのだ。及川氏は、あのあと、研究室へはいってタイム・マシンを見てしまったにちがいない。

俊夫は、及川氏の顔色をうかがいながら、いってみた。

「あの、たびたび勝手なお願いをして申しわけないんですが、あの研究室へ、またちょっとはいらせていただけないでしょうか」

及川氏は、ズボンのポケットに手をつっこんでモソモソやり、何かとり出した。

「かまいませんよ、どうぞどうぞ、ここにカギがありますから……」

及川氏が鍵を渡してくれるのを、俊夫は相手の顔を見つめたまま、「どうも」と受け取った。

「わたしは、ちょっと用事があるので」と及川氏はいった。「失礼しますから、どうぞご自由に」

「あ、それは……かえっておいそがしいところを、おじゃまして申しわけありませんでした」

俊夫と啓子は、追い立てられるように玄関を出た。

庭づたいに研究室のほうへ行きながら、俊夫は、及川氏がタイム・マシンを見てしまって怒っているのか、それとも本当に忙しいのか、気にかかった。タイム・マシンの所有権の交渉に、大いに関係のあることだからである。

考えてみると、あのタイム・マシンの所有権が誰にあるかというのは、じつにむずかしい問題である。現在、タイム・マシンは及川氏の邸内にあるが、これは誰かが運びこんだのではなく、おとといの晩、いきなり降ってわいたわけだ。この場合、法律的に見て、どうなるのか。地面を掘ったら小判が出てきたというのとは、だいぶ事情が違うように思える。

しかし、タイム・マシンは、少なくとも一九四五年の空襲の日まで、啓子の義父である伊沢先生の所有物であったことは間違いない。そして、一九四五年から一九六三年までの十八年間は、誰の所有物でもない……この世に存在しなかったのだ。

「きれいね」

と啓子がいった。

初夏の澄んだ青空に、研究室の白いドームがクッキリと浮かび上がっている。白い建物がこれだけきれいになっているのは、始終手入れしているからにちがいない。とすれば、及川氏はやはりタイム・マシンを見たのではないか、と俊夫はまた、そのことが気になった。

「俊夫さん、カギは?」

と、先に研究室の前に行った啓子が、ふり返った。

「ああ、これ……」

俊夫は近づいて鍵を渡しながら、ふと、及川氏はどうしておとといは鍵を渡してくれなかったのだろうと思った。が、彼はすぐ気がついた。及川氏は研究室の前で誰かに会うと思ったのにちがいない。

タイム・マシンは前々夜のまま、研究室の中央にあった。啓子がスイッチを入れた、部屋のまわりの蛍光灯の光をうけ、緑色がかった灰色ににぶく光っていた。蛍光灯は、もちろん伊沢先生の代のものではなく、及川氏が取り付けたのだろう。

これが本物のタイム・マシンか、と俊夫は思った。映画に出てきたのとは、だいぶ違う。ずっと地味だ。

高さ二メートル半、幅二メートルほどの、のっぺりした箱である。角は全部丸くそぎ落としてあり、余計な装飾は何もない。

灰緑色の表面の所々に緑色の斑点が見えるので、目を近づけてみると、塗料がはげ、緑青《ろくしょう》がわいているのだった。青銅製なのである。できの悪い鋳物《いもの》で、ほうぼうにスがある。

俊夫は、ドアを引きあけて、中へはいった。はいった所にすぐ、ちょうどバスの入口のようなステップが二段あり、床が五〇センチほど高くなっている。上ってみると、中はかなりせまかった。身長一七三センチの俊夫は、かがんでいないと頭がつかえてしまう。未来人は背が低いのかもしれない。伊沢先生もそうだった。

啓子がつづいてはいってくると、中はもう満員だった。俊夫は、啓子とダンスをしているような恰好になりながら、あけたままのドアをしらべてみた。ムクで厚さは二〇センチぐらい、まわりの壁も同様だった。これなら、そばで爆弾が破裂しても大丈夫だろう、自分が最初シェルターと間違えたのも無理はない、と俊夫は思った。

啓子がドアの横のボタンを押し、内部が明るくなった。壁と床はクリーム色だった。正面の壁にボタンが数個ついている。照明は、両側の壁の天井に近い所にあり、直径三センチ長さ一五センチほどのコイル状のものが直接光を発していた。俊夫は、おそるおそる手をふれてみたが、熱は持っていなかった。

床に、幅二〇センチ長さ六〇センチほどの穴が二つ、あいていた。さっき、はいったときに気づき、落ちないようによけていたので、よけいせまい感じになっていたのだが、のぞいてみると、何もはいっていなかった。

すると、啓子がいきなり、その穴の一つに両足ではいり、床に腰を下ろした。

「こうやるのよ。お父様が、おととい教えてくれたの」

「なるほど、これが座席というわけか」

俊夫も、となりの穴に坐ってみた。切り炬燵の要領である。クッションはないが、腰の所が少し丸くくぼんでいるので、坐り心地は悪くなかった。

「俊夫さん、未来の人は、ふだんでも床に穴をあけて、こうやって坐るのかもしれないわね」

「え？　でも、それじゃ、歩いていて穴に落ちたりして、危ないじゃないか」

「でも、あたしたちだって、床の上に椅子がおいてあったって、ぶつからずに、ちゃんとよけて通ってるじゃないの」

「なるほど、そういえばそうだ」

「フフ」

啓子の顔が、すぐ横にあって、二十世紀の化粧品の香りをタイム・マシン内にまきちらしていた。俊夫は、彼女の頬へ唇を押しあてた。

啓子は、そのまま、片手で正面の壁を指さした。

「あの時、あそこに電気がついたのよ」

俊夫は唇をはなさずに、横目でそのほうを見た。壁の中央に、幅一〇センチほどの雲母らしいものが上下に通じている。未来の世界には、ガラスはないのだろうか。

「あそこへ、電気がどんな風に？」

と、俊夫は、それをいうために、やっと唇をはなした。

「一番下から上のほうへ、だんだん……電光ニュースみたいに……」

「啓ちゃん、どうした?」

俊夫は啓子の肩を抱いて、顔をのぞきこんだ。彼女は両手を顔にあてて、うつむいてしまったのである。

「なんだか、急にめまいがして……」

と彼女は指の間から、いった。

「そりゃいけない、そとへ出よう」

俊夫は啓子を抱きかかえるようにして、穴からあがり、タイム・マシンのそとへ出た。おとといのソファの上に寝かせ、靴をぬがせた。顔色が真っ青だった。貧血である。俊夫は、これもおとといのウイスキーをとって啓子に飲ませた。きょうは、彼女は自分で飲んだ。

「どう? 気分」

「ええ、少しよくなったわ……あのときのこと、思い出したら、こわくなっちゃって」

そうか、と俊夫は気がついた。啓子にとって、このタイム・マシンは直接、あの悲惨な空襲の夜につながっているのだ。

啓子が起き上がりかけた。

「だめだめ、横になってなきゃ。まだ顔色がよくない。二、三十分、横になっていなさい」

俊夫は、上着を脱いで、啓子にかけてやった。彼女は、俊夫の目をじっと見つめている。

俊夫は、上着のポケットから、ピースを取り出して、火をつけた。が、煙が啓子のほうにただよい、彼女がむせてせきこんだので、すぐもみ消してしまった。

「あたし、じゃあ、もう少し横になっているから、俊夫さん、タイム・マシンを調べたら？」

「うん、そうしよう」

俊夫は啓子の上着をかけ直してやったが、そのとき、急にまたキスをしたくなった。もし、虫の知らせというのが本当にあるのだとしたら、このときは、正にそれだったといえる。

俊夫は時間をかけてキスし終わると、啓子の微笑に送られて、タイム・マシンに向かった。

タイム・マシンの中で、俊夫はまず、二つの座席の間に小さな上げ蓋があるのを見つけた。あけてみると、直径二センチほどのパイプが数本、床下を走っているのが見えた。

エンジンの一部に違いない。時間を飛ぶとなれば莫大なエネルギーが必要だろうし、それがこんなせまい所におさまるのなら、動力はおそらく原子力だろう。

しかし、原子力利用の方法を知っているのだったら、伊沢先生はなぜそれを日本のために役立ててくれなかったのだろう。先生は戦争には反対だったが、啓子の祖国が壊滅することを決して望んでいなかったはずだ。昭和九年ごろの時点で、平和利用によって資源を開発していたら、日本もあそこまで追い込まれることはなかっただろうに。

いや、原子力は先生の専門外だったのだ、と俊夫は気がついた。先生は生物学者だった。いまの日本にだって、電気スタンドの故障一つ直せない植物学者や考古学者は、いくらでもいる。

俊夫は、上げ蓋をとじて、右側の穴に坐り、啓子のめまいの原因である、正面の雲母板に目をやった。

俊夫は、雲母板には何の感慨も覚えなかったが、その両側にある、ガスのメーターのようなものに注意をひかれた。非常に小さな物なので、いままで黒い線だとしか思っていなかったのである。

俊夫は穴から上がり、左側のメーターの前にしゃがんだ。幅一センチほどの黒い横枠《よこわく》の中に、例のノートと同じ字が五つならんでいた。左から三つは同じだったが、それはゆうべBCに直したときに何度も書いたので覚えている。0を意味する字だった。その次の字が1であることも間違いなかった。最後の字は知らない字だった。が、俊夫はそれが8という数字だろうと思ったのだった。

　これは時間旅行機だから、スピード・メーターや走行距離計は必要ない。数字が必要だとすれば、何年後の世界へ行くか、何年前の世界へ行くか。それをきめる場合だけにちがいない。そして、このマシンの計器は、その後誰も手をふれていないから、伊沢先生が啓子を十八年後に送り出したときのままになっているはずである。つまり十八……0 0 0 1 8になっているのだ。

　枠の下に小さなボタンが二つずつ左右にならんでいる。俊夫は、心臓の鼓動が高まるのを聞きながら、左上のボタンに手をふれた。ピューッと音がして一番右の数字がスロット・マシンのようにまわり出し、俊夫はあわてて指をはなした。

　五桁目の数字は、さっきと同じ8がまた出ていた。そして四桁目も、きのうしらべて知っている2を意味する字に変わっていた。つまり、十の位の数字が一つ上がったわけである。

　爆発しないことがわかったし、左側のいまのやつの下のボタンを押すのに、大して勇気はいらなかった。押す……と、五桁目の数字がクルッと一回だけ変わった。上のボタンが早送りで、これが一字送りというわけである。

　すると、こんど出た五桁目の数字は9になるはずだが、どうもきのう書いた9の字とは少し違うようだった。これはきっと、印刷体と筆記体の違いだ、と俊夫は思った。アラビア数字でも、7の字などは人によって書き方がずいぶん違う。あれと同じで、先生はこの9の字をくずして書いたのだ。

四つのボタンのさらに下に、切り換えスイッチのようなレバーがあり、右側に倒れていた。両側に、何か書いてある。もちろん読めないが、左側のが〝過去〟を、右側のが〝未来〟を意味することは明らかだった。

そして、レバーの真下にボタンが一つだけあった。大きな、貝殻製のボタンだった。俊夫は、しばらく、それをじっと見つめていた。それから雲母板の右側に目を移した。

こっちの黒枠は縦についていて、中に数字は見えなかった。その代わり、枠の上部五分の一ほどが赤く、その下がずっと灰色になっている。間違いなく、燃料計である。

……燃料は、まだ五分の四も残っている。

先生が啓子を送り出す直前に燃料を——それが何かはわからないが——補給したとしても、十八年飛ぶのに五分の一の燃料しか要さなかったわけだから、あとまだ、少なくとも七十年ほど飛べる燃料が残っていることになる。

俊夫は左のメーターに目をもどした。0029……二十九年。その下のレバー。彼は、それに手をかけて左側に倒した。

二十九年過去……一九三四年……昭和九年……伊沢先生が日本へ来た次の年である。

俊夫は目の前の、貝殻製の大ボタンに目をやった。照明を受けて、それは玉虫色に輝いている。

　俊夫は首をまわして、横目でマシンの入口を見た。彼は立って行き、ステップの上から、からだをかがめて、ドアを細目にあけた。

　ソファの上の啓子の頭だけが見えた。彼女は眠っているようだった。俊夫と同じで、ゆうべは、あまり寝ていない。

　俊夫は、ドアをしめて、メーターの前にもどった。啓子は、まだ二十分や三十分は寝ているだろう、と彼は思った。そして、マシンが時間を飛ぶのに、全然時間がかからないことは、啓子の体験で明らかだ。

　貝殻ボタンを見つめる俊夫の息遣いが、しだいにはげしくなった。そして、彼の右手が貝殻ボタンのほうへ、ゆっくりのびはじめた。その手はふるえていた。が途中で一度も止まらなかった。

　貝殻ボタンが押された瞬間、雲母板の下側がピカッと光った。幅一〇センチの雲母板の下部に高さ五ミリほどの光の層ができ、ついでそれは一センチ、一センチ五ミリと高くなった。

　一秒おきぐらいか、五ミリずつ高くなるたびに、ポッポッと、二〇〇サイクル程度のかすかな音をたてながら、光の層が上に広がっていく。ときどきピッと、ちょうどオクターブ高い音がする。が、それが何回おきなのか勘定している余裕は、俊夫になかった。

ふいに俊夫は立ち上がって、ドアの所へ行った。おしてみると、ドアは開いた。彼は数秒間、ソファのほうをながめていた。それから、ふり返って雲母板を見た。光の層は、高さ六〇センチほどになっていた。

光の層は、やがて七〇センチになり、八〇センチになった。俊夫は、もう一度、ソファのほうを見た。そして、ドアをしめた。

三十秒ほど、俊夫はドアの所にかがんでいた。光の層が、全体の高さの四分の三ぐらいになった。

とつぜん、キーンという高い音がして、雲母板に赤い光が一本出た。それから、また白い光がつづいていく。残すところ、上三〇センチほどになった。

俊夫は、ドアに手をかけた。が、こんどは、いくら押しても、あかなかった。

俊夫は穴の中に両足を入れ、腰を下ろした。

雲母板の光は、間もなく頂上に達しようとしていた。

マイナス31

0

時間転移の瞬間のショックは、俊夫も当然覚悟していた。

伊沢啓子は、そのことについて何もいっていなかったが、彼女の場合、その直後年上の俊夫と対面するという大事件が持ち上がったため、すっかり忘れてしまったのに違いない。空間を上下するだけのエレベーターだって、止まるとき変な気持がする。まして、こちらはムクの金属製の物体が時間の中をふっとぶのだから、中の人間だってそれ相応の影響を受けるはずである。

だが、ここで俊夫が困ったのは、タイム・マシンというのは、自動車のように前へ進むのか、それともロケット式に上へ飛び上がるのか、進行方向が皆目不明なことだった。これでは、からだの構えようがない。

彼は、しかたなく、雲母板を見つめながら、穴座席の中で両足を適当にふんばっていた。このときの彼の気持ちは、京橋の空襲で頭上に二五〇キロ爆弾の落下音が聞こえてきたときと、まったく同じだったといえる。

一番上まで明るくなった瞬間、雲母板の光は全部消えてしまった。同時に、俊夫はからだがフワリと宙に浮いたような気がした。ものすごいショックが彼を襲ったのは、その次の瞬間だった。

ショックは、もっぱら尻に来た。軍隊生活をしたことのない俊夫は、海軍の精神棒というやつで尻をたたかれた水兵の苦痛を、はじめて体験することができた。

「うっ……」

俊夫は両手でからだを支えたまま、しばらく起き上がれなかった。

なるほど、と彼は痛みをこらえながら思った。啓子は、きっと自分ほどの衝撃は受けなかったにちがいない。おしりならば、男性より女性のほうが強いわけだ。

彼が腰をさすりながら穴座席の中に立ち上がったとき、ガチャリと音がして、マシンのドアが自然にあいた。

ドアのそとには、何も見えなかった。俊夫は、あわててドアに近づいた。上下を見まわし、彼はかろうじて空と地面を発見することができた。マシンは野原の真ん中にあったのである。

おかしい、と俊夫は思った。伊沢先生は、昭和八年にここへ来て、住みついたはずである。それなのに、昭和九年のここになぜ研究室がないのか。

彼は両手を壁に当ててからだを支え、おそるおそる首だけマシンのそとへ出してみた。

畑が見えた。木立ちが目にはいった。そして、少し先に数軒の家も見えた。すくなくとも、ここが氷河期でないことだけは、たしかである。

俊夫は鼻をピクつかせた。プーンとただよってくる香りは、まさしく畑からのものだった。日本人にとって、このにおいほど懐かしさと安堵感を覚えるものはない。俊夫は、汗ばんだ手を壁からはなして、マシンを降り立った。

あたりに人影はなかった。俊夫は澄み、そして香り高い空気を、数回大きく吸い込んだ。それから、家のあるほうへ歩き出した。

途中でふり返ってみると、灰緑色のタイム・マシンは、まわりの木立ちや草にまぎれて、あまり目立たなかった。この点にも、マシン製作者の周到な用意がうかがえた。

畑のはずれに、電柱が立っていた。丸太の頂上に横木を渡し、両側に碍子《がいし》を一つずつ付けただけの、その粗末な電柱を、俊夫は立ち止まって見上げた。こういったものには、よく製造年月日が書き入れられているからである。だが、期待したものは発見できなかった。

荷車が掘り返していった跡のついた二間ほどの道をへだてて、家が三軒ならんでいた。三軒とも、軒先に日の丸の旗が掲げてある。俊夫は、その右はしの家に近づいた。

古びた田舎家で、角がタバコ屋になっている。昔せんべい屋などによくあった、大きなガラスの角瓶にアルミニューム製のヤカンの蓋のようなのがついたやつ。それが四つばかりならんで、中にタバコがはいっている。その向こうに、三十四、五の丸髷《まるまげ》に結った女が坐っていた。

とにかく家があり、日本人がいる。俊夫の不安感は六〇パーセントがほど消し飛んだ。

「あのう」

と俊夫はいってみた。

「いらっしゃいまし」と丸髷は歯切れのいい東京弁をしゃべった。「何をさしあげましょう?」

「え? ああ、それじゃピースを……いや……」俊夫が気がついて、瓶の中を見まわし、「ゴールデンバット」

といった。

「ありがとうぞんじます」

丸髷は瓶の中からバットを取り出して、渡してくれた。

俊夫は内ポケットに手を入れようとして、ハッとした。上着を着ていないのである。啓子のからだにかけてきてしまったのだ。

彼は真っ赤になった。

「あのう……悪いけど、やめにするよ。財布をおいてきちまったんだ、上着と一緒にね」

「おやまあ、それはそれは……かまいませんよ、お持ちくださいまし」

丸髷は、俊夫が瓶の横へおいたバットの箱をとって、さし出した。

「え？」

「お代は、おついでのときにでも、また……」

丸髷は、そういうと、丁寧に頭を下げた。このびんつけ油のにおいは母が若いころ使っていたのと同じだと思い、俊夫はバットを受け取った。

「そう、悪いね。じゃあ、あとできっと持ってくるからね」

「たった七銭のことですから、いつでも結構ですよ」

一銭というのが一円の百分の一の単位であることに、俊夫が思い当たるまで、多少時間がかかった。それから、さらに彼は気がついた。貨幣価値が違うということは、同時に貨幣の種類が違うことでもある。彼は、昭和三十八年の人間の誠意を示すために、もう一度腰の痛みを体験してでも財布を取ってきてタバコ代を払うつもりだったが、こうなってくると、それもダメである。昭和三十八年の十円玉なぞ出そうものなら、このおかみさんは目をまわしてしまうだろう。

だが、すでに俊夫の手は無意識に、バットの箱をあけ、銀紙をやぶいてしまっていた。いまさら返すわけにもいかない。

俊夫は、しかたなく、一本取り出して口にくわえた。ズボンのポケットのガスライターを出そうとしていると、七銭の債権者が、すばやく時計印のマッチをすってくれた。

「どうぞ」

「どうも……」

俊夫はバットを一口吸った。昔のバットはうまかった、と誰かが本に書いていたが、そういえばそうかもしれなかった。

箱の中に、紙製の吸口がたくさんはいっていた。俊夫は、ちょっと考えてから、それを三つ重ねて、タバコにはめた。箱の印刷の金粉が、親指に少しついていた。

「ところで」と俊夫は大事な話にとりかかった。「きょうは、いくんちだっけ?」

「きょうは海軍記念日ですから」と、おかみさんは軒先の旗竿《はたざお》に目をやり、「二十七んちですよ」

「五月のね」

「ええ」

おかみさんは変な顔をした。

「昭和何年だっけ? ことしは。このごろ少し忘れっぽくなってね」

「あら」とおかみさんは笑って「ことしゃ七年ですよ」

といった。

「七年? 九年じゃなかった?」

「いやですね、だんな、しっかりしてくださいよ。ほら、この新聞にだって、ちゃんと書いてあるじゃありませんか」

おかみさんが、どこからともなく取り出した新聞を、俊夫はのぞきこんだ。

上に「昭和七年五月二十七日（金曜日）」と、右から左へ横書きしてあった。その下に「新閣僚親任」という大きな字が見えた。


〈……任内閣總理大臣兼外務大臣、海軍大將正二位勳一等功二級子爵　齋藤實……〉


斎藤内閣といえば、五・一五事件で犬養《いぬかい》総理がやられたあとの内閣だ。そして、五・一五事件が起こったのは、たしか昭和七年だった……。

「そうだったね、うっかりしてた。そういえば、もうじきオリンピックだったね」

と、俊夫はあやしまれないように、自ら話題を提供した。

「ええ、七月の三十日からでしょ。日本がいい成績を上げてくれるといいですね」

「だいじょぶさ」と俊夫は即座にうけあった。「水泳も三段跳も、みんな絶対だ。それに馬術もね、西中尉は必ず優勝するよ」

「あら、だんな、おくわしいんですね」

「ああ、ちゃんと知ってる」

しゃべりすぎても、反対にあやしまれるおそれがあるから、俊夫はその辺で切り上げることにした。

「じゃ、あとできっとお金持ってくるからね」

ウソをつくのは気がひけたが、この場合そういわなければ引っ込みがつかなかった。

「ほんとに、いつでも結構ですよ。まいど、ありがとうぞんじます」

俊夫はタイム・マシンの所へもどった。彼は啓子のことが気にかかった。とにかく、これでマシンの使い方はわかったのだから、また改めて、二人で時間旅行に出かければいい。

マシンの中にはいり、正面のレバーを未来のほうへ倒そうとして、俊夫は急に心配になった。計器が少しおかしいようだ。二年もずれてしまった。帰りも、うまくもとの所へもどれるだろうか。啓子のいる昭和三十八年の研究室へ……。

研究室？　彼は、とつぜん大変なことに気がついて、青くなった。マシンは、さっき研究室の床から出発した。そして、ここへ来たとき、研究室がなかったので、地面に落ちてしまったのだ！　だから、腰を打ったのだ。

もし、このまま帰ったら、研究室の床と衝突して、マシンはこわれてしまうだろう。こんどは、腰を打つぐらいではすまない。

彼はマシンのそとに出て、押してみた。ビクともしなかった。マシンは、赤土の中にめりこんでいた。

どうしよう……どうしたって、マシンを持ち上げなければならない。研究室の床の高さ……一メートルほど持ち上げておいてからでないと、もとの世界へ帰れないのだ。

彼はマシンの中にはいって、見まわした。用意周到なマシン製作者のことだ、何かこういうときのための装置があるかもしれない。

それらしい装置は、ついに発見できなかった。が、横の壁に二〇センチ平方ぐらいの布製のポケットがあるのが目にはいった。おととい の晩、その中から例のノートを取り出したのを思い出し、俊夫はふと手をつっこんでみた。何かが手にふれた。

つまみ出してみると、紙幣の束だった。百円札で百枚ぐらい、それも昔の、つまり昭和初期のものだった。伊沢先生が、何かのときのために入れておいたのだろう。

たすかった……俊夫は雀躍《こおど》りした。

彼は札束をにぎりしめて、タバコ屋にかけつけた。

「あのう、これ……」

俊夫は、まず借りを払うことにした。

「まあ、おかたいことで……」

と、おかみさんは受け取ったが、その紙幣を見ると、目を丸くした。

「あら、これ百円札……」

「えっ、それダメかい?」

「ダメってこた、ありませんけど、七銭の買物に百円出すなんて……こまかいの、ないんですか」

なるほど、この時代の百円といえば、相当の価値があったわけだ。

「ないんだけどね」

「こまりましたね。うち中ひっかきまわしたって、こんな大金のおつり、ありゃあしない……じゃあ、またこんだ、こまかいのがあったときでいいですよ、ほんとに」

「そう……そんなら」俊夫は、相手の意見に従ってから、「ところで、この辺に仕事師はいないかい?」

「仕事師?」

「うん、ちょっと仕事をたのみたいんだけど……」

「いますよ」

「近所かい?」

「ええ、うちのとうちゃん」

「おう、それは……」

「呼びましょうか。奥で寝てるんです。ゆうべ、タテマエでお酒をごちそうになって、二日酔いだって……でも仕事なら」

おかみさんは、俊夫がまだ手に持っている百円札に、チラリと目をやった。それから、立って奥へはいっていった。

俊夫は、さっきの新聞がないかと、のぞきこんだ。が、とうちゃんがふとんの中ででも読んでいるのか、見当たらなかった。その代わり、何か包んであったらしい古新聞が、タバコの瓶の横にくしゃくしゃにたたんで、おしこんであるのが見つかった。俊夫は、それをとって、ひろげてみた。

昭和七年一月二十九日の朝刊で〈上海で遂に火蓋切らる！〉とトップにあった。〈昨夜、電光石火――我が陸戦隊出動す〉上海事件の発端である。不逞《ふてい》の匪徒《ひと》を根絶させるための出動だそうで、中国兵の掠奪《りゃくだつ》ぶりが書いてあったが、どうもピンとこなかった。「電光石火」というのは、例によって、日本軍得意の不意討ちを喰わせたのにちがいない。

「どうも、お待たせしました、だんな、どういう？」

男の声がしたので、俊夫は古新聞をおいた。

「ああ、この先の空地でちょっと……一緒に来てくれませんか」

「へえ、よろしゅうござんす。じゃ、おともを……」

頭《カシラ》は、なるほど少し青い顔をしていた。おかみさんより十以上年上だろうか。しかし、先代の羽左衛門ばりの、なかなかの男前である。これでは、おかみさんも苦労が絶えまい。

「こんちはいいあんばいで……」

カシラは、そういいながら土間におりて草履をつっかけ、なんという着物か知らないが、その尻をはしょって、そとへ出てきた。

その横顔を見て、俊夫はおやと思った。どこかで会ったような気がするのである。しかし、それ以上どうしても思い出せなかった。

「だんな、どちらで?」

カシラは、うながした。

「え? ああ、こっちです」

俊夫は先に立って歩き出した。

「あすこに、ほら空地があるでしょう」

と、少し歩いてから、俊夫はマシンのあるほうを指さした。

「へえ、なるほど、平林さんの地所ですな。平林さん、ずっと北海道のほうへご旅行だとうかがいましたが……だんな、ご親戚かなんかで?」

「うん、まあ」

平林さんも、いいときに旅行してくれたものである。

「おっ、ありゃあ、ずいぶんでかい金庫ですな」

俊夫は、カシラの視線をたどり、マシンのことをいっているのだと気がついた。

「ええ、あの金庫なんですがね。ここまでは、とにかくはこんだんだけど、このままじゃ、どうしようもないんでね」

「へえ……」

「少し持ち上げてもらいたいんですが」

「もちゃげる?」

「そう……こうやって赤土の上においといたんじゃ、さびるといけないから……」

俊夫は苦しまぎれの理由をいって、相手の顔色をうかがったが、カシラはすなおに、

「なるほど」

と納得してくれた。

二人は、もうマシンの前へ来ていた。カシラはマシンの周囲をまわり、目分量で寸法をはかっている様子だった。その物なれたしぐさは、タイム・マシンの宙釣りぐらい朝飯前だといっているように思え、俊夫は急にうれしくなってきた。

「だんな、下へ丸太かなんか入れりゃあいいんですね」

「いや、もっと……三尺、いや四尺ぐらい持ち上げてもらいたいんです」

少し大目にしておかないと、あぶない。多いぶんには、腰を打つだけだから、かまわない。

「へ、そんなに……こりゃたいへんだ、重そうだから」

「ぜひたのみたいんです。費用は、いくらでも出しますから」

「そうねえ……」

カシラは腕組みした。もちろん、それが値段をつり上げる手段であることは、はっきりしていた。

「どうです、二百円出しますけど……」

「えっ、二百円」カシラは、たちまち相好《そうごう》をくずした。「……そうですな、なんとかやってみましょう、早いほうがいいでしょう」

カシラは意気込んでいった。ほかの人に、この仕事をとられでもしたら大変だと思ったらしい。二百円というのは、俊夫の想像以上の価値があるようだ。

「じゃあ、若い衆を集めてきますから」とカシラは走り出しかけて、ふり向いた。「だんな、おひるはおすみで?」

「いや、まだだけど……」

「そんなら、ひとつ、あっしんとこでどうぞ。うちのやつに何かあれさせますから」

旅館での朝飯は、起きぬけだったのでろくに手をつけなかったのと、もとの世界へもどれる見通しがついたのとで、俊夫は食欲旺盛だった。

「この辺は何もないいんですすよ。あり合わせですいませんけど」

と、おかみさんはいったが、くさやの干物はともかく、ハゼの佃煮《つくだに》がうまかった。

「とうちゃんが、きのう蔵前《くらまえ》へ行ったついでに鮒佐《ふなさ》で買ってきてくれたんですよ」

カシラは家にもどると、食事もせずに、仕事着に着替えて、とび出して行った。行きがけに俊夫の前の膳を見て舌なめずりしたところを見ると、おかみさんはカシラのぶんのおかずを俊夫にまわしてしまったらしかった。

俊夫が食事をすませてゴールデンバットで一服し、おかみさんのぐち話を一席聞かされてから現場へ行ったときには、すでに同勢がそろって、カシラが仕事のわりふりをしているところだった。

カシラは、紺の腹掛けの上にコール天の乗馬ズボンをはき、足には地下足袋、印半纏《しるしばんてん》を着て、鳥打帽という颯爽《さっそう》たるいでたちだった。

同じ印半纏を着た若い衆が四人。あとは、なんと手甲脚絆《てっこうきゃはん》をつけた婦人部隊だった。俊夫は、それがいわゆるヨイトマケのおばさんたちであることに思い当たった。とにかく急いで数だけをそろえたらしく、歩くのがやっとというようなヨボヨボのお婆さんもまじっていた。

俊夫は手ごろな石を見つけて腰を下ろし、カシラの仕事ぶりを見物することにした。

俊夫は最初、カシラは、てっきりマシンのまわりに足場を組み、そこから綱を下ろして、引き上げるのだろうと思っていた。だが、カシラはそんな原始的な方法はとらなかった。彼は、もっと物理学の法則にかなったやり方をしたのである。

カシラは、まずマシンの横から下にかけて穴を掘らせた。そこへ長い丸太をつっこむ。マシンから一メートルほどの所で、丸太の下に大石をかって支点とする。そして、空中につき出たほうの丸太の先に綱をかけて、ヨイトマケのおばさんたちが引っ張るのである。つまり梃子《てこ》の原理だった。

マシンの片方が少し持ち上がると、そばで待ちかまえていた若い衆が、すばやく下に丸太をつっこむ。それから、皆で反対側にまわって同じ作業をやる。これで、マシンは丸太一本ぶんだけ持ち上がったことになる。

すると、こんどは九十度向きを変えて、同じ作業をさらにくり返す。もちろん石の支点も、丸太一本ぶんだけ高くしてある。こうしてマシンの下に、一間ほどの丸太が約六本ずつ、たてよこ順ぐりにつみ重なっていく。途中で丸太が転がってもとの木阿弥になってはいけないから、若い衆がちゃんと縄とカスガイで要所要所をとめていく。

ヨイトマケのおばさんたちが声をかぎりに絶叫するかけ声と、カシラの叱咤する声は、正味五時間に渡ってつづいた。途中でお八つの休憩をして、おかみさんが持ってきてくれた柏餅《かしわもち》を皆で食べたから、仕事がすんだときは、もうとっぷりと日が暮れていた。

「みなさん、どうもごくろうさまでした」俊夫は一同をねぎらい、カシラをかげに呼んだ。「むき出しで悪いけど、半紙がないんでね」

と、ことわって百円札を二枚渡すと、カシラはおしいただいて腹掛けのドンブリにおさめた。

俊夫はすぐ、おかみさんに渡せばよかったと後悔した。カシラは今夜も轟沈《ごうちん》するかもしれない。

皆を見送ってから、俊夫はすぐタイム・マシンに乗ろうとした。ところが、ハタと困ってしまった。カシラは景気よく、マシンを五尺ほども上げてくれたのはいいが、マシンにのぼる足場がないのである。カシラも、まさか俊夫が金庫の中にはいるのだとは思わなかったのだろう。

台の丸太は二箇所ほど、マシンのそとへつき出ている所がある。だが、それはちょうどドアの反対側なのだ。あとは全部マシンの内側になっていて、要するにインク瓶をさかさまにしたような具合なのである。マシンの角は下側も丸くそぎ落としてあるし、まわりには何の手がかりもない。ドアがあいていれば、そこに手をかけて鉄棒の要領で這い上がれるのだが、さっき出るときに、きちんとドアをしめてしまってある。ドアのノブまでは手がとどかないし、俊夫は途方にくれてしまった。

俊夫は、一〇メートルほど先からかけてきて、とび上がってノブを握り、引きあけたらどうだろう、と思った。さっそく実行してみた。助走路にある石の類をまず片付けてから、俊夫は歩幅で一〇メートルはかり、ワイシャツの袖をまくり上げて位置についた。

暗いので途中でつまずいてしまい、俊夫は三度助走をやり直した。四度目はうまくいき、とび上がってドアのノブをつかむことができた。が、次の瞬間、額をいやというほどドアにぶつけ、俊夫のからだは地面に落下した。彼は五分間ほど、起き上がれなかった。

彼は立ち上がったとき、決心した。こうなっては、またカシラの救援を仰ぐより仕方がない。

タバコの瓶の前におかみさんはいず、カシラの顔をそのまま寸づまりにしたような顔の坊やがブリキの自動車を走らせていた。

「おとうちゃん、いる?」

俊夫が呼びかけると、坊やはびっくりした顔を上げ、奥へかけこもうとした。が、引き返してきて自動車をかかえこみ、俊夫の顔をにらんでから、かけて行った。

「まあ、だんな、さきほどはどうもいろいろと……」すぐ、おかみさんが割烹着《かっぽうぎ》の裾で手を拭きながら出てきた。「あんなにたくさんいただいちゃって、もう……大した仕事でもありませんのに」

おかみさんは、しきりに頭を畳にこすりつけている。カシラが、ちゃんと金をおかみさんに渡したらしいのを知って、俊夫は安心した。

「さあ、だんな、どうぞお上がりくださいましな。いま、おビールでも買ってきますから」

「いや、そうもしていられないんだ。ご主人いますか」

「ゴシュ……ああ、うちのひと……いましがた出かけちゃったんですよ。ほんとに、うちのとうちゃんときた日には、ちょいとお金がはいると、すぐこれだから……こまっちまうんです。駅前のヒサゴ屋だろうと思うんですけど、ちょいと行って呼んできます」

おかみさんは、割烹着を脱ぎはじめた。

「……いや、そうだ。おくさん、あのね」と、俊夫は土間へおりたおかみさんをとめた。「呼んでこなくていい。それより、お宅にハシゴ、ないかな?」

「ハシゴ?」

「うん、なければキャタツでもいい」

「そりゃ両方ありますけど……なんになさるんです?」

「うん、ちょっとね」

「うらにおいてあるんですけど」

土間におりたままのおかみさんは、そとに出て案内してくれた。二百円も払う人が、まさか泥棒に使うはずはないと思ったのだろう。

俊夫は、キャタツのほうを借りることにした。寸法がちょうどいい。

「じゃ、ちょっと借ります」キャタツをかついでから、俊夫はいい足した。「もし、夜遅くなったら、そとにおいておきますから」

マシンのある空地だって、そとにはちがいないのである。

キャタツは、ダグラス機に合わせて作ったタラップのように、マシンにちょうどピッタリだった。

俊夫はキャタツを上り、機上の人となった。

彼は照明をつけ、レバーを右に倒した。それから、発進ボタンに手をのばしかけて、やめてしまった。

彼はタイム・マシンを降りた。ドアをあけはなしておいて、そこから洩れる光で、その辺を探した。一箇所にゴミがまとめてあった。その中から、さっき柏餅を包んであった古新聞を拾い上げ、マシンにもどった。記念品である。

古新聞を壁のポケットにおしこむと、こんどはちゅうちょせず、貝殻ボタンを押した。雲母板の光がゆっくりふえていくのが、もどかしかった。俊夫は一つ、二つと勘定した。

十七数えたときだった。

「おいっ」

背後で声がし、俊夫はおどろいてふり返った。

「あっ……」

ドアが開き、ひげを生やした男が立っていた。黒い詰襟《つめえり》服、駅長のような帽子……。

「なにをしとるか、ここで」

サーベルがガチャッと鳴った。警官だ。

俊夫は壁を見まわした。発進中止ボタンらしいのは見つからなかった。

「ぼくは、べつにあやしい者じゃありません。ただ、ここでちょっと……休んでいたんです」

早く追い返さなくてはならない。あと一分ほどで発進だ。

「なにい、休んで？　きさま、ルンペンだな」

ルンペン……古い言葉だ。浮浪者のことだ。

「さあ、ちょっとこい」

警官は、俊夫の腕をつかんだ。

「ま、待って下さい」

ワイシャツがビリビリと裂けた。

「出ろっちゅうに」

二人は、もつれ合った。警官は力があった。俊夫も力では負けないつもりだったが、相手は柔道の有段者のようだった。それに、せまい機内での格闘は、小男の警官に有利だった。

「ああっ」

俊夫は逆手をとられて、悲鳴をあげた。

「さあ、早く出ろ」

警官が背中を押した。だが、俊夫はドアの所で、必死にがんばった。

からだをねじ曲げて見ると、雲母板の光は半分以上になっている。もうすぐ赤線だ。

「ちがうんです、ぼかあ……いけない、入れてくれ、おい」

俊夫のからだは、とうとうドアのそとに出てしまった。足の下のキャタツがグラリとかたむいた。

「あっ」

「あっ」

俊夫は土の上に落ちていた。とび起きて上を見ると、マシンの入口で、警官のびっくりした顔が見下ろしていた。

キャタツは?……キャタツはすぐ足もとに倒れていた。俊夫はにじりよって、それを立てようとした。が、そのとき、ガチャッと音がして、あたりが暗くなった。

見上げると、マシンのドアがしまっていた。

「おおい」俊夫は、あらん限りの声をはりあげた。「おおい、ダメだ、ダメだ」

何がダメなのか、自分でもわからなかった。

俊夫は夢中でキャタツを立てた。それにのぼった。

「あけろ、あけろ」

俊夫は、マシンのドアをたたいた。たたきつづけた。

最後に、彼の手は空を打った。

マシンは消えていた。

1

人口五百万、面積一億六千七百二十六万坪の「大東京市」は、昭和七年十月一日に誕生した。

「輝く日本、伸び行く東京」をスローガンに、それまでの十五区、人口二百万の旧市に荏原、豊多摩、南葛飾など五郡八十二町村を編入して三十五区に拡張、人口の点ではニューヨークに次ぐ世界第二の大都会となった。初代市長は旧市制時代から留任の青嵐・永田秀次郎である。

この、ラジオ放送で大風呂敷をひろげることで有名だった、元祖永田ラッパともいうべき青嵐市長は「遠からず、世界一の大都市になる」と豪語したが、将来のことはともかくとして、当時たび重なる汚職事件で評判を落としていた東京市議会にとって、大東京市制は起死回生の妙案だったといえる。

新市制の施行によって、新市域の町役場は看板を掛け替え、土建業者は賄賂《わいろ》の受取人の肩書を町会議員から新市会議員に書き直さねばならなくなった。しかし、市当局のほうは、何も今まで畑だった所に、一夜にして繁華街を建設する義務なぞは、毫《ごう》もなかったのである。

新市域の中の一区、世田谷について、昭和七年九月二十八日号のアサヒグラフに、次のような紹介記事がのっている。


〈野原がある、畠がある、田もあれば、林もある。といふて、これから市内といふ以上、勿論《もちろん》人家も、町もあるにはある。たゞ、撒《ま》きちらしたやうに點在する住宅であり、電車の沿線に細長くならんでゐる町だ。

駒澤、世田ヶ谷兩町に、玉川、松澤兩村が一緒になつて出來たこの區は、一一・七三四・六九八坪といふ厖大な面積。その中で元から町の形態を具へてゐたのは、わづかに玉川電車線路を中心とする世田ヶ谷町だけで、その他は、小田急、京王電車、目蒲電鐵二子玉川大井町線の驛々を中心に出來上つた新市街、新住宅地だ。

これらの郊外電車（今度は市内電車）會社のいふところにしたがへば『土地高燥にし

て閑靜、風光明美にして交通至便』といふのだが、田園さながらの附近の有様は、建て込んだ舊市内に比較して將《まさ》に明美な眺めであり、又電車驛の近くに未だ空地のある點からいつて、交通便利といふこともたしかに間違つてはゐない。だが――

要するにこの世田ヶ谷區は今のところ田園が主であり、都市は從である。田園都市！さう〳〵この田園都市といふ名稱は何と、この區にぴつたりと宛てはまるではないか。從つて、世田ヶ谷町の一部を除くほかは、凡《すべ》てこの區に住む人々は田園の憂鬱と田園の喜びを味はつてゐるといつて間違ない。

ともあれこの區は、從來の市内といふ觀念からは遙《はるか》に遠い區、從つてこの區に住むマダム連が、これまで口にしてゐた『一寸東京まで買物に』といふ言葉を忘れるまでには相當の月日を要するであらう〉

タイム・マシンにおいてけぼりをくわされた浜田俊夫が昭和七年五月二十八日の朝、目をさましたのは、世田谷区になる直前の、東京市外世田ヶ谷町にあるタバコ屋の奥座敷だった。

となりの部屋で、柱時計が鳴っていた。その音で目がさめたらしい。だから、彼が意識する前に、すでにいくつか鳴り終わっているはずだが、それにもかかわらず、柱時計はなおもえんえんと鳴りつづけている。おそらく、十時か十一時にちがいない。ゆうべ、ここのうちへたどりついて床をとってもらったのが十二時ごろだから、十時間以上寝たことになる。こんなゴッゴッしたふとんで、よくそんなに熟睡できたものだと、俊夫はわれながら感心した。もっとも、背中がゴッゴッするのは、カシラのうちのふとんがうすいせいばかりではなく、俊夫がフォームラバーのマットレスになれているのと、それから、タイム・マシンから落ちたときに背中を打ったせいもあるようだった。

とつぜん、唐紙の向こうで、ワレガネのような声がわき起こった。

「ショーワ、ショーワ、ショーワノコドモヨ、ボクタチワア……」

作曲者が聞いたら自殺してしまいそうな節まわしである。脳天から声を出しているのは、ゆうべ店先で会った坊やにちがいなかった。

と、おかみさんの声が、坊やの絶唱を圧して、ひびいてきた。

「これ、しずかになさい、だんなが、まだおやすみなんだから」

俊夫は天井を見つめて、前二者に負けないよう、大声を張り上げた。

「ああ、ぼく、もう起きますよ」

「あら、だんな、すいませんね、目をさまさしちゃって」と、おかみさんの声は、ますますカン高い。「ほら、一銭あげるから、おもてへいって、あそんどいで……だんな、おつかれでしょうから、どうぞごゆっくり、おやすみになってくださいまし」

おかみさんと坊やの足音が、遠ざかっていった。

おかみさんの口ぶりから察すると、まだ八時か九時ごろなのかもしれなかった。が、俊夫は枕もとの腕時計を見ようとも思わなかった。さしあたって、とび起きてしなければならないような用事は、何もないのである。

タイム・マシンが俊夫の目の前で消えたのは前夜の十時ごろだったが、マシンに置き去りにされることが何を意味するかは、すでにそれ以前に、警官と組み合っている最中にも、マシンのドアをたたきつづけている間にも、俊夫は何度も考えて、身にしみるほどわかっていた。だから、実際にそのことが起こったとき、彼の大脳皮質は完全にその働きを停止してしまった。そして、何分間か――あるいは何十分だったかもしれないが――の空白期間を経て、彼の頭に浮かんだのは、この世界に永住することになったからには、これからの生活を少しでも快適なものにする方策を考えよう、ということだった。

金も少しはある。それで、しばらく食いつないでおいて、何か仕事を探すことにしよう。自分の弱電の知識は、この世界の同業者より三十年進んでいるわけだから、その方面へ就職することは簡単にちがいない。いや、それよりも、知識を小出しにして、一つ一つ特許をとっていけば、それだけで相当な生活ができるかもしれない。

住居は、とりあえず、この辺がいい。あのカシラ夫婦は好人物だから、何かと相談に乗ってくれるだろう。この空地でも借りて、家をたてて……。

いや、それはだめだ、と俊夫は思った。ここは、いまに伊沢先生が来て住むことになっているのだ。

そうだ、と俊夫は、とつぜん気がついた。彼の大脳皮質は、にわかに上を下への大騒ぎになった。伊沢先生は昭和八年、つまり来年ここへ来る。先生は未来の世界からタイム・マシンに乗って、やってくるのだ。……だから一年たてば、タイム・マシンがここへやってくる！

俊夫は心中、万歳を絶叫し、もう少しで地面に落ちてしまうところだった。彼は、ずっとキャタツの上で考えていたのである。

一年待てばいい。先生が来たら、たのんで使わせてもらうか、あるいはしのびこんで無断借用するか……とにかく元の世界へ帰ることができる。

この昭和七年から見れば、昭和八年は一年先の未来かもしれない。しかし、来年伊沢先生が、ここへ来るのは、俊夫がすでに過去の事実として知っている絶対間違いないことなのだ。例のノートによれば、先生が来るのは、来年の八月ごろと思われる。マシンが到着したら、できるだけ早く乗ることにしよう。無断借用して昭和三十八年へ帰ったら、無人操縦ですぐ元へもどしておけばいい。

だが、考えてみると、八月に出発したのでは、マシンの目盛りは年が単位だから、昭和三十八年の八月に帰ることになってしまう。三カ月のブランクができてしまう。

だから、むしろもう二年待って、昭和九年の五月二十七日、マシンが及川邸のドームを出発した直後の時間に、マシンに乗ったらどうだろう。そして、目盛りを二十九年後に合わせて出発すれば、啓子はまだソファに寝ていて、自分が時間旅行をしてきたことさえ、気づかれずにすむかもしれない。

それより、もっといい方法がある。一日前の二十六日に立って、二十六日に元の世界へつけばいい。そして、すぐ会社へ行けば、気になっていた昨日の欠勤を取り消すことができる……。

だが待てよ、と俊夫は有頂天になっている自分を制した。出発日時のことはいいとして、タイム・マシン自体に問題がある。そのとき、マシンは、はたして思い通りの昭和三十八年に、自分を運んでくれるだろうか。

すでに、ここへ来るとき、マシンは到着年度に二年のくいちがいを示した。昭和九年へ行くつもりが、昭和七年に来てしまった。マイナス29のはずが、マイナス31になってしまったのだ。あのマシンの目盛りは、当てにならない。

しかし、いちがいにタイム・マシンがくるっていたときめつけるわけにもいかない。伊沢先生は啓子を送り出すとき、もちろん自分で目盛りを調整したにちがいないが、そのあとで俊夫に一九六三年五月二十五日と遺言し、マシンはその通り正確な期日に現われている。少なくとも、このときマシンにくるいはなかった。それが、俊夫の場合だけ、なぜ二年のズレが生じたか。マシンが啓子を乗せて到着したのが二十五日で、俊夫の出発が二十七日、このわずか二日の間に、マシンが急に故障を起こしたとも思えない。

とすれば、俊夫の場合、目盛りの合わせ方が違っていたのではなかろうか。あのとき、俊夫はノートから推定した数字を元にして、目盛りを合わせた。だが、あの数字は、はたして俊夫の考えた数字だったかどうか。

2という数字は、たしかに間違いなかったと俊夫は思う。決して3ではなかったはずである。それがまず第一におかしいが、それよりも、さらに問題なのは、その次の9という数字である。あのとき、先生の合わせた8の次の数字ということで、俊夫は頭から9であると思いこんでしまったが、いまになって思い返してみると、ノートにあった9という数字と、少し違うのである。あれは筆記体と印刷体の違いではないかもしれない。8の次の数字と、10の前の数字が違う。これは、どういうわけか。

そうだ、何かが違っている……。

俊夫は、ふと先生が全然違う文明の世界から来たということに思い当たった。われわれの世界では、計算をするのに、十を単位とする、いわゆる十進法を使っている。しかし、十進法は必ずしも唯一至上のものではないはずである。未来の文明社会では、あるいは十進法以外の計算方法を使用しているかもしれない。

あの数字は、十進法ではない！

俊夫は、そう確信した。だからこそ、8より一つ多い数と、10より一つ少ない数が違うのだ。

そして、それは十一進法から十七進法までの間のどれかであることも間違いない。それは、伊沢先生の合わせた目盛の18に当たる数字から推理できる。あの数字は二桁だった。もし十九進法以上なら、18は一桁の数字で表わせるはずである。また、九進法および十八進法の場合は、一の位の数字は0となる。あの数字が0でないことは、最初からはっきりしている。さらに、十の位の数字が1であることもたしかだから、八進法以下でもないわけである。

俊夫は、十一進法から一つ一つ、ためしていくことにした。それを使って18と31という数を表わす場合を考え、種々の条件を満足するかどうか、考えるのである。

十一進法の場合は、うまくいかなかった。十一進法だと、18は（11×1＋7）、31は（11×2＋9）という表わし方になる。31が②⑨になるということで、俊夫は一瞬ドキリとしたが、そのあとがだめだった。あのとき、一の位の数字を一つしか動かしていないから、⑦から⑨ということはあり得ない。

だが、次の十二進法で計算してみたとき、俊夫はまたキャタツから落ちそうになった。十二進法だと、すべてピッタリといくのである。

十二進法の場合、俊夫がいじる前のマシンの目盛り、つまり18を意味する数字は、⓪⓪①⑥（12×1＋6＝18）ということになる。それを、俊夫は十の位の数字を一つ上げて②とし、一の位の⑥を8と思って9にするつもりで⑦にした。俊夫は29に合わせようとして、⓪⓪⓪②⑦（12×2＋7）つまり31に合わせてしまったのだ。

マシンは昭和三十八年から、正確に三十一年前の昭和七年に、俊夫を運んできたのである。マシンはくるっていなかったのだ。ただ、十二進法の数字を、十進法のつもりでいたところから、間違いが生じたのだ。

これで、すべてがはっきりした。伊沢先生が啓子を送り出すとき、どうして十八年という半端な数を選んだかも、わかった。十二進法だと、十八はその一・五倍、つまり、われわれの十進法における十五や二十五のような、きりのいい数なのだ。

しかし、未来の世界では、なぜ、十進法ではなく、十二進法を使っているのだろう。

俊夫は、工科の学生時代に、数学好きの友人から聞いた話を思いだした。

古代バビロニア人は、紀元前二千年ごろ、すでに平方根や立方根を扱う高度な数学を知っていたが、彼等はその計算に六十進法を用いていた。なぜ六十進法を使ったかというと、その60という底数がたくさんの約数を持っているからである。60は2、3、4、5、6、10、12、15、20、30の各数で割りきることができる。

十二進法は、この六十進法を整理したものといえる。12は2、3、4、6の四つの数で割りきれる。それに反して十進法の底数10は2と5の二つでしか割りきれないのだ。

現在われわれは、時間に十二進法を使用している。一日を昼夜の12時間ずつに分け、昼間の12時間を、午前と午後の6時間に分けている。その6時間は、3時間ずつ二つに分けることも、2時間ずつ三つに分けることも、また1時間半ずつ四つに分けることもできる。また、1時間を、バビロニア式に60分としているから、これもいろいろなふうに等分することができる。午前午後を5時間ずつにしたり、一時間を100分にした場合を考えると、このほうがはるかに便利だろう。

そのほか、バビロニア人に根源を発した、十二進法的な数え方は、ダースの計算、12インチを1フィートとするヤード・ポンド法、角度の度数などに根強く残っている。角度の場合などことに、底数が多くの数で割りきれることが望ましいわけだ。

現在広く使われている十進法は、インドにはじまり、中近東を経てアラビア数字としてヨーロッパにはいったものだが、十進法はもともと、人間の両手の指の数からはじまったもので、むしろ原始的な発想なのである。

したがって、未来の、ぜんぜん別の、われわれより進歩していると思われる文明世界が十二進法を使っていたとしても、それはむしろ当然ということになる。

それから、マシンの飛ぶ時間の単位に、われわれの世界の一年と同じものが使用されているが、これは当然だろう。伊沢先生のいた未来世界が、いまから何万年後にしろ、地球の公転と自転の周期はいまと変わらないだろうし、それを時間の単位としているにちがいない。一太陽年と一暦年の差から生じる閏日《うるうび》の扱い方も、われわれのグレゴリー暦と同じか、似たものにちがいない。それをマシンの内部でアジャストしているわけだ。ただ、彼らの暦を、現在のわれわれの世界にさかのぼって使用した場合、閏年の位置が違うこともあり得る。だから、場合によっては、一日のくるいが生じることもあるわけだ。この点だけが、俊夫はちょっと気になった。

が、とにかく当面の問題は全部解決したわけである。俊夫は、キャタツを降りると、それをかつぎ上げ、足どりも軽く歩き出した。

「昭和の子供」の歌声のときは、前もって目をさましていたので、俊夫も大しておどろかなかったが、二度目に坊やの声が爆発したのは、ぐっすり眠っている最中だった。

「スイタ、スイタ、オナカガスイタ」

俊夫は愕然《がくぜん》として、とび起きた。どしんどしんと地響きさえ、ともなっているのだ。しかし、やがてそれが空襲でも、火事でもなく、坊やが食事要求のデモ行進をしているのであることを、俊夫は部屋の中にただよっているイカの煮えているにおいから察することができた。

俊夫は、おかみさんが坊やをしかる前に、ふとんの上に立ち上がり、お祭りのお揃いらしい巴《ともえ》の模様のついた浴衣を脱ぎすてた。からだのふしぶしが、まだ痛んだが、考えて見ると、きのう昼ごはんを食べて以来、柏餅を二つ食べただけなのである。

枕もとに、彼のワイシャツとズボンが、キチンとたたんでおいてあった。ワイシャツのほころびは手縫いでつくろってあり、泥のついた所がつまみ洗いしてある。二百円の霊験《れいけん》あらたかであった。

身仕度をととのえ、十二時十分をさしている自動巻きの腕時計をつけると、俊夫は唐紙をあけた。

茶碗を箸でたたきながら、イカの到着を待ちわびていた坊やは、俊夫の姿を見ると、たちまち、お通夜のように沈黙した。

「やあ、ぼうや」

と俊夫はいった。

坊やは目をパチクリさせている。だが、ゆうべのように逃げ出さないところを見ると、多少警戒心はうすらいだようである。

そこへ、台所から、手拭いをあねさんかぶりにしたおかみさんが顔を出した。

「うるさくて、よく寝られなかったでしょう。井戸ばたに、歯ミガキやなんか、おいてありますから……」それから、おかみさんは坊やの方を向いて、「オヤブン、手を洗ったかい?」

といった。

なるほど、坊やは、この家ではカシラ以上の権勢をほしいままにしているようである。

る。

「アラタヨ」

オヤブンは右手をエプロンにこすりつけ、鼻の所へ持っていって、においをかいでいる。

俊夫は、うす暗い台所を通り、赤い鼻緒の女下駄をつっかけて、井戸ばたに出た。ポンプの横に、楠正成《くすのきまさしげ》の銅像のマークがついたチューブ入りの練り歯ミガキと、歯ブラシがおいてあった。どちらも新品である。

ホーローびきの洗面器を、茶色に染まった漉《こ》し布のついた蛇口の下において、ポンプをこぐと、景気よく水がほとばしり出た。俊夫は、そばにある真鍮《しんちゅう》のコップをとって水を受け、のどに流しこんだ。ウォーター・クーラーの水以上に冷たかった。彼は、たてつづけに三杯飲んだ。

弗素《ふっそ》もガードルもふくまれていない純粋の歯ミガキを味わいながら見渡すと、カシラの家の裏手はずっと畑がつづいていた。そういえば、となりの家は二軒とも農家である。うち中、畑に出ているらしく、しーんとしている。二軒とも、同じようにつつじの花が庭に咲き、同じようにニワトリが留守番している。

畑の左手の、駅に近い所に、俊夫の目にもモダンと感じられる住宅が二軒見える。その横に骨組だけの家があり、屋根に大工が坐っている。手もとで何かやっているが、あの熱心さは仕事ではなく、弁当を使っているらしい。おかずは塩鮭か、タラコか……。

俊夫は、ポンプの口から直接水を受けて、ちょっと顔になすり、東京市復興祭と染めぬかれた手拭いでふきながら、茶の間にもどった。

オヤブンは韋駄天《いだてん》のごとく食事をすませてしまったと見え、すでに姿がなかった。イカの残骸が皿の上に横たわり、ごはん粒がチャブ台の上といわず、畳の上といわず、散乱している。

おかみさんが一生懸命、そのごはん粒をひろって、口に入れていた。

「さあ、だんな、こちらへ」

彼女は長火鉢の横の座布団を裏返し、また作業をつづけ出した。

俊夫は、二百円の威光を見せて、だまって座布団に坐り、作業終了まで、横にある新聞を読むことにした。

新聞は社会面を上にして折ってあった。そこに出ている着物姿の老人の写真を見て、俊夫はすぐそれが、小学校のころ教室に飾ってあった額の人物だと気がついた。

「おかみさん、東郷元帥は……」

俊夫は〈いつ死んだんでしたっけね？〉といいかけて、あやうく言葉をのみこんだ。昭和七年の世界のおかみさんが、そんなことを知るはずはない。

「あら」と最後の一粒を口へ入れながら、おかみさんがふり向いた。「東郷さんが出てるんですか」

おかみさんは、どうやら新聞は読まない主義らしい。

「ほっぺに、ごはん粒がついてますよ」と注意してから、俊夫は記事を読みながら説明した。「きのうの海軍記念日に、番町の東郷さんのお邸に、小学生や花嫁学校の生徒がおしよせて、万歳をさけんだそうです」

「きのうは軍楽隊の行進やなんかで、東京はにぎやかだったでしょうね。あたしたちも、ぜんに厩橋《うまやばし》にいたんですけど、いつも通りまで出て見物したもんですよ。あ、だんな、ごはんにしましょ」

おかみさんは、やっと俊夫の前の茶碗をとって、ごはんをよそってくれた。

なるほど、と俊夫は思った。こんないなかの人にしては、どうもカシラ夫婦が垢ぬけしすぎていると思ったら、やはり以前は下町にいたわけだ。そういえば、おかみさんの色の黒いのは、おしろいやけらしく、元は水商売だったのかもしれない。

「だんなも、きのうは大変でしたね。そういえば、あの金庫、どうなさったんです？けさ見えませんでしたけども……」

きのうの海軍記念日の話なぞしなければよかった、と俊夫は後悔した。彼はイカの足を口にほうりこみ、それが胃におさまるまでの間に、質問の答えを考えた。

「あれは、ゆうべのうちに運んでしまったんです」

「おや、なんでまた、そんなに急に……」

「いや、ちょっと予定が変わってね」

本当は、ちょっとどころではない。大変更である。

「貨物自動車かなんかで？」

「え？……ああそう、トラックで……」

「十時ごろだったでしょ？　だんながキャタツを借りにいらしってすぐ、大きな声で何かいってるのが聞こえましたから……」

「え……うん」

「だけど、あれですね。せっかく台をこさえたのに、もったいなかったですねえ」

「うん。でも、台のおかげで、らくにトラックに乗せることができて、やはり助かったです」

「そうですか、そんならいいけど……あんなにたくさんご祝儀いただいて、仕事がむだんなっちゃ、あたしたちも申しわけありませんからね」

「いや、そんなことは……」

「ほんとに、百五十円もいただいちまって」

「え？」

「とうちゃんたら、けさ早くっから、もう中山の競馬へ出かけちゃったんですよ。十円持って」

「へえ」

カシラがゆうべちゃんとうちに帰ってきたのはいいことだが、百五十円とはどういう意味だろう。

俊夫は最初、ヨイトマケのおばさんたちに五十円払って、カシラの実収入が百五十円ということなのかと思ったが、おかみさんの口ぶりは、どうもそうでないようだ。

カシラは五十円サバを読んだにちがいない。そして、六十円も持って、競馬へ行ったのだ。

「おかみさん」と俊夫はいった。「カシラは、よく競馬へいくんですか」

「ええ、ちょいちょい……だけど、あたしも、つまんない女なんかにひっかかるよりは、ましだと思って……」

「…………」

おかみさんは坐り直した。得意のぐち話の開始である。

「だんな、聞いて下さいよ、こないだもね……」

だが、そこへ聞こえてきた声が、俊夫を救った。

「タダーイマ」

カシラの声ではなかった。俊夫は、おかみさんの顔を見た。

「上の子なんです」

おかみさんがそういったところへ、店のほうから、ランドセルを背負った金ボタン服の少年がはいってきた。

少年は俊夫を見ると、畳に手をついて、丁寧におじぎした。背中のランドセルが九十度以上かたむいて、中のセルロイドの筆箱がガラガラと鳴ったほどだった。二百円のいきさつを聞かされているからにちがいない。

「タカシちゃん、さ、ごはんよ」

タカシはランドセルをしきいぎわにおき、チャブ台の前に坐った。

「タカシ君は何年生？」

と俊夫はゴールデンバットに火をつけながら、きいた。

「尋常四年です」

タカシは、学芸会調のフシをつけて答えた。オヤブンがカシラに似ているのにひきかえ、このタカシは目がつり上がっているところなぞ、おかみさんにそっくりである。

「そう。大きいから五年生ぐらいかと思った」

「この子は勉強もよくできるんですよ」タカシのごはんをよそってやっていたおかみさんが、すかさずいった。「……絵が上手で、こないだも日本の代表とかで、外国の……なんてったっけね」

「フランスだよ、おかあちゃん」

「そうそう、そのフランスへ送る絵を書いたんですよ」

「そう、そりゃたいしたもんだ」

「富士山の上を飛行機が飛んでる絵で、運転手の顔までハッキリ……」

「操縦士だよ、おかあちゃん」

「そうかい……なんですかもう、この子は飛行機やなんかのこと、よく知ってて……イカ、まだあるからね。たんと、お食べ。滋養をとらないと……だんなもよろしかったら、まだ……」

「いやもう……どうも、ごちそうさま」

俊夫はすでに三ぜん食べ終わり、イカは向こう一年ぐらい食べる気がしなくなっていた。

「そうですか。おそうそさま。晩にはおビールでもおつけしますから……」

タカシは、しばらく黙々と食事していたが、急に思いついたように、おかみさんの顔を見て、

「おかあちゃん」といった。「駐在所のおまわりさんがね、いなくなっちゃったんだって……」

「おまわりさんがいなくなったって、いったい……」

オヤブンの使っていた小さな茶碗で、お茶漬けをかきこんでいたおかみさんは、箸を

とめて、タカシの顔をのぞきこんだ。

「けさっから、どこにもいないんだって……みんなでさがしてるよ」

「へえ、泥棒にでもつれてかれちまったのかしら。物騒な世の中になりましたねえ」

おかみさんは、俊夫に同意を求めた。

「そ、そうですね」

俊夫は、何かほかの話題はないかと、部屋の中を見まわした。

タンスの上に、軍艦と飛行機とエンパイア・ステート・ビルの模型が飾ってあった。

「あの軍艦やなんかは？」

と俊夫は、そこを指さした。

「あれですか。あれはタカシがこさえたんです」

「へえ、よくできてるな」

「本の付録を組み立てたんです」

道理で、自分で考えて作ったにしては、よくできすぎている。この時代の子供たちは、プラモデルの代わりに、こういうものを作っていたわけだ。

「あのおまわりさん、いい方だったのに……まさか殺されちまったんじゃないだろうね」

「わかんないよ、おかあちゃん」

俊夫は立ち上がって、タンスの前へ行った。

「うん、わかったぞ」と俊夫は厚紙製の軍艦をのぞきこんで、大発見したようにさけんだ。「これは三笠だね、日本海海戦の」

ちゃんと台座に印刷してあるのである。

「うん……ごちそうさま」俊夫の作戦は図に当たり、ちょうど食事をすませたタカシは、立ち上がってよってきた。「ここんとこに、ほら弾丸のあとがあるんだ、本物の通りに」

「へえ、ずいぶんこまかいんだな。それから、これはエンパイア・ビル、それからこの飛行機は、ええと……」

こんどは印刷してなかった。九三式重爆撃機に似ているが、そうではない。全体にカムフラージュがほどこされている。

「愛国号」

とタカシがいった。

「そうだそうだ、愛国第一号機だったね」

と、少年時代飛行機に凝った俊夫は、やっと思い出した。

愛国号とは、国民の献金によって製作された陸軍機に冠せられた名称で、海軍の報国号に当たる。この愛国第一号機は、しかし、国産機ではなく、スウェーデン製のユンカースK37である。ユンカース社と技術提携した三菱によって、この機種は昭和八年に国産化され、九三式双軽爆撃機となった。三菱が、これをさらにふくらませたのが九三式重爆撃機なのである。

「なるほどね」

俊夫は、回転銃座にちゃんと機銃がついているのをたしかめたのち、エンパイア・ビルの台座に目を近づけた。

「そうか」と彼はつぶやいた。「少年倶楽部《くらぶ》か。なつかしいな」

「おじさん、読んだことあるの」

「うん、子供のころにね」

俊夫がその雑誌を読んだのは、大東亜戦争がはじまったころだから、もう紙の統制で、こんな付録なぞついていなかったのである。

「そいじゃあ」とタカシがいった。「少年倶楽部がはじめて出たころだね」

「……うん、そうだ」

俊夫はヒヤリとした。昭和七年の世界にいる三十男の俊夫の少年時代といえば、誰が考えたって、大正の初年である。そのころから、この雑誌があってくれてよかった、と俊夫は胸をなぜ下ろした。

「タカシちゃん」

と、チャブ台の上を片付けはじめていたおかみさんがいったので、またおまわりさんかと、俊夫は狼狽《ろうばい》したが、そうではなかった。

「だんなに、絵やなんかお見せしたら?」


それから三十分ほど、俊夫はタカシの部屋ですごした。

八畳の奥にある四畳半は、オヤブンとの共有らしかった。壁と唐紙の下半分が落書きや、指でほじくった穴など、オヤブンの作品で満ち満ちている。

タカシの作品は、壁の上部に画鋲《がびょう》でとめてあった。肩に赤く「甲」または「甲上」と書かれたクレヨン画が五枚ほど、いずれも軍艦か飛行機の絵だった。リアルなタッチで描かれ、考証もなかなか正確である。軍艦旗のスジなぞ、ちゃんと十六本書いてある。

「たいしたもんだ」俊夫は、そういって、部屋の中を見まわし、「本は?」

ときいた。窓ぎわにある小さな机の上にも、そのほかどこにも本のたぐいが見当たらないのである。

すると、タカシはだまって、横の半間の押し入れの戸を引きあけた。

押し入れの下段は、自動車や皮の破れた太鼓など、オモチャ類でごった返している。それにひきかえ、上の段はきちんと整頓されて、ミカン箱を改造した本箱の中に、手垢一つつかない雑誌や単行本がならんでいた。なるほど、ここならオヤブンにかきまわされる心配はない。そして、この部屋は、机をのぞいて、下半分がオヤブンの所有に属し、上半分がタカシの物になっているらしかった。

「ちょっと見せてくれる？　よごさないように気をつけるから」

俊夫は、そうことわって、タカシ秘蔵の本の中でも一番新しい少年倶楽部六月号をひき抜いた。

表紙を見ると、上部に赤い字で「少年倶楽部」と右から左へ書いてあった。下には「我等の空軍號」とある。表紙の絵は飛行機だった。

「この飛行機は、ええと……」

俊夫が、また苦吟していると、タカシがいった。

「九一式戦闘機だよ。少し本物よりカウリングが小さくて、胴体が太すぎるんだ。斎藤五百枝《いおえ》は、飛行機の絵はうまくないや。樺島や御水の方がいいな」

たしかに、その通りだった。九一式戦闘機なら、俊夫も知っているが、こうデフォルメされていては、わからないのも無理はない。

昭和二年、陸軍は中島、三菱、川崎の三社に国産戦闘機の競争試作を命じたが、その中から昭和六年に合格採用されたのが、中島製の、この九一式戦闘機だった。基礎設計にあたったのは、中島がフランスから招いたマリー技師とロバン助手。ジュピター四百五十馬力の空冷式発動機をそなえ、最大時速三〇〇キロという、当時の最新鋭戦闘機だった。

「そうだね」と俊夫は子供のころを思い出していった。「樺島勝一や鈴木御水の絵はいいね」

俊夫は、壁に貼ってあるタカシの絵が、この両画伯の作風を真似していることに気がついた。軍艦の下に書いてあるヘチマのスポンジみたいなのは、樺島式の波のつもりらしい。

タカシは、同好の士を得て、目を輝かせた。

「ふーん。その本の中に出てるよ。『吼《ほ》える密林』のさし絵は御水で、『亜細亜《あじあ》の曙《あけぼの》』は樺島なんだ」

「そうか。それじゃ見せてもらおうかな」

俊夫は本を持って窓ぎわへ行き、あぐらをかいた。

タカシは机の前に坐り、ランドセルから本とノートをとり出した。

「勉強かい?」

と俊夫は本をのぞきこんだ。算術の教科書のようだった。

「うん、宿題……」

学校から帰ってきて、すぐ宿題を片付けるとは、なかなかの心がけである。俊夫は、場合によっては手伝ってやろうと、しばらく見まもっていた。が、その必要はなかった。

タカシは、教科書の問題を見ながら、ノートの上で鉛筆をスイスイ動かしていく。タカシの手が止まったのは、どこからともなくはいりこんできたハエが、彼の鼻の頭にとまったときだけだった。さすが、おかみさんが自慢するだけのことはある。

俊夫は雑誌の表紙をめくってみた。井上通信英語講義録の広告が出ていた。「壹圓廿錢で此最高設備」とあり、レコードと手まわし蓄音機の絵が描いてある。

彼は、うっかり表紙の付け根をギュッと折りまげてしまったことに気がつき、いそいで表紙をふせて、折り目をこすった。さいわい、タカシは手でハエをつかまえることに熱中していた。

俊夫は、こんどは雑誌をパラパラとめくった。地球の絵が目にとまったので、そのページを開いてみた。

武俠熱血小説「亞細亞の曙」とあった。山中峯太郎の作で、さし絵は樺島勝一である。作者自身の筆になる前説明がついている。

〈わが日東の劍俠兒。本郷義昭は、祖國の最も重要なる機密書類を、今や怪敵の手から奪ひかへした。本郷に從ふ印度の少年王子ルイカール、その從者の黒人ベンガル、味方は三人だ。三人とも覆面し、綠の外套《ぐわいたう》を着てゐる。怪敵と同じ姿に變裝《へんさう》したのだ。しかも、今、『恐怖鐵塔《きようふてつたふ》』と名づける塔の頂きに登り、そこに高くつながれてゐる硬式飛《かうしきひ》行船《かうせん》の窓に、三人とも躍入つた。吊籠《ゴンドラ》の窓だ。十三人の怪敵は、遙《はる》か下の床に立ちすくんでる。本郷の勝利か？　見えざる怪敵總首領は、ラヂオによつて堂々と宣言したのだ。

『本郷！　最後の勝利は汝に無し!!!』

と、勝敗は未だ終らず、怪敵總首領、いづこにか在る？　さらば今から、我が日東劍俠兒の活躍を見よう！……〉

俊夫は感心してしまった。ルビがついているとはいえ、こんな文語体まじりのややこしい文章を、小学校の四年生が、よく読む気になれる。

考えてみると、このカシラの家には、テレビは放送されていないのだから当たり前だとしても、ラジオさえ、ないのである。とすれば、この四百ページあまりの雑誌がタカシの唯一の娯楽機関なのにちがいない。

見ると、タカシはめずらしく手を休め、壁の一点をじっと見つめていた。そのタカシの視線の先に、妙な絵があることに、俊夫は気がついた。

俊夫はハッとした。そのクレヨン画が鉄腕アトムではないかと思ったのである。だが、よく見ると、そうではないようだった。とんがった黒い耳や、目のあたりは、アトムに似ているが、口もとがぜんぜん違う。第一、鉄腕アトムなら、首から星のマークのついた札なんかをさげているはずはない。これは「のらくろ」だ。俊夫は、手にした少年倶楽部を開いて、それが連載中の田河水泡《すいほう》作のマンガ「のらくろ上等兵」の主人公であることを確認した。

タカシは、なおもじっと、自作の「のらくろ」のピンナップを見つめていた。

やがて「のらくろ」は、タカシに勇気と智慧をさずけてくれたようだった。タカシは、ふいに鉛筆を持ち直すと、アシュラのように数字を書きはじめた。

俊夫は、しばらくの間、雑誌を元と寸分違わない位置にもどすことに熱中したのち、その部屋を出た。

茶の間からのぞいてみると、店先では、おかみさんがタバコの店番をしながら、針仕事に余念なかった。

おかみさんもたいへんだ、と俊夫は思った。一日中仕事をしていなければ、ほかに何もすることがないのだ。

おかみさんはセルの半ズボンに、つぎを当てていた。その半ズボンのサイズがちょうどタカシとオヤブンの中間ぐらいであるところから、オヤブンの成長にそなえて、タカシのお下がりに補強工事をしているのにちがいないと俊夫は判断した。それならば、べつに寸秒を争う仕事でもない。そこで、俊夫は呼びかけた。

「おかみさん、ちょっと……」

おかみさんは、すぐズボンを丸めて、立ってきた。店もひまらしい。俊夫の知っているかぎりでは、さっきからキザミタバコの客が一人あっただけである。

俊夫は、まず、

「やあ、いま宿題やってるのを見ていたんだけれども、タカシ君は勉強よくできるんですね」と、持ち上げておいてから、用件を切り出した。「ところで、じつは、ちょっとお願いがあるんだけど……もういちんちふつか、おたくにごやっかいになりたいんですがね」

「そりゃもう」とおかみさんはいった。「こんなきたないとこでよろしかったら」

「どうも。それで、もしかしたら……」

「かまいませんとも。いつまででも、いらして下さい。うちも、とうちゃんが留守がちだし、だんなのような方にいていただければ心丈夫で、かえってありがたいくらいですよ。お部屋代なんか、けっして心配なさらずに」

「いや、もちろん、お礼はしますから」

「いいえ、ほんとにいいんですから」

おかみさんの口調は、きのう七銭貸してくれたときと、まるで同じだった。

いったいどのくらい部屋代をはらったらいいだろう。俊夫は見当がつかなかった。この時代の物価の基準がわからないことには、どうしようもない。そこで、彼は質問してみた。

「あのう、いまお米はいくらぐらいしてるんですか」

「まあ」おかみさんは大声で答えた。「ほんとにいいんですったら」

「はあ、でも、ただちょっと、お米の値段を知りたいんです。教えてください」

おかみさんは、けげんな顔で俊夫を見つめていたが、

「いまうちで買ってるのは一升十九銭ですけど」

といった。

俊夫は母が死んだ直後、一度だけ自分で米を買ったことがある。二、三度ごはんを炊いてみて、数十年のキャリアを持っていた母と同じことができるはずがないとさとり、以後外食に切り替えてしまったのだが、そのときの米はたしか八百いくらだった。八百円として……いや、あれは一升ではなかった。キロだ。しかし、あれは一キロの値段だったか、一〇キロの値段だったか……。

やはり、もっと自分に身近なものの値段をいろいろ調べてみる必要がある。

「とにかく」と俊夫はいった。「それじゃ、今晩お願いします。さきのことは、今夜でもあらためて……これから、ちょっと出かけてきたいんで」

「どちらへ?」

「ええ、銀座へちょっと」

「銀座……そいじゃ、その恰好じゃ、ぐあい悪いでしょう」

おかみさんは、きのうの大奮戦のあとを物語る、俊夫のヨレヨレのワイシャツを見まわした。

「何か、カシラの服を貸してもらえませんか」

と、これも用件の一つだったのである。

「着物でいいですか。うちの人は洋服なんか着たことないんですよ」

「着物はこまるな」

「そうですか? 大島なんか、だんなに似合うと思うんだけど。でも、だんなは背が高いから、うちの人のじゃ……」

と、おかみさんは、首一つ違う俊夫を見上げた。

俊夫は、立ち話していたことに気がついて、

「まあ、坐って下さい」

と、自分のうちのようなことをいった。

坐ってみると、おかみさんの顔は、俊夫の顔と同じ高さにあった。おかみさんは胴が長いのである。

だが、おかみさんは、すぐまた腰を上げてしまった。

「よござんす。あたし、どっかへ行って、だんなの着るもの探してきますよ。すぐいってきますから……心当たりがあるんです」

おかみさんは、鏡台の前へ行って、カバーをはねのけて、せわしげに髪を直し、長火鉢の抽出しからガマロを出してふところへ入れた。

俊夫は十円渡したいところだったが、なにせ百円札しかないので、どうしようもなかった。

「タカシちゃん。おかあちゃん、ちょいと駅前までいってきますからね」

おかみさんは、奥の部屋へ呼びかけ、そそくさと出て行った。

とりあえず、代わりに店番をしようと思って、俊夫が立ち上がりかけると、タカシが本を読みながら出てきた。もう、宿題はすませてしまったらしい。タカシは少年倶楽部を、二宮金次郎のごとく立ち読みしながら、俊夫の目の前を通過し、店へはいっていって、タバコの瓶の前に坐った。それっきり、おかみさんが帰ってくるまで、タカシは一度も本から目を上げなかった。

おかみさんは、十分とたたないうちに、もどってきた。

「これ、どうかしら。少し古いけど、ちょうどだんなに大きさがいいようだから……」

おかみさんが差し出した上着を見て、俊夫は目をみはった。

「あ、これは……」

うす茶に、大きく茶と赤の格子がはいっているツイード。俊夫が昭和三十八年へおいてきた上着と同じ生地なのである。

そればかりではなかった。おかみさんが両手で広げている、その上着は、背中がノーフォークになっていて、センター・ベンツがついている。それに、ポケットについたフタ……型も例の上着とそっくりだった。

俊夫は上着を受け取ると、思わず裏を返してみた。もちろん「浜田」というネームはついていなかった。ただ、カミソリの刃か何かで、ネームを乱暴にむしり取ったらしく、そのあたりの生地に傷がついていた。そして、上着は何年か着古したものらしく、少し色があせ、裏生地がすり切れていた。

俊夫は、おかみさんの鏡台の前へ行って膝をつき、それを着てみた。

「あら、ピッタリじゃありませんこと……まるで、あつらえたみたい」

俊夫は両肘《りょうひじ》を張って、体操のように二、三度動かしてみた。それから、おかみさんの目を見すえて、きいた。

「これは、どこにあったんです?」

おかみさんは、ニッコリした。

「お気にいって? ええ、駅前の一杯飲み屋にあったんです。一年ばかし前に、お客さんが飲み代のカタにおいてったんですって。あたし、前にそんなことを、ちょいと小耳にはさんだもんだから、行ってみたんですよ。ちょうど、よござんしたね」

俊夫は、しばらく胸ポケットのあたりを見つめていたが、急にまたおかみさんを見すえた。

「この辺で、ぼくがきのうあれしたタイ……金庫と同じような金庫を見かけたことは、ありませんか。最近じゃなくて、何年か前でもいいですから」

おかみさんは、急に話題が変わったので、一瞬キョトンとしていたが、

「さあ」といった。「うちは去年、廏橋からこっちへ引っ越してきたんですけど、廏橋にもあんな大きな金庫のあるうちは、ありませんでしたよ……金庫がどうかしたんですか」

「いや、なんでもないんです……いっぺん、ゆっくりしらべてみよう」

「え？」

「いや……とにかく、これでたすかりました」俊夫は微笑してみせてから、「さて」と大声でいった。彼は、ズボンのポケットのものを上着にうつしかえようとして、手をつっこんだ。車のキー、ハンカチ、ゴールデンバットの箱、それから札束……。

「おかみさん」と彼はいった。「これ、あずかっといてくれませんか」

俊夫の顔を見ながら受け取ったおかみさんは、札束に目をやると、飛び上がった。

「これ……お金……」

とおかみさんは悲痛な声を出した。

「そうです」と俊夫はうけあった。「だけど、ことわっておきますが、それはけっして、

あやしいお金じゃありませんから。タイ……金庫の中にはいっていたんです」

なんとも妙な説明だったが、さいわい、おかみさんは腰を抜かしていた。

このままほっておいたら、俊夫が銀座へ行って帰ってきても、同じ姿勢でいそうだった。絶対に持ち逃げする気づかいはない。

だが、俊夫は大声で叱咤した。

「さあ、はやく、どっかへしまって下さい」

おかみさんは、ビクッとした。

「は、はい……」

彼女は坐り直すと、札束を持ちかえ、それを数えはじめた。

こんどは、俊夫があわてた。彼は、紙幣がいくらあるか知らなかったのである。彼は、おかみさんの勘定する手もとをじっと見まもった。

おかみさんは、口の中でお経のように数をとなえ、五枚ごとに親指をベタッとなめている。だから、途中経過が俊夫にもよくわかった。

三十いくつまで行ったとき、おかみさんは、

「あら、これは……」

といって手をとめ、札を一枚抜き取って、俊夫に差し出した。

受けとって見て、俊夫は吹き出した。その札は、武内宿禰《たけうちのすくね》の代わりに大黒様の絵が

書いてあって、百圓ではなく百團とある。オモチャの紙幣なのである。

「なんかのまちがいだな」

俊夫は顔を赤くして、わけのわからないことをいい、オモチャの札をポケットにねじこんだ。

おかみさんは、数を忘れてしまったと見え、また最初から勘定しはじめた。もうオモチャの札は出てこなかったが、おかみさんが念を入れて、まる三回数え直したので、結論が出たのは数分後だった。

「九千二百円ですね」

「え？　ああ」

九千二百円というと、ここではどのくらいの価値があるのだろう。それを早く知る必要がある、と俊夫は思った。

「じゃ、二百円だけください」

俊夫は、半端の二百円を、ポケットにしまった。

おかみさんは、九千円を、長火鉢の上の神棚にそなえ、かしわ手を打っている。すむのを待って、俊夫はいった。

「おかみさん、こまかいのを少し貸してくれませんか、電車賃やなんかに……」

「だんなは、こまかいの持ってらっしゃらないんでしたっけね」おかみさんは、ふところからガマロを出して、中をのぞいていたが、「女持ちですけど、よかったらガマロごと持ってらして下さい。三円五十銭ばかし、はいってますから」と、気前のいいところを見せてくれた。

「どうも……お借りします。それじゃ、行ってきます」

俊夫が店の上がりがまちまで行くと、おかみさんが追ってきた。

「だんな、ちょいと待って……」彼女は、火打石で切り火をしてくれた。「いってらっしゃいまし」

2

——一丁目から尾張町にかけては、あちらこちらでレコード宣傳の擴聲器が安手な流行歌を一帯に響かせ、それが幾重にもかさなりあつて、唯でさへ喧《やかま》しい人や車の往來を尚一層かき立ててゐた。

（武田麟太郎作「銀座八丁」より）


尾張町で市電を降りた俊夫は、しばらく茫然《ぼうぜん》と、安全地帯に立っていた。騒音の一つ一つを聞きわけるには、少し時間が必要だった。

聞きなれない音ばかりである。じいさんがうがいをしているときのような、仰山な自動車の警笛。それと同じ目的で、市電の運転手が踏み鳴らす、カウベルに似た、けたたましい音。遠くのほうから聞こえてくるザーッという波の音のようなのが、すり減ったレコードの針音であることは、それにまじってかすかに「影を慕ひて」のメロディが聞こえてくることでわかった。さらに、それらの音の全部を圧して聞こえてくるのは、通行人の足音だった。土曜日の午後とあって、人通りが多い。その人たちの半数近くが和服で、ゲタをはいているのである。

元の世界の銀座も「ただいまの騒音」というのを電光掲示板で出して、騒々しさを誇っているが、とてもこの昭和七年には及ばないように思えた。

工事場のような音がしたので、俊夫はおどろいて見上げた。音は、目の前の和光……服部時計店のビルからだった。つまり、服部時計店は目下工事中なのである。未完成のビルが多い。新宿から銀座へ来る間に市電の窓から見えた警視庁のとなりのビル――あとで内務省とわかった――や日本劇場なども工事中だった。昭和七年はオリンピックの年だが、開催地は海の向こうのロサンゼルスだから、べつにそれに間に合わすためとも思えない。やはり、青嵐市長お声がかりの「伸び行く東京」を実践しているのだろう。

服部時計店の向かい側の三越の建物も真新しい。屋上に鳥かごのような骨組が見えるので、俊夫は展望台でも建築中なのかと思ったが、あとでこれは噴水型のイルミネーションとわかった。

五丁目側の角はエビスビヤホール。こちら側の三愛の場所にあるキリンビヤホールと相対峙している。

交差点のまんまんなかを、数台の自転車が、わが物顔に走っている。乗っているのは、鳥打帽をかぶった、商店の小僧らしい少年、ワイシャツ姿の男……。電車や自動車のほうが、自転車をよけながら、おそるおそる走っている感じである。

予期に反して、人力車の姿はなかった。さっき市電で大木戸のあたりを通っているときに一台見かけたきりだった。

俊夫は安全地帯の端へ行き、信号の変わるのを待った。信号は元の世界のと同じ自動信号機である。ただし、例の縞模様の板はついていず、そのかわり、下に「シンゴー」と横書きした電気看板がぶら下がっている。親切なものだ。

それから、さらにその下に「銀座四丁目」という標示板がある。電車の車掌は「尾張町、銀座四丁目でございます」といっていたが、すでに正式には尾張町という町名はなくなってしまっているらしい。それなのに、三十年以上もたった、元の世界では、いまだにここを尾張町と呼んでいる人が多い。三十年たっても徹底しないのでは、町名変更なんてのは、いたずらに混乱をまねくばかりだろう。

信号機の真下に、ヒツジの頭のついた銀色の物体がおいてある。これもちゃんと「かみくづ函」と浮き彫りがしてある。未《ヒツジ》は昭和六年の干支《えと》だから、去年それにちなんで作り、のみならずヒッジは紙を食べるというしゃれを盛りこんだ、東京市清掃局苦心の作に違いない。

俊夫は信号に従って、板囲いされた服部の前へ渡り、さらに三越側へ横断した。

元の世界の銀座も多少その気はあるが、この銀座では、東側の人通りが、西側にくらべて圧倒的に多い。東側に人が集まるのは三越、松屋両デパートや、その間の商店が夏物の宣伝をしているせいか、それとも反対に通行人が多いから宣伝に力を入れているのか、とにかく、デパートが建物の高さに物をいわせて「夏物特價大賣出し」の特大ノボリを下げれば、商店も負けじと歩行者の頭上に藤棚のごとく宣伝アーチを突き出している。東竜太郎氏は看板のあり方に制限を加えたが、青嵐市長のほうは広告の量の点でもニューヨーク市を圧したい気構えと見える。歩いている人たちは、さぞうっとうしいだろうと思われるが、なれているのか、折角の宣伝に目をやる人は一人もいない。

六月も近いというのに、インバネスをきちんと着ている中年の男。羽織なしで、大きなおしりをゆすって歩いている、紫の矢絣《やがすり》の女。中には、もちろん洋装の人もいる。しかし、男性の一二インチぐらいもありそうな太いズボンも、女性のウエストにしまりのない洋服も、テレビの深夜劇場やアンタッチャブルでおなじみなので、俊夫は大して珍しいとは思わなかった。ただ、彼が感心したのは、すべての人が礼儀正しく帽子をかぶっていることだった。和服の女性だけはもちろん例外で、彼女らの間ではパラソルが流行らしいが、洋装の女性はお釜帽《かまぼう》、そして男性は服装の和洋を問わず、一人残らずといっていいほど、みんな中折《なかおれ》帽子党だった。ことに、詰襟の学生服に中折帽をかぶった青年がいるに及んで、俊夫は思わず立ち止まって、しげしげと見つめてしまった。だが、このスタイルも、ここでは当たり前なのか、あたりの人は誰もその青年に注意をはらわない。

おれもあとで帽子を買おう、俊夫はそう思って、はじめて商店の方に目をやった。そこは、オモチャ屋のキンタロウだった。見ると、ショーウィンドーの中に、浅草紙にのったウンコの模型がうやうやしく飾ってある。俊夫は思わず、うなってしまった。はじめて知り合いに、めぐり会えたのである。

ウンコの模型を熱心に見つめているうち、俊夫はふと視線を感じて、横を見た。信玄袋をさげた婆さんが、じっと彼を見上げていた。俊夫と目が合うと、婆さんはつくり笑いを浮かべ、あとじさりして、人ごみの中に消えてしまった。と、俊夫は、こんどは歩行中の中年の男が自分を凝視していることに気がついた。彼は、あたりを見まわした。数人の人が、あわてて視線をそらしたのが感じられた。

俊夫は、無意識にハンカチをとり出して、両頰をふきながら、変だ、と思った。もしかすると、自分には何かほかの人と違う所があって、三十一年後の世界から来たということが露見したのではなかろうか。

俊夫は、生まれてはじめてステージに立ったストリッパーのような動作で、歩き出した。

次の横町の角では、五つぐらいの坊やが、仁王立《におうだ》ちになって、俊夫を見つめていた。俊夫がそばまで行くと、坊やは、よく見えるように、からだの向きを変えた。

そして、坊やはついにたまりかねて、横で誰かと立ち話している中年婦人の袖をひっぱって、大声で質問を発した。

「かあちゃん、あのひと、アメリカじん？」

かんじんの母親は、話が佳境に入っているので、袖をふりほどいただけだったが、俊夫は、またしても、うなってしまったのである。

身長一七三センチの俊夫は、元の世界でも背の高いほうだった。まして、日本人の体位がまだ向上していない、この昭和七年にあっては、彼は図抜けたノッポの部類に属する。加えて、派手なツイードの上着を着ているのだから、外国人と間違えられるのも当たり前だ。アメリカ人にしては色が黒いし、いったいどこの国の人だろうと、人々は思ったにちがいない。

とにかく、タイム・マシンと関係ないことがわかってみれば、あとは外人に思われようと、なんであろうと、俊夫は一向にかまわなかった。彼は、せいぜいメキシコ人か何かのような顔をして、悠然と横町を渡った。

しかし、彼はやはり純粋の日本人なので、松屋の入口に貼られたビラの前で立ち止まり、すらすらと読み下した。

〈新型海水着特賣、マネキン實演中〉

マネキンとは、マネキン人形のことではなく、フランス語のマヌカン、つまり生身のモデルのことだろうと、俊夫は文法上から判断した。しかし、一応、中にはいってたしかめたほうがいい、と彼は思った。

正面の入口をはいった俊夫は、いきなりヌードが目にとびこんできたので、仰天した。が、よく見ると、それはただの絵だった。正面の大階段の踊り場のうしろに、写実派の裸女群像の大きな油絵がかかっているのである。俊夫の戦前の記憶では、それはたしか有名な画伯の手になる羽衣の天女の図だった。

しかし、やはり絵よりは、水着を着ているにもせよ、生きている女性のほうがずっといい。そこで、俊夫は階段の下の人だかりのうしろへ行き、のび上がってみた。

一段高いところで、ズングリした女が三人、ポーズしていた。彼女らの着ているのが、外出用のスーツではなく、水着であることに俊夫が気がつくまで、かなり時間がかかった。水着は、生地はあくまでも厚く、裾はダブルになっていて、ウエストに太いベルトがついていた。背ぐりだけが多少大胆にとってある。三人とも、海水帽をかぶり、靴をはき、それぞれ大きな浮袋やケープを持って、少しでもからだの露出部分を少なくしようと懸命の努力をしていた。そして、母親が来ても気づかれないように、厚化粧の結果、三人とも同じ顔になることに成功していた。

ほとんどが男性である見物人のほうも、熱心だった。しーんとしずまり返り、誰一人動こうとしない。かぶりつきにいる鉄ブチのメガネの男なぞは、おそらく開演前に来て、番をとっていたにちがいない。そして、すべての人が、次の休憩時間までモデルにつき合う気構えと見受けられた。

この連中に、ビキニ・スタイルやストリップをぜひ見せてやりたいものだと俊夫は思い、この時代の男性に同情した。

彼は、ほんの十五分ほどでそこをはなれ、ふたたび騒音の坩堝《るつぼ》の中に身を投じた。向かい側の十字屋からだろうか、聞こえてくるレコードの曲は、勇壮なマーチだった。

廟行鎮《びょうこうちん》の敵の陣
我の友隊すでに攻む
折から凍る如月《きさらぎ》の
二十二日の午前五時……

与謝野鉄幹作詞、戸山学校軍楽隊作曲の「爆弾三勇士の歌」である。

この二月、上海付近の戦闘で江下、北川、作江の三兵士が、火のついた爆薬筒をかかえて敵陣に飛びこみ、若い命を捨てるという事件があった。マスコミはこぞって三人の行動をたたえ、朝日、毎日両新聞社は、それぞれ一般から歌を募集した。閨秀歌人《けいしゅうかじん》与謝野晶子はかつて「君死にたまふことなかれ」と歌ったが、その夫鉄幹は妻とは意見が違うらしく、三勇士の行為にいたく感激して、一国民として毎日新聞の募集に応募、一等に当選したのだった。

俊夫は「爆弾三勇士の歌」にはげまされ、伊東屋、篠原靴店、鈴幸洋品店、明治製菓売店、松島眼鏡店、大黒屋玩具店、カフエー・ナナ、アオキ靴鞄店と通りすぎた。そこで通りを渡ると、つぎの角は三共薬局、これは元の世界と同じである。つづいて菊秀刃物店、カフエー・キリン、酒井硝子《ガラス》店、オリンピック、銀座会館。銀座会館の上にはCABARET・GINZAKAIKANと大きな文字がならび、一階の軒にはOSAKA・AKADAMA・BRANCHというネオンサインがついている。となりのオリンピックもそうだが、この銀座には、横文字の看板がやたらとある。むしろ、元の世界より多いくらいだ。どうも「爆弾三勇士の歌」とはちぐはぐな感じである。

銀座会館のつぎは、服部時計店の現在の営業所、それから石丸毛織物店、角は安田松慶商店。この安田商店というのは銀座には不似合いな仏具店で、ショーウィンドーの中に、白木の精巧な小型みこしが飾ってあった。

　つぎの一丁目の角はトラヤ帽子店だった。元の世界では向かい側にある店だが、帽子のひいきが多いこの世界のは、店も大きく、構えも立派である。ショーウィンドーに、舶来のボルサリノやステットソン、ノックスなどがならんでいる。

　俊夫は薄茶色のステットソンが気に入ったので、トラヤにはいってみようとした。が、そのとき、となりの金ぷら大新の前方に、人だかりがしているのが目にとまった。往来のまん中だから、見かけ倒しの水着ショーなんかであるはずがない。俊夫は、大急ぎでそこへかけつけた。

　だが、人垣のうしろから、のぞいてみると、人だかりの中心には何もなかった。俊夫は、人を二、三人かきわけて前へ出てみたが、同じだった。一軒の店の前に、大勢の人が、それぞれ勝手な方向をむいて、立っているだけなのである。中には、目をつぶっている人さえいる。

　とつぜん、ワーッという歓声が上がった。声は、あたりの人からではなく、店の軒につるされた、大きなラッパ型のスピーカーからだった。つづいてスピーカーは「打ちました、打ちました」といった。

　熱心な野球ファンたちは、声一つ出さず、ラジオの実況中継に聞き入っている。

俊夫も野球は大好きで、東映フライヤーズのファンだったが、知らない選手ばかりの、この時代の六大学リーグ戦には、興味はなかった。もっとも、これが大変な思い違いであることが、あとでわかったのだが……。俊夫は一路、京橋の交差点を目指した。

京橋の交差点の角にある、赤煉瓦の第一相互館は、俊夫がこの日買った本によると「東都随一」の高層建築だった。といっても、高さは地上やっと三六メートル。第一相互としても、大正四年にこのビルを建てたとき、べつに東京一を意識して設計したわけではなかったのだが、大正十二年の大震災で、六六メートルの高さを誇っていた、浅草の十二階が倒壊してしまったので、繰り上げ当選で一位となったのだった。が、高さ七〇メートルの新議事堂の建設が現在進行中なので、一位の座も長いことはない。

京橋の交差点は、自動信号機ではなく、手動式が用いられていた。棒のてっぺんに、緑と赤の円板がついた、オモチャのような信号機である。それを、交差点の中央で、緑と白の縞の腕章をつけた巡査が動かしていた。

ふと、俊夫は、信号機がチャチに見えるのは、警察がそれを注文したときに値切ったからではなく、操作している巡査が並はずれた大男であるせいだと気がついた。身長は一九〇センチ以上あるだろう。肩幅も広く、俊夫なぞは足もとにも及ばなかった。昭和七年の日本人も、なかなか大したものだと、俊夫は見直した。

俊夫は、しかし、手動信号機のごやっかいにはならず、第一相互の角を右に曲がった。もう、レコードの音は聞こえてこなかった。人通りも、ほとんどない。それに、空気が澄んでいた。昭和七年の東京には、スモッグはないのである。

その原因の一つである、馬力の荷車が、昭和通りのほうからやってくる。馬方のおっさんは、シャツに毛糸の腹巻きという軽装だが、頭には例によって、ちゃんとフェルトのお釜帽をかぶっている。そして、その上から、さらに手拭いで頬かぶりをするという厳重さだった。

俊夫が立ち止まって、馬のおしりと引っ越し荷物を見送っていると、耳もとで声がした。

「だんな、どちらまでですか」

「え？」

ふり返ってみると、鳥打帽をかぶった若い男が立っていた。

「五十銭で行きましょう」

鳥打帽は、少し先に止まっている車にかけより、ドアを引きあけた。

元の世界のカー・マニアが見たら、よだれをたらしそうなクラシック・カーである。フロントグラスに空車と書いた赤い札が出ている。その向こうで、五十年配の運転手がおじぎしていた。

「すぐそこ……桜橋なんだけどね」

と俊夫はいった。

「桜橋？　いいですとも」鳥打帽の助手は、運転手のほうをみて「それじゃ、二十銭で行きましょう」

といった。

ステップがあり、車の天井が高いので、バスに乗るときのような感じだった。そして、中の座席に坐ってみると、俊夫は、こんどはお召し自動車に乗ったような気分になった。

助手は、ドアを景気よくしめて、あたふたと運転手の横に乗りこんだ。

「桜橋まで」

「おっ」

助手と運転手の阿吽《あうん》の呼吸が合い、車は発車した。

運転手は、交差点のまん中で、勇敢にUターンした。俊夫は思わず、交差点の中央の巡査をふり返った。偉丈夫は泰然《たいぜん》として、手動信号機を動かしていた。

「大きなおまわりさんだな」

と、俊夫は、ことさらそれを痛感して、つぶやいた。

「ええ、あの人は太田さんていいまして、もとはお相撲さんなんです。六尺四寸で、二十六貫あるそうですよ」

助手は、お客との応対にそなえて、日ごろから常識の涵養《かんよう》につとめているらしかった。

「ゆっくりやってくれ」

と俊夫はいったが、車がつかえているわけではないし、目と鼻の所なので、車はたちまち、桜橋の交差点に出てしまった。

俊夫は左に曲がるように命じて、二人を平身低頭させ、二つ目の横町の角で、さらに恐れ入らせた。

車を降りると、俊夫はガマロから五十銭玉をとり出し、ドアをあけて立っている助手のてのひらにのせた。

「おつりは、いらない」

「これはどうも……ありがとうございました」

こんどは土下座をするのではないかと俊夫は期待したが、金を払った所で主従の縁は切れたらしく、助手は鳥打帽のひさしに手をかけただけで、さっさと車に乗りこみ、発車していってしまった。

俊夫は、オクタン価の低いガソリンの排気にむせながら、横町にはいった。

とっつきに、花柳病専門の医院の広告のついた電柱が立っている。そのかげで、タカシぐらいの男の子が四、五人、ベイゴマに熱中していた。茣蓙《ござ》の上で、二人ずつ鉄製のコマをまわし、相手のをはじきとばしたほうが勝ちとなる。メンコを賭けるのだ。子供たちは、俊夫の姿に気がついて、ギクリと顔を上げたが、学校の先生ではないと見てとると、安心したらしく、ゲームを再開している。
俊夫は、横町のずっと先のほうに目をやった。大きな印刷屋のとなりに、赤白青のネジリン棒があるのが、はっきり見えた。その光景は、彼の記憶と完全に一致していた。足を早めて十歩ほど行くと、軒先のペンキ塗りの看板も見えてきた。それには、こう書いてあった。

〈濱田理髪店〉

俊夫は、きょう、最初から、ここへ来るつもりだった。しかし、ここへ来て何をするかということになると、さしあたって具体案はなかった。
もちろん、堂々と店へはいっていったところで、正体がバレる気づかいはない。俊夫の存在は、この世界の人にとっては想像外のものなのだ。ということは、つまり俊夫は散髪客扱いされるだろうから、理髪台へ上がらせられることも間違いない。だが、その場合、にらめっこを最後まで我慢できるという自信が、俊夫にはなかった。あらぬことを口走って、おまわりさんを呼ばれるというケースも充分考えられる。自分のうちが床屋ではなく、寄席芸人か何かだったらよかったのに、と俊夫は思った。もしそうなら、客席から、相手に気づかれずに、ゆっくり観察できる。

しかし、反面、床屋であるということは、ガラスごしに中の様子が見えるという利点があった。そこで、俊夫はとりあえず、店の前を行ったり来たりすることにした。そして、ときどき腕時計に目をやれば、誰かと待ち合わせているように見え、あやしまれないですむ。

浜田理髪店の中には、三人の職人が立ち働いていた。

一人は、奉公人らしい十四、五の少年で、俊夫の記憶にはなかった。一生懸命、カミソリをといでいる。

その向こうで、俊夫と同年配の男が、客の顔をあたっていた。俊夫は、マンションにおいてある写真とそっくりだと思った。あの写真は、昭和十二年に出征するときに写したものだから、この五年後にあたるわけだ。客の顔に息がかからないように、口もとをセルロイドのマスクでおおっているのが、俊夫は残念だった。

もう一人の女性は、向こうをむいて子供の頭を刈っているので、ときどきチラリと横顔が見えるだけだが、俊夫は想像以上の美人なのにびっくりした。二人は見合結婚だったそうだが、これなら父は一目でOKしたにちがいない。俊夫は、少し父がうらやましくなったほどだった。

と、若い日の母は、客の子供を置き去りにして、奥へかけこんで行った。ごはんでも焦げつかしたのかもしれないと俊夫が思っていると、案の定、母はじき出てきた。だが、彼女は両手で何か、かかえていた。しきりに、それをゆすぶっている。

その物体が赤ん坊だと見てとった瞬間、俊夫は待ち合わせのふりをすることなぞ、きれいに忘れてしまった。俊夫は昭和七年二月生まれなのである。

母は、父のほうの客と話しながら、赤ん坊をあやしている。赤ん坊の形相から察すると、昼寝から目をさまして、火のついたように泣いているらしかった。だが、店の横でお手玉をしている女の子たちが「イモニテ、サラニヨッテ、ゴハンムシ、ナッパハッパ」と歌っているのがやかましくて、俊夫は自分の泣き声を聞くことができなかった。

母は、ついに、人前もはばからず、割烹着《かっぽうぎ》を脱いで着物の前をはだけ、赤ん坊におっぱいを飲ませはじめた。俊夫は、あわてて、あたりを見まわした。変な男でも店をのぞいていたら「見世物ではない」と追いはらうつもりだった。

だが、声をかけられたのは、俊夫のほうだったのである。

「ここで何をしとられますか」

おどろいて、死角だった真うしろを向くと、巡査の制服を着た男が立っていた。中身も、むろん、そうなのにちがいない。

「何をしとられるのですか」

と巡査はくり返した。言葉遣いは丁寧だが、それは俊夫がちゃんと上着を着ているからであり、俊夫を詰問している点では、昨夜の巡査と変わりなかった。

俊夫は返答に窮した。待ち合わせだといえば、巡査は相手の名前をきくにきまっている。元の世界なら、こんな場合、名をいっておけば、あとで適当に口うらを合わせてくれる友人は、いくらでもいる。だが、ここには、その友人たちはいない。いや、いることはいるが、まだ皆ほんの子供なのだ。第一、向こうで俊夫のことを知るはずがない。

俊夫の苦悩には、おかまいなしに、巡査は次の質問を発した。

「住所姓名を、おっしゃって下さい」

俊夫は、あやうく、マンションの所番地をいってしまうところだった。だが、考えてみると、この世界の青山のあの地点には、マンションはないのである。管理人の老人は、戦前は墓地だった、といっていた。

そして、浜田俊夫という名前にしてからが、この世界では俊夫のものではなく、眼前四メートルほどの所でオッパイを飲んでいる赤ん坊のものなのだ。

まわりに野次馬が集まってきたのを見て、巡査は、ついに決断を下した。

「ちょっと、交番まで来ていただきましょう」

「あのう、じつは、その……」

と俊夫はいったつもりだったが、舌がもつれて、変な発音になった。

巡査は、けげんな顔をした。

それが、俊夫に、あるアイデアを思いつかせた。彼は、イチかバチかやってみろ、という気になった。

俊夫は、まともに巡査の顔を見すえた。そして、真空管の名称を唱えはじめたのである。

彼は、ミニアチュア管からはじめて、サブ・ミニアチュア管、GT管、ST管に及び、それでも足りなければ放送用の大型管までいくつもりだった。

だが、ミニアチュア管の名を五つほどあげただけで、巡査は両手を上げて彼を制した。そして、妙な作り笑いを浮かべて「サンキュー」といった。ついで巡査は、くるりとまわれ右をすると、あとをも見ずに立ち去ってしまったのだった。

俊夫は、身づくろいを直すと、おもむろに野次馬たちを見まわした。外人を写真でしか見たことのない人々は、サッと一歩しりぞいた。そして、話しかけられたときにそなえて、逃走の準備態勢にはいった。

俊夫は、わざと巡査が消えた方向に歩き出した。人垣が自動ドアのように左右にわかれた。うしろにいたギューテン屋のおやじは、もう少しで屋台ごと、ひっくり返ってしまうところだった。

俊夫は、歩いて銀座へもどった。

池田園の屋上にある、ビウイク、シボレーなどと書かれた電気広告には、まだ電気がついていなかったが、下の通りには、夜店が出はじめていた。泰西名画の複製、紐を引くとサルが木登りするオモチャ、一升ビンにとりつける便利栓……。小さな電気の笠をならべて、中折帽の男が、だるそうに暗誦《あんしょう》している。

「……実用新案の電気花笠であります。これを電灯につけていただきますと、十燭光《しょっこう》は二十燭光になるのでございます。したがって、いままでの半額料金ですむというわけになります。国家重大なる時局に際して、倹約は国民の義務であろうと思います」

国民の義務はともかくとして、実用新案という言葉が、俊夫にあることを思い出させた。時計を見ると、五時ちょっとすぎだった。彼は松屋にいそいだ。

マネキン嬢たちは、すでに日当をもらって帰ってしまったらしく、松屋の一階は閑散としていた。俊夫はドアをしめかけているエレベーターの前にかけつけ、とび乗った。

「電気製品の売場は何階?」

と俊夫がきくと、エレベーター・ガールは、

「かしこまりました」

と、問答を一つ省略して答えた。

見ると、このエレベーターは自動式ではなく、建物の床とエレベーターの床が一致した所で止まるよう、呼吸をはかって、レバーを操作しなければならない。悠長な問答を

しているひまは、ないわけである。

だが、六階で降りた俊夫は、売場に目をやって、仰天した。いつの間にか、元の世界にもどったのではないかと思った。売場の上に〈各種電氣冷藏庫〉と書いてあったのである。

その下に、現物がならんでいた。ジェネラル・エレクトリック、ウェスチングハウス、ケルビネーター、そして国産の三菱製もある。いずれも、かなり大きく、二〇〇リットルぐらいと思われた。三菱やウェスチングハウスは、圧縮器が上についていて物々しいが、ケルビネーターのは、元の世界のと同じようだった。俊夫は、そばへ寄って、ドアをあけてみた。中は四段になっていて、左上に製氷室がある。

と、商品にキズをつけられては大変と思ったのか、男の店員がとんできた。

「電気冷蔵庫でございますか」店員は、高級品を扱う店の店員がよくやる、お客の品定めをする目付きをして、「多少お値段は張りますが、たいへん便利な品でございます」

正札が、どこにもないところを見ると、よほど高価なものにちがいない。

俊夫の上着の生地を舶来高級品と目ききした店員が、冷蔵庫のドアをあけて、説明をはじめそうになったので、俊夫はさえぎった。

「いや、じつは、ぼくは一つ持ってるんですがね、最近のやつはどのくらい進歩したかと思って……」

けっしてウソではなかった。元の世界のマンションには、ちゃんとあるのだから。

「さようでございますか」と店員は、はげしくまばたきしながらいった。「べつに進歩というほどのことはございませんが、お値段は年々、安くなっております。もう五、六年もいたしましたら、一般のご家庭でもお持ちいただけるようになると存じます」

「さあ、どうかな」

と俊夫は笑った。

フチなしメガネをかけた、近眼らしい店員は、しかし、ひるまなかった。

「間違いございませんです。日本の技術も進歩しておりますし、これからは、日本の家庭もどんどん電気製品をとり入れて、早く欧米なみの生活水準になるべきだと存じます」彼は憂国の至情を顔にみなぎらせて熱弁をふるったが、急に商売を思い出したとみえ、「真空掃除機はいかがで」

といった。電気掃除機という名称は、まだ使われていないらしい。

「それも、間に合ってる」

といって、俊夫はとなりの売場のほうへ行った。かんじんのラジオ類が、そこにならんでいるのである。

ラジオはみんな、シャーシーの上部にスピーカーが位置した、いわゆるビリケン型のラジオだった。すでに、ラッパ型のスピーカーの時代は去ってしまったらしい。ほとんどが、二六を終段管に使ってマグネチック・スピーカーを駆動させる「三球エリミネーター式受信機」だが、中には五球スーパーや、ダイナミック・スピーカーを使用した高級機もあった。「九球スーパーヘテロダイン受信機」と大書したのがあり、百六十円という定価がついていた。

俊夫はひとわたり観察したのち、松屋を出て、向かい側の十字屋へ行った。

この時代の十字屋楽器店は、蓄音機関係に力を入れているらしく、店内には各種の機械がたくさんならんでいた。

一見電蓄のように見えるコンソール型のものにも、横に手回しのクランクがついていた。録音のほうがすでに電気吹き込みになっていることは、表で鳴っている「丘を越えて」の音色を聞いただけでもわかるが、再生のほうはまだアコースチック（機械式）が幅をきかせているらしい。もっとも、戦前の高級アコースチック蓄音機が、SPを演奏するかぎりでは、その辺の電蓄以上の性能を発揮したことは、商売柄、俊夫も知っていた。このコンソール型の大きなキャビネットは、けっして見せかけだけではなく、いわゆる「クレデンザ」型の、数メートルもある長大なホーンが折り畳まれてはいっているのだ。

俊夫は売場を見まわして、一番奥にダイヤルのついたキャビネットがあるのを発見した。それは、かねて名を聞いていた、ＲＣＡビクターの、二四五のプッシュプル、ＲＥ45型電蓄だった。俊夫は、さっそく店員にたのんで説明書を見せてもらった。

説明書は英語だったが、配線図がついていた。俊夫はそれを見て、うなってしまった。ラジオのチューナー部分は、なんと高周波増幅五段！　スーパーにしなかったのは音質を考えてのことだろうが、戦後の技術者なんかには、とてもできる芸当ではない。そのわりに低周波部分が、ごく普通のＡ級増幅であるところを見ると、ＲＣＡの技術者たちは、レコードのみならずラジオも最高の音質で聞ける、ということを武器にしてクレンザ型になぐり込みをかけるべく、このＲＦ部分に全精力を注ぎ込んだのに違いない。説明書には、ちゃんとハイ・フィデリティという言葉が使われていた。終段は三極管のプッシュプルだし、この電蓄が、戦後のハイファイのキンキンした音に馴れた人が聞いたら、信じられないくらいの、やわらかく美しい音を出すであろうことは、聞かなくても察しがついた。

さらに、俊夫が驚いたのは、説明書の中に33 1/3回転の長時間レコードのことが書いてあることだった。

おりよく店員が「レコードをおかけしましょうか」と寄ってきたので、俊夫はきいてみた。

「この、三十三回転のレコード、ありますか」

「ただいまは、おいてございませんが、もしなんでしたら、お取り寄せいたします」

「このレコードは、いつごろからあるんですか」

「去年、ビクターが発表いたしました」

「演奏時間は、どのくらいですか」

「片面十五分だそうです」

「レコードの材質は？」

「さあ、やはり普通のレコードと同じではないでしょうか」

「そう、シェラックね」

これは、うかうかしていられない、と俊夫は思った。この時代の技術は、予想以上に進んでいるようだ。


俊夫は、ついで、銀座二丁目の双美商会という写真機店へ行ってみた。

蓄音機で、機械式と電気式がせり合っていたように、カメラのほうも、新旧の二大勢力が対立していた。ロールフィルム用のカメラと、乾板・フィルムパック用のカメラである。

乾板用のカメラに、ツァイス・イコン製のマキシマー・カメラというのがあった。蛇腹を押しこんで蓋をしてしまうと、ハイライトを二つならべたぐらいの大きさの箱になってしまう、いわゆる手提げカメラである。それでいて、乾板は手札型と大きいから、引き伸ばしの手間もいらず、便利な写真機である。ほかに、同じような形をしたファースト・カメラ、トキワ・カメラ、アイデア・カメラなどというのがならんでいるが、いずれも、マキシマーを模倣して作られた国産品らしい。

　ロールフィルム用のほうは、ライカとイーストマン・コダックのロール・カメラ、それにローライフレックスが目立っている。

　ライカはC型が出ていた。エルマーF3・5付きで四百円の正札がついている。ツァイスのロールフィルム用カメラとしてはベビー・イコンタが見えるが、コンタックスはまだ発売されていないらしい。

　ライカとコンタックスの模倣から出発して後にそれぞれ独自の境地を開拓した、キャノンとニコンは、もちろんまだ姿を見せていなかった。

　シネ・カメラもあった。ツァイスのキナモS10、シネ・コダック、ボレックス。いずれも16ミリである。キナモS10にはF1・4という明るいレンズが付いていた。

　俊夫が、またスチール・カメラのショーケースの中を見まわしていると、店員が小西六製のパーレットをすすめてくれた。ドイツ製のピコレットというカメラそっくりのデザインで、ベスト版のロールフィルム用のカメラである。単玉付きが十七円、デルタスF6・8付きが二十五円という値段だった。

パーレットという名は、俊夫もかねて聞いていた。オールド・ファンがよく話題にしていたカメラだ。

結局、その、二十五円のパーレットが、俊夫の、この世界へ来てはじめての買い物となった。店員は、五十銭のさくらフィルムを二本、サービスしてくれた。

3

翌日の日曜は、いい天気だった。

カシラ一家は、そろって鶴見の花月園へ出かけて行った。

「だんなも一緒にいらっしゃると、よかったんですけどもね。じゃ、すいませんけど、留守番、お願いします」

おかみさんは草履をはく段になって、やっと俊夫をさそうのをあきらめた。

夫婦は、俊夫に留守番をたのむことに、何の不安も感じていないらしい。ゆうべ、唐紙ごしに聞こえた、ひそひそ話の具合では、彼等は俊夫を、家を勘当された道楽息子と思っている様子である。お金がどうのこうの、いっていたが、それは自分たちの金のことではなく、俊夫がおかみさんにあずけた金のことにちがいない。

「ゆっくり遊んでいらっしゃい」

俊夫は店先で、みんなを見送った。

きのう競馬で六十円すってきたカシラは、中折帽をかぶって、浮かない顔をしていた。十円の損害ですんだと思っているおかみさんは桃色の日傘をさし、オヤブンはフエルトの帽子である。オヤブンは、俊夫がきのう帰りに夜店で買ってきてやった二尺ぐらいもあるブリキの軍艦を、どうしても花月園へ持って行くといって、きかなかったが、あそこにはロシヤ艦隊はいないからということで、やっと納得したのだった。

三人とも着物で、タカシだけが学生服を着ていた。彼は水筒と十文字に、パーレットを肩からさげて、一番はりきっていた。

「露出に気をつけるんだよ」

と、俊夫は注意した。そのあと〈この時代のフィルムは感光度が低いから〉とつけ足しかけて、あわてて言葉をのみこんだ。

一家が出かけてしまうと、俊夫は奥の座敷にはいり、古新聞の束と、沢山の本を前にして坐った。本は、きのう帰りに買ってきた電気関係の書籍と雑誌類だった。

俊夫はまず、きのう銀座で見聞きした物価と、それらの新聞雑誌に出ている物の値段をあり合わせの半紙に書きとめていった。

市電（乗りかえ自由）　　七銭

乗合自動車　一区　一〇銭
タクシー（東京市内）　五〇銭
郵便　封書三銭　はがき一銭五厘
うどん　一杯　一〇銭
牛乳　一本　五銭
エビスビール　一本　三三銭
虎屋黒川の羊羹　一棹　一円五〇銭
目薬スマイル　小瓶　二五銭
ふろ代　大人四銭　小人三銭
街頭くつみがき　三銭
牛肉ロース　百匁　一円三〇銭
豚一等肉　百匁　四〇銭
平凡社大百科事典　一冊　三円八〇銭
ポリドールレコード　十吋盤　一円二〇銭
舶来オノト万年筆　七円五〇銭
パーレット　F6・8付　二五円
新聞購読料　一ヵ月　九〇銭

歌舞伎座　一等席　三円五〇銭
人形町「末広」木戸銭　七〇銭
ダンスホール入場料　五〇銭
ダンス・チケット　昼二円　夜二円五〇銭
帝国ホテル宿泊料　御一人室　七円より
　同　御風呂付　一〇円より
新橋芸妓玉祝儀　二時間　六円六〇銭
神明芸妓玉祝儀　二時間　三円八〇銭
玉の井　ショートタイム　一円五〇銭
玉の井　泊り込み　三円
薬草マムシ酒「万里春」　三円
男女防毒ゴムサック　特製一打　五〇銭
淋病治療剤ケンゴール　三円八〇銭
包茎安全自療器　三円八〇銭
おたのしみ草紙　郵税とも二三銭
珍画　十二枚一組　二円三〇銭

書き終わったとき、俊夫はこの中に三円八十銭という値段が四つもあることに気がついた。

俊夫は、それをこう解釈した。おそらく五円というのが、一つの境界線に違いない。五円以上の値段というのは、この時代の人にとって、非常に高く感じられるのだ。だから、その五円から一円引いて四円とし、それをさらに、元の世界に九十八円などという値段がよくあるように、もう一声勉強して三円八十銭にした。これはきっと、非常に買いやすい、手頃な値段なのだろう。

この値段表をざっと見まわしてみると、物によって高低はあるが、大体元の世界の値段の三百分の一から五百分の一というところである。そのなかばを取って四百分の一とすると、この時代の五円は、元の世界の二千円にあたることになるが……。俊夫は先日、ガスライターを買うときに、二千円以上の品に手を出しかねて、千八百円のを買ったことを思い出した。やはりいまの解釈でいいようだ。

さて、そうすると、俊夫は現在、九千円ほど持っているが、これは元の世界の三、四百万円に相当することになる。昭和九年までこの世界にいる場合を考えると二年間……二年間の生活費としては一応充分な金額だ。しかし、これから先、身寄りのいない、この世界で、一人で生活していくとなれば、不時の用意として、五千円程度の金は、ぜひ最後まで残しておきたい。やはり、何か別に、収入の道を考える必要がある。

そこで、金もうけという段になると、俊夫の場合、もっとも手っとり早いのは、アイコノスコープ（初期のテレビ撮像管）の特許を取ることだった。

電気関係の本を見ると、この時代の技術の水準は予想以上に高いが、もちろん元の世界とは、まだ充分に開きがある。ことにテレビ技術は、まだやっと実験段階に達したばかりで、浜松高等工業学校の高柳健次郎氏や早稲田大学の山本忠興、川原田政太郎両教授らが研究をつづけているが、受像装置には鏡車のほか、高柳氏などは世界にさきがけてブラウン管を使用しているものの、送像側はいぜんとして能率の悪い、機械的なニポー円板を使用している現状である。昨昭和六年、アメリカで、電気的に走査を行うイメージ・ディセクターが考案されたが、これとても、走査線を増加すると信号電流が微弱になって増幅が困難になるという本質的な欠陥がある。そして、昭和七年現在、RCAのツボリキン博士は、まだアイコノスコープを発明していないのである。したがって、ここで俊夫がアイコノスコープの原理を発表すれば、ツボリキン博士を除く、全世界のテレビ技術者に大歓迎されることは疑いない。

しかし、俊夫は、自分が特許を取るのには大変な障害があることに気がついた。特許を取るには、特許局に書類を出さねばならない。その書類には、もちろん、俊夫の名前を書く必要がある。ところが、この世界では、浜田俊夫という名前は、京橋にいる生後三カ月の赤ん坊のものなのだ。

俊夫は、ここでは無国籍者なのである。したがって、彼は特許を取ることだけでなく、表立った活動は何もできないことになる。

結局、俊夫が金をもうけるには、何か商売をするよりほかない。ただ、この世界での俊夫は、ほかの人にない武器を一つだけ持っている。未来を知っているということだ。それを利用して、金をもうける方法が、何かありそうに思える。

まず、スポーツの予想というのは、どうだろう。

この世界でも、相撲や野球はなかなかさかんらしく、新聞は大きなスペースをさいて、それぞれの内部紛争を報道している。一月十七日の新聞には、相撲協会の紛争の調停に乗り出した国粋会が、ついに手を引いたという記事がのっている。

この結果、天龍、大ノ里ら三十二人の力士が協会を脱退したわけである。また野球のほうも、五月はじめに早大野球部が〈聯盟は純粋なるスポーツの精神に違反する所多し〉として、六大学リーグを突如脱退してしまったという。

だが、俊夫はこの両脱退事件のことを、かねて聞いてはいたが、それが昭和七年に起こったということは、ここへ来てはじめて知ったのだった。まして、この年の相撲や野球の勝敗をいちいち知っているわけがない。げんに、今日も神宮で早大を除いた五大学による春季リーグ戦の最終戦が行われているそうだが、どこが優勝するのか、俊夫には見当もつかないのである。

また、大量の幕内力士に去られた相撲協会では急遽《きゅうきょ》、八人の十両を「幕内待遇」として入幕させ、幕内東西合わせて、やっと二十名という新番付をつくりあげたが、この穴埋め要員の中に、東十両六枚目から一躍西前頭四枚目に引き上げられた双葉山の名がある。天龍事件は、双葉山にとっては、まったくラッキーだったわけだ。とすれば、ことし二十一歳の双葉山が実力を出しはじめるのは、まだずっと先のことかもしれない。この五月場所は大関玉錦が優勝したそうだが、この次の場所は誰が優勝するのか、これも見当がつかなかった。

その点、オリンピックなら、なんとかなる。元の世界では、東京オリンピックを控えて、オリンピック関係の本がたくさん出ているが、俊夫もこの間一冊読んだ。その中にあった、オリンピックの歴史、中でも日本選手が一番めざましい活躍をしたロサンゼルス・オリンピックのことは、細かい記録を別にすれば、大体おぼえている。それを予想として世間に発表し、当たったときには金がはいるようにすればいい。

しかし、オリンピックは、ただ一回のことだし、うまくいって金がはいったにしても、たかが知れている。やることはやるにしても、やはりほかに何か、もっとスケールの大きい金もうけを考えたほうがいい。

俊夫は、おかみさんたちの弁当のおあまりの海苔巻きをたべ、井戸で冷やしてあるビールを飲んで、さらに考えつづけた。

夕方、日焼けで真っ赤になったカシラ一家が帰宅したとき、俊夫は座敷で、本と紙屑の中に埋まっていた。

「やあ、みなさん」と彼は目を血走らせていった。「ぼくは商売をはじめることにしました。ぜったいにもうかる商売を、です……」

4

すでに何度か、おかみさんにつかまって、ぐちをこぼされたおかげで、俊夫は、カシラ一家が去年廏橋から世田ケ谷へ引っ越してきた事情を熟知していた。要するに、それは夜逃げであった。

カシラのうちは、廏橋で先祖代々鳶職《とびしょく》を営んでいた。なんでもカシラのおじいさんというのがエライ人で、ご維新のとき、上野の山に立て籠った彰義隊《しょうぎたい》の人たちに握り飯を運んだりしたのだそうである。その威光で、三代目のカシラも、近所の人に盛り立てられ、震災前まで立派に家業をやっていた。そして、震災で廏橋のうちは丸焼けになってしまったが、復興のバラック建築を請け負ったカシラは、手品を使って、前の三倍もある自分のうちを、タダで建ててしまった。その後数年間、カシラは復興工事の仕事と、それで儲《もう》けた金を使うのに忙しくて、せっかくの新しいうちに、ほとんど帰ってこなかったという。

ところが、そこへ昭和四年、ニューヨークのウォール街で世界史上未曾有の大暴落が起こった。もちろん、ウォール街のできごとが、カシラに直接影響を及ぼすはずはないが、アメリカに端を発した恐慌は、やがて日本にもおしよせ、倒産者の続出、物価の暴落を生んだ。産業合理化がさけばれ、労働者の賃下げ、首切りがさかんに行われた。賃金を下げられた人々は、無産政党の後押しで、当局の弾圧にも屈せず、労働争議をくり返したが、クビになった連中は、とりあえず食べていかねばならないので、失業救済事業をやっている東京市社会局へ行って、日やとい労働者として登録した。日やとい労働者たちは、安い賃金で、土木工事や道路修理に、よく働いた。それらは、いままでカシラたち鳶職が請け負っていた仕事である。カシラの仕事は、しだいに侵蝕されはじめた。そして去年の春、とうとうニッチもサッチもいかなくなってしまったのだった。

しかし、江戸っ子であるカシラは、そんなことには、めげなかった。彼は、景気がよかったころと同じように、毎日飲み歩き、競馬場通いもおこたらなかった。廏橋のカシラのうちは、だんだん家財道具が減って広くなり、借金の証文が山積して、おかみさんはたきつけに困らなくなった。

去年の夏、おかみさんは、たきつけの山に埋まって、つらつらと考えたすえ、こうなっては一家心中か、夜逃げをするよりほかないという結論に到達した。彼女は、もちろん後者を選んだ。

おかみさんは最初、信州の山奥の遠い親戚のうちに厄介になるつもりだった。が、まず、信州の山奥には競馬場がないことを知ったカシラが、先祖伝来の土地を離れるわけにはいかないという大義名分をかかげて、断乎反対した。ついで、おかみさんが問い合わせた信州から、東京にいた三男が失業して帰ってきたのと米価の暴落で苦しいので、またこんどにしてくれ、といってきた。

そこで、おかみさんは百方走りまわったあげく、やっと世田ヶ谷の在に、安い貸家を見つけた。世田ヶ谷なら近々新市域になる所だから東京を離れることにはならないし、それに新開地だから仕事も沢山あるにちがいない。おかみさんは、そういってカシラを説きふせたそうだが、彼女は世田ヶ谷が新市域の中で一番中山競馬場に遠いことも、ちゃんと計算に入れていたらしい。

カシラ一家が世田ヶ谷へ越してきてから、かれこれ二年になる。その間、おかみさんの思惑は、はずれっぱなしだった。

ここへ来たとき、おかみさんは、永田東京市長の発言および電車会社の広告を検討した結果、この辺の畑は一年後には全部住宅になるという予想を立てた。それにもとづいて算盤《そろばん》をはじいてみたところ、月々のカシラの収入は莫大なものになった。三月もたたないうちに、廏橋へ行って借金を残らず精算した上に、錦紗《きんしゃ》のお召しの一つも作れることは確実だった。

だが、おかみさんは、いまだに廏橋付近には近づかないし、呉服屋も呼んでいない。その後、この辺には住宅が数軒ぽつぽつと建っただけであり、したがってカシラの収入もぽつぽつなのである。「やっぱし不景気なんですねえ」とおかみさんは嘆息するのだが、この〝やっぱし〟という言葉には、不景気なのはうちばかりじゃないという安心感も、多少こめられているようだった。

それから、もう一つ、おかみさんの意表に出たのは、カシラの競馬場通いだった。これについては、おかみさんは電車という文明の利器の存在を、すっかり忘れていた。カシラは、世田ヶ谷へ引っ越した翌日から、ちゃんと早起きして、小田急線、省線と乗りつぎ、片道二時間近くかかって、中山へ通い出した。いつも出がけに「きょうは大穴を当てて、帰りは円タクで帰ってくる」といって行くのだが、これはまだ一度も実現したためしがない。

長男のタカシというのは、変わった子で、黄金バットの紙芝居やベーゴマなんかに、ちっとも興味を示さず、うちで本を読んで絵を描いていればいいのだから、静かな郊外へ引っ越してきたことを、かえって喜んでいるらしい。そして、オヤブンにいたっては、生後一年ほどしかいなかった廏橋のことなんか、記憶のかなたへ消し飛んでしまっている。結局、世田ヶ谷へ引っ越したことで、一番苦労しているのは、それを計画し実行した、おかみさん自身だったのである。

内職のタバコ屋のほうも、元来が人口増加を見込んではじめたものだから、売れ行きはさっぱり、とあって、おかみさんは、この二、三カ月、青息吐息の連続だったらしい。

そこへひょっこり現われたのが、浜田俊夫だった。彼は、ごく簡単な半日仕事に、二百円、いや百五十円という大金を払ってくれた。おかみさんが、さっそく一家総出の花月園行きという壮挙を試みたのも、当然であろう。しかも、現在彼女の手もとには、俊夫からあずかった九千円の金がある。俊夫は当分いてくれることになったようだし、そうなれば九千円の中から月々数十円が、俊夫の食い扶持として、自分たちのものになることは間違いない。うまく按配さえすれば、その金だけで、一家四人が食べていける。さしあたって、おかみさんの心配は、俊夫の夜具につぎを当てるための、同じような柄の半端ぎれが、行李《こうり》の中にあるかどうかということだけだった。

そんな矢先だけに、花月園の帰りに三越へまわって、しこたま買い物をしてきたおかみさんは、俊夫の新商売の話を聞いたとたん、まっさおになって、おみやげの舶来の安全カミソリを出すことも忘れてしまった。

「ショ、商売だなんて、だんな、とんでもない。この不景気のご時世に、かならず儲かる商売なんて、あるもんですか。だんなにゃ、九千円てお金があるんですから、あれだけありゃ、五年や十年はらくに食べてけますよ。商売だなんて、つまらないこと考えずに、うちでのんびりしていて下さいましな」

おかみさんは、道楽息子にも困ったもんだという顔をした。彼女は、落語の「船徳」かなんか思い出したのにちがいない……勘当された放蕩《ほうとう》息子が、船頭になって数々の失敗をやらかすという話である。

早くも第一の難関にぶつかった、と俊夫は思った。俊夫は九千円全部つぎこんで小さな工場を建てるつもりだったが、このぶんでは、そんなことをいい出したら最後、おかみさんはからだを張ってでも、あずかった九千円を死守するにちがいない。

「おい、なにはどこへやった？」

カシラがビールの栓抜《せんぬ》きを探しに行っている間、おかみさんは、なおも熱心に俊夫の翻意をうながした。

「商売ってのはね、だんな、そりゃむずかしいんですから。だんなみたいな方が、急にやろうったって、無理ですよ……」

俊夫は、冷えたビール瓶に浮かんだ水滴を一生懸命、指でこすりとりながら、目をしばたたいた。たしかに、サラリーマンの俊夫は、商売の経験は全然ない。物を売ったことといえば、学生時代共同募金に協力して、渋谷の忠犬ハチ公の前に立ったときぐらいである。そのときも、人々はみんな、となりの女学生のほうへ行ってしまって、割当ての赤い羽根をさばくのに大変な苦労をした。

カシラが栓抜きをふりかざして、はいってきた。

「オモチャ箱ん中にあった……さあ、だんな、まあ一杯いきやしょう」

「ええ……どうも」

俊夫はコップを取って、ビールを受けた。カシラの持つ瓶には、麒麟《きりん》のマークがついていた。大会社の伝統というものを、俊夫は痛感した。

「だんな、ですから、どうか……」

「わかりました、おかみさん、商売はやめにします」

俊夫は、小さな工場をあきらめることにした。それよりも、まず見本を作って、出資者を探し、大工場を建設することだ。経営陣にも、専門家を迎えたほうがいい。

俊夫は、冷却期間として二、三日のんびり本を読んですごした。それから、カシラにたのんで、大工道具一式を借りた。

「だんな、いったい、何をはじめるんです?」

「うん、ちょっとね……」俊夫は、そこへ来たおかみさんの顔を見て、「毎日ブラブラしているのもなんだから、オヤブンのオモチャでも作ってあげようと思ってね」

「あら、すいませんね」と、おかみさんはお愛想笑いをした。「とうちゃんも、たまにはブランコぐらい、こさえてくれるといいんですけどもね。あんた、だんなのお手伝いでもしなさいよ」

「いいんですよ、おかみさん」

俊夫は、カシラよりも、手先の器用なタカシに手伝わせたかった。だが、タカシはその後、カメラに熱中していて、俊夫が話しかけても、うわの空だった。日曜日に花月園で写してきたフィルムは、翌日新宿の写真屋からDPができ上がってきてみると、一応全部写っていた。6・8のレンズだから、ピントのずれもないし、晴天だったので、俊夫の心配した露出不足もなかった。ただ、どの写真も、モデルのカシラ夫婦やオヤブンが直立不動の姿勢をとっているので、もっと自然な人物の動きを追ってみろ、と俊夫は注意した。それで、タカシは学校から帰ると、一日中カメラを持って家族のあとを追いまわしているのである。

「バカヤロ、はばかりにはいってるとこを写真にうつすやつがあるか」

カシラのどなり声が聞こえたとき、俊夫は一人で見本を作る決心をしたのだった。

ちょうど庭の物置きがあいていたので、俊夫は大工道具を持って、そこにこもることにした。材料は、手間賃金一銭也を支払って、オヤブンに近所の工事場から木っ端を拾ってきてもらった。

オヤブンが手間賃の値上げをはかろうとして、山のように運んできた木っ端の中に埋まり、俊夫は試作品の製作を開始した。

「お精が出ますね」

数日後、そういいながら、食事を知らせにはいってきたおかみさんは、木屑《きくず》の山に目を見張った。

「どうも、うまくいかないんです。お風呂のたきつけに使って下さい」

「あんまり、コンをつめないほうがいいですよ。少し、のんびりなさったら？」

食後、おかみさんの意見に従って、俊夫はしばらく茶の間で新聞を読んですごした。

第一面から順々に読み進んでいった俊夫は、社会面を開いたとき、ふいに声を上げた。

「あっ、トーキーのストだ！」

「え、なんかあったんですか」

と、台所へ行きかけていたおかみさんが、ふり向いた。

「ええ、きのう武蔵野館でストライキがあったんです」

「おや、そうですか。その役者、だんな、ごひいきなんですか」

おかみさんは、ストライキという言葉を外国の俳優とカン違いしているらしい。

だが、俊夫はかまわず、つぶやきつづけた。

「そうか……昭和七年に、トーキーはもうこんなに盛んになっていたのか」

「キートンは、おもしろいですよね」

「人間の記憶ってのは、当てにならないもんだな」

「このごろ、悪いことをする人がふえましたからね。やっぱし不景気のせいですよ」

「ことによると、あれも……こりゃ、うかうかしちゃいられない」

俊夫は立ち上がった。

「あら、だんな、お茶もう一杯いかがですか」

「いえ、結構です」

俊夫は、その日から、寝るとき以外、物置きにこもりきりになった。食事も握り飯にして、物置きへ運んでもらった。彼が物置きから出たのは、タカシに赤いラッカーを買ってくるようにたのんだときだけだった。

六月のなかばのある晩、物置きから髭もじゃの、やせた男が出てきた。彼は両手で小さな赤い物体をささげ持ち、おごそかに人々に呼びかけた。

「みなさん、茶の間に集合して下さい」

座敷に寝そべって出馬表に鉛筆で印をつけていたカシラも、自分の部屋で少年倶楽部の付録を組み立てていたタカシも、何事かと茶の間に集まってきた。店先からは、ヘラを持ったおかみさんと、軍艦をかかえたオヤブンが、かけつけてきた。

「みなさん」と、一同が座につくのを待ち、不精髭の間の俊夫の口が動いた。「……これは、日本ではじめて発表される新案のオモチャであります」

俊夫は、一座を見まわした。オヤブンが、いそいでおかみさんのうしろにかくれた。

「日本古来の急須まわし、およびヨーロッパのディアボロという玩具にヒントを得て作ったものであります」

誰も、俊夫の差し出したヨーヨーに目をやるものは、いなかった。みんな、俊夫の顔をポカンと見つめていた。

「ではまず、実演してお目にかけます」

俊夫は、ヨーヨーの紐の先の輪を、右手の中指にはめた。

ヨーヨーをやるのは二十数年ぶりだが、すでに物置きの中で三十分間、予行演習をしておいたので、心配なかった。彼は、普通のやり方から、ハンマー投げのようにふりまわす大車輪、そしてダラリとぶら下げたのを引き上げる高等技術まで、知るかぎりの技術を披露してみせた。

約五分間の熱演が終わると、俊夫は一礼して、ヨーヨーを指からはずし、一座の中央においた。

「どなたか、やってみませんか」

演技中に引きつづき、一同がポカンと俊夫の顔を見ている中で、勇敢にもヨーヨーに近づいたのは、オヤブンだった。

俊夫が手伝って、オヤブンは紐の輪を指にはめ、ヨーヨーの玉を下に落とした。が、悲しいかな、オヤブンは当年三歳、背が小さすぎた。紐がのび切るより先に、玉は畳に着陸してしまった。

オヤブンは、ヨーヨーのかわりに、自分のからだを数回、ドスンドスンと畳の上ではずませた。それから「ツマンネーノ」といって、手をむやみにふりまわし、紐をはずしてしまった。

「あたし、やってみようかしら」

おかみさんが、とりなすようにいって、ヨーヨーに手をのばした。俊夫は、紐を巻いて渡した。

おかみさんは、指に輪をはめて、俊夫の顔を見ながら、ヨーヨーを持っている手をはなした。が、ヨーヨーは下に降りたきり、いっかな上がってこなかった。おかみさんは、手とおしりをしきりに上下させたが、ヨーヨー自身はビクともしなかった。

「どれ、おれにかしてみろ」

こんどはカシラだった。

カシラの場合も、おかみさんと同じだった。ヨーヨーは泰山のごとく動かなかった。

「タカシ君、やってみるかい?」

俊夫がいうと、タカシはだまって左手を出した。彼は左ききである。

タカシが手をはなすと、ヨーヨーは下に降りていった。そして、スルスルと上にあがり出した。

「うまい」と俊夫はさけんだ。「その調子を忘れずに」

タカシは泰然として、ヨーヨーをやりつづけた。十数回上下させると、こんどは下にたらしたのを上げていく高等技術を試みはじめた。

ヨーヨーは、ブルンブルンと四、五回ふるえた。それから、ヨーヨーは少しずつのぼり出し、ついにタカシの手におさまった。

俊夫は仰天して、タカシににつめよった。

「きみは、いったい、いつ、どこで、ヨーヨーを覚えたんだい?」

タカシは二、三度まばたきした。それから、やっと俊夫の質問の意味がのみこめたようだった。

「いま、ここで」

と、タカシは答えた。

しばらく、沈黙があった。それを破ったのは、鳴り出した柱時計の音だった。

一同は必死になって、その音をかぞえはじめた。音がやんだとき、オヤブン以外は、九時であることを了解した。

「ぼく、もう寝るよ」

と、タカシはいい、俊夫にヨーヨーを渡した。

「よかったら、きみにあげるよ」

と、俊夫は、おしもどそうとした。もうコツを覚えてしまったから、一日あれば、別の見本を作れる。

「いらない……おやすみなさい」

タカシは一礼すると、出て行った。

5

梅雨になった。

おかみさんは、洗面器とバケツを、それぞれ座敷の隅と縁側に配置した。

彼女の話では、この家の家賃は現在七円五十銭だが、家主の最初の提案は八円だったそうである。ところが、カシラ夫婦がここへ下見に来た日、家主にとっては折悪しく、カシラたちにとっては大変都合のいいことに、雨が降り出した。おかみさんは、バケツの代わりに家主を雨漏り箇所に立たせた結果、その場で五十銭の値引きを承諾させてしまったのだという。その後一年、家主に家屋のいたみ具合を銘記させるため、カシラ夫婦は、いまだに屋根の修理をしていないのである。

表面張力の関係で、水一滴の体積は十六分の一ccときまっている。屋根の穴からはいって、天井にたまった雨の水が、その体積になると、洗面器に落ちてきて、トボンと音を立てる。雨足の強さによって、音の間隔は変わった。もっともはげしく降っているとき、俊夫が腕時計ではかってみると、一分間百四十八滴というツウィスト級の早いテンポだった。

なまじっかのジャズなどより、ずっとおもむきがある。ときどき洗面器にたまった水をあけに行く必要があるが、それだって、レコードの掛け替えほどの手間はかからない。

おかげで、俊夫の調べ物は、はかどった。ほんの数日で、彼は最近の新聞と雑誌類のチェックを終わり、カシラを呼ぶことができた。

「このぶんだと、あしたも雨ですかな」

と、縁側に現われたカシラは、心配そうに、そとを見上げた。

「あしたは競馬ですか」と俊夫はいった。「ちょっと、おたのみしたいことがあるんです。まあ坐って下さい」

「へえ……やっこらしょっと」

カシラは、洗面器の向こう側に腰を下ろした。

俊夫は犯罪科学という雑誌をとって、栞《しおり》をはさんでおいた所をひらき、ページ下の広告を指さした。

「雨の中をすみませんが、ここへ、ぼくの代わりにいってきてくれませんか」

カシラは雑誌を手にとって、広告に目をやった。

「ええと……コト……コト」

「それは事務所と読むんです。あのね、それは……」

先日カシラがタカシの書いた原稿用紙二枚の綴り方を読むのに、丸一日かかっていたことを思い出して、その広告文を説明した。

「日本橋の蛎殻《かきがら》町にある貸事務所みたいなところでね。一月に十円払えば、代わりに郵便物は受け取っておいてくれて、かかってきた電話も聞いておいてくれる。こっちの名前や何かは、いわないでいい」

「へえ……」

カシラは、雑誌と俊夫の顔を見くらべた。

「じつは、やっぱり、毎日ブラブラしているのもあれだから、ちょっとした仕事をやろうかと思って……でも、名前を表面に出すと、ちょっとまずいことがあるんでね。その仕事ってのは、もちろん、そんなに金のかかることじゃないんだけど……」

俊夫は、茶の間のほうを気にしながら、小声でいった。

だが、カシラは聞いていなかった。彼は、雑誌の巻頭にある外国のヌード写真を、目を丸くして見つめていた。当局の検閲を通過するために、修整に修整を重ねた結果、目鼻がついていることで、どうにか鳥の子餅と区別できる写真だった。

「ふーん」とカシラはうなった。「毛唐の女ってのは、毛が生えてないのかね」

「消してあるんですよ。よかったら、その本あげますから」

といって、俊夫はやっとカシラを自分のほうへ向かせた。

「へへ、それじゃ……」

カシラの手が二、三回動くと、雑誌は彼の毛糸の腹巻きにおさまってしまった。

俊夫は、その腹巻きの中に、さらにおさまるべき物を、とり出した。

「ここに手紙と十円、ありますから……この五円は、カシラの電車賃」

「へ、どうも。じゃ、これからすぐいってきましょう」

「ああ、それからね。もし、そこがきまったら、帰りに新聞社へ寄って、これを……」

俊夫は、カシラを呼びとめて、新聞広告の原稿と代金を渡した。

その説明を聞くと、カシラは「じゃ、ひとっぱしり」といって出かけて行ったが、それっきり、なかなか帰ってこなかった。一時ごろ出かけたカシラが、庭づたいに座敷へ現われたのは、夜の十時すぎだった。

「だんな、ただいま、けえりやした、うーい」

カシラは、五円の電車賃を、最も有意義に活用したらしかった。

「しーっ、みんなが目をさましますよ……ごくろうさま。で、どうでした?」

「ああ、全部ちゃんとやってきた。新聞社で社長に会わせろっていったら、留守だとぬかしやがる。仕方がないから、門番に書き付けとおあしをあずけてきやした」

なんとも心細い使いだった。俊夫は、もしかするとカシラが新聞社と間違えて、よその建物へはいってしまったのではないかと心配になり、たしかめようとしたが、カシラはすでに唐紙によりかかって、イビキをかいていた。とにかく、二、三日様子を見るよりほかなかった。

雨は、それから二日間降りつづいた。

雨漏りのとまった三日目の朝、俊夫が茶の間へ行くと、タカシが新聞を読んでいた。

「おじさん、おはよう。ここに、へんな広告が出てるよ。〝スカッとさわやか新案玩具、新案玩具で生き抜こう〟なんだか、わけのわかんない文句だね」

「…………」

「そいからね。〝お引合は左記へ、電話日本橋二三〇一、第七物産〟こんな会社、知らないや。もしかすっと、インチキ会社だね」

「…………」

「いただきまあす」

タカシは、朝ごはんにとりかかった。

チャブ台の上にならんでいるのは、あいかわらず甘味噌のおみおつけのはいった鍋《なべ》と、糠味噌《ぬかみそ》づけの丼《どんぶり》だけだった。が、俊夫は、けさにかぎって、食欲がわいてきた。万事うまくいきそうなのである。

カシラ一家は、ヨーヨーに、ぜんぜん関心をしめさなかった。しかし、何事によらず、例外というものはある。八千万の国民の中に、四人ぐらいの例外は、むしろ当然といえよう。

俊夫の母が、よく「お前がちょうど歩き出すようになったときだよ、ヨーヨーがはやり出したのは」といっていた。だから、昭和八年の春であることは間違いない。そして、そのヨーヨーの流行ぶりは、とてもフラフープやダッコちゃんの比ではなかったらしい。議会警備のおまわりさんが勤務中にヨーヨーをやって、クビになったという話まであるほどだ。ヨーヨーが、この時代の人々に歓迎されることは確実なのだから、ほかの業者に先がけて売り出しさえすれば、大儲けは疑いない。

俊夫の友達が、前に自動車を売ろうとして、新聞に広告を出したことがあったが、朝早くから問い合わせの電話がかかりっぱなしで、その男は一日会社を休まねばならなかったそうである。蛎殻町の事務所も、電話の応接にてんてこまいしているだろうと俊夫は思い、午後になると、さっそく新宿まで出て、蛎殻町に電話してみた。

「第七物産ですか。引合が一つありましたよ」

と、音の悪い電話の向こうで、事務所の男が答えた。

「たった一つ?」

と俊夫はきき返してから、広告の新案玩具の説明を書かなかったことに思い当たった。

〝大人も子供もたのしめる〟ぐらい書くべきだったかもしれない……。

俊夫は気をとりなおして、引合をしてきた人の電話番号を聞き、電話を切った。

公衆電話のそとには、就職先を問い合わせる失業者らしいのが一人、モジモジと待っているだけである。俊夫は、チックの容器のような受話器をとって、もう一度耳に当てた。

「何番へ？　何番へ？」と交換嬢の声がするのへ、いま聞いた番号をいい、やがて「お出になりましたから、五銭お入れください」という声で、おかみさんにたのんでポケット一杯に用意してきた五銭白銅の一つを電話機に入れればいい。俊夫は二回目なので、もう公衆電話のかけ方をのみこんでいた。

チーンと音がして、出てきた相手は、俊夫以上にせっかちのようだった。三十分後に上根岸の「笹之雪」で会いましょう、ということになり、俊夫は大いそぎで公衆電話を失業者に明け渡して、円タクを呼びとめねばならなかった。

途中でタクシーがパンクしてしまったので手間どり、俊夫が豆腐料理の「笹之雪」へ着いたときには、約束の時間を二十分すぎていた。俊夫が相手の待っている座敷にはいったとたん、追いかけるように酒と料理がはこばれてきた。

「どうも、おそくなりまして」

と、俊夫は、とりあえず、あやまった。

電話では、小伝馬町《こでんま》の玩具問屋のものだといっていたが、その五分刈りの男は、ひとえの厚司《あつし》に角帯をしめており、主人ではなく番頭のようだった。

番頭は早口に初対面のあいさつをすませると、徳利をとって俊夫の盃につぎながら、いった。

「で、どんなオモチャでございましょう？　見本か何か、お持ち願えましたでしょうか」

「ええ……これなんですが」

俊夫は、ポケットからヨーヨーをとり出して、チャブ台の上にのせた。

「へえ……」番頭は、ほんの一瞬ヨーヨーを見つめたが、すぐまた俊夫に目をもどした。

「じつは、あたくし、新案玩具と新聞広告にございましたので、おサルが木登りするやつかなんかだと思っておりましたが……こういうのでは、どうもちょっと……」

「いや、これはおもしろいんですよ」

俊夫は、いそいでヨーヨーをとって、実演してみせようとした。が、こぼれた酒で指先が濡れているので、紐の先の環がうまくはいらない。紐を結び直していると、番頭がいった。

「もう、けっこうでございますよ。あたくしどもには、それはやっぱりどうも向きませんようで……またこんど、おサルのオモチャでもお作りいただきましたときに、ひとつ……」

番頭は、もう立ち上がっていた。俊夫は女中を呼び「おあいそ願います」というよりほか、なかった。

その四円五十銭の勘定が俊夫にはひどく高いものに感じられた。しかし、それはこの世界の貨幣価値になれてきたせいだ、と俊夫は自分にいいきかせた。何も落胆することはない。例外が四人から五人にふえただけのことなのだ。

案の定、翌日になると、また二つ引合があった。

そのうちの一つは、木挽町の旅館に滞在している人からだった。この時代のタイヤが非常にパンクしやすいことを、きのうの運転手から聞いた俊夫は、夕方、市電に乗って木挽町へ行った。

こんどは、前もって紐の環を結び直しておいたので、俊夫は手早くヨーヨーの紐を指にはめ、実演を披露することができた。大車輪をやったときに、電灯の笠を割ってしまったが、これはむしろ、ヨーヨーの威力を示すのに、あずかって力があったようである。

「こりゃ、おもしろいオモチャや」

と、大阪の佐渡屋という玩具問屋の主人は、手を打って喜んでくれたのだった。

俊夫は電気の笠のかけらを始末して心を落ち着けてから、座布団に坐った。

「いかがでしょう、おたくのお店で……」

俊夫がいいかけると、

「わてにもできるやろか」

と、鴻池《こうのいけ》善右衛門のように福々しい佐渡屋の旦那は手を出した。俊夫は、その指が太くて短いのを見て、紐の環を結び直すことにした。

が、旦那の指は、顔と同じように福々しいだけで、あまり器用ではないようだった。太くした環を指にはめてもらうと、旦那は立ち上がって試技をはじめたが、ヨーヨーは下に降りたきり、微動だにしなかった。

「けいこせんと、あきまへんな」と旦那は笑った。「売り出すときには、講習会をやる必要がおますやろ」

「え、それじゃあ……」

「お子たちより、若い人向きのオモチャとちがいまっか。ほなら、よけい売れる勘定や。そうでっしゃろ、山田はん」

俊夫は、あいさつのときに、うっかり浜田と名乗りかけ、あわててヤマダといい直したのである。

「さあ、山田はん……」

佐渡屋の旦那は、ふところから小型のソロバンを出して卓上においた。

話し合いは一時間以上に及んだ。佐渡屋がソロバンの上におく数字が、しだいに大きくなっていった。

佐渡屋がソロバンをにらんで考えているすきに、俊夫はチラリと腕時計を見た。次の人との約束の時間がせまっていた。俊夫は、午後蛎殻町の事務所へ直接訪ねてきたその人と電話で話したので、こちらから連絡する方法はなかった。

「山田はん」と佐渡屋が顔を上げた。「これ以上になると、わて一人ではきめられまへん。あす大阪へ帰って、店の者と相談して、それから、すぐまた出てきます」

俊夫は旅館をとび出して、円タクをつかまえた。

円タクは、パンクはしなかったが、通三丁目の中将湯ビルの前に着いたときには、すでに約束の時間を十分すぎていた。

中将湯の前に、それらしい人はいなかった。ヨレヨレの背広を着た男が一人立っているが、ルンペンにちがいない。

十分だけ待とう、と俊夫は思った。それ以上待っては、熱心な佐渡屋に悪い。と、ヨレヨレの背広が、俊夫のそばへよってきた。

「第七物産の方ではありませんか」

「……ええ、そうですが……」

「あたしは、さきほど事務所へうかがった長谷川というものですが……」

「あ、これはどうも失礼しました」

どうせ、つぶれかけた小さなオモチャ屋の主人か何かだろう。が、追い返すわけにもいかず、俊夫は相手を向かい側の横浜火災のわきに出ている屋台のすし屋へさそった。

「じつは、お願いがあるのですが……」

と、ヨレヨレはトロのすしを頰ばりながら、いった。

話を聞いてみると、彼はオモチャ屋の主人ではなく、ただの職人だった。永年働いていたオモチャ工場が暮につぶれてしまって、失業しているので、第七物産でやとってもらえまいかというのだった。

「オモチャのことなら、なんでも知っているつもりです。ぜひ、お願いします。もう、いまのままじゃ、女房と子供をかかえて、食べるのにもことかくありさまで……」

「おすし、たくさん食べて下さい。何がいいですか」

と俊夫はいった。

「はい、じゃ、またマグロを」

「この人に、赤いの、つけてあげて」

「ヘイ……だんな、よけいなことかもしれませんが、こちらさん、ひとつなんとかしてあげてくれませんか」

すし屋のおやじと同じく、俊夫も江戸っ子だから、もちろん、そのつもりだった。

「長谷川さん」と俊夫はいった。「三日だけ待って下さい。二十九日の日に、またこの店でお会いしましょう」

それから、俊夫はおやじに命じた。

「おすしを五人前、折に入れて下さい」

「ヘイ、承知しました」

するとヨレヨレがいった。

「ワサビはぬいて下さい」


中一日おいて二十八日は、佐渡屋の出てくる日だった。

その日の朝刊に、京阪神の映画説明者や常設館の従業員たちが反トーキーの総罷業《そうひぎょう》に入ったことが出ていた。俊夫は、また心配になってきた。ヨーヨーが昭和八年の春から流行し出したというのは、母の記憶違いかもしれないのである。あるいは、もっと早いのかもしれない。うかうかしていられなかった。

ひるごろ、俊夫は新宿へ出た。世田ケ谷町から東京市内へ直通電話がかけられない不便さにも、もうなれてしまっていた。五銭入れて、チーンと出た、声なじみの蛎殻町の男は、その後引合は一つもなく、佐渡屋からの連絡もない、と報告した。午後六時に事務所が閉まるまでの間に、俊夫は十数回電話したが、相手の答えはいつも同じだった。

翌日も同様だった。そして、電話するたびに問答はしだいに簡略化され、しまいには「第七ですが」「まだですよ」だけになってしまった。この〝まだ〟という言葉には、俊夫がこの日の最初の電話で、長谷川から連絡があったら今夜待ってるからと伝えてくれ、とたのんだことに対する答えもふくまれていた。

約束はちゃんとしたのだし、長谷川は五銭の電車賃にもことかいてるのだろうと俊夫は思い、日が暮れると、通三丁目のすし屋の屋台へ行った。

よしずの中では、檜物町の芸者らしいのが二人、すしをつまんでいたが、ヨレヨレの背広はいなかった。

芸者たちが、ほんの二つ三つすしを食べただけで出て行くと、おやじが、さっそくいった。

「だんな、こないだの方は、まだお見えになりませんが、どうなさるおつもりで?」

「うん、ぼくのところではたらいてもらうことにしたよ」

俊夫は前月給として五十円用意してきていた。こんご長谷川に、手足となって働いてもらうつもりだった。彼ならオモチャ界にはくわしいし、恰好の助手といえた。

「さいですか、そりゃようござんした」

気をよくしたおやじは、ビールのつまみだといって、タコのブツを山のようにサービスしてくれたが、俊夫がそれを全部たいらげてしまっても、長谷川は現われなかった。

「もう、おっつけ、お見えんなるでしょう。だんな、くたびれますから、これを……」

おやじは、ミカン箱を出してくれた。この時代の屋台は、本当の立ち食いだから、椅子などはないのである。

俊夫はミカン箱に坐り、さらに一時間ほどして、おやじに座布団を出してもらった。俊夫は、とうとう看板まで、すし屋に居続けた。

新聞を読んでいた俊夫が「生活苦から一家心中」という見出しに目をとめたのは、その翌朝だった。

〈二十九日午前一時頃、府下千住三河島三四六無職長谷川音吉（四二）と妻きよ（三六）は就寝中の長男（九）を腰紐で絞殺した上、服毒心中を遂げた。長谷川は昨年暮勤めていた玩具工場が倒産して以來失業中だつたが、生活苦からの一家心中と見られている〉

俊夫は、その記事を数回くり返して読んだ。心中した男がヨレヨレの背広ではないという証拠を見つけようとしたが、無理だった。

俊夫がチャブ台の上のナスのお新香を見つめて、物思いにふけっていると、ランドセルを背負って出て行ったばかりのタカシがもどってきた。

「おじさんの名前、山田っていうの?」

「えっ? ああ、手紙だね」と俊夫はタカシの持っている封筒を見て、手を出した。

「そうだ。それ、おじさんにだ。ありがとう。いってらっしゃい」

速達の封筒には、カシラ気付で山田様と書いてあった。木挽町の旅館で、俊夫は一応カシラの住所を教えておいたのである。

中身をとり出してみると、半紙の上にチビた筆の字がならんでいた。

〈急啓、先般木挽町にて尊堂より御教示賜《たま》はりたる木製玩具の件、歸阪以來店の者達と種々相談を重ね居り候處《ところ》、今回御提示の條件にて製造販賣致す事に決定仕り候間、何《なに》卒《とぞ》御休心被下度《くだされたく》候。木材購入、工場建設の爲の資金借入れの手配も旣に相整ひ候へば、遲くも明年六、七月頃には全國一齊に該玩具を發賣致す事も可能かと愚考仕り候……〉

6

六月三十日午後三時、横浜出帆の大洋丸で、女流選手も加わったオリンピック選手第二軍が、盛大な見送りを受けて華やかな首途をした。

佐渡屋から手紙が来た翌朝、この新聞を読んだ俊夫は、次の仕事を思い立った。

彼は、タカシが学校から帰ってくるのを待ちかねて、質問した。

「タカシ君、あのね、NHK……」

「え?」

「いや、その……JOAKの放送出力はどのくらいだっけ?」

「第一放送、第二放送とも一〇キロワット。波長は第一放……」

「わかった。ところで、これから一緒に神田へ行かないか」

「神田へ行って、どうするの?」

「ラジオの部品を買うんだよ」

「すごい!」

タカシは、うち中をかけまわって大ニュースを伝え、家族一同が俊夫の所へ集合してきた。

「聴取料は半分うちで持ちますよ、なあ、おまえ」

とカシラがいった。

「あたりまえですよ。みんなで聞かしていただくんですもん」

「聴取料はいくらでしたっけ?」

と俊夫はきいた。

「ええと、一円だっけかな……」

「七十五銭だよ、おとうちゃん」と、タカシがいった。「ことしの二月二十六日に、加入者の数が百万を突破したのを記念して、いままで一円だったのを七十五銭に引き下げたんだよ」

尋常四年のくせに、タカシは毎日、新聞を読んでいる。そして、両親はタカシの口からニュースを聞くのだった。

俊夫は生き字引のタカシをつれて神田へ行き、二百円ほどかけて、部品を買いととのえてきた。

次の日は日曜日だったので、タカシが一日中手伝ってくれた。

「おじさん、これはスーパーヘテロダイン？」

「いや、ＡＫの第一と第二を聞くだけだから、混信のおそれはないし、スーパーの必要はない。それより、音質をよくすることに心掛けるべきだ」

「ふーん」

「ほら、これとこれをハンダづけしてくれ」

あまり凝ってもはじまらないので、２２４、２２７、２３６、２４５、２８０というごくオーソドックスなものにした。これで、国産の六インチのダイナミック・スピーカーを駆動させるのである。

高周波増幅をつけたので、室内アンテナで充分だったが、それをいうと、カシラは猛然と反対した。

「やっぱし、アンテナをたてないと、おかしい」

夕方受信機が完成する前に、カシラは呼んできた若い衆を指図して、庭の中央に高さ五間という超デラックスなアンテナ塔を建設し終わっていた。これなら、一里四方から、カシラのうちにラジオがあることがわかる。

ラジオができてから、カシラは競馬や仕事に行っていても、毎日夕食前にきちんと帰ってくるようになった。そして、家族一同で手早く夕食をすませて、ラジオの前に坐る。テレビでさえナガラ族というのがあるくらいだから、ごはんを食べながらラジオを聞けばよさそうなものだが、カシラたちはスピーカーを見つめていないと、ラジオを聞いたような気がしないらしい。

カシラのごひいきは、六時からの「子供の時間」と、そのあとの「子供の新聞」である。後者は、ついこの六月から開始されたばかりのものだが、これを一日交代で担当している関谷五十二と村岡花子のおかげで、タカシは新聞のニュースを両親に説明するという責務から解放されることになった。

そのほか、「帝國の使命に就て」なんていう有難い講演であろうと、英語ニュースの「カレント・トピックス」であろうと、カシラたちは夢中になって聞いている。大臣クラス以上の人物の講演が終わったときには、カシラはスピーカーに向かって、うやうやしく一礼するのが常だった。

俊夫も演芸放送のはじまる八時になると、みんなにまじって、ラジオの前に坐った。

ナニワ節や落語……先代小勝の名人芸なぞは、それだけで昭和七年に来たかいがあるように思えた。

たまに、所有者の強権を発動して、俊夫は洋楽をやっている第二放送にダイヤルをまわした。だが、ソプラノ独唱がはじまると、カシラ夫婦がゲラゲラ笑い出すのには、閉口した。若い女が声をはりあげて歌うということは、カシラたちには狂気の沙汰としか思えないらしい。

この演芸放送も九時半までで、そのあと、明日の歴史と気象通報か何かがあって、そそくさと放送は終わってしまう。一番最後までラジオの前に残っていたカシラも蒲団にはいるわけだが、三日に一度ぐらいの割で、俊夫とビールを飲みながら、番組の批評をし合った。そして、たまには、おかみさんを遠ざけて密談することもあった。

七月三十一日から、いよいよカシラ一家待望のロサンゼルス・オリンピック大会がはじまった。

カシラ一家は、毎日正午になると、ラジオの前に目白押しにならんだ。

「正午の時報をお知らせいたします。この時報に引き続き、ロサンゼルスからの中継がございます」

つづいて「十秒前……五秒前……」という人工衛星打ち上げのときのような秒読みがあり、カーンと鐘が鳴る。

それから、サーッというノイズの中に、ロサンゼルスにいる松内則三アナウンサーの声が、フェイドしながら聞こえてくる。

「日本の皆様、こちらはロサンゼルスであります……」

この放送は時差や技術などの関係で、生中継ではなく、いわゆる実感放送というやつだった。何時間か前に行われた競技の模様を、松内アナウンサーが、あたかも実況であるかのように語るのである。

だが、そのことを知っているのは俊夫とタカシだけだった。カシラ夫婦も、一応タカシに説明してもらったのだが、よくわからないらしかった。ことに、向こうの昼間が日本の夜になるという説明に対しては、カシラは絶対そんなはずはないとがんばった。

生放送だと思っているだけに、カシラたちの興奮ぶりは大変なものだった。フェイドして聞きとれなかった部分の解釈をめぐって意見が対立し、とっくみ合いになりかけることもしばしばだった。しかし、次の瞬間には、夫婦はもう声をそろえて声援を送っている。その声の大きいことといったら、ラジオを通じてロサンゼルスに届くと確信していないかぎり、絶対出せるものではなかった。

ロサンゼルスまでは無理だとしても、うち中どこにいても二人の声援が鳴りひびいてくる。競技の結果を知っている俊夫も、ついつりこまれて、ラジオの前に坐ってしまうのだった。

中でも、俊夫が一番手に汗を握ったのは三段跳だった。俊夫はロサンゼルスで日本が優勝したことは知っているが、それが織田だったか田島だったか、覚えていなかった。

ところが、放送がはじまってすぐ、織田は予選で失格してしまったのである。

「……ベストシックスに残ったのはスエーデンのスヴェンソン、オランダのピーター、アイルランドのフィッジェラルド、アメリカのファース、それにわが日本の大島、南部の六選手。織田は一三メートル九六で無念にも失格しました」

俊夫はドキリとした。田島選手も出場していない。ことによると、日本は優勝できないかもしれない……。

「……決勝第一回は南部一四メートル八九、フィッジェラルド一四メートル七〇、スヴェンソン一四メートル七〇で前より悪く、大島、ファース、ピーターはともにファウル」

「ふーん」

とカシラがうなった。

「南部さん、しっかり！」

とおかみさんが絶叫した。

俊夫は、スピーカーをじっと見つめた。ラジオを熱心に聞こうとすると、どうしてもそうなることが、はじめてわかった。

「第二回の跳躍に移りました。南部がスタートを切りました。ホップ、ステップ、それジャンプ。織田の世界記録を示す小旗を、はるかに越えています、越えています……」

なにがなんだかわからずに聞いているオヤブンもふくめて、カシラ一家の人たちは一斉に立ち上がって万歳を三唱した。

「……跳びも跳んだり、はねもはねたり、南部忠平君懸命に跳んだ甲斐あって、一五メートル七二、これはもちろん世界ならびにオリンピック新記録であります。かくて日章旗は……」

「カシラ！」

と俊夫はさけんだ。

「ほいきた」

　カシラは、俊夫に目くばせして出て行った。おかみさんは何も気がつかないで、優勝の感激にひたっていた。

その夜遅く、カシラは井戸から引き上げたビール瓶を持って、俊夫の座敷へはいってきた。

「だんな、やっぱしだんなのいった通りんなったね」

「ああ、こんごもうまくたのむよ」

「こっちは、だいじょぶでさ」

カシラはあぐらをかくと、腹巻きからクシャクシャになった札を数枚とり出した。

「きょうのぶんだ。七十円ある。かぞえとくんなさい」

俊夫は受けとってかぞえると、

「たしかに」といった。「これは全部まとまるまで、あずかっておいていいですか」

「へえ、そりゃ……」

カシラは、はげしくまばたきした。

俊夫は十円札の一枚を差し出した。

「これは別勘定で、カシラの飲み代です」

オリンピックが全部すんだ晩、俊夫はカシラと一緒に駅前の飲み屋へ行って、ささやかな祝宴を開いた。

「たいした勝負カンだよ、だんなは」とカシラは俊夫のコップにビールをつぎながら、いった。「全部あたっちまったからね。陸上は三段跳が優勝、水泳は八〇〇メートル以外全部優勝、それから馬術の高障碍……全部ピッタリだ。いったい、どこにコツがあるんです?」

「それはいえないよ」と俊夫は笑った。「それより、カシラがどんな賭け方をしたか、知りたいな」

「へへ、それはいえない……なんしろ、こっちの賭け方はクロウトの賭け方だ。だんなみたいなシロウトにゃ、ちょっとむずかしい。普通の賭け方をしたんじゃ、あれだけで五百円なんて、とてもかせげませんぜ」

「そりゃそうだろうね」

カシラは競馬場の仲間数人を相手にして、賭けたらしい。中には、相当な金持ちもいるようだった。

「それだけの勝負カンを持ってて、競馬をやらないなんて、まったく惜しいもんだ」

「カンじゃないんだよ」

「へえ？」

「カンじゃなくて、なんというか……ぼくには、あることで未来が……先の世の中がわかるんだ」

「……てえと、うらないかなんかで？」

「まあ、そんなとこだ」

「じゃあ、競馬の着順なんかも、わかりますか」

「競馬は残念ながらダメだ」

「へえ……」

「だけど、日本の未来なんかは、わかる。満州事変は、これからだんだん大きくなっていくよ。それから、日本はアメリカと……いや、それはともかくとして、もっと小さいこともわかる。たとえば、来年の春から、ヨーヨーが……あっ」

「だんな、どうしました?」

「……そうか。うっかりしてた。どうして、いままでそのことに気がつかなかったんだろう」

「なんか、忘れもんでも?」

「ああ、たいへんな忘れ物だ」

「あっしがひとっぱしりいって、とってきましょうか」

「この世界は、定められた通りに動いている。だから、オリンピックの賭けでは、思った通りの目が出た。だが、同時にそれは、変えようとしても変えられないものなんだ。佐渡屋は手紙で、来年の六、七月ごろには売り出せるなんてノンキなことをいってきたが、仕方がないんだ。ヨーヨーは来年の春から流行することになっている。その前にはやらせようなんて、どだい無理な相談なんだ」

「なんだか知らないが、無理はしないこってすよ」

「まったくだ。つまらない小細工なんかしても、しょうがない。カシラ、一つどうだい、この五百円はバクチで儲けた金だし、二人で遊んで使っちまおうじゃないか」

「いいねえ、だんな。それじゃ、さっそく自動車を呼んで、浜町あたりへくり込みましょうか」

「いや、今夜はまだダメだ」

「どうして……」

「その前に、どうしても片付けなきゃならない問題が一つある。そうだ、またカシラの力を借りることにしよう」

「女のことだったらダメだよ、あっしゃ」

「そうじゃないんだ、カシラ」

俊夫は、徳利をどけて、カシラのほうに身を乗り出した。

7

九月一日の二百十日から二百二十日にかけて、台風がいくつか来たらしい。このらしいというのは、室戸台風という大スター登場以前のこの時代の人々は、あまり台風に関心がないのか、新聞やラジオがとりたてて扱わないからである。わずかに、各地の豪雨による被害の報道で、俊夫はそれと察することができた。いずれにしても東京の被害は大したことはなく、バケツと雑巾を持って大さわぎしたのは、世田ケ谷町のカシラのうちぐらいのものだった。

九月十五日は、日本が満州国を承認する日だった。

「日満の共栄は東洋平和の第一歩である」と荒木陸相は強調しているが、カシラ一家の人たちにとって、満州国の承認は、とりあえず日の丸の旗を軒先に出す手間がふえただけのことである。

夕方、俊夫がタバコをゆずってもらおうと思って、店先へ行くと、おかみさんが日の丸の旗をとりこもうとして奮闘していた。俊夫は、さっそく土間におりて、おかみさんが旗竿の先でガラス戸を割ってしまうのを未然に防いだ。玉と日の丸をはずした旗竿をかついで、裏の物置きへまわろうとしたところへ、カシラが帰ってきた。

「だんな、いいのがめっかったよ」とカシラは旗竿を受け取りながら、ささやいた。

「今晩、ゆっくり話しましょう」

その夜、風呂から上がった俊夫は、蚊帳《かや》の中で、カシラの来るのを待った。風呂は、いつも、まず早く寝るオヤブンとタカシが一緒にはいり、それから俊夫、カシラ、最後に洗濯物を山とかかえたおかみさん、と順番がきまっていた。

俊夫がタバコを一本吸い終わらないうちに、蚊帳のそとにふんどし一つのカシラが現われた。「長湯するのは田舎っぺだ」というのが、カシラの持論なのである。

カシラは、右肩をピシャリとたたいて蚊を殺しそこなってから、蚊帳にはいってきた。

「見つかったって?」

と、俊夫はタバコ盆でバットをもみ消しながら、きいた。

「へい……やっこらしょっと」

カシラは肩をそびやかして、俊夫の夜具のわきに、あぐらをかいた。右肩の、オヤブンが金魚だと力説してやまない竜のホリモノが、蚊に食われて、はれ上がっている。

「あっしのね、知り合いの、また知り合いの人でね。大きな声じゃいえないが、共産党の人で……」

カシラの声は、かなり大きかったが、湯殿のほうからジャブジャブ大きな音がしてくるので、心配はいらなかった。

「なんとかの資金に、金を欲しがってるってことを、聞きましてね。それだもんだから、あっしは、きょうちょっと当たってみたんでさ。そうしたら、向こうも乗り気になりやしてね。ぼくは、これから先、地下にもぐるつもりだから、ちょうどいい、ぜひってんです」

「いくつぐらいの人？」

「年かっこうも、顔も、だんなによく似てる。その上、係累はない。深川で育ったんですが、震災で家族も親戚も友達も、みんな死んじまった。ほら、あの辺の人は被服廠《ひふくしょう》へ逃げて、みんな焼け死んだでしょうが。あれなんだね。本人は、そのとき、兵隊に行ってたんで助かったてんですが……どうです、おあつらえ向きじゃありませんか」

「ふーん……で、いくらなんです？」

カシラは、だまって指を一本出した。

「一万円?」

俊夫は目を丸くした。

「いやいや」とカシラは首をふった。「もう一つ下、センエン」

「そうか。それならいい」

「ほいきた。そいじゃ、話はきまった。いや、あっしもね、近所の人なんかに、のべつお宅にいる人は誰だってきかれるもんだから、こまってね……いやいや、べつに、だんなにいてもらっちゃこまるってんじゃないんだが、ただ、お上にでも知れると、やっぱしだんなもこまるだろうと思ってね。だけど、これでもう何も心配はいらないってわけだ。よかったね、だんな」

　翌日、カシラは朝のうちに話をつけてきてくれた。あとは、近く区役所になる町役場へ寄留届けを出すだけでよかった。カシラのうちの所番地の次に、カシラが持ってきた戸籍謄本から本籍、姓名、年齢を写し、そのあとに右住所寄留及御届候也と書く。それが書式だった。俊夫は自分で役場へ行き、その手続きをすませてきた。

　うちに帰ると、カシラが待ちかねていた。

「だんな、じゃあ、さっそく出かけますか」

「出かけるって、どこへ?」

「葭町《よしちょう》へくりこむんですよ」

「そうか、そういう約束だったな……だけど、今夜はまずい」

「どうして?」

「だって、もう少し新しい名前になれておかないと、おまわりさんにつかまったとき、こまるから」

「そりゃまあ、そうだね……だんなの新しい名前、なんてったっけ?」

「中河原伝蔵……」

「中河原伝蔵さんか。なかなかいい名前だ」

「ぼくは、そう思わないんだが……」

とにかく、好き嫌いはいっていられなかった。俊夫は、その夜おそくまで、サインの練習をしつづけた。


次の朝、食事のあとで、俊夫はカシラを座敷に呼んだ。

「例の分け前のことだけど、一応いまカシラの取りぶんを渡しておきましょう。これは、もちろん、カシラの金だから、なんに使ってもかまいませんよ」

俊夫が二百五十円差し出すと、カシラはおしいただいて、あらためもせず、ドンブリにおさめた。それから、急にそわそわしはじめた。

カシラは、しばらくの間、必死に天井のシミを観察したり、せきばらいしたりしていたが、とうとうこらえられなくなったと見え、

「ちょいと急用を思い出したんで」

といぅが早いか、いなくなってしまった。

カシラは夕方まで帰ってこなかった。俊夫には行く先の察しはついていた。その日は土曜日で、この春開場した羽田競馬場でレースがあるはずだった。

案の定、カシラは日が暮れてから、悄然《しょうぜん》と帰ってきた。二百五十円は煙と消えてしまったらしい。

気の毒だが、仕方がなかった。俊夫はカシラが好きだったが、同時におかみさんやオヤブンたちも好きだった。もし、例の五百円を使って、カシラと一緒に芸者買いでもはじめたら、この平和な家庭に、どんな波瀾が起きないともかぎらないのである。

しかし、俊夫自身は、家族がいるわけではないから、カシラと一緒になって、ラジオの前で仏頂面をしている必要はなかった。彼は、

「ちょっと用事を思い出したんで」

と、カシラの真似をしていうと、立ち上がった。

8

俊夫が、銀座四丁目の角でタクシーを降りたとき、服部時計店の大時計がちょうど鳴り出した。

服部の新館は、六月に開店していた。その、真新しい、八時を指した時計が、夜空に浮かび上がっている。

時計の音は、教会の鐘の音に似ていた。元の世界によくあるような、電気的に増幅された音でなく、澄んだ美しい音色だった。

夜中でも、この時計は鳴るのだろうか。まだ、ラジオがそれほど普及していない、この時代では、この時計は、あたりの人にとって、時報の役目をしているに違いない。そういえば、戦争がはじまるまでは、毎日正午にサイレンが鳴っていたものだが……。

京橋生まれの俊夫は、戦争がはじまった頃の銀座をおぼえていた。今夜見る銀座は、その、少年時代の記憶の中のものに、かなり近づいていた。

三越の屋上に、噴水型のイルミネーションが、五色の光を撒いている。その下の、東側の歩道には、「正睦会」と屋台の背に書かれた夜店がずらりとならんでいる。この銀座通りは、他の場所の露店と違って、照明にアセチレン・ランプでなく、電灯を用いていた。その電灯の光が、賑やかに歩道を往来する人びとの姿を明るく照らし出している。

元の世界の銀座の表通りは、八時を過ぎると火の消えたようになるが、こちらは反対に、いよいよこれからという感じである。それは露店の賑やかさのためばかりではなく、この銀座では、たくさんのカフェーやキャバレーが表通りに進出し、ネオンの輝きを競い合っているからだった。

ただ、ネオンサインの色が赤、緑、青、黄色などの原色ばかりで、ひどく毒々しい。しかし、これは無理もない。淡い、中間色のパステルカラーの光を出すためには、ネオンやアルゴンのガスを封入する管に、蛍光管を使わねばならないのだが、昭和七年には、その蛍光管がまだ発明されていないのである。

俊夫は、五丁目の西側に渡った。

角のキリンビヤホールが、向かい側のエビスビヤホール・ライオンと、イルミネーションを競い合っている。店を閉めた鳩居堂《きゅうきょどう》の前を通過して行くと、カフェー松月がある。それから、高島屋十銭ストアの先に見える、屋上にユニオン・ビールのネオンをつけた二階建ての建物は、有名なカフェー・タイガーだ。ここは名士が大勢来るそうで、それだけに値段も高い。「一円ぐらいのチップでは、一年かよっても、まず絶望である」と何かの本にあったので、俊夫は敬遠することにした。彼は次の角を曲がり、みゆき通りにはいった。

通りには、屋台が一つ、ぽつんと出ていた。「支那そば」という大きな字の上に「蟹睦會」と書かれている。表通りの夜店の組合が正睦会、それに対抗して、横の通りの組合は蟹《かに》の横這いで蟹睦会だ。俊夫は子供のころ、この字が読めなかったものだ。が、考えてみると、いまでも読めないのである。蟹という字の音《おん》は、いったい何だろう。

一つめの横町で、俊夫は立ちどまった。横町は、バーのネオンの洪水だった。モミジ、セントラル、フォックス、オデッサ、ムーランルージュ……みんな、片仮名のほかに横文字をつけ加えている。俊夫は一軒一軒、品定めして行くことにした。

店の中からレコードの音が聞こえてくる。アコースチックの蓄音機らしいが、かなり大きな音だ。「恋はくれない、柳は緑……」という歌の文句は、いまヒット中の「銀座の柳」だ。銀座通りの柳は、この三月に、新しく植えられたものである。

一軒の店の前で、着物の女が「じゃあ、また来てね」と客を見送っている。もうご帰館らしい。この時代の人は夜寝るのが早いのだ。普通の家庭では、八時ごろには、みんな寝てしまう。

と、その女が俊夫を見て、寄ってきた。

「ねえ、寄っていらして。ねえ、いくらでもいいから、使っていってちょうだいよ」

ひどい東北なまりだが、俊夫は悪い気持ちはしなかった。若い女性に話しかけられたのは、半年ぶりなのである。

だが、至近距離で女の顔を見たとたん、俊夫はぞっとした。真っ白に塗りたくって、まるでお化けなのだ。彼は、女の手を振りはらって逃げ出した。

ここでは、まだ肌色の化粧が一般化していない。双肌脱《もろはだ》ぎになって、おしろいをなすりつけるのが、普通の化粧法なのだ。

戦後何が進歩したって、女の化粧が一番だろう、と俊夫は思った。大東亜戦争は、少なくとも、昔式の化粧法を洗い流して、ヨーロッパ風の化粧法を浸透させた。

俊夫が、歩いて行くと、なおも白塗りの女たちが、つぎつぎと寄ってきて、しがみついてくる。この、一つめの裏通りは「銀座玉の井」と呼ばれているそうだが、なるほど実感がこもっている。

俊夫はしかし、熱心に銀座の裏通りをまわりつづけた。

表通りの店は、半分ぐらいは、元の世界と同じ店だ。裏通りのバーだって、一軒や二軒は知っているのがあるにちがいない。もちろん、そういうバーがあったとしても、そこに知り合いのホステスがいるはずはないが、多少でも元の世界とつながりのある所のほうが、気が安まる。

知り合いのバーはなかなか見つからなかったが、バーの間に点在する食べ物屋のほうは、さすがに老舗《しにせ》が多かった。天金、煉瓦亭、お多幸、梅林……。そうだ、と俊夫は気がついた。

元の世界の銀座に、俊夫がよく行くすし屋があった。そこの、七十近いおやじは昔話が好きで、すしを握りながら、よく戦前の銀座のよさを語ってくれたものだ。そのおやじが、あるとき「五・一五事件のころ、となりに品のいいバーがありましてね」といっていたのを思い出したのだった。おやじは「名前はたしか、トロッコとかいいましたよ」ともいっていた。

行ってみると、すし屋はちゃんと元の世界の場所にあった。俊夫は、となりに見える黄色の電気看板を見て、おやじの記憶力もたいしたものだと思った。一字しか違っていない。看板には「モロッコ」と書いてあったのである。

ほかの店のように、流行歌のレコードをガンガン鳴らしていないという点で、モロッコは、たしかに品のいいバーといえた。俊夫がはいっていったとき、モロッコでは、レオ・ライスマン楽団の「薔薇《ばら》のタンゴ」をガンガン鳴らしていたのである。

それに、立ちこめたタバコの煙をすかして見える、マダム以下の女たちも、それほど白ベタ塗りではないようなので、俊夫は安心した。

蓄音機もブランスウィック社製の電蓄だった。が、それだけに音も大きい。俊夫は、電蓄から一番遠いテーブルがあいていたので、そこに坐った。

すると、女がやってきた。この世界ではグラマーのことを肉体美人と呼ぶそうだが、その肉体美人を通り越して、玉錦クラスに近づいている女だった。彼女は、俊夫の横に、大きなおしりをすり寄せて坐り、

「なんになさる？」

ときいた。

俊夫は、酒瓶のならんだ棚に目をやり、

「ジョニーウォーカーの黒を水割りでもらおうか」

といった。レコードに対抗するため、大声を出したので、スタンドの客がふり向いた。詰襟服の学生だった。なんでも最近、警視庁では、制服制帽の客はことわるように、というおふれを出したと聞いている。だから、この学生は角帽をかぶっていなかった。

女が立って水割りを運んできたが、それを追うようにして、もう一人の女が俊夫のテーブルへ来た。彼女は、ジョニ黒の見返りだけあって、スラリとした美人だった。

「あたし、レイ子といいます。どうぞよろしく」

と彼女はいった。肉体美人もそうだが、彼女も和服を着ていた。

横顔がなかなかいける、とからだごとレイ子のほうに向きながら、俊夫は思った。本人もそれを承知しているらしく、用もないのに入口のほうをながめて、しばらく俊夫に横顔をさらしたのち、

「そんなに見つめて……あたし、あなたの恋人に似てるの？」

と微笑した。

「いや、あすこにある写真の美人に、そっくりだと思ってね」

俊夫は、そういって、壁に貼《は》ってある写真を指さした。それから、はじめて、その写真がマレーネ・ディートリッヒであることに気がついた。映画「モロッコ」のスチールである。この世界でも、この映画はすでに公開されたらしい。それも、この店のつくりが新しいところを見ると、ごく最近だろう。

レイ子は何かいったが、ちょうどソファがはげしく揺れたので、俊夫には聞こえなかった。無視された、背後の肉体美人が、巨体をゆすって立ち上がったのだった。

彼女は、電蓄の前へ行って、レコードをかけ替えると、そのまま、俊夫のほうへ、おしりを向けて立っている。俊夫は、ちょっと気の毒になったので、

「いい曲だね」と、レイ子に向かって、肉体美人のかけたレコードをほめた。アメリカのポピュラー・ソングらしい。「なんていう曲かな?」

「ちょっと待ってね」

レイ子は、着物の裾をひるがえして立ち上がり、電蓄のほうへ行った。肉体美人を呼びもどしに行ったのかなと俊夫は思ったが、そうではなかった。レイ子は、レコードの解説の紙を持って、一人で帰ってきた。

「アマング・マイ・スーベニールって曲だわ」

「ほう」

俊夫は紙片を受け取って、目をやった。エドガー・レスリー作詞、ホラシオ・ニコラ

ス作曲とあり、英語の歌詞が印刷してある。

There's nothing left for me,
Of days that used to be,
I live in memory among my souvenirs.
Some letters tied with blue,
A photograph or two,
I see a rose from you among my souvenirs.
A few more tokens rest
Within my treasure chest,
And tho' they do their best
To give me consolation,
I count them all apart,
And as the tear drops start,
I find a broken heart among my souvenirs.

「ねえ、その英語、なんて書いてあるの？　教えて……」

「うん、これはね。自分の前から去って行った恋人の、思い出の品を前にして、追憶にふける……そういった意味の歌らしい」

「道理で、さびしそうな曲だと思ったわ」

「うん……」

俊夫は電蓄に目をやった。大きなピックアップの頭が、SPレコードの周期で上下に揺れている。

と、レイ子が、俊夫の耳もとでいった。

「ねえ、あなたの恋人って、どんな人?」

「え……いや、恋人なんていないよ」

「ウソばっかり、いま、恋人のこと考えてたんでしょ? ちゃんとわかるわ」

「そんな……」

「きっと、きれいな人なんでしょうね。どんな感じの人かしら。映画の女優だったら、誰に似てるの? 入江たか子? 夏川静江? それとも小田切美子?」

俊夫は一生懸命レコードに聞き入っているふりをした。が、気がつくと、すでにレコードは終わっていた。

「いまのレコード、もう一度かけましょうね」

とレイ子は立ち上がった。

俊夫は翌日の午後、おかみさんにあずけた金の中から百円出してもらって、カシラのうちを出た。二日前に借金を返すのだと称して千円出してもらったばかりだし、急に金遣いが荒くなっては、おかみさんに怪しまれる。例の賭けで儲けた金の残りが二百円あるから、それと合わせれば、当分の小づかいには、ことかかなかった。

カシラは、十月一日からはじまる大東京祭の準備の仕事が来たとかで、朝早く元気に出かけて行った。カシラのほうも心配なさそうである。

俊夫が、銀座のバー「モロッコ」へ現われたのは、その晩の十時ごろだった。いまが稼《かせ》ぎ時とばかり、モロッコでは、マダム以下の女たちが、客のサービスに懸命だった。例の肉体美人などは、ソファの上に横になり、おなかの上にやせた客をのせて、キャーキャーいっている。となりの「すし幸」のおやじは、この時間のモロッコを見たことがないにちがいないと俊夫は思った。

肉体美人がやっているのは、クッション・サービスというやつらしい。カフエーのエロ・サービスにもいろいろあって、マッサージ・サービス、ネッキング・サービス、ポケット・サービス、それに尖端《せんたん》的なカフエーでは無抵抗サービスなんていうのもやっている。つまり客が何しようと一切抵抗しないという、猛烈なもので、この場合、女給の腕の見せどころは、いかにして客が警察のスパイであるかどうかを見抜き、営業停止を未然に防ぐかということにあるそうだ。

　モロッコは上品ではないにしても、尖端的というところまでは、まだ行ってないようだった。

　レイ子は、スタンドで、チョビ髭の男に肩を抱かれていた。俊夫が来たのに気がつくとウインクしてみせたが、チョビ髭は力が強いらしく、彼女がその腕をふりほどいて俊夫のテーブルへ来るのに十分ほどかかった。

「いらっしゃい。遅いから、もうお見限りかと思ったわ」

「いや、きょうは一日中、東京見物してたもんだから」

「あら、あなた東京はじめて？　ゆうべ、そういってくれりゃ、あたしが案内してあげたのに」

「こんどのとき、たのむ。きょうは宮城前と、九段の遊就館と、それから上野と浅草へ行ってきただけだから。浅草で映画を見たので遅くなってしまった」

「なんていう写真？　おもしろかった？」

「日本物のトーキーだけど、国産のトーキーはまだダメだね。音が悪くて、何をいってるのか、よくわからないし、全部アフレコで、口と声がちっとも合っていない。テレビの吹き替えのほうがずっと……」

「え？」

「いや、その……とにかく、日本のトーキーは、まだ改良の余地がある」

俊夫の断言に、レイ子はちょっとだまっていたが、しばらくして、ふいにいった。

「それで、かんじんの小田切美子はどうだったの？」

「えっ、どうしてそれを……」

俊夫は、ビールのコップをひっくり返してしまった。ゆうべのように高級ウイスキーにしなかったのが、さいわいだった。

「ダスターかして」

レイ子は、バーテンからダスターを受け取って、テーブルを拭き、コップにビールをつぎ直した。それを自分の口へ持っていって一口飲んでから俊夫の前におくと、いたずらっぽい目をして、説明をはじめた。

「どうしてわかったかっていうとね。浅草で、いま日本物のトーキーは一つしかやっていない……小田切美子主演の『哀愁の一夜』。それから、あなたはゆうべ、あたしが小田切の名をいったとき、ビクッと反応を呈したわ。だから……」

「そうか。なるほど、これは名探偵だ」

「明智小サブ郎ぐらい？」

「え……ああ、大したもんだよ。明智小五郎ハダシだ」

「フフ……それより、小田切美子を見てのご感想は?」

「それが幻滅さ。前に見たときと違って、変に白塗りの厚化粧しているから、魅力がぜんぜんないんだ。やはり……」

「彼女のほうがずっといい?」

「そう……ぼくの彼女、つまりレイちゃんのほうが、ずっといいよ。ところで、きみは推理小説……探偵小説をよく読むの?」

「ええ。だって、本を読むことぐらいしか、たのしみがないんですもの。じめじめしたプロレタリヤ文学なんかは性に合わないし……」

「どんな作家が好き?」

「そうね。日本物では江戸川乱歩、それも初期のころの短篇がいいわ。外国ではコナン・ドイルのシャーロック・ホームズ物だとか、ヴァン・ダイン、それからフレッチャー……」

「古いところで、アラン・ポーなんかは?」

「もち、好きだわ。あら、それじゃ、あなたも探偵小説好きなのね。うれしいわ。だって、ここへ来るお客さんたら、みんな乱歩の『黄金仮面』ぐらいしか読んでないんですもの」

俊夫としては、間違いなく昭和七年以前の作家であるということで持ち出したにすぎないが、エドガー・アラン・ポーのおかげで、レイ子から頬にキスしてもらうことができた。

「うれしいわ。さあ、ジャンジャン飲みましょう」

「うん……ところで、きみ、H・G・ウェルズって作家、知ってる?」

「さあ……それ、探偵作家?」

「いや、探偵小説というよりは科学小説の作家だが、その人がじつにおもしろい小説を書いてるんだ」

「なんていう小説?」

「タイム・マシンていうんだがね」

「それ、翻訳出てるかしら」

「え……いや、まだ出てないかもしれない。ぼくは映……原作を読んだんだけど、じつにおもしろくてね」

「どんな筋? 聞かせてよ」

「うん……」

俊夫は「タイム・マシン」のあらすじをレイ子に語った。二度めなので伊沢啓子のときよりは、うまく話すことができた。レイ子は、ときどき俊夫のコップにビールを注ぎ足し、それを自分の口にはこびながら、熱心に聞いていた。

「おもしろい小説ね」と聞き終わると、レイ子はいった。「時間を旅行するなんて、とても奇抜なアイデアだわ」

「ねえ、レイちゃん、きみはタイム・マシンという機械が本当にあるといったら、どう思う?」

「さあ……機械のことはよくわからないけれども、いまの科学じゃムリじゃないかしら」

「それじゃ、いまに科学が進歩したら……」

「そうね。できるかもしれないわね」

「じゃあ、いいかい。未来の人がタイム・マシンを作ったとしよう。タイム・マシンは時間旅行機だから、過去の世界……たとえば、この昭和七年の世界へ来ることができる。だから、現在のこの世界へ、未来の世界からタイム・マシンがやってくる可能性はあるわけだ」

「あら、そうだわ。おもしろいわね。あたし、そういうお話大好きなの」

「レイちゃん」俊夫はレイ子を見つめ、言葉を一つ一つ区切って、いった。「じつは、ぼくは、未来の世界……三十一年後の世界から、タイム・マシンに乗って、やってきたんだ」

「まあ」とレイ子は笑ったが、俊夫の真剣な顔を見ると、自分もそれにならった。「まさか……」

「本当なんだ。ぼくは、まだ誰にもそのことを話してない。きみが、はじめてなんだ。だから、信じてくれ」

俊夫の声は尻上がりに大きくなった。

となりの席の客が、ふりむいた。レイ子におおいかぶさるようにしている俊夫を見ると、ニヤリとして「さあ、こっちも負けずに盛大にくどくぞ」とどなって、女を抱き寄せ、向こうをむいてしまった。

俊夫の目に射すくめられたレイ子は、

「いいわ」と小声でいった。「それじゃ、あたしにそのタイム・マシンを見せてちょうだい。そうしたら、信じるわ」

「残念だけど」と俊夫も小声になった。「それができないんだ。タイム・マシンは、ぼくを置き去りにして、元の世界へもどってしまったんだ」

とつぜん、レイ子は爆発したように笑い出した。笑いすぎて、しまいにはげしくせきこんでしまった。

「だいじょぶかい?」

俊夫は、とりあえず、レイ子の背中をさすってやった。

「だいじょぶよ。ああ、おかしい。すばらしいオチだわ。あなた、もしかすると小説家じゃないの。もしそうなら、あたしなんかに話していないで、早く原稿用紙に書いたほうがいいわ……ほんとかと思って、びっくりしたわ」

　レイ子は、なおもクックッと笑いつづけている。

　俊夫は憮然《ぶぜん》として、ビール瓶に浮かんだ水滴をこすり取っていた。

「おビール、お代わりするでしょ?」

　と、レイ子が、やっと笑いやんで、いった。

「いや、もういい」無意識に、いつもの口ぐせが出た。「これから車の運転をしなきゃならないから……」

「あら、すてき。あなた、自動車持ってらっしゃるの」

「あっ……いや、前に持ってたけど、いまはないんだ」

「まあ、これも創作なの。自動車が、あなたを置き去りにして、一人で走っていっちゃったってわけね」

「ちがうんだ。その……そうだ、車を買おうかな、そうだ、そうしよう」

「じゃあ、自動車を買ったら、ドライブにつれてってくださる?」

「いいとも」

　翌日、俊夫は溜池《ためいけ》へ行った。

溜池へ向かうタクシーの中で、彼は手にした新聞の切り抜きを、何度も読み返した。それはナッシュの広告で、こう書いてあった。

〈優美《いうび》にして氣品高《きひんたか》き車體意匠《しやたいいしやう》、獨特《どくとく》のフリー・ホキーリング、シンクロ・シフト安全《あんぜん》傳導機《トランスミツシヨン》、音響振動絶縁《おんきやうしんどうぜつえん》の車體竝《ボデーならび》に車臺《シャーシー》、絶對靜肅強力無雙《ぜつたいせいしゆくきやうりよくむさう》のモーター〉

カシラのうちにこもっている間に、俊夫はときどき、元の世界に残してきたスバルのことを思い出した。一年半も乗った車だから、思い出の量の点では、伊沢啓子以上だった。しかも、その愛車の一部であるキーを、彼はこっちへ持ってきていた。それは、今もしっかりと、上着のポケットにおさまっている。

いまここで、べつの車を買ってしまうのは、その愛車に対して、すまないような気がした。しかし、地下鉄が神田―浅草間しか走っていない、この世界では、車がなくてはどうしようもない、と俊夫は自分にいいきかせた。この二日間だけで、タクシー代を五円も使っているのだ。

俊夫が溜池へ来たのは、新聞広告の葵《あおい》自動車商会がそこにあるからだったが、タクシーを降りてみると、溜池には、自動車会社の代理店やパーツ屋がずらりとならんでいた。この時代のモータリゼーションも、かなりのものらしい。

俊夫は一軒一軒まわって、陳列された車をながめ、カタログをもらった。

どの車も、まさに気品高いデザインだった。ボディとフェンダーは、流線型を控え目に取り入れて優美な曲線を描き、入念な手仕上げが施されてある。そして、元の時代の車のペラペラなモノコック・ボディなどと違って、実に堅牢《けんろう》にできている。また、メッキされたフロントグリル、ヘッドライト、バンパー、それに白タイヤをつけたワイヤ・ホイールなどは、機能的で流動感にあふれているし、内装は、みなお召し自動車なみの豪華さだった。

性能も大したものである。たとえばハドソン系の中級車エセックス・スーパー・シックスは直列六気筒七十馬力のエンジンを積み、時速一三〇キロのまま丸一日走行可能、しかもガソリン消費量はリッターあたり八ないし一〇キロという、一九六〇年代の車顔負けの性能。また、高級車のクライスラー、リンカーン、キャディラックなどは、六リッターから七リッターという巨大なエンジンをのせ、静粛安全な走行を誇っていた。

こう見てくると、各自動車会社は、この昭和七年以後、何かの陰謀で、これらの車を年々少しずつ改悪していったのではないかと思えるほど、立派な車ばかりである。

ただ、問題は、その値段だった。

最初九千二百円あった俊夫の財産は、いまでは七千五百円ほどに減っているが、最悪の場合、それだけで再来年の五月まで暮らさなければならない。これからは、そとに出ることも多くなるだろうから、小づかいをふくめて月々の生活費を二百五十円と見て、再来年の五月まで二十カ月で五千円かかることになる。七千五百円からそれを差し引くと、二千五百円残るが、そのうち千円は、何かのときの用心に取っておく必要があった。結局、車購入の予算としては、千五百円がギリギリの線だったのである。

ところが、高級車が四、五千円から一万円以上もしているのは仕方がないとしても、エセックスのスタンダードで三千百円。大衆車というふれこみのフォードやシボレーでさえ二千円以上だった。小型車のオースチン・セブンになって、はじめて千九百円と、二千円を割る。そして一番安いのが、モーリス・マイナーの千六百円という値段だった。

俊夫は、すっかり考えこんで、溜池の歩道を歩いていた。

もちろん、戸籍も手に入れたことだし、俊夫は近々弱電関係の特許を取るつもりだった。そうすれば、まとまった金がはいってくることは間違いない。それを考えれば、いまここで二千や三千の出費を気に病むことはないわけだが、彼は元来、皮算用はしない主義だった。

百円の予算オーバーだけなのだから、モーリス・マイナーを買うことにするか。それとも、中古車をさがしてみるか。この歩道の端まで行って、もし左足で終わったら、モーリス・マイナーにしよう、と彼は心にきめた。

ふいに、女の声がした。

「中河原さん！」

俊夫はギクリとして、目を上げた。

「あっ、レイちゃん」

と彼はさけんだ。あまり意外だったので、彼はいま呼ばれたのが新しい自分の名前であることなどに気がついている余裕はなかった。

「……妙な所で会ったね。どこへいくの？」

「どこへって、ここへ来たのよ」

レイ子は微笑した。

「へえ」俊夫はあたりを見まわして、「この辺に知り合いでも？」

「そうよ。とても親しい人なの。いま、あたしの目の前にいるわ」

「えっ、それじゃあ、このぼくに？」

「ええ、あなたに会いにきたのよ」

「ど、どうして」と俊夫は珍しくどもった。「ぼくがここにいることが……」

「かんたんよ。中河原さんは、ゆうべ急に車を買う決心をしたようだった。そうして、きのう一人で東京見物したっていうから、東京には知り合いは少ないらしい。だから、自動車を買うとなれば、まずこの辺へ来ると見るのが順当でしょう。ゆうべ、おそくまでうちの店で飲んでたから、きょうはお昼ごろに起きて、食事をすませてここに来る。

だから、いまごろ、この辺へ来れば会えるだろうって、そう思ったの」

俊夫は、タバコと間違えて、マッチの軸のほうをくわえてしまった。が、レイ子の推理は、それだけにとどまらなかった。彼女は、俊夫とならんで歩き出しながら、さらに、いった。

「それで、気に入った自動車は、見つからなかったわけね」

「ぼくが、向こうから、がっかりして歩いてきたからだろう」

と、俊夫は必死の反撃を試みた。

「ええ、それもあるけれども、中河原さんのポケットから、自動車のカタログがたくさん、はみ出しているでしょう。どれか一つを買うことに決めれば、ほかの自動車には関心がなくなるから、どこかへ置いてきちゃうはずよ。その折り方を見ると、あなたは、あんまり几帳面な人ではないようだし……」

「…………」

「この辺には、舶来の自動車が、ほとんど全部そろっているはずなのに、買わずに帰ってきたというのは、つまり値段に問題があるわけね。そうでしょ?」

「……うん」

「けさ、ちょっと調べてみたんだけど、自動車の値段は、だいたい二千円以上ね。それより安いのが、いいとなると……中古車を根気よく探すか、それとも……」

「それとも、なんだい？」

「これから、ちょっと銀座へいってみましょう」

俊夫としては、とにかく、レイ子のいうなりにタクシーをとめ、乗るよりほかなかった。

タクシーの中で、レイ子は何もいわなかった。彼女は、いつもより地味な和服を着て、化粧もほとんどしていなかった。が、夜見るときより、ずっと色が白かった。モロッコとちがって、彼女は俊夫から少し離れてシートに坐っているので、全身がよく見えた。背は五尺二寸（約一五八センチ）ぐらいあるが、目方は十貫（約三七・五キロ）そこそこのようだった。彼女は、ときどき軽いせきをしている。胸が悪いのかもしれない、と俊夫は思った。

銀座でタクシーを降りると、俊夫は無意識にレイ子の腕をとって、歩き出そうとした。が、レイ子はピクッと腕を引っ込めてしまった。

じっさい、その必要はなかった。すぐ目の前に、目的の店があった。

「へえ」と俊夫は、その店よりも、あたりを見まわした。「こんな所に、こういう店があったのか」

そこは、新装成った服部時計店から少し数寄屋橋よりの所、元の世界では天賞堂のある場所だった。俊夫は、こっちの世界へ来てからは、銀座へ出ると、いつも、四丁目の交差点から、表通りか、モロッコのある五丁目側へ直行してしまうので、ここは盲点になっていたわけである。

その、将来天賞堂が建つであろう、銀座四丁目五番地の地点に、間口二間半ほどの、平家《ひらや》のガラス張りの店があった。上の看板に、右横書きで「ダットサン自動車」と書かれている。

先に立って入口をはいりかけているレイ子に、俊夫は看板の下の小さな字を指さして、いった。

「無免許運転ていうのは、運転免許がなくてもいいってことかな?」

「さようでございます」

いきなり横合いから、うけあってくれた背広の男は、出先からもどってきた、セールスマンらしかった。

「……ダットサン乗用車は小型自動車の扱いですので、全国どこでも、無免許でお乗りいただけます」

「そうか。とにかくクルマを見せてもらおうかな」

俊夫がそういったとたん、丁寧なセールスマンの態度がさらに輪をかけて丁寧になり、まるで宮様に対するような丁重さで、店の中へさそった。

それがなぜだか、俊夫は中にはいって壁のポスターを見て、わかった。そこには、こういうキャッチフレーズが書かれていたのである。

〈明治の人力車、大正の自轉車、昭和のダットサン〉

最初の二つは歴史的事実だが、昭和のダットサンというのは、もちろんこのダットサン商会の希望的表現である。この時代の人がふつうクルマといえば、まだ明治なみに人力車のことを指している。

ところが、俊夫が自動車のことを軽くクルマといってのけたのだから、この人は相当なカー・マニアで、しかも日常自動車を乗りまわしている金持ちと踏んだのに違いないのである。

その、昭和のダットサンは、いま俊夫の眼前にあった。

うすいブルーのボディ。黒いフェンダー。そとを走っている31年型フォードによく似たフロントグリル。なかなかのスタイルである。

ただ、幅が、元の世界においてきたスバルと同じくらいなのに、高さだけがむやみに高い。

「ひっくりかえりそうな感じだな」

俊夫が思わず感想をのべると、セールスマンは首筋に手をやり、

「はあ、じつは小型車規格の幅一・二メートル以内というのに合わせましたので、多少重心が高くなっていることは、いなめませんです、はい」

そう正直に白状したのは、やはり相手がマニアでは、うそはいえないと思ったからだろうが、おかげで俊夫は、この車を買ってから、カーブでの運転に気をつけたため、一度も車をひっくりかえさないですんだのである。あとで聞いた話だと、このダットサンのオーナーで二度や三度ひっくりかえった経験のある人はザラだという。そんなとき、この車は重量が四〇〇キロと軽いので、二、三人で押せばすぐ起き上がって、またコトコトと走り出すから、はなはだ便利だそうだ。

レイ子は、俊夫の横に立って、車より、まわりの壁のポスター類を見まわしていたが、とつぜん、

「ねえ、この自動車の名前、ダットソンていうんじゃなかったかしら」

と、変なことをいい出した。

「ダットサンだよ。そこにちゃんと書いてあるじゃないか」

元の世界だって、やはりダットサンだ。

ところが、セールスマンは、

「はあ、たしかに最初はダットソン号と申しました」とレイ子の肩を持った。「ダット自動車製造株式会社が小型乗用車の製造を始めましたときに……」

「ダットというのは、脱兎《だっと》のごとく、の脱兎ね」

「さようでございます。手前どもの社の前身でございます快進社が、大正年間に製造しておりました乗用車がダット号という名称でございました。それで、昨年当社が戸畑鋳物の傘下《さんか》にはいって、小型乗用車を……」

「戸畑鋳物に買収されたんでしょ？」

「あすこの社長の鮎川《あゆかわ》義介って人はなかなか、やり手ですものね」

「はあ、まあ……」

「…………」

「それで、小型自動車をつくりはじめたわけね」

「さようでございます。そのときに、ダットのむすこだからダットソン号という名称にしようということになりまして……ご承知でございましょうが、むすこのことを英語でソンと申すのでございまして……」

「娘はドーターね」

「はあ、さようで……。ドーターならよろしいんでございますが、こちらは、なにしろソンだものでして、それで、ソンは損に通じて縁起がよくないという意見が出まして、一度はきまった名称でございましたが、ダットサンに変更いたすことになりました。そうして、この四月十五日にこの店を開店いたしまして、ダットサンを大々的に発売することになったのでございます。奥様も、なかなかおくわしいようで……」

レイ子のことを奥様といわれて、俊夫は狼狽《ろうばい》して「ええと……」と運転席《コックピット》に目をやった。

車の幅は一・二メートルというから、スバル三六〇より一〇センチ狭いだけだが、それは両側のステップを入れての話であり、実際のコックピットの幅は、いやが上にも狭い。恋人同士でもなければ、ぜったいに二人で乗る気はしないだろう。

「2《ツー》シーターか。もっとほかに、四人乗りのセダンなんかはないんですか」

「はあ、それが……いまの小型車の規格は一人乗りという規定になっておりまして。警察では、小型はオートバイといっしょくたの扱いをしているのでございます。相乗りはいかんというわけで。四輪乗用車というものをまったく理解していないのでございます。でも、これは一応、二人乗りにしてございますが、四月の開店早々に、北白川の宮様がお買い上げになったダットサンなどは、大阪製の、もっと幅が狭くて、ドアが片側だけにしかない、ほんとうの一人乗りのボディでございました。それにくらべましたら、この東京製のボディは、ずっとゆったりしております」

そんな窮屈な車を押しつけられた宮様も気の毒である。

「……でございますから、お二人でお乗りになる場合は、できるだけ警官のいない所をお選びになるように」

「わかったわ」

レイ子がうれしそうに、いった。

「でも、もしなんでございましたら、ただいま小型車の規格を七五〇立方センチに上げ、乗車定員も四人にするように運動中ですので、しばらくお待ち願えれば、近いうちにきっと……」

なるほど鮎川義介の政治力をもってすれば、それも可能だろうが、〝近いうち〟では、やはり困ってしまうのである。早ければ、来年のうちに、この世界を去るかもしれない。それまでの間の、当座の足として車が欲しいのだ。

「で、これはいくらですか」

と俊夫は、スイカの値段を聞くような調子でいった。このセールスマンには、何事も気軽にいってのけるにかぎる。

「ちょっとお待ちください」

セールスマンは奥へ行き、パンフレットのような物を持ってきた。

「カタログと値段表でございます」

受け取ると、俊夫は値段表にまず目をやった。

レイ子が、横からのぞきこんだ。

「スピードスター、一人乗り、千百五十円……これじゃないわね。この車はどれ?」

「これだよ」

「フェートン？　千二百五十円ね」

「うん」

千二百五十円というのは、手頃な値段である。一人乗り、無理しても二人乗りというのが欠点だが、それにも増して、運転免許がいらないというのが魅力だった。一応戸籍は手に入れたものの、できるだけ名前を出さずにすめば、それに越したことはないのだ。

カタログは、大きな紙を四つ折りにしたものだった。表紙に色刷りで「高級小型、ダットサン自動車、國產自動車界之覇王、無免許運轉」とある。

カタログを開いてみると、仕様書が出ていた。それは尺貫法とメートル法を併記し、途中から突如としてヤード・ポンド法まで現われる、ものものしいものだった。

車輛寸法…全長八尺九寸（二、七一〇米《メートル》）全幅三尺八寸（一、一七五米）
ホヰールベース…六尺二寸（一、八八〇米）
トレッド…三尺一寸八分（〇、九六五米）
重量…約四〇〇瓩《キロ》（ツウリング型）
廻轉半徑…拾二尺五寸（三、八五〇米）
發動機…本社製L型四サイクル　四氣筒分頭式

シリンダー…口徑五四粍《ミリ》（二吋《インチ》八分ノ一）衝程五四粍（二吋八分ノ一）全排氣容量四九五立方糎《センチ》
馬力…公稱五馬力　實測一〇馬力（毎分三、七〇〇廻轉）
クラッチ…乾燥單板式
變速機…摺動撰擇式前進三段　後退一段
ブレーキ…機械式前後四輪制動式　フートペタル及ハンドレバーにて加動、調整容易
操向装置…ウオーム及セクター式、ハンドルの中央に電氣ラッパ釦《ぼたん》
タイヤ…二四吋×四吋の特製バルーンタイヤ
速力…九粁乃至《キロないし》六五粁（五哩《マイル》乃至四五哩）
登坂力…五分ノ一勾配
ガソリン消費量…一ガロン五〇哩以上
標準附屬品…小道具一揃

五日後、ダットサン・フェートンがカシラのうちにとどけられた。

試乗してみて、俊夫がびっくりしたのは、アクセル・ペダルが真ん中にあることだった。聞いてみると、この時代の車のペダルは、左からクラッチ、ブレーキ、アクセルと

いう方式が、まだ確立されていないらしい。真ん中にアクセルがある車は、ほかにもたくさんあるということだった。

だが、真ん中のアクセル・ペダルは長くて、直立しているし、両側のペダルは小さいので、踏み間違える心配はなさそうだった。それに、馴れてみると、この方式もなかなか運転しやすかった。

カシラは、さっそく庭の片隅に、簡単な車庫を作ってくれた。だが、それは文字通り簡単な車庫で、ラジオのときのアンテナ建立以上の騒ぎをひそかに期待していた俊夫は、少なからず落胆した。

やがて、タカシの話で事情が判明した。カシラ夫婦は名うての自動車嫌いだったのである。ガソリンのにおいがいやだということのほか、いろいろと理由があるらしいが、カシラはいままでに三回しか円タクに乗ったことがないという。宴会でグデングデンに酔っぱらって知らない間に乗せられたときと、知り合いの結婚式のときと、その知り合いのご隠居さんが死んだときで、カシラは、こんどそのうちで葬式があるときはぜったいに人力車を呼ばせるといっているそうである。そして、おかみさんにいたっては、震災前に一度乗って気持ちが悪くなって以来、一度も円タクに乗っていないという。

そのくせ、二人ともバスにはよく乗るらしいのだから、俊夫は理解に苦しむのである。どうやら、カシラ夫婦の分類によると、円タクと乗合自動車はぜんぜん別物らしい。そして、俊夫のダットサンは円タクのほうの範疇《はんちゅう》に属するわけである。

その点、タカシは機械が好きだから、俊夫の車に大いに興味を寄せた。車が来た日に、俊夫は彼を乗せて、カシラのうちの近所をドライブしたが、その間、タカシは俊夫の運転する手もとと、ペダルを見っぱなしだった。結局、タカシには、車庫でボンネットをあけて、エンジンをながめさせておけばいいことがわかった。

オヤブンは、車が来たときは大喜びしたが、自分に運転させてもらえないとわかると、一変して、悪態のかぎりをついて、車をののしりはじめた。あげくのはてに、金槌《かなづち》を持ち出して、車をこわしてしまうと俊夫を脅迫し、自分用の自動車を買う約束をさせた。そこで、俊夫はいそいでブリキの自動車を買ってきたが、オヤブンに一蹴され、とうとう本当に乗れる八円五十銭の足こぎ自動車を買わせられるハメになってしまった。

だが、おかげで、俊夫は一人でダットサンを乗りまわすことができた。この時代の人は、自動車とわかると、遠くのほうで立ちどまって目迎目送してくれる。ただ、馬力や自転車が道路のまん中をゆうゆうと通っているのは、じゃまになってこまった。普通の道だけでなく、昭和通りのようにちゃんと二車線に分けられ「疾行車道」と「緩行車道」の指定がしてある所でも、人びとはぜんぜん、それを無視してしまっているのである。でも、これは交差点に車がつかえていないことで充分、うめあわせがついた。右折禁止や一方通行が、ほとんどないのも、らくだった。

標識には、一定のパターンがなく、各警察署が、立て札に勝手な文句を書いているようだった。だから、中には、ずいぶん凝ったのもあった。俊夫が、前に円タクで上根岸の「笹之雪」に行ったときに、下谷の車坂の交差点で見たのには、こう書かれていた。

〈左折車ハ、止レデ進メ、進メデ止レ、警視廳〉

ちゃんと七五調になっているので、読みやすいが、いったい、どういう意味なのか、さっぱりわからない。俊夫は、その交差点を通りすぎて二、三分たってから、やっと、元の世界で信号機の下に出る青い矢印と同じようなことを意味しているのだと気がついた。円タクの運転手は「あれは、警視庁の頭の悪さを証明しているようなもんです」といっていたが、俊夫は反対に、あれを書いたおまわりさんは、頭が進歩しすぎているのではないかと思ったのである。

最初の晩、車で銀座へ出た俊夫は、まず駐車場を探した。が、すぐ現在そこにいることに気がついた。表通り以外は、どこに駐車してもかまわなかったのである。

モロッコの前に車をとめると、俊夫は、ちょっと心配になった。薄色の車だから、かなり目立つし、フェートンなので、酔っぱらいに中をいたずらされるおそれがある。だが、レイ子が何かうまいことを考えてくれるだろうと思い、彼はそのままモロッコにはいった。

「いらっしゃい」

と、マダム以下が唱和し、俊夫はいつものテーブルがあいていたので、そこに坐った。彼はタバコの煙をすかして店内を見まわしたが、レイ子はどこにもいなかった。トイレにでも行ってるんだろうと思っていると、肉体美人が彼のテーブルに来た。

彼女は、俊夫のとなりに坐ると、

「レイ子さん、今夜おやすみよ」

といった。

「へえ……」

「がっかりした？」

俊夫はタバコの箱がポケットにひっかかったふりをして、顔をしかめて、それをとり出した。

レイ子の五倍ぐらいもある太い指が、マッチをすってくれた。

「どうも……とにかく、ビールをもらおうか」

俊夫は、肉体美人を相手にビールを飲みながら、後世の美容体操に当たる石井漠氏考案の舞踊体操の話をし、その間に少しずつ、レイ子のことを聞き出した。レイ子は十日に一ぺんぐらいの割で店を休み、やはり胸をわずらっているらしいということだった。

家族がなくて、一人でアパートに住んでいるから、お見舞に行ったら、と肉体美人はレイ子の住所まで教えてくれた。

三十分ほどで、四日前にはじめた舞踊体操がすでに相当の成果をあげているという結論に達し、俊夫はビール代とチップを払って、モロッコを出た。

愛車は、さいわい、なんともなかった。俊夫はポケットのキーを出そうとして、ふと、となりのすし屋の提灯に目をとめた。彼は、そこのおやじのことをすっかり忘れていたことに気がついた。

のれんを分けて、はいって行くと、聞きなれた声が、彼を迎えた。

「へい、いらっしゃいっ」

おやじは、顔にしわがないだけでなく、頭には五分刈りの剛毛が生えそろっていた。もとの世界のおやじは、ツルツルなのである。

あい変わらず昔話が好きらしく、三十歳代のおやじは、若い客を相手に、しきりに震災前の煉瓦造りの銀座のよさを吹聴していた。俊夫は、この店伝統の鉄火の手巻きを作ってもらい、それを食べながら、しばらく横で聞いていた。

やがて、若い男が煙に巻かれて帰って行くと、俊夫はおやじにいった。

「となりのバーの女の人なんか、おたくへ来る?」

「ああ、トロッコの人ですか」

俊夫は、後年のこのおやじの記憶の完璧さに驚嘆した。彼は最初から、トロッコだと思っていたのだ。

「……ええ、ちょくちょく、お見えんなりますよ、お客さんと一緒に……お次は、何を？」

「そう。トロをつけてください」

「へいっ」

「ところで、ああいうバーの女は、どのくらい稼ぐもんなんだろうね」

「さあ、大したことはないでしょうな、まともにやってたんじゃ」

「………」

「震災前の女給さんなんてのは、そりゃ身持ちが固かったもんだが、この節のこの辺の女ときた日には、まるで淫売とおんなしだ。不景気だから、しょうがねえってや、それまでだが……へい、お待ち……」

「そうかね」

「まともにやってたら、自分ひとり食べてくのも、たいへんでしょうよ」

　翌日も、俊夫は肉体美人の相手をしなければならなかった。彼女が、しきりに気の毒がるので、俊夫は無理して三時間、舞踊体操の話をしつづけた。

三日目の晩は、俊夫も考えて、田村町の交差点のそばの公衆電話の前で一たん、車をとめた。彼はボックスにはいると、ナンバン・ガールに、モロッコのマッチにある番号を読んできかせた。それから、彼はマダムの声を聞き、さらに三十分も待ったような気がしてから、レイ子の声を聞くことができた。彼はボックスをとび出して、車に乗ると、スピードの出るフォードを買わなかったことを後悔した。

レイ子は、モロッコの前に立って、待っていた。

「この自動車の試運転に乗れなくて、残念だったわ」

彼女は、車の中をのぞきこんで、サイド・ブレーキを引いている俊夫にいった。

「もう、だいじょぶなのかい?」

「ええ……ちょっと乗せてね」

レイ子は、俊夫の手を借りて、助手席に乗りこんできた。暗いし、フォードのシートより狭いので、彼女がこの間よりやせたかどうか、俊夫は判断できなかった。

「アメリカ人になったような気がするわ。ねえ、いつドライブにつれてってくださる?」

「いますぐだ」

俊夫はギヤーを入れ、アクセルをふみこんだ。車が轟音と共に二メートルほど走って、エンストしてから、俊夫はサイド・ブレーキをはずすのを忘れたことに気がついた。

俊夫は銀座をひとまわりして、モロッコの前へもどった。車を降りて、レイ子に各部の機構を説明していると、花束を持った少女が近づいてきた。

「おじさん、お花買って……」

俊夫は、すばやく元の世界の五百分の一の値段を暗算し、五十銭玉をとり出して、少女に渡した。少女は、なれたもので、商品のほうはちゃんとレイ子に差し出した。

「はい、おじさんからの贈り物」

花束をかかえたレイ子と一緒に、俊夫がモロッコへはいって行くと、マダムが大げさに驚いてみせた。

「まあ、中河原さん、きれいな花嫁さんとおそろいで、ようこそ」

今夜こそは、たくさんしぼりとってやるという気構えである。

俊夫は、それに応じることにした。

「さあ、今夜はレイちゃんの全快祝いだ。盛大にやろう」

まだ客が少ないので、俊夫は手のあいている女を全部テーブルに呼んで、どんどんビールを抜かせた。

「キミ、ボクの横に坐りなよ」

あとから来た肉体美人にそういったのは、カオルという女だった。この男言葉は、いま人気の松竹少女歌劇のスター水の江滝子のまねで、若い女性の間で大流行なのである。

母性保護連盟の山田わか女史あたりは「困った風潮です」と歎くこと、しきりだ。

肉体美人……これはニクシャンと発音するのが本当だそうだが、そのニクシャンは、ソファに坐ると、もう一人テーブルに来ている、よし江という女に、

「キミ、あれを中河原さんに見せてあげなさいよ」

といった。このよし江は、常連の客たちからイットと呼ばれている。イットというのはクララ・ボウ主演の映画の題名から来た、少し古い流行語で、性的魅力というほどの意味だ。つまり、よし江は、このモロッコでナンバー・ワンのエロ女給なのである。

だから、俊夫は、よし江が着物の裾をまくるのではないかと期待したが、そうではなく、彼女がまくり上げたのは着物の袖のほうだった。

俊夫の目の前に、つき出された、よし江の二の腕には、なんと、トカゲがうごめいていた。赤と緑の、原色鮮やかな入れ墨である。

「うん、これはヨキであるな」

と俊夫は負けずに流行語を使ったが、内心では、若い女が入れ墨するなんて、グロ趣味も最高だと思った。

「そんなにイミシンな顔しなくてもいいのよ」とレイ子がいった。「これは、ほんとうの入れ墨じゃなくて、油絵の具で書いたんだから」

「油絵の具?・」

「ことしの夏、海水浴場ではやったの。トカゲだとか、ヘビだとか、ナメクジだとかの絵を、背中やモモなんかに書き屋さんに書いてもらうのよ」

「へえ、海水浴に行けばよかったな」

俊夫は、心からそう思って、いった。

「ボクも、来年はトライしようかな」

とカオルがいった。最近はラグビーが、なかなかさかんなのだ。

「来年になれば、すたれちゃうわよ」

とニクシャンが水をさすと、カオルはすぐ話題を変えた。

「ボク、きょう銀座を歩いていたら、慶応の水原クンに会ったわよ」

「水原君て」俊夫は聞いた。「水原茂のことかい?」

「モチじゃない。水原クンて、とてもおしゃれね」

「水原選手は野球部を除名されたんでしょ」とよし江がいった。「田中絹代とのラブ・アッフェアーで」

週刊誌はまだないが、月刊雑誌がいろいろと書き立ててくれるおかげで、こういう場所の話題にはことかかない。

しかし、田中絹代といえば当代随一の人気女優である。本当にせよ嘘にせよ、そんな女優とうわさを立てられるなんて、水原茂選手の人気は、ことによると長島や王以上かもしれない。

「それは前の話よ」とレイ子がいった。「もう、ちゃんと野球に出てるわ」

「きみ、野球好きなの?」

「ひいきの大学はないけれど、ベースボールっていうゲームが好きなの」

「それじゃ、こんど一緒に神宮へ行こうか」

「あら、カオルさん、中川さんたちが見えたわよ」

客がたてこんできたので、女たちは「ごちそうさま」と立っていった。

二人きりになると、レイ子は話をもどした。

「ごめんなさい。いつ神宮へつれて行ってくださる?」

「いや、それよりも」俊夫はそういって、レイ子のコップにビールをつぎ足し、「じつは、ぼくきみに、ちょっと話したいことがあるんだけど……」

「あら」レイ子は微笑した。「あたしも、あなたに、お話があるの」

「え?」

「偶然の一致ね。じゃあ、お店がしまってから、二人でどっかへいきましょうか」

俊夫はスタンドに目をやった。マダムが、横を向いて、鉛筆をなめなめ、しきりに何かの計算をしている。

「いや」と彼はいった。「そんなら、いまから烏森《からすもり》へでもいこう。金を払えばいいんだろう」

俊夫は、内ポケットから数枚の札をぬき取り、二つに折って、レイ子に渡した。

烏森辺は、元の世界より、むしろ賑やかだった。俊夫が車を降りて、どこにしたものか迷っていると、レイ子が先に立って、とっつきの小料理屋へはいって行った。

女中が、あけ放しになっていた窓を三寸ほど残して閉めて、出て行くと、レイ子が、おしぼりをひろげて、俊夫に差し出しながら、口を切った。

「あなたのお話って、なあに？」

「それよりも、レイちゃんの話のほうを先に聞きたいな」

レイ子は、俊夫が何を話そうとしているか、うすうす察しているらしい。だが、俊夫のほうは、彼女の話というのが何なのか、さっぱり見当がつかないのである。

「いいわ」とレイ子はいった。「あたし、この二日間、うちで寝ている間に、いろいろと中河原さんのことを考えたの」

俊夫の手が、おしぼりで首筋をふきかけたまま、とまった。

「……うちのお店へ見えるようになってから、ずっとお相手してきたけれども、その間にあなたがいったことを一つ一つ思い出してみると、どうも変なところがあるのよ」

「変な？」

俊夫は、まじまじとレイ子の顔を見つめた。

「ええ、あなたは、ときどき何か口をすべらしそうになって、いそいでいい直す。それが気になったの。そうして、口をすべらすたびに、よくいう言葉がある……それはテレビという言葉よ」

「………」

「あたし、はじめテレビってなんのことだか、わからなかったけれども、寝ながら新聞のラジオ番組を見ていて、急に思いついたの……テレビジョンね」

「レイちゃん」

と俊夫は大声を出した。

「いまテレビジョンは実験中だけど、何年かたてば、きっと実用になるわ、いまのラジオみたいに。そうなると、いちいちテレビジョン、テレビジョンていうのはめんどうだから、略していうようになる。つまり、テレビね」

「レイちゃん、それじゃきみは……」

「待って、待って、あたしはあなたが……」

レイ子は急に口をつぐんだ。「ごめんください」という声がしたからだった。

ふすまがあいて、顔を出した女中を、俊夫はにらみつけた。女中は別なほうにとったらしく、「おねがいします」とレイ子にいうと、徳利と小皿をのせた盆をしきいぎわにおいて、いそいで消えてしまった。

もちろん、二人とも、盆をとりに行ったりなぞしなかった。

「あたしは、まだあなたがタイム・マシンで未来から来たってことを信じたわけじゃないのよ。信じるためには、何かはっきりした証拠がほしいわ」

「証拠？」

「タイム・マシンそのものがあれば、それに越したことはないけれども、置き去りにされたっていうし……だけど、そのほかに何かないかしら。たとえば、あなたが身につけているもので、ひと目で未来の世界のものだってわかるものが……」

「ある」と俊夫はさけんだ。「あるある」

「まあ、なあに？　それは」

「持ってくればよかった」俊夫は舌打ちした。「こっちへ来てじき、ひとに変に誤解されてはまずいと思って、戸棚の奥へしまいこんじゃったんだ」

「おくさんの写真かなんか？」

「ちがう、腕時計とライターだ。腕時計は自動巻き、つまりネジを巻かなくていいやつで、日にちと曜日も出るようになってる。それから、ライターはガスライターってやつで、液化したガスがつめてあって、シューッて炎が出るんだ。あした、持ってきてみせるよ、かならず」

レイ子は、だまって立って行き、盆を持ってきた。

「あたしはね」彼女は徳利をとりながらいった。「あなたが、とほうもない空想家か、それでなければ本当にタイム・マシンで来たか、どっちかだと思うの」

彼女は、俊夫の盃に酒をついだ。

「……乾杯は、あした腕時計とライターを見せてもらってからよ……お酒、ぬるくなっちゃったかしら」

「いや」と俊夫は盃をあおった。「じつにうまい酒だ」

どこからか、下手な三味線が聞こえてくる。一生懸命、軍艦マーチをひこうとしているらしい。

「じゃあ、こんどは、中河原さんのお話っていうのを聞かせてちょうだい」

「いや、それもあしたにしよう。腕時計とライターを見て、信じてもらってから、話をするよ」

「いいわ。それじゃ、あした、ひるまどっかで会わない？　コロンバン……じゃダメね。大事な物を見せてもらうんだから。そうだわ、いっそのこと、あたしのアパートへいらっしゃらない？」

じめじめした押し入れの奥へつっこんでおいたので、俊夫はちょっと心配だったが、ウォーター・プルーフの腕時計は、さすがになんともなかった。ライターのほうも、ガスが半分ほど残っていた。

「まあ、これ?」

翌日、江戸橋のアパートで、俊夫から腕時計とライターを受け取ったレイ子は、さっそく、ためつすがめつ、ながめはじめた。

「そのやり方はね」

俊夫は、ライターを取って、つけ方を教えようとしたが、レイ子はその手をはらいのけた。

「これ何でできてるのかしら、ガラスでもセルロイドでもないわね」

彼女は、ライターの透明な部分を爪でこすっている。

「ああ、それはプラスチック……合成樹脂だよ」

「この、腕時計のガラスもそうね」

「うん、未来の世界ではプラスチック工業が非常に発達して、なんでもプラスチックで作られている。ラジオのキャビネットでも、風呂桶でも、お皿でも、バケツでも、みんなそうなんだ」

「棺桶なんかも、そうかしら……とにかく、乾杯しましょう」

「ほんとかい」

レイ子は、腕時計を自分の耳もとで振りながら、立ち上がり、俊夫は、はじめて室内を見まわした。

正面に、本棚があった。金ピカの平凡社の江戸川乱歩全集をはじめ、小酒井不木全集や、各種の探偵小説全集、単行本が、一番上の、普通なら花瓶やバレンチノの写真が飾ってあるはずの所までぎっしりとならんでいる。それでもはいりきらない分が横に積み重ねてあり、その上に、行き場を失った花瓶がのっている。そこに生けてあるのは、俊夫がゆうべ買ってやった花束にちがいなかった。

その花が、部屋の中の一番派手な色彩で、それにつぐのが、壁の衣紋掛けにかけてある商売用の着物だった。それから、紫色のおおいのかかった鏡台。あと薄暗い六畳の中には、箪笥が一棹《ひとさお》と、小さな茶箪笥があるだけだった。

「ここは、あまり陽当たりがよくないね」

と俊夫は、茶箪笥から、ウイスキーとグラスを出しているレイ子にいった。

東側に窓があって、五寸ほどガラス戸があいているが、そこから見えるのは、となりの倉庫の灰色の壁だけである。ガラス戸を全部あけたところで、陽当たりも風通しも、ぜんぜん変わりないにちがいない。

「これじゃ、からだに毒だ。さっき、来るときに見たんだけど、かどの部屋があいてるらしいじゃないか。あそこは陽当たりがよさそうだし、変えてもらったら?」

「あすこは、お家賃が八円も高いのよ」

「八円か。でも、本を買うお金を少しまわせば……」

「本か、陽当たりかってわけね。あたしは、やっぱり本のほうをとるわ」

「でも、それじゃ、からだに……」

「さあ、用意ができたわ」

レイ子は、ウイスキーや小皿をのせた盆を、俊夫の前に持って来た。

「レイちゃん」と俊夫は片手を上げた。「朝から酒も、なんだし、乾杯はあとにしよう」

俊夫は、午前十時きっかりに、レイ子のアパートに来たのだった。

「それより、午前中に、きみと一緒にいきたい所があるんだ」


通二丁目で車をとめたとき、レイ子は、目の前の建物を見ても、眉一つ動かさなかった。俊夫は、間違えて郵便局の前にとめてしまったのではないかと、あわてて医院の看板を見直したほどだった。

受付の看護婦に「そちらでお待ち下さい」といわれ、スリッパをはいて、待合室に上がって待っていると、ほどなく、診察室から白衣の紳士が出てきた。

「西八丁堀の浜田さんに、こちらを紹介してもらいまして……」

と、俊夫は受付でいったことを、くり返した。二度同じ嘘をつくのは、少なからず気がひけた。

「そうですか。きのう、浜田さんのおくさんが赤ちゃんをおんぶして見えましたよ」

と、老後よりやせている先生は、ナマズ髭の下から声を出した。

「赤ちゃん、病気ですか」

俊夫は、自分の身を心配して、きいた。

「いえいえ、親戚《しんせき》から梨をもらったからといって、持ってきてくだすったんですよ。赤ちゃんはもう、まるまるとふとって、ハハハ」

先生は、数秒たって笑い止むと、レイ子のほうに目を移した。

「あのう」俊夫は適当な人称代名詞が見つからないので、レイ子の肩に手をおき、「胸を見てやっていただきたいのですが……」

「わかりました、どうぞ……さあ、どうぞ」

二つめのどうぞは俊夫に対してだったが、俊夫は遠慮して、待合室へ腰を落ち着けることにした。

レントゲンをかけているらしく、診察はかなり手間どった。俊夫が、待合室備えつけの「キング」の連載小説を全部読み終わり、来月号をぜひ買おうと決心してから、やっと先生が出てきた。

俊夫が腰を浮かしかけると、先生は寄ってきて、俊夫の横に坐った。

「おくさんは、最近何か無理をなさったんじゃありませんか。だいぶ疲れておいでのようだ」

「はあ、このところ、ちょっと……」

俊夫は診察室のほうを見た。レイ子は、中で服装を直しているらしい。

「……それで、どうでしょうか」

「べつに、それほどご心配になることは、ありません。栄養を充分とって、あまり無理をしないようにしてあげてください。こまかいことは、ご本人にいってありますから」

「そうですか。どうもありがとうございました」

「それから、夜のことは、当分おつつしみになるように」

9

十月一日から三日間、大東京市誕生の祝賀が全市で行われた。世田谷区でも、おみこしや山車が総動員され、お祭り好きのカシラ一家は、毎日、多忙をきわめた。

三日の朝刊に、リットン報告書が発表されたが、カシラたちは、それどころではなく、朝食をかきこむと、さっそく駅前へ出かけて行ってしまった。

俊夫も負けずに、すぐ江戸橋へ行くことにした。

レイ子は、医者に行った日以来、店を休んでいた。その翌日、俊夫はアパートの家主に交渉して、部屋も、かどの部屋に変えてもらってある。

今後、レイ子の生活は俊夫が見ることになるわけだが、相当の栄養をとらせるにしても、家賃その他の諸雑費をふくめて月百円ぐらいであがりそうだった。考えてみると、これは毎晩モロッコにかよった場合の一月分の費用より、はるかに安いのである。レイ子がいない以上、もうモロッコへ行くことはないのだし、俊夫としては、今後の予算に、ぜんぜん変更を加える必要はなかった。

だが、俊夫はすでに一つの決心をしていた。来年の夏伊沢先生のタイム・マシンが来たら、すぐそれに乗り、レイ子を元の世界へつれて行くつもりだった。元の世界には、パスやストレプトマイシンがある。一日も早く、進歩した医学の治療を受けさせたほうがいい。

部屋の引っ越しをした晩、俊夫がそのことを話すと、レイ子は、こういった。

「あなたと一緒に、あたしがタイム・マシンに乗って行ったら、小田切美子にそっくりのお嬢さんは、なんていうかしら」

三月のズレの問題もあるし、俊夫は、なんとかタイム・マシンをうまく使って、解決するつもりでいた。が、まだ成案はできていなかった。

「心配いらないわよ」とレイ子は微笑した。「あたしはタイム・マシンには乗らないから……それより、早くタイム・マシンのお話、聞かせて」

レイ子が俊夫の好意を受ける気になったのは、タイム・マシンの話に、探偵小説以上の興味を感じたからにちがいなかった。毎日午前中に、俊夫が卵やバターを持って、アパートへ行くと、レイ子は待ちかねていて、話をせがむのである。

しかし、レイ子に、今までのことを全部話して聞かせるのは、大変な大事業であることが、すぐわかった。俊夫は最初、空襲の晩のことから話をはじめたのだが、たちまちレイ子の質問攻めに会ってしまった。警戒警報とは何か、防空服装とはどんなものか、B29とは何か、そして、日本とアメリカは、いつ戦争をはじめたのか。結局、俊夫は、この昭和七年の時点から話をはじめなければならないことを知ったのだった。

十月三日の朝、俊夫が訪ねて行くと、レイ子は、カシラ一家の人たちとちがって、さっそく新聞を持ち出して、リットン報告のことを話題にした。彼女は、俊夫が四、五日前に予言したのと同じだといい、ますます中河原伝蔵未来人説を信用したようだった。そして、いつも以上の熱心さで、俊夫の話を聞きはじめた。

カレンダーつきの腕時計が十二時を指すと、二人は、半熟卵にバター、木村屋のパン、クラフトのチーズ、スイフトのコンビーフ、それにバンホーテンのココアという豪勢な食事をはじめた。

俊夫はウイスキーを少し飲んだ。ごひいきの、ジョニーの黒……明治屋で一本九円で買ったやつである。

この世界では、ちょっといいものといえば、すぐ舶来品だが、その代わり、金さえ出せば、なんだって手にはいる。

早い話がヌード写真だ。最近、当局の取り締まりがますます厳しくなり、エログロを売り物にしている「犯罪科学」などという雑誌は近く廃刊のやむなきにいたったらしい。また、くらがりで「だんな、裸の写真いかがです?」と寄ってくるミンシャー・バイから十枚五十銭のを買ったって、あとであけてみると相撲の写真だったりする、いわゆるヤセチをつかませられるのがおちだ。ところが、十円も持って、丸善や浅沼商会へ行き、アメリカ写真年鑑を買えば、マン・レイやエドワード・ウェストンなどの、すばらしいヌード作品がのっているのだ。銀座八丁目の伴野商店では、フランスのパテー製の九ミリ半映画「乙女の水浴」なんてのも堂々と売っている。内務省の検閲官たちは、外国映画のキス・シーンのカットに忙しくて、本や小型映画の題名を、辞書を引きながら調べたりする暇はないのかもしれない。

俊夫は食後にコカコーラを飲んだ。これも明治屋で見つけて買ってきたのだったが、レイ子は俊夫がコップについでやったのを一口飲むと顔をしかめて「変な味……」といい、それっきり、もう口をつけようとはしなかった。やはり、コカコーラは戦前の日本人の口には合わないと見える。

銀座の菊水で買ったゲルベゾルテを取り出して、俊夫が一服していると、とつぜん、若い男がレイ子をたずねてきた。

男は頬に大きなキズがあった。彼は、俊夫をジロリと見ると「中河原さんですね」といった。俊夫が「そうだ」と答えると、男は勝手に上がりこんできて、モロッコのマダムの代理で来たが、モロッコではレイ子に急にやめられて大損害を受けている、その損害を弁償してもらいたい、という意味のことを、すご味をきかせていった。彼は、ときどき内ぶところに手を入れたが、それはタバコを探しているのではなく、ドスを呑んでるという意味らしかった。

レイ子は、真っ青になって、ふるえている。彼女のからだに毒だ、と気がついた俊夫は、さっそく男にいった。

「それは、どうもわざわざ……いや、わたしも、近日マダムの所へいって、話をつけようと思ってたんです」俊夫はポケットから十円出して、男の前へおいた。「わざわざ、すいませんでしたね。これは車代として、とっておいてください。どうも、ごくろうさまでした。マダムによろしく」

男は、何かいいかけたが、俊夫が知らん顔をしているのを見ると、すばやく十円をとって、立ち上がった。

「じゃあ、きょうのところは、これで帰ってやるが、また来るからな」

男は背を向けて、出て行こうとした。

「おいっ」

と俊夫はどなった。男はビクッとして、ふり向いた。

俊夫は、男の顔をにらみながら、タバコをとり出して口にくわえた。それから「おい、ライター」といって、レイ子からガスライターを受けとった。

「二度と来るな！」

俊夫は、そういうと、ライターの炎を一番長く出るようにして、男めがけて発射した。

「ワアッ」

男は、靴もはかずに、逃げ出していった。


十月中旬から、秋季リーグ戦がはじまった。野球は推理的なゲームだということで、レイ子は野球が好きだった。データを分析して、勝敗や、作戦の予想を立てるのが、おもしろいらしい。

そこで、天気のいい日をえらんで、俊夫はレイ子と一緒に、神宮球場へ行った。

内野席に坐ると、俊夫は歓声をあげた。

「やあ、ここだけは、向こうと、ぜんぜん同じだ」

レイ子との間では、元の世界を「向こう」と呼ぶならわしになっていた。

「スタンドも、グラウンドも、選手のユニフォームも、応援団も、みんな向こうとそっくりだ」

「まあ、そいじゃ、向こうも野球が盛んなの?」

「うん、職業野球のチームが二リーグ、あわせて十二球団もある」

「どんな選手がいるのかしら」

「長島だとか……そうだ、それよりも、監督や評論家に、レイちゃんの知っている人が大勢いるよ」

「え……わかったわ、いまの選手たちね。だれがそうなるの?」

「まず、いまそこにいる慶応の水原茂、彼は名監督といわれて、いまは東映フライヤーズの監督だ……」となりの学生が変な顔をして見ているので、俊夫は声を低めた。「それから法政の苅田久徳、若林忠志、成田理助、島秀之助、早稲田の三原脩、みんな監督やコーチなんかになって、野球界で活躍しているよ」

「そうお……あの水原が名監督にねえ。あの人、少し気が短いみたいだけど」

「そうだ。レイちゃん、水原のリンゴ事件て知ってるかい?」

「いいえ、なあに? リンゴ事件て」

「あの水原監……いや水原君がね。興奮した観客が、リンゴをグラウンドへ投げたのを、おこって投げ返したんだ。有名な事件だけど、まだ起こっていないとすると、もうじきか……水原君は、いつ卒業だっけ?」

「さ来年よ」

「そうか。すると、来年もプレーするわけだから、もしかすると、リンゴ事件は来年かな」

「おもしろいわね、そのお話」

「だろう、なにしろ水原君はあの通り」

「ちがうわよ。あたしがおもしろいというのは、あなたが、リンゴ事件が昭和七年だか、昭和八年だか、おぼえていないということよ。ひょっとすると、これは、あなたの意思で、どうにでもなるんじゃないかしら」

「ぼくの意思で？」

「そうよ。あたし、いままで、あなたからいろいろと経験談を聞いてきたけれども、あなたの記憶と、おもしろい関係があるわね。あなたが過去の出来事として記憶していることは、すべて、その通り起こっている。一方、あなたが覚えていないことも、いろいろと、自由に起こっている。だけど、自由に起こっているように見えても、向こうの世界には、ちゃんと記録として、古新聞なんかに残っているわけでしょう。それを反対に考えてみるのよ。向こうの世界の記録には、リンゴ事件が何年の何月何日に起こったか、はっきり記録されている。だけど、いまここにいるあなたは、その起こった年月日を知らない。ということは、それがいつでも自由に起こせるということにならないかしら」

「よくわからないな」

「いい？　あなたがいま、どうしてもことし中にリンゴ事件を起こしてみたいと思ったら、かまわないから、三塁側のスタンドへ行って、自分でリンゴを投げるのよ。そうしたら、水原君は、きっとおこって投げ返すわ。リンゴ事件は、昭和七年のきょう起こったことになるのよ。その場合、あとで向こうの世界へもどって、古新聞をしらべれば、きっと、きょう起こったって書いてあるでしょうよ。だけど、もしあなたが、リンゴ事件をどうしても来年にしようと思ったら、ことしの水原君の出るゲームの間じゅうスタンドで見張ってて、もし誰かがリンゴを投げようとしたら、とめればいいんだわ。そうすれば、ほっておいても、リンゴ事件は来年中に必ず起こるわ。そうして、この場合も、向こうへ帰って記録を見れば、ちゃんと昭和八年にリンゴ事件が起こっていることになると思うんだけど、どうかしら」

「むずかしいね……どうも、よくわからない」


レイ子は日増しに血色がよくなっていった。栄養を取って、好きな推理ばかりしているからだろうが、リンゴ事件の話以来、理屈っぽい話ばかりするので、俊夫は閉口した。

十一月の末に、俊夫が例によって食料を持ってアパートへ行くと、レイ子はいきなり、

「ちょっと聞いてもらいたいことがあるの」

と意気込んで、いった。

「まあ待ってくれよ。レイちゃんのこのごろの話は、どうもぼくにはむずかしすぎて……」

「ちがうのよ、きょうのは。あたし、お勤めしようと思うの」

「つとめる？」

「ええ、もちろん昼間のおつとめよ。ずっと前にモロッコに一緒にいた人が、いまそこにいるんだけど、暮れで手が足りないので、臨時やといを募集してるんですって。だから、十二月ひと月なんだけど……」

「というと、商店かなんか？」

「いいえ、百貨店よ。ほら、すぐそこの白木屋。歩いてすぐだし……」

「でも、デパートじゃ、一日中立ってるんだろう？」

「あたしの仕事はレジだから、坐っていられるのよ。暖房もあるし、簡単な仕事だっていうから、ひと月だけやってみたいの。それでお給料もらって、中河原さんにすてきな贈り物したいのよ」

レイ子は、もちろんすでに俊夫の本名を知っていたが、決してそれを使おうとしなかった。浜田俊夫は、伊沢啓子さんのものだというのである。

十二月にはいると、とりあえず俊夫は昼間ひまになった。だが、あまりのんびりもしていられなかった。彼は、ほんの二、三日骨休めに東京見物しただけで、すぐにまた、レイ子に依頼された調査のため、東京中かけまわらねばならなくなった。レイ子は自分にそれをやらせるために、勤めに出たのではないかと、俊夫はかんぐったほどだった。

レイ子が彼にたのんだ調査というのは、例のツイードの上着のことだった。レイ子は、自分でもいつかはやろうと思っていたことだし、ただちに上着の調査に着手した。俊夫は、なんだったらほかにもあるけど、と夜店の古道具屋のようなことをいったが、俊夫は、子は、それに関して、二つの方法を指示してくれた。上着の入手経路の調査と、その古さの鑑定である。

入手経路の調査は、困難をきわめた。梅ヶ丘駅の一杯飲み屋へ行ってきいてみると、一年ほど前にお客さんが飲み代のカタに置いていったということだったが、その客の人相風体ははっきりせず、それに話しているうちに、一年前というのもアヤフヤなことがわかった。そこで俊夫は、そのときの目撃者の傍証固めからはじめることにしたが、これが大変だった。その飲み屋は店をはじめてから二年にしかならないが、おかみは人使いがあらいらしく、使用人が居着かないので、これまでにその店で働いた女の子は延べ三十二人に達していた。中には名前だけしかわかっていないのもいる。それらの女たちを、全部探し出して話を聞くには、少なくとも四、五年はかかるだろうと思われた。

上着の鑑定のほうの仕事は、わりとらくだった。俊夫は、まず上着を持って、銀座の洋服屋へ行った。そこは、こっちの世界へ来て以来、背広二着とオーバーを作らせた店だった。

「この上着を、ちょっと見てもらいたいんだが、これは本物のカイノックの生地かね」

洋服屋の主人は、上着を受け取ると、裏を返して見て、

「ほう、これはうちと同じ名前の店の仕立てですね」といった。それから、彼はひとりごとをいった。「こりゃ、なかなかハイカラな書体だ。いいマークだな」

「どうだろう？　その生地」

「え……はあ、いや、これはたしかにカイノックの製品ですよ。一目でわかります。カイノックの印もはいってるし……」

「にせものじゃないかと思うんだが」

と、俊夫は、レイ子に教わった通り、いった。

「ちょっとお待ちください。いま、奥で調べてまいりますから」

主人は、上着を持って奥へ行ったが、十分ほどして、もどってきた。

「お目が高いですな。うちには、カイノック社が出した生地見本は、震災後のぶんは全部とってあるのですが、その中に、これと同じ柄のツイードはございませんでした。これは、きっと上海あたりで作った、にせものでしょう」

「やっぱりね。どうもありがとう」

だが、洋服屋の主人はなかなか上着を返そうとしなかった。

「これをお作りになった服屋は、どこでございますか」

「うん、その……そう、九州の田舎のちっぽけな服屋ですよ」

「さようでございますか」

主人は、その店のマークを盗んでしまおうと、上着の裏に目を近づけ、必死に頭にきざみはじめた。

つづいて、俊夫は数軒の質屋をまわった。彼が上着を見せると、どの質屋も同じようなことを、いった。

「物は上等ですが、だいぶ着古しているようですから、一円というところで、いかがでしょう?」

「まだそんなに着てないつもりだがな」

俊夫が反駁すると、その答えも一様だった。

「そんなことはないでしょう。作ってから、間違いなく五年はたっているはずです」

毎日、俊夫は夕方になると、白木屋の通用口へ行った。そこでレイ子が出てくるのを待ち、アパートまで送って行って、洋食屋からとりよせた食事を一緒にしながら、その日の調査の結果を報告する。

レイ子も、自分の仕事のことを話した。彼女は、ますます血色がよく、レジをやりながら、推理にふけっているらしかった。うわの空でいて金銭登録機を二桁や三桁間違えて押してしまうことはザラだというのだから、百貨店の経営者もたいへんである。

ある晩、レイ子がこういった。

「毎日調査ばかりしているのも大変でしょうから、たまには息抜きに、活動でも見てきたら？　いま、小田切美子の写真、やってるわよ」

「うん、でも早く上着の出所を知りたいから」

俊夫は、そう答えたが、翌日になると、さっそく六区へ行って映画を見てきた。レイ子は「なんだったら、撮影所へ行って、小田切美子に面会してきたら」ともいって、意味ありげに微笑んでみせたのだが、俊夫も、そこまでは勇気がなかった。

八日の公休日には、ひさしぶりで丸一日、レイ子と一緒にいることができた。なんでも、都下六大百貨店の代表が集まって協議した結果、この十月から毎月、八日、十八日、二十八日の三日を公休日として、一斉に休業することになったのだそうだ。それまでは、一年に一度ぐらいしか休みがなかったというのだから、ひどい話である。

だが、年末が近いので、今年中はもう公休はないということだった。そこで、俊夫は十五日に、レイ子を新橋演舞場へつれて行った。市川小太夫の新興座の公演で、その日が初日だったが、出し物の中に、江戸川乱歩原作の「陰獣」があったのである。

二世市川猿之助の末弟市川小太夫は、元の世界でもテレビなどで活躍しているが、このときはまだ二十代、保守的な歌舞伎の世界を飛び出して新興座という劇団を結成し、活躍していた。小太夫はまた大の探偵小説好きで、去年も、江戸川乱歩の「黒手組」を小納戸容《こなんどいる》のペンネームで、みずから脚色し、上演した。それが評判がよかったので、今回は、乱歩の作品の中でも一番本格物といわれる「陰獣」にいどんだのだった。

出し物はほかにも三つあったが、レイ子のあすの仕事を考え、「陰獣」が終わったところで演舞場を出て、アパートへ送っていくことにした。彼の車はフェートンだから、風通しがよく、レイ子には厚いショールやマスクで厳重な防寒服装をさせてあった。

「なかなか、よかったね」と俊夫はハンドルを握りながら、批評を試みた。「あの小山田夫人になった俳優なんか、エロ味たっぷりだ」

梅野井秀男という新派女形のことだった。ひどく女性的な男で、男性とのうわさが絶えず、これも「陰獣」の人気の一つになっていた。

「そうね」

レイ子は、マスクの下からもぐもぐと答えた。彼女は、女性的男性には、あまり興味はないらしかった。

「演出も意欲的だ。浅草や何かの実写の映画を映して組み合わせたりして」

「あたしね」レイ子はマスクをずらせて、はっきりした声を出した。「それより、いまのお芝居見ていて、へんなことに気がついたの」

「へんな？」

「最後の場面で、女主人公の静子が、じつは大江春泥であることが発覚するでしょう。あすこを見ていたら、急にハッと気がついたの」

「だから、どんなことさ」

「あたしは、いままで中河原さんから、いろいろなお話を聞いてきたけれども、その中に、いくつか、ふしぎな人間関係があったわね。たとえば、この先の西八丁堀には、もう一人のあなたが、まだ赤ちゃんでいることだとか、国立の孤児院には、伊沢啓子さんが、ちゃんといることだとか」

「……うん、でもまだ子供だから……クリスマスには匿名でお人形でも……」

「だけど」とレイ子は、さえぎった。「あたし、もっと大変なことに気がついたのよ」

「大変なことって、どんな？……」

「あたし、まだあなたにいう自信ないわ。も一度、今晩ゆっくり考えて、それで、あしたお話しするわ」

「どうも気になるな。だいたい、どんなこと？」

と、俊夫は、サイド・ブレーキを引きながら、レイ子の顔をのぞきこんだ。すでに車は、江戸橋のアパートの前に到着していた。

「あしたまで待って。あしたの晩……そうだわ、あしたのお昼ごろ、お店へいらっしゃらない？　お昼休みの交替で、一時間ぐらい抜け出せるから、そのときお話しするわ」

翌朝、出がけに、茶の間の日めくりカレンダーを見ると、大安と書いてあった。そこで、俊夫は神棚の横から「昭和七年御寶鑑」という暦を取って、開いてみた。「大安、此日は吉日なり旅行移轉嫁とり開店其他萬進んで吉なり」とある。レイ子のいった「大変なこと」というのは、この「萬《よろず》」の中に含まれるわけだ、と俊夫は思った。きっと悪い話ではないにちがいない。

途中、馬力や自転車の妨害が少なかったせいか、日比谷の交差点にさしかかったとき、角の電柱の時計を見ると、まだ十一時半前だった。レイ子との待ち合わせは十二時だったが、ここから日本橋までは十分もかからない。ひるまからデパートの通用口で女を待っているのも気がひけるので、俊夫はお堀端に車をとめ、日比谷公園で一服していくことにした。

失業者やルンペンにまじって池のほとりのベンチに腰をおろし、俊夫がバットを吹かしていると、カゴを持ったばあさんが寄ってきた。

「だんな、ミカンいかがですか」

ミカンはレイ子の好物なので、俊夫は、二十銭という値段を値切りもせず、買ってやった。小さなのが六つしかないので、らくにポケットにおさまった。

再び車に乗りこんだ俊夫は、いつもの通り、銀座に出た。尾張町の交差点で、左折するために信号を待っていると、服部の前で四、五人の男が空を見上げて、何かいっているのが目にとまった。俊夫は車から身を乗り出して、空を見まわした。うしろの車に警笛を鳴らされてから、やっと一台の小型飛行機が視界にはいってきた。この時代の人は、まだ飛行機が珍しいらしい、と彼は苦笑した。

京橋へ向かう道筋でも、ほうぼうで人が空を見上げていた。俊夫は、もう気にとめなかった。

だが、京橋をすぎて少し行き、前方の路上に人だかりが見えたときは、俊夫もブレーキを踏まずにはいられなかった。しかも、人垣の向こうに赤いものが見える。元の世界のと、ほとんど型が変わっていないので、すぐそれが消防自動車であることがわかった。

車は丸善の手前で、せき止められていた。俊夫は、そこで車を乗り捨てて、かけ出さねばならなかった。

きのうまで白木屋があった場所に、窓から黒煙と、白い救命袋を吐き出した、すすけた、ぐしょ濡れになった建物が立っていた。

その建物の人気は、白木屋の比ではなかった。ぐるりを数十台の消防車とホースといかめしい消防服の男たちがとりまき、さらにその外側を黒山の群衆がかこんでいる。そして、上空には飛行機が旋回していた。

俊夫は、人垣の中にとびこんで行くと、手近の少年をつかまえて、きいた。

「中の人たちはどうした？　助かったかい？　どこにいる？」

少年は、俊夫を見上げて、目をパチクリさせた。大人びた、小にくらしい顔の小学生だった。胸に、手拭いを長くたたんだのが安全ピンでとめてある。その手拭いには「一ネン一クミ　ヒロセタダシ」と書いてあった。

俊夫は、少年をつきとばして、前に出た。

10

〈北西の寒風肌を刺す十六日午前九時廿三分帝都五大百貨店の一つ日本橋區通り一の九白木屋呉服店の近代建築美を誇る四階の中央部玩具賣場附近から發火、火は忽《たちま》ち飾り立てたクリスマス・ツリーからセルロイド製品に燃え移ると共に火勢を増して同階の文具、書籍運動具賣場一面に燃え擴がつた。折から歳末大賣出しに殺到してゐた客や同店事務員店員等は右往左往、我れ先きに逃れ出さんとしたが出火間もなくエレヴエーターが停止した爲大混亂に陥り阿鼻叫喚同時に五六七各階及び屋上にゐた人人約六百名は逃げ場を失つて隣接の件傳ビルの屋上に飛び降りる者も多數あり一方煙に包まれ火に追はれた約三百名は上へ上へと追ひ上げられつつ救ひを求める叫び煙に苦しむ呻きに宛《さな》がらの生き地獄を展開した。かくて火焔は四階をなめつくすや加速度の勢ひをもつて五六七階の各階へ燃え擴がつた。急報に接した警視廳では消防本部を始め全市の消防ポンプ卅三臺、梯子自動車三臺、消防手三百名を擧げて消火に努める一方、近衞二聯隊からは一ヶ中隊の兵が出動又所澤と立川からは陸軍飛行機七機が飛來して空中偵察を行つた。然し高層建物だけに如何《いかん》せん必死の消防も水勢が及ばず地上では屋上の人人の救助方法に腐心する内遂に勇敢な消防手は自動車梯子を利用して猛火の中に躍り込んで救命袋救命ロープ緩降器を各窓に結びつけて刻刻に救ひ出すのを地上では救助網を持つて飛び降りに備へるなど必死の活動を續けたので十一時頃漸く全部を救ひ出すことが出來た。火は四、五、六、七の四階の全部を、延べ坪約五千坪を燒いて同十二時半漸く鎭火した。かくて無殘にも遂に十名の死者を出し重輕傷者は實に百十數名に及んで附近の日本橋、江戸橋、野崎の各病院に收容手當を加へてゐる。尙ほ一、二、三の各階は災害から免れたが何れも消火水の爲に全部損害を蒙つたので總損害額七、八百萬圓に達するものと見られてゐる〉

（昭和七年十二月十七日附け讀賣新聞から）

近所のビルに設けられた白木屋救護所で、係に「どこか知らせる所がありましたら」

といわれたとき、俊夫は、カシラ宛てに「二三ヒカヘレヌ」という電報を打ってもらった。

　まる二日間、俊夫は白木屋の仮事務所とレイ子のアパートを往復して、すごした。彼は、レイ子の身許保証人だけではなく、遺族代表をも兼ねていたので、百貨店側は食事から歯磨きまで、心配してくれた。

　三日めに、レイ子の伯父という人が山形から出てきて、遺族代表のほうを、俊夫から引き継いだ。羊羹《ようかん》色のツンツルテンの洋服を着た新代表は、その夜、俊夫を引き止めて、白木屋から届けられた日本酒を抜き、田舎式の盛大なお通夜をやってくれた。彼は、レイ子が実の娘のように思えるといい、百貨店からいくら弔慰金が出るだろうかと、しきりに気を揉《も》んだ。そこで、俊夫はエンパイア・ビルぐらいのお墓が建てられそうな金額をうけあってみせて、やっと二、三の品を形見として分けてもらうことに成功した。

　十九日の午後、俊夫がカシラのうちへ帰ると、おかみさんがとび出してきて「こんどは、たいへんでしたね」といって塩をまき、座敷へふとんを敷いてくれた。なぜ、おかみさんに大変だということがわかったのか、俊夫が知ったのは、翌日のひるごろ目を覚まして、留守中に来た手紙を見せられたときだった。その封筒には、オヤブンにもそれとわかる百貨店のマークがついていたのである。中身は、とり出してみるまでもなく、長文のお悔み状だった。

その手紙を長火鉢の上へのせておいたのと、彼自身が仏頂面をしていたのとで、俊夫は、その後数日間、カシラ夫婦から、ほとんど話しかけられずにすんだ。オヤブンがときどき軍艦を持っておしかけてきたが、ふしぎなことに、きまって、おかみさんがあまり御飯で、オヤブンの好きなオムスビを作る直前だった。

二十四日の夕方、めずらしくカシラが縁側から顔を出して、呼びかけてきた。

「だんな」

俊夫は、膝の上の「キング」に読みふけっているふりをしてから、顔を上げた。

「晩ごはんですか。あまり食べたくないから、ぼくはあとにします」

「ごはんは、まだなんですがね……」

カシラは、座敷へはいってきて、立ったまま俊夫の顔をのぞきこみ、酒を飲む真似をした。

「たまにゃ、一杯やりにいきませんか」

駅前の飲み屋にはいると、カシラは「いつものやつを熱燗で二本だ」とどなり、俊夫を、ハクツルのポスターの下の席にさそった。

「ここが一番あったかそうだ。新潟のほうは大雪だってね」

カシラは、そういうと、しばらくポスターの美人画を鑑賞していたが、

「いやね」と俊夫のほうに向いた。「うちのやつが、だんなが元気がないから一つ景気をつけておあげなさいってんで、おあしをくれたもんで……」

「へえ、それは……」

さすが亭主で苦労しただけのことはある、と俊夫は思った。こういうことに気がつく点では、おかみさんはレイ子以上かもしれない。そういえば「くよくよしないほうがいい」とか「女はほかにいくらでもいる」とかいった、ありきたりの慰めの言葉は、まだ一度もおかみさんの口から出ていない。

そこへ「おまちどうさま」と、早くも酒が運ばれてきた。カシラは熱燗の徳利を平気で持ち上げ、俊夫の盃につぎながら、いった。

「だんな、あんまりクヨクヨしないほうがいいよ。女なんてのは、ほかにいくらでもいるんだから」

「……うん」

「いくら考えたって、死んだ人は帰っちゃこないんだからね」カシラは、自分の盃に酒をついで、またしばらく美人画を見ていたが、その腰のあたりに目をとめると、ぐいと盃をあおり、「だんな、変な話だけど、なんだってえじゃありませんか。白木屋で死んだ女の人は、ズロースをはいてなかったんで、窓から落ちたんだってね。救命ロップかなんかを伝って、もう少しで助かるとこだったのが、下で野次馬のやつらが騒いでるもんだから、つい着物の裾を気にして、ロップにつかまってる手をはなして……こういっちゃなんだが、だんなはハイカラな人なのに、なんで……おレイさんとかいったね、だんなのなには」

「うん」

カシラ夫婦は、数日間にわたって、お悔み状の内容を分析したと見える。

「そのおレイさんに、だんなはどうして、ズロースをなにしとかなかったんだね。だんなは、自分じゃフンドシをしめずにサルマタはいてるのに。でも、なんだね、だんなも、まさか火事んなるとは思わなかっただろうからね」

「おいきみ」と俊夫は小女を呼んだ。「コップをかしてくれ」

「だんな、コップ酒はからだに毒だよ」

「そうなんだ、ぼくがいけなかったんだ、ぼくの責任なんだ」

「だんな、あっしゃ、べつにだんながズロー……」

「ズロースのことじゃないんだ。ぼくは、うっかりしていた。白木屋の火事のことを、すっかり忘れていたんだ。彼女に白木屋に勤めるといわれたとき、それを思い出して、やめさせればよかったんだ。そうすれば、彼女を助けることができた。そう、ぼくは彼女を助けることができたんだ。白木屋の火事は、たしかに過去の出来事として、ぼくの記憶にあった。しかし、リンゴ事件と同じで、ぼくの記憶にないことは、ぼくの意思で左右できたはずなんだ」

「リンゴってなんです。しっかりしてくださいよ、だんな、わけのわかんないことばかし、いってないで」

もちろん、カシラにわかるはずがない。だから、何をいっても安心だった。

「ぼくは白木屋の火事を知っていた。しかし、女店員が何人死んで、なんて名前の人が死んだかなんてことは、もちろん、知らなかった。だから、ぼくの意思で、どうにでもできたはずなんだ。あのとき、彼女をとめるか、それでなければ、火事になると天井から水がふき出す装置のある三越へ勤めさせればよかったんだ。きみ、お酒どんどん持ってきてくれよ」

「コップ酒は毒だってば、だんな」

「ぼくは、ゆうべ寝ながら考えた。時計が四時を打って、それからとなりのニワトリが鳴き出しても、まだ考えていたんだ。レイ子のためにも、今回の経験を生かさなきゃいけない、とね。この世界は、ぼくが知っている過去の歴史の通りに動いている。だけど、ぼくの知っているのは、歴史のごく一部でしかない。それだけに、ぼくは今後慎重に行動しなければいけないいんだ。たとえば、今晩にしたところで、まず昭和七年の今月今夜、何か事件はなかったか、と思い出してみる。昭和七年十二月二十四日……そうだ、今夜はクリスマス・イブだな。ということは、ぼくの今夜の行動としては、祝杯を上げるというのが順当なわけだ。それでは、カシラ、あらためて一杯いこう」
「あっしゃ、もういいよ。おあしが足んなくなりそうだから」
「心配するなって。足りなくなれば、ぼくが出す」
「ありがてえ、そいじゃ、あしたの大正天皇祭のぶんも前祝いしやしょう。ねえさん、コップ、もう一つ」

夕食ぬきで飲んだコップ酒は、絶大な効果を上げ、翌朝、俊夫の頭はふとんから一尺以上上げられないほどの重さになった。彼は朝食もぬくことにして、唐紙ごしにみんなの茶碗の音を聞いていると、おかみさんが宝丹を持ってきてくれた。その赤い粉と一緒に飲んだ冷たい水のおかげで、やっと頭の重さが半減したので、俊夫は押し入れにたどりついて、レイ子の形見の品をとり出すことができた。

形見は三品あった。が、そのうちの二つは、彼自身のライターと腕時計だった。この二つは、どうしても取り返す必要があり、仕方なくもらったわけで、結局、本当の意味の形見は一つしかなかった。

それは「孔雀の話」という布表紙の本だった。カンがいいだけに、多少早呑み込みの気のあるレイ子が、チェスタートンの「孔雀の樹」と間違えて買ってきたもので、たくさんの探偵小説本の中にあって、この本はまま子扱いを受け、つねに土瓶敷きの代用にされていた。したがって、かなり汚れており、俊夫が本を一冊と所望したとき、ツンツルテンの伯父さんは、ちゅうちょなく、この本を選んだのだった。

俊夫は、レイ子の手がふれる機会のもっとも多かったその本を、ふとんの中に持ち込み、ページをめくってみた。

表紙が手垢とシミだらけなのに反し、中身は真新しく、ページとページがくっついている所もあった。挿絵はほとんどなく、小さな活字を使って、印度孔雀は印度に棲息《せいそく》するとか、孔雀の肉は美味ではないとかいうことが、全巻にわたって書いてある。

こんなつまらない本を出したのは、いったいどこの出版社だろうと思って、俊夫は奥付を見るために、裏表紙をめくった。と、裏表紙の裏の白紙のページに、鉛筆で何か書いてあるのが、目にとまった。

「あっ、これは……」

俊夫は、頭の痛さも忘れて、ふとんの上に起き上がった。だが、彼はすぐ真冬であることに気がつき、またふとんの中にもぐりこんで、腹這《はらば》いになった。

枕の向こう側においた本の、問題のページには、次のように書いてあった。

濱 中 伊 小 及

7 (−31)　1　32　5　21?

中と小があるのに、なぜ大がないのだろう、と俊夫は思った。これが下着売り場だったら、買わずに帰らねばならない。

20 (+ 0)　14　18
38 (+18)　32　18　60?
 (− 0)

俊夫は五尺七寸のからだを、小さなふとんの中でちぢめて、押し入れの戸の破れ目を見つめた。彼は、破れ目と五つの漢字を何度も見くらべたすえ、「濱」というのが自分の元の名前の頭文字であることに思い当たった。さらに、彼は押し入れの破れ目の助けをかりて、あとの字がそれぞれ中河原伝蔵、伊沢啓子、小田切美子、及川なにがしの頭文字であることを発見した。

レイ子は、これを白木屋の火事の前日に書いたのにちがいない。あの晩、彼女がマスクの下でもぐもぐといった「大変な事」とは何か、これはきっと、それを解くカギなのだ。

左側の数字は昭和七年、二十年、三十八年だろう。昭和二十年のプラス0は、伊沢啓子の乗ったタイム・マシンが、そこから未来へ出発したことを意味する。十八年未来の昭和三十八年へ到着したのがプラス18で、そこで俊夫が乗って過去へ出発したのがマイナス0だ。そして、俊夫はマイナス31、つまり三十一年過去の昭和七年へ到着したわけだ。

あとの数字は、すべて数え年の年齢である。小田切美子の年齢に疑問符がついているのは、俳優の公称年齢というのは当てにならないのが多いからだろうし、及川氏のにそれがついているのは、俊夫が六十歳ぐらいと推定したからだ。

しかし、この表に、なぜ小田切美子と、及川氏がはいっているのだろう。この、二人の第三者が、いったいタイム・マシンと、どんな関係があるのか。

俊夫は、じっと押し入れの破れ目をにらみすえた。が、二日酔いの頭は重くなる一方だった。

夕方、おかみさんが、おかゆと梅干を持って座敷へはいってきたとき、俊夫は「孔雀の話」を枕にして、ぐっすり眠っていた。

11

暮れもおしせまって、俊夫は急に思い立って、大阪へ行ってみることにした。佐渡屋に会うためもあったが、それより、気晴らしに、この時代の飛行機に乗ってみようと思ったのである。

〝羽田国際飛行場〟という立派な名称はすでにできていたが、行ってみると、ここもやはり建設中だった。広い野原の真ん中に、大きな格納庫が二つ、それをめぐって小さな建物がいくつか建っている。コンクリートの滑走路が一本だけ完成していて、そこから日本航空輸送株式会社の旅客機が発着していた。

輸送というと貨物の運送屋みたいだが、これはトランスポーテーションを直訳したものに違いない。略して日本空輸といっているが、日本航空の前身と思われた。

俊夫の乗った、十二時半発の定期旅客輸送第二便の旅客機は、フォッカーのスーパー・ユニバーサルという旅客六人乗りの機種だった。単発、上翼単葉で、リンドバーグが大西洋横断に使ったスピリット・オブ・セントルイス号にそっくりのスタイルである。フォッカー社から製作権を買った中島飛行機によって、現在国産化されつつある優秀機だそうだ。

定期航空路は東京、大阪、福岡、京城、大連間に通じていた。京城のある朝鮮も、大連のある関東州も日本領土だから、国際線はぜんぜんないということになる。〝国際飛行場〟という名称は、いまのところ、ウソ表示なのだ。

東京―大阪間の運賃は大枚三十円だった。

俊夫のほかに、金三十円也を支払った人たちは、外国人の老夫婦、軍服の海軍中佐、それに華族らしい青年紳士だった。

俊夫の横に坐った海軍中佐は話好きらしく、飛行中しきりに話しかけてきた。俊夫が飛行機に関心を持っていると知ると、さっそくそれを話題にした。まず、最近この日本空輸のスーパー・ユニバーサル機が大阪東京間をわずか一時間二十八分という、おそるべき新記録を達成したという話。そこまではよかったのだが、そのあと、中佐は転じて、飛行機事故の話に移った。去年の秋、神戸で、カフエーの広告飛行の飛行機が女学校に墜落して、搭乗員二名は即死、女学生三名が重傷を負った話。川西航空の水上機が急に発動機から火を吹き、乗員三名が落下傘で飛び降りたところ、そのうちの一人は落下傘が開かず、土手の上に落ちて死んだ話。さらには、この二月、この日本空輸のドルニエ旅客機が大阪から福岡へ向かう途中、濃霧と吹雪のため八幡市外の山頂に墜落、搭乗者五名のうち四名即死、一名は翌日死亡……。

機外は、少し霧が出はじめているようだった。それに温度も低い。飛行は、もちろんぜんぶ有視界飛行である。俊夫はもう、ひたすら無事到着を、神に祈るよりほかなかった。

が、さいわい、神に願いが通じたのか、スーパー・ユニバーサル機は、予定時刻より少し遅れただけで、三時半ごろ、伊丹《いたみ》飛行場に到着した。

大阪の町は、俊夫にとって新鮮だった。彼は、いままで数回しか来たことがないので、大阪について強いイメージは持っていない。だから、昭和七年の大阪ではなく、ただの大阪へ来たという感じがした。過去の世界にいるという観念から、ひさしぶりにのがれることができ、彼はほっとした。

イメージと大きく違うのは、地下鉄がないことぐらいだった。が、キップの立ち売りのおばさんたちが、ちゃんといたので、俊夫はうれしくなってしまった。

おばさんたちは難波《なんば》の南海高島屋の前に立ち、南海電車とバスのキップを売っていた。手に看板をさげ、一枚五銭の回数券だけでなく、住吉、堺、浜寺行きなどの長距離のキップも扱っていた。これらもやはり回数券だろうか。

佐渡屋の主人は、俊夫が行くと、大喜びし、道頓堀の舟料理へ案内して、もてなしてくれた。

俊夫はかねがね、佐渡屋にヨーヨーのアイデアを話してしまったことを後悔していた。あんなことをしないで、戸籍を獲得したあとで、ヨーヨーの特許を取ればよかったのだ。アイコノスコープなどと違って、ヨーヨーは誰が発明したのか、わかっていない。だから、レイ子式の考え方で行けば、考案者が俊夫であろうと誰であろうと〝自由〟なのだ。特許さえ取っておけば、来年になって、どこの会社がヨーヨーを売り出したとしても、そこから金を取ることができるのだ。

話してみると、佐渡屋の主人はさすがに商売人だった。すでに実用新案の出願をすませてあるといい、佐渡屋から製造販売するときには、一個につき一銭の考案料ということでどうだろうと提案してきた。

俊夫は承諾することにした。一個につき一銭なら一万個で百円、十万個で千円になる。悪くはない線だ。

だが、特許のことがいざ現実の問題となってみると、俊夫は少し心配になってきた。前に手作りのヨーヨーを作ったときに、カシラたちにもいったが、ヨーヨーは日本古来の急須まわしや、ヨーロッパのディアボロに似ている。特許局の審査官がそのことで公知の事実と判定してしまったら特許は許可されないことになる。また、それでなくても、ヨーヨーは来春流行するはずのものだから、どこかほかの業者がすでに特許の出願をしているかもしれない。その場合、出願日が佐渡屋より一日でも早ければ、先願主義の原則にのっとり、特許権は向こうのものになってしまうのだ。しかし、こうなってはもう、すべてを佐渡屋にまかせて、成り行きを見まもるよりほかなかった。

その夜は好意に甘えて難波の佐渡屋の家に泊めてもらい、翌朝早く起きると、俊夫は市内を見物してから、阪急電車で宝塚へ行った。

冬休みとあって、宝塚新温泉は、子供づれでごった返していた。それは、少女歌劇をやっている大劇場のほうも同様だった。俊夫は「二階の正面、ええ場所だっせ」と寄ってきたダフ屋から、三十銭の席の券を一円で買い、やっと中にはいることができた。

「一部階級の独占化しつつある現代の演劇と劇場を再び民衆の手に取り戻す」という理

想を、損をしないで実現するためにつくられた、四千人収容の舞台では、白井鐵造作のレヴュウ「サルタンバンク」が熱演されていた。十二月は雪組の公演だったが、年末サービスとして、特別に各組合併による「サルタンバンク」が出し物に加えられていたのだった。おかげで俊夫は、ピエールに扮した、若き日の葦原《あしはら》邦子にお目にかかることができた。それに、ラインダンスもなかなかよかった。この時代の女性のこととて、みんなズングリして大根足だが、「踊り子の衣裳はマタ下三寸たるべし」などという不粋なおふれが関西では出ていないので、わりと大胆な衣裳を使って、それをカバーしている。それに、なにしろ劇場がどでかいから、遠くでチラチラと動いているだけであり、ぜんぜんアラが目立たないのであった。

俊夫は、帰りは超特急つばめ号に乗ることにした。梅田駅のホームで、C53型蒸気機関車のダイナミックな雄姿を見たとき、これなら帰りの旅路を安心してまかせられると思った。事実その通りだった。いつ走り出したのか、ぜんぜんわからない、スムーズな発車のしかたなどは、とても電気機関車の及ぶところではなかった。そして、大阪を出て八時間二十分、一分の狂いもなく東京駅に到着した。

12

カシラは、ラジオで覚えた「非常時」という言葉が気に入ったと見え、何かというと、やたらに使う。オヤブンにオモチャをねだられれば「非常時だから我慢しろ」と横を向き、家主が家賃の催促に来れば「なにしろ非常時だもんで」と頭をかく。たしかに「不景気」という言葉よりはずっと重みがあり、相手も納得するから妙である。

俊夫が大阪に行っている間、カシラは駅前に屋台を組んで、正月用の〆飾《しめかざ》りや輪飾りの販売をやっていたが、大晦日の晩になると、それらの品を荷車に山と積んで、帰ってきた。おかみさんが「そんなに、たんと」と目を見張ると、カシラは、「非常時だからな」と答えた。非常時だから沢山売れ残ったという意味なのか、それとも非常時だから盛大にお正月を祝おうというつもりなのか、俊夫にはよくわからなかったが、とにかく、カシラ夫婦は、さっそく売れ残り品をうち中に飾りつけた。

各部屋から台所、便所まで、あますところなく〆飾りを釘《くぎ》で打ちつけ、表には定価五円原価七十五銭の伊勢エビつきの絢爛《けんらん》たる輪飾りを下げる。神棚と荒神様の注連縄《しめなわ》を新しいのと取り替え、それぞれに三寸の供え餅を三宝にのせて、供える。それから、カシラが押し入れから大きな白木の三宝をとり出すと、おかみさんが台所にかけこんで、二尺の鏡餅を持ってくる。カシラは「うらじろ」とか「だいだい」とかどなって、おかみさんから受け取り、無念無想で、三宝の上に飾りつける。おかみさんは外科手術の看護婦ではないから、いちいち「このだいだい、ひねてるよ」とか「串柿のいいほうは、オヤブンが食べちゃったもんだから」とか注釈をつけてから渡すので、気の短いカシラはだんだん声が大きくなる。おかげで、横で年越しそばの魅力につられて必死に睡魔と戦っているタカシとオヤブンも、なんとか持ち堪えることができた。

十二時直前に、すべての飾りつけが終わると、一同は茶の間に勢ぞろいして、年越しそばを食べながら、除夜の鐘のリレー放送を聞いた。除夜の鐘の中継は本年が最初だそうで、また両者がともに十二時にはじまるところから、カシラの家におけるナガラ族出現の嚆矢《こうし》でもあった。

カシラは、年賀状を一通も書かなかった。その代わり、松の内の間に、知り合いという知り合いは、全部年賀のあいさつにまわるのだそうである。だから、正月のカシラの忙しさは大変なものだった。毎晩、帰ってくるのは十二時すぎになる。そして、あくる朝は、雑煮を食べる前に迎え酒をして元気をつけなければならなかった。

しかも、その間に、三日には皇軍の山海関占領を俊夫と共に祝い、六日には出初式とそのあとの宴会に出席し、八日には陸軍始観兵式の実況放送を聞きながら、これまた俊夫と共にビールで皇軍万歳を祝わねばならないという強行日程である。

さすが豪気のカシラも、鏡開きの十一日には、とうとう「頭が割れそうだ」といって、寝込んでしまった。その日、カシラは町内の松飾りや〆飾りを集めてまわることになっていたので、俊夫は「ぼくがカシラの代わりに、まわりましょうか」と、おかみさんに申し出た。どうせ、そういえば、「だんなに、そんなことまでしていただかなくても」

と止めてくれるだろうと俊夫は思っていたのだが、案に相違して、おかみさんは「あら、そうですか、すいませんね」といって、カシラの印半纏を持ってきた。

「だんなは、ずっとうちにとじこもりっ切りだったし、たまには陽にあたらないと毒ですからね」

すでに、店の前に同じ印半纏の若い衆が二人、荷車を準備して待っていた。

「だんな、ごくろうさまで」

二人ともタイム・マシン宙釣り以来の顔なじみだが、ことし会うのは、はじめてである。だが、カシラの「うちの若だんなのなにが、なんの火事でなにしてね」という放送が徹底していると見え、元日以来、誰も俊夫に新年のあいさつをしてくれない。

「だんなは、体格がいいから、印半纏がよく似合う」

と、背の低いほうが、カジ棒をまたいで、それを上げながら、いった。もう一人は「ほんとだ」と笑って、車の後押しをする位置についた。

「一番遠い所から、はじめましょう」

と、俊夫はカシラ代理の権限を行使して、命令を下した。若い衆のいったのがお世辞でないことがはっきりするまでは、めったに顔見知りのうちへは行けない。

「いってらっしゃい」

おかみさんに見送られ、俊夫は車の横について、出発した。凍《い》てついた道に、荷車の車輪がガラガラと大きな音を立てるので、表にいる人が、みんなふり向く。俊夫は両腕をちぢめて印半纏がツンツルテンに見えないようにして、カジ棒の横に行き、大声で話しかけた。

「だけど、あれだね」それから、彼は話題を探して畑の向こうに目をやり、「だいぶ、うちが建ったね」

といってみた。

「そうですね」とカジ棒は話に乗ってくれた。「ことしは忙しくなりそうですな」

「うん、忙しくなりそうだね、ことしは」

車は、やっと顔見知りの範囲を通過し終わった。が、俊夫は、こんどはふだんの声の調子になって、急に熱心にきいた。

「ほんとに、忙しくなるだろうか、きみ」

カジ棒は俊夫の顔を見上げて、ニヤリとした。

「だんなも気をつけないと、毎日手伝いにかり出されますよ。カシラのとこには、だいぶ仕事の話が来ているらしいから」

「そうか、そりゃあよかった」

それなら大丈夫だ、と俊夫は思った。今年の夏、安心して向こうの世界へ帰れる。カシラは元来、仕事さえあれば一生懸命やるほうだし、おかみさんたちの前途は明るいわけだ。

タカシは将来、平賀造船中将のような人になるのだといっている。彼なら奨学金もとれるだろうから、大学進学は間違いない。大東亜戦争の最中に、はたちになる勘定だが、工科なら徴兵猶予の特典があるから、心配はいらない。

オヤブンは、第一志望が東郷元帥で、第二志望が乗合自動車の運転手だが、これも第二志望はかたいところだ。

向こうの世界へもどるときに、あまった金を、おかみさんに渡して行くつもりだったが、その必要もないかもしれない。その金で、伊沢啓子におみやげでも買って行くとするか。

昭和八年の特産品は何だろう、と俊夫は考えた。この世界にあるもので、向こうの世界にないもの……カズノコなんか、どうだろう。タイム・マシン一杯買って行ったら、大儲けできるにちがいない。

〆飾り回収隊の車は時速約五キロで進み、やがて、去年タイム・マシンが到着した空地の横を通りかかった。

俊夫は立ち止まって、思い出の地点を見まわした。雑草が取り除かれ、きれいに地ならしされている。そして、ところどころに杭が打ってあった。

「ねえきみ」

と、俊夫は若い衆に呼びかけた。俊夫が空地に向かって仁王立ちになっているので、用を足しているのだと思ったらしく、若い衆たちは荷車を四、五間先でとめて、待っていた。

「……あの杭は、なんだろう？」

「ははあ」とカジ棒がいった。「ここにも、うちが建つんですね」

「やっぱり、そうか」

俊夫は、空地に向き直ると、中腰になって、杭の位置を目測した。それから、いそいで荷車に追いついた。

「きみ、ここの地主は、なんてったっけね？」

「ええと」

と後押しはカジ棒のほうを向いた。

「平林さんですよ」

とカジ棒がいった。

「そうか、きみ、その平林さんのうち、知ってるかい？」

「ええ、こないだもカシラと一緒に、うかがいましたから」

「どこだい、この近所かい？」

「ええ、お地蔵さんの角をまがって、三軒目ですが……なんか？」

「うん」と俊夫は二人の顔を見まわした。「急用を思い出したんだ。あとを、よろしくたのむ」

リンゴ事件の伝で行けば、ほうっておいても、なんとかなるはずである。だが、同時に俊夫自身によっても、解決はできるわけだ。もし万一、あの土地に家が建ってしまったら、この夏タイム・マシンがとんできたとき、衝突して大変なことになる。とても、ほうっておく気にはなれなかった。

平林邸を訪れると、女中が〆飾りをとりに行こうとしたので、俊夫はあわてて「車はあとで来ます」といって主人に面会を申し込んだ。

日本間を改造した応接間で五分ほど待たされたのち、現われた平林氏はネアンデルタール人そっくりの人物だった。が、彼はちゃんとドテラを着ており、しかも卓上のエアシップをとって口にくわえ、俊夫にも一本すすめた。

俊夫は辞退して、ただちに用件にはいることにした。

平林氏は電気ストーブの火を見つめ、二本目のマッチ棒で耳をほじりながらフンフンと聞いていたが、

「そんだれば」と答えた。「わたぐしは、あの少しばっか先にも、土地をば持っておるす。そこを、あんたさんに売ることにすっか」

「いえ、ぼくはあすこが、ぜひ欲しいんです。あすこでないと……お金は充分お払いし

ますから」

新聞の広告によると、等々力《とどろき》あたりの住宅地でさえ、坪十円である。梅ケ丘なら、いくらぼっても、知れたものだ。

すると、平林氏はスリッパを脱いで、ソファの上にあがり、坐りこんだ。そうしないと、考えがまとまらないらしい。

平林氏は、天井を見上げ、しばらくブツブツいっていたが、やがて、俊夫のほうに向き直ると、計算の結果を発表した。

「坪百円……全部で三万円」


翌朝、カシラが平林邸へ交渉に行き、二千円で話をつけてきてくれた。

「あっしゃあ、二千円でも高いと思ったんだが、あの百姓め、それ以下にするのだけはかんべんしてくれって畳に頭をすりつけやがったんで……」

カシラは多少実力を行使したようだった。

「だけど、だんなもなかなか目はしがきくね。あすこはいいよ。あの辺なら、これから先どんどん値が上がる」

数日後に登記をすませると、俊夫は、さっそく自分の物になった土地へ行って、杭を全部引き抜いてしまった。これで、ひと安心だったが、白木屋の火事につづいて今回の事件で、いやが上にも慎重にならざるを得なかった。

俊夫は毎日、新聞を隅から隅まで読み、ラジオのニュースはかかさず聞くことにした。そうすると、ほかに何もできなくなってしまうが、べつにすることはないのだから、かまわなかった。

俊夫は、もう弱電関係の特許を取る気もなくなっていたし、ヨーヨーのことも、もうどうでもよかった。この世界に永居する気はない。八月にタイム・マシンが来たら、なんとしてでもそれに乗り、すぐ向こうの世界へ帰るつもりだった。それまでの生活費は充分残っている。


一月二十九日、荒木陸相はオール・トーキー「非常時日本」に出演、烈々の大獅子吼《ししく》をこころみた。

一月三十日、暮れの総選挙で第一党となったナチス党の党首アドルフ・ヒトラーが、ドイツ首相に就任した。

そのニュースを聞いたとき、俊夫は、ふと思いついて、タカシにきいてみた。

「きみ、東条さんて知ってるかい?」

「東条さん? ああ、陸軍大佐の?」

「へえ、東条さんは大佐かい?」

「うん、参謀本部の課長だよ。おじさん、知ってるの?」

「ちょっとね。……でも、タカシ君は、よく参謀本部へ勤めてるなんて知ってるね」

「だって、東条さんちは学校のすぐそばなんだもの」

「そうか、太子堂に住んでるのか」

「なんだ、おじさん、知ってるって……」

「いや、その……タカシ君も、毎日、学校が遠くて大変だな」

「来年、この近所に学校が建つんだって。だいぶ人がふえてきたから」

「そりゃ、よかった。そういえば、この辺には、ずいぶんうちが建ったからな……あっ」

「おじさん、どうしたの?」

「急用を思い出したんだ。ちょっと出かけてくる」

俊夫は、カシラの駒下駄をつっかけて、店をとび出した。

所有地へ行ってみると、はたして、すぐとなりの空地へ、ヨイトマケの人たちが集まっていた。地ならしである。もちろん、家を建てるためにちがいない。

遅くとも三月後には、そこに家が建って、人が住みはじめるだろう。だとすると、八月にタイム・マシンがやってきたとき、その家から丸見えになってしまう。

目かくしの壇を作らなきゃいけない、と俊夫は思った。さもないと、去年の警官騒ぎの二の舞いになる。

俊夫が、空地の中央で腕をこまぬいて、壇の構想を練っていると、うしろで胴間声がした。

「だんなあ、なにやってんですう?」

ふり向いてみると、十間ほど先の二階家の屋根の上にカシラがいた。若いころ梯子乗りのチャンピオンだったというカシラは、骨組だけの屋根の上に、平気で立っている。

壇ではだめだ、と俊夫は気がついた。上から見られてしまう。彼は、また腕をこまぬいて、空を仰いだ。

カシラは、さしあたって用事はないらしく、辛抱づよく返事を待っていた。そして、二、三分たって俊夫が手招きすると、すぐ飛んできてくれた。

「じつはね、カシラ、ここへうちを建てたいんだが」

「まってました、貸家だね、まかしとくんなさい」

「いや、貸家じゃないんだ……」

マシンは、上や横から飛んでくるのではなく、いきなりパッと現われるのだから、その位置に格納庫を建てておけばいい。ただ、俊夫はマシンの正確な位置を記憶していないので、相当余裕を持った大きなものを作らねばならなかった。

俊夫は、地面に図を書いて、説明した。カシラは、例によって、なんのためになどという余計な詮索はしなかった。

「五間に五間ね。その大きさで、柱を立てちゃいけねえってことになると、ちとホネだね」

「無理かな」

「あっしの手にゃ負えない。だんな、ちょいと待っておくんなさい」

カシラは、近所の建築現場へ行って、技師を呼んできてくれた。

「体育館を作るんですか」

と、折尺を手にした技師はいった。カシラは、だいぶ大げさに宣伝したらしい。

「いや、研究室みたいなものなんですが、三十坪ぐらいの広さが欲しいんです」

「それでは、内部は円型でもいいわけですね」

「ええ……」

なるほど、そのほうがいい。

「それなら、両国の国技館式にすれば簡単です。屋根を丸くするんです。つまり、ドーム状に……」

二月二十一日、「壽府より日本へ」と題して、ジュネーブにいる国際連盟日本代表松岡洋右の放送があった。ノイズがひどかったが、松岡代表がかなり興奮しているらしいことだけはわかった。

そして、二十四日、ジュネーブの国際連盟総会は、リットン報告に基づく、日本軍の満州撤退を求める勧告案を四十二対一（棄権一）で可決、松岡代表は、とうとう席を蹴って退場した。


二月末、技師がドームの設計図を持ってきてくれた。

鉄骨コンクリート製で、及川邸のドームと寸分違わなかった。だから、床が地上一メートルの高さにあることも、べつに心配はいらなかった。

「結構です。この通り、やってください」

総工費の見積りは、約四千円だった。俊夫の全財産をもってしても、少し足りなかった。しかし、ドームは建築されねばならない。俊夫は、ダットサンを五百円で売り払った。

俊夫は工事を急がせた。八月というのは俊夫の推測にすぎず、あるいはもっと早く来るかもしれないのである。

三月のなかば、ヨーヨーが流行しはじめた。佐渡屋の製品ではないようだった。どうせ、こんなことになるだろうとは思っていたが、やはり俊夫の落胆は大きかった。

三月二十七日、臨時枢密院本会議は国際連盟脱退に関する通告書を可決、同日内田外相は右通告をドラモンド事務総長宛打電した。同時にこの日、詔書が渙発《かんぱつ》され、また斎藤首相の告諭が官報号外をもって発表された。

四月十日、京都帝国大学教授滝川幸辰の著書「刑法讀本」が発禁処分となり、文部大臣鳩山一郎は京大小西総長に対し、同教授の休職上申を勧告した。

「だんな、だんな、だんな、だんな」

四月のすえ、カシラが連呼して、座敷へとびこんできた。

「なんだ、なんだ、なんだ、なんだ」

と、俊夫はいった。一文なしになっても、彼はユーモアの精神を忘れていなかった。が、カシラはニコリともしなかった。

「ソガノヤみたいなこと、いってる場合じゃねえ。だんな、たいへんだよ」

「どうしたんです？」

「赤紙だよ」

「アカガミ？」

「召集令だよ。召集令が来たんだよ」

「へえ、だれに？」

「だれにって、だんなにだよ」

「ぼくに……」

「中河原伝蔵さんにだ」

「ナカ……おれか、ほんとか」

「ほんとにもなんにも、ほら」

「え、どれ……リ、臨時召集令状……」

「だんな、おめでとうございます」

13

中河原伝蔵は、予備役の陸軍歩兵一等兵だったのである。

最近、よそで召集令が来たという話はぜんぜん聞かない。おととし、満州で事変が起こったときは、東京からも出征兵士がだいぶ出たそうだが、その後、事変のほうもある程度落ちつき、現役の兵隊だけで間に合っているのだろう。それなのに、中河原伝蔵にとつぜん召集令が来たのは、彼が共産党員だということで、懲罰の意味なのに違いない。

しかし、現在、俊夫が中河原伝蔵なのだ。本当の中河原伝蔵は、すでに中河原伝蔵でなくなっている。

本当は俊夫が本当の中河原伝蔵ではないということを知っているのは、本当の中河原伝蔵と、カシラと、俊夫自身だけである。おかみさんたちでさえ、俊夫の本名だと思っている。

本当の中河原伝蔵は、雲がくれしてしまっている。俊夫が、本当の中河原伝蔵でないことを証明できるのは、カシラだけだった。

「なんだったら、ほんとの名前を名乗って出ますか、だんな。拘留ぐらいですみますよ、きっと」

だが、その本当の名前というのが、この世界では別に持ち主がいるのだから、困ってしまうのである。

何かほかに逃れる穴はないかと、俊夫は令状を見まわした。

大きな赤い判の上に、「歩兵第一五旅團司令部」と印刷してある。召集部隊は「歩兵第三〇聯隊」、到着地は「高田市」、伝蔵の本籍地だ。到着日時は「昭和八年四月十八日午後一時」。あすの晩には、上野から汽車に乗らねばならない。心得たもので、令状にはちゃんと「旅客運賃後拂證」というのが附録についている。汽車賃がないから、と断わるわけにはいかないのだ。

右肩に◎注意として「裏面記載事項ニツキ熟讀スベシ」と書いてある。俊夫は、もちろん、その通りにした。

「應召員ニシテ事故アルトキノ處置」という欄がある。これだ、と俊夫は思った。

一、應召員ニシテ事故ノ爲指定ノ日時ニ到著地ニ到ルコト能《あた》ハザル者ノ手續ハ左ノ各號ニ依ル

イ、疾病ニ因ル者ハ……

俊夫は、こっちへ来てから、カゼ一つひいたことがない。急に病気になるなんて、どう考えても無理だった。

ロとハは、交通遮断《しやだん》で行けない場合の注意である。そして「前項各號ノ場合ヲ除ク外召集期日ノ延期ヲナスコトナシ」と結んでいる。

だが、三に耳よりなことが書いてあった。

三、召集セラレタル者召集ニ因リ家族（戸主ヲ含ミ本人ト世帯ヲ同ジクスル者ニ限ル）ガ生活ヲ爲スコト能ハザルトキハ市區町村及警察署長ヲ經由シ召集ノ免除ヲ召集部隊長ニ願出ヅベシ

俊夫は、現在一文なしである。だから、もし家族がいたとすれば、家族は明らかに生活をなすことができない。おかみさんが前にお嫁さんの話を持ってきたとき、頭から断

わってしまったことを、俊夫は後悔した。

だとすると、残された道は逐電以外にない。本当の中河原伝蔵と同じように、雲がくれすることだ。

三原山へ行って、とびこんだと思わせて、行方をくらますか。この一月に実践女学校の生徒が三原山噴火口で投身自殺して以来、三ヵ月間に六十人もとびこんで、一種の流行になっている。あるいは、うまくいくかもしれない。

しかし、行方をくらましてから、どうするか。金は、もう四円七十銭しか残っていないのだ。

それに、俊夫が失踪すれば、憲兵や警察が、カシラのところへきて、きびしく調べるにちがいない。八月以降に、伝蔵名義の例のドームを調べられた場合、伊沢先生やタイム・マシンに危害が及ぶことが充分考えられる。

俊夫が赤紙を手にしてシュンとしていると、カシラが肩をたたいて、なぐさめてくれた。

「どうせ、戦争はすぐ終わりますさあね。一年ぐらいで、きっと帰ってこられますすよ」

戦争はすぐ終わるはずはないが、大東亜戦争のときと違って、この時代は、そう永い間兵隊にとられることはなかったように思える。俊夫……伝蔵のような予備役は、熱河あたりの駐屯軍に配属され、せいぜい二年ぐらいで帰ってこられるのではあるまいか。

「なあたけ、うしろのほうにいて、タマにあたんないようにするこってすよ」

「うん」

そして、帰ってきたら、すぐタイム・マシンに乗ればいい。タイム・マシンがある限り、いつからでも遅くはないのだ。

その夜、カシラは祝杯を上げ、他の人たちはとびきりのごちそうを食べて、俊夫の武運長久を祈ってくれた。

「だんな、お守りを忘れずにね」

おかみさんは午後、あたりの神社仏閣をかけずりまわって、お守り札を山と集めてくれていた。

タカシは「本田光太郎博士が防弾チョッキを発明したって新聞に出ていたよ。それ買って、持ってったら」と、すすめてくれた。

オヤブンは、一番大事にしているブリキの軍艦を持って行っていいといってくれた。

「だんな、あとのことは、どうぞご心配なく。丸天井は、お帰りまで毎日見まわって、きれいにしときますから」

カシラは、そういうとクスンとやった。それから「このワサビはきくな」といった。

俊夫は、オヤブンの鯛をむしってやりながら、いった。

「たぶん、七月か八月になるだろうと思うんですが、あのうちに、ぼくの知り合いの外国人が来るはずなんです」

「異人さんが?」

「ええ、ぼくが昔世話になった人でね。あすこの建物も、だいたい、その人のために準備したんです。だから、もし来たら、あそこへおいてあげて下さい。それから、日本語がしゃべれないので、いろいろと不自由すると思うから、世話をしてあげてください。ぜひ、お願いします」

「わかりやした。だんなのお世話になった方とあれば、異人さんであろうとなんであろうと、けっしてご不自由はさせません。あっしがきっとお世話しますから、安心して下さい」

カシラはポンと胸をたたいた。

俊夫は、そのとき、やっと気がついた。この世界へ来てはじめてカシラに会ったとき、どこかで見たような人だと思ったのも道理、カシラは昭和二十年に始終伊沢先生のうちへ出入りしていて、先生の葬式にも来てくれた、あの老人だったのである。

ゼロ

1

明治中央政府が洋式軍隊を創設したとき、装備、教練その他すべてフランス陸軍を模範とした。ところが、その後フランスが普仏戦争で敗北し、ドイツ帝国がヨーロッパに覇を唱えるに及んで、明治十八年、にわかにドイツ式に切り換えることになった。したがって、明治十九年に制定された日本陸軍の制服は、将校用には肋骨がついたりした、四角四面のいかめしいものだった。

それが、日清日露の両戦役における勝利によって、日本陸軍は世界最強の軍隊になった、と少なくとも当事者は考えたので、もはや手本は不要となり、日本陸軍は独自の、質実剛健な制服制帽を着用するようになったのであった。

もっとも、昭和十年ごろの偕行社《かいこうしゃ》あたりの売店では、前部のピンと立った、ひさしの小さい、ナチス式の、イカれた軍帽や、ももの部分が妙に左右に張った軟派型の乗馬ズボンを売っており、一部の青年将校たちに愛用されたが、それは例外として、一般兵用の制服制帽は、まずデザインなどという横文字とは縁のない、単なる人間の入れ物だった。この入れ物が、帝国陸軍において、しばしば中身より大事にされたということで、数多くの伝説が残っている。しかし、その中で、明治時代に被服廠で縫製された一枚の袴下《こした》が、着用者の代を経て、大東亜戦争の終戦まで使用されていたという話だけは、けっして伝説ではない。帝国軍人の被服には、常に、最も丈夫で永持ちする生地が用いられていたのである。

それだけに、衣料品の欠乏した時代、ことに戦後の数年間にあって、帝国陸軍の軍服は、多くの人に仕事着、通勤着として愛用された。昭和二十年、二十一年ごろ、軍服は日本人のもっともポピュラーな服装だった。そして、昭和二十二、三年になっても、軍服は依然として、仕事着の王座を堅持していた。

昭和二十三年の一月のすえ、新橋の全線座前の川っぷちに、各種の軍服を着た若者が数名たむろしていた。

彼等の前には、靴直しの道具が置いてある。彼等は、新橋駅や有楽町駅の前にいる靴磨きと違って、靴直しだった。そして、仕事中以外は、道路につっ立っている。顧客を、いちはやく獲得するためである。

航空隊の半長靴《はんちょうか》をはいた男が、仲間に話しかけている。相手は、めずらしく、一人だけ、ホームスパンの上着を着ていた。

「貴様《ソッチ》は良い《ハク》洋服《ヨーラン》ムカえたな。幾何《クイラ》した」

「五千《ズカ》よ。おかげで、きょうは飯抜《シャリコケ》だ」

洋服の男は、そういうと、両手をズボンのポケットに入れて、からだを寒そうにゆすりながら、あたりを見まわした。それから、つかつかと道路の中央に歩み出た。

土橋《どばし》のほうから、一人の顧客が近づいてきていた。ご多分にもれず軍服を着ており、背の高い、不精ひげを生やした男である。

洋服は、ポケットに手をつっこんだまま、その前に立ちはだかった。

「おじさんよ。おたくの、その靴は半張りしないと持たねえぜ。おれがやってやるから、かしなよ。二十円でやってやるよ。なあ、おじさんよ」

ノッポの兵隊服は一度立ち止まったが、相手のからだを迂回《うかい》して、静かに歩き出した。

洋服は、追いすがろうとして、気を変えたようだった。

「チェッ、シケた親爺《サマジー》だ。二十《フリジュウ》の金《オシン》もねえのかよ」

ノッポが、洋服に符牒《ふちょう》でののしられただけですんだのは、一度も相手を見返さなかったのと、五十年配の風采《ふうさい》のおかげだった。こういった手合いは、自分の両親ぐらいの年齢の人に一番弱いのである。

ノッポは、かぶりつけているらしい戦闘帽を、さらに深くかぶり直すと、銀座通りへ出て、四丁目のほうへ向かった。歩きながら、彼はしきりにあたりを見まわしている。

その顔に何の表情も浮かんでいないのは、永年の軍隊生活における修練の賜物《たまもの》にちがいなかった。

戦後三年、銀座通りは、すでに瓦礫《がれき》の山ではなくなっていた。しにせも、朝鮮人や中国人の店も、闇材木を無理して、一応の体裁をととのえていた。

カバン店には、軽合金のトランクや、ファイバー製のカバンがならんである。靴屋の店先には、木のサンダルが所せましと飾ってある。そして、生地屋のウィンドーには何もなく、「特殊衣料切符御持参の方にネルと晒《さらし》を配給致します」という看板が真ん中においてある。

資生堂の角で、三年前に作ったモンペをはいたおばさんが宝くじを売っていた。「壹等百萬圓、いよいよあと二日」と書いて二重丸をつけたビラが下がっているが、通行人は戦時中の国債で政府のすることに懲りた人ばかりらしく、おばさんはひまである。

銀座を空襲で破壊した当の張本人であるアメリカ兵たちから、できるだけしぼって、元を取ろうというつもりか、カメラ店や貴金属店は、こぞって英語の看板を掲げ、GIノータックスを謳《うた》っている。その一軒の前で、一目で中国人とわかる派手な背広の男が二人、声高に自国語で話し合っている。

焼けビルに急遽《きゅうきょ》ペンキを塗って、仏像やコマ犬をならべた店がある。ここも、奥にある「月落烏啼……」の掛軸のほか、店内どこにも日本の字は書かれていない。

松坂屋の横にキャバレー・オアシス・オブ・ギンザの大看板が見える。下に、看板に負けないくらいの大きな字で「オフ・リミッツ・トゥ・アンオーソライズド・ジャパニーズ」と書いてある。

歩きながら横文字の看板を読んでいたノッポは、とつぜん、ずでんどうとひっくり返った。前から来たGIと正面衝突してしまったのである。GIは、背の高さはノッポと同じくらいだったが、目方は三倍以上もありそうだった。しかも、背が低くて坐りのいい日本女性と、しっかり抱き合って歩いていたのだった。

尻餅をついたノッポは、急には起き上がれなかった。

日本女性がノッポを見下ろして「ガッデム！」とさけんだ。彼女は、ガッデムとは「まあ大変」という意味だと思っているのかもしれなかった。

GIが、女性の腕をふりほどいて、ノッポをかかえ起こした。「パパサン、ダイジョビ？」と彼はいった。

ノッポは一礼して「サンキュー、サー」といった。それから塵をはらって、歩き出した。ろくなことはないと考えたのか、こんどは、まっすぐにMPが交通整理をしている四丁目の交差点に向かった。

二時頃銀座四丁目で茅場《かやば》町行きの都電に乗ったノッポの復員兵が、小田急線梅ケ丘駅で電車を降りたのは、夕方の五時すぎだった。

彼は、いつの間にか、不精ひげを、きれいに剃《そ》り落としてしまっていた。突出した頬骨が目立って、いやが上にもノッポに見える。

彼は改札口を出ると、家路をいそぐサラリーマンたちにつきとばされながら、キョロキョロあたりを見まわした。サラリーマンたちが出払ってしまったあとで、彼はやっと、道をたどりはじめた。

彼は何度か角を曲がり、確固たる足取りで数分間、歩きつづけた。が、次第に彼の足は重くなり、最後にとうとう立ち止まってしまった。彼は舌打ちすると、一〇〇メートルほど戻り、別の道へはいっていった。

駅を出てから二十分ほどたって、ノッポは一軒のうちの前で立ち止まった。

それは、奇妙なうちだった。左半分が古色蒼然《そうぜん》としており、右半分が真新しい材木でできていた。ノッポは、主として左の部分をながめていたが、やがて中央にある真新しい玄関に近づいた。彼は標札を見上げて、うなずいたのち、玄関の戸を引きあけた。

「ごめんください」

と彼は首だけ中へ入れて、いった。下の三和土《たたき》で、地下足袋が、赤いサンダルによりかかっている。

「はあい」と声がして、障子があき、五十ぐらいの女性が顔を出した。「お米なら、間に合ってます」

と、女はいった。

だが、ノッポは、からだごと玄関へはいってしまった。

「おかみさん、自分です」

と、彼はうしろ手に戸をしめながら、いった。

女は、けげんな顔をした。が、急に、夢中になって、目を大きく見開いた。

「まあ、だんな」

と、彼女はさけんだ。

ノッポは、カチリと踵《かかと》を合わせた。

「中河原伝蔵、ただいま復員して参りました」

2

茶の間は、ほとんど変わっていなかった。

茶箪笥も、神棚も、十五年前のままだった。神棚は、その後神威が失墜した関係で埃《ほこり》だらけになっているが、その下の、けやきの長火鉢は、さらに磨きがかけられ、あと五年もすれば国宝に指定されそうな貫禄を示していた。

「だんな、長い間ごくろうさまでした」

裏で何か仕事をしていたのを中止してかけつけたカシラは、鉢巻きをとり、真っ白になった五分刈りの頭を、これだけは真新しい畳に、こすりつけた。

「ほんとうに長うござんしたね」とおかみさんは、ペタリと坐って、いった。彼女のほうは、しらがはまだ二〇パーセント程度である。「二年ぐらいだと思ってたのに、あっちこっちいかされて……だんなみたいないい方が、上の人に、にらまれるなんて……」

「そんなこた、いいから、早くだんなにお茶だ」

「ええ、いま」おかみさんは中腰になった。「でも、ご無事でよござんした。去年収容所からお便りをいただいたときは、みんなでもう、よかったよかったって……しらせてくだされば、お迎えにいったのに」

おかみさんが、やっと立ち上がって出て行こうとすると、台所のほうの障子がひとりでにあいて、若い娘がはいってきた。

中河原伝蔵は、カシラの顔をみた。娘は、カシラにも、おかみさんにも、ぜんぜん似ていない。それに、どう見ても、十五歳以下とは思えない。

「隆の嫁でさ」とカシラはいった。「去年の春、なにしましてね。あっしゃ、まだ早いっていったんだが、隆のやつ、どうしても、これと一緒になりたいっていうもんで」

隆の奥さんは、真っ赤になって、茶碗を伝蔵の前へおき、

「どうぞ」

というように、声は出さず、口だけ動かした。

伝蔵は上体を十五度前に傾けて礼を返し、カシラにきいた。

「隆君は、おつとめでありますか」

「電機の会社へ行ってるんですがね、いまちょうど出張で……いつだっけな、帰ってくるのは」

「あしたです」

と、隆夫人は答え、彼女の顔の赤味が、また勢いを盛り返した。

伝蔵は、昔自分が作ったラジオのあった場所に目をやった。そこには、別の、しかしやはりシャーシーだけのラジオがおいてあった。彼は、そこへ立って行こうとした。が、そのとたん、となりの部屋で、叫び声が上がった。

元兵長の伝蔵は、すわこそと身構えたが、聞こえてきたのは、赤ん坊の泣き声だった。隆夫人より、おかみさんの行動のほうが早かった。おかみさんの姿が消えると、すぐ、となりの部屋から彼女の声が聞こえてきた。

「おお、よちよちよち、いまおしめ、とっかえてあげますからね」

やがて、おくればせにかけつけた隆夫人がオッパイをのませはじめたと見え、となりは静かになった。

が、こんどは玄関のほうで、轟音《ごうおん》がした。乱暴に戸をあける音につづいて「ただいなければならなかった。

伝蔵は、その青年がオヤブンであることを理解するために、大急ぎで年齢の計算をしま」とワレガネのような声がひびき、ほとんど間髪を入れず、障子があいた。

「ああ、くたびれた。きょうは野球……」

とびこんできた長身の青年は、伝蔵に気がつくと、立ちすくんでしまった。

オヤブンの金縛りをとくために、カシラが説明した。

「おまえ、おぼえてるだろう？　中河原のだんなだ。いまお帰りになった」

オヤブンは、角帽をわしづかみにして脱ぐと、畳に坐って、ペコリと頭を下げた。それから、まばたきしながら一生懸命、唐紙の模様を検査しはじめた。

「良文」とカシラがいった。「おまえ、ヤミ市へいって酒を買ってきてくれないか」

「うん」

オヤブンは、いさんで立ち上がり、台所のほうへ出て行った。

「からだばかり大きくなりやがって、ろくにあいさつもできやしねえ」と、カシラは台所のほうをにらんでいたが、急に坐り直すと、伝蔵の顔を見た。「だんな、おわびしなくちゃなんねえことがある」

「おわび？」

「あすこの、だんなの地所の先生ですがね。空襲で、とうとうなにしちまって……だんなはごぞんじないが、養子のお嬢さんがあってね。その方も一緒に」

「………」

「あっしが、もっとなにしてりゃ、よかったんだが、あの先生は赤だてんで、年中お上のおしらべがあったりしたもんだから、つい足が遠のいちまって……だけど、いまんなってみると、先生はさきざきのことまでお見通しだったわけだ。それを、あっしは、世間のやつらと一緒になって、非国民だなんて、なにしたりして……ほんとに申しわけねえ、あっしが悪かったんで」

カシラは、クスンとやった。

「いや、仕方がないですよ、運……運が悪かったんですよ、きっと」

「へえ、まったくどうも。それで、おとむらいは、ちょうどそのとき、おとなりに住んでいた浜田さんて方がなにしてくださって……一度、お寺のほうへ、おともしましょう」

そこへ、おかみさんが、前掛けで手をふきながら、もどってきた。

「だんな、もうじきおふろがわきますから。おじいちゃん、ほら、だんなに、あのことも」

「うるせえな、いまいおうとしてたとこだ。だんな、じつは、もう一つ、おわびがあるんで」

「………」

「あすこの、その、先生がお亡くなりんなったあとの、だんなの土地なんですがね。あすこを、じつはある人にぜひっていわれて、貸しちまったんで」

「貸した?」

「まったく申しわけねえ。そのかわり、このうめ合わせは……」

「だれですか、どこの人に貸したんですか」

「及川さんて人で」

「及川さん?」

「へえ」

「そうか、及川さんか」

「どうしてもとおっしゃるもんで、つい、じゃあ、だんながお帰りになるまででもってことで……」

「いや、及川さんならいいんだ」

「へえ、じゃあ、だんなは及川さんをごぞんじで」

「うん、まあね」

「そうですか、へえ、そうですか、へえ」

カシラは、なぜか、しきりに感心していた。

3

翌朝、中河原伝蔵は、十五年ぶりで、甘味噌のおみおつけを味わうことができた。

この甘味噌を毎朝食膳にのせるために、おかみさんは毎月一回、リュックサックをかついで、深川の味噌問屋まで往復しているということだった。

「電車が混みましてねえ。こないだも、押されてリュックからお味噌がはみ出しちまいましてね。そうしたら、うしろに乗ってた男の人が、こりゃいいお味噌だ、あたしの持っているおいもと、少し取り替えっこしませんか、なんていうんですよ」

話なかばに、となりの部屋で赤ん坊が泣き出し、おかみさんは宙を飛んで行ってしまったので、おみおつけの中にはいっているサツマイモが、車中物々交換の交渉成立の結果によるものかどうか、わからなかった。

伝蔵は、数年来の習慣で、おみおつけをかす一つ余さず腹中におさめて、食器洗いの手間をはぶいてしまうと、一礼して立ち上がった。

「ごちそうさまでした。ちょっと、近所を散歩してきます」

甘味噌の味が、伝蔵の記憶を十五年前に直結してくれていた。彼は、昔の通り、曲がり角を一箇所間違えただけで、ドームのある自分の所有地へ行くことができた。

ドームの表面に、妙な縞模様が浮かんでいた。戦時中の質の悪いペンキを使った迷彩を、三年間の雨がまだ完全に洗い流しきっていないのである。

その手前に、例のスマートな及川邸は、建っていなかった。そこには何もなかった。つまり、及川氏はドームに住んでいるらしかった。

入口の階段の横に、ひびの入った丸型の七輪が、針金の鉢巻きをして、転がっている。入口のドアの頂上から、四メートルほど離れた所に立った棒に紐が渡してあり、紐の中央にパンティとスリップがへんぽんとひるがえっていた。かなり風が強いので、伝蔵は、スリップの裾の攻撃から顔を守るために、迂回してドアの前に行かねばならなかった。

昔、予算の範囲内ですませようと、一番安い材料で作らせたドアは、すでにニスが剝《は》げ、腐りはじめていた。伝蔵は手加減してノックし、二十秒ほど待った。それから、もう一度、少し力を入れてノックすると、ドアはミシリミシリと悲痛な音をたてた。

中で「ハアイ」という女の声がした。アの所にアクセントのある、わかっていますよという非難のこもった声だった。じっさいドアの所へ来る途中だったらしく、すぐドアがあいた。

そこから顔を出した女性を見て、伝蔵は仰天した。戦地でのいろいろな体験がなかったら、間違いなく腰を抜かしているところだった。

捕虜収容所のベッドのわきに貼って毎日ながめていた写真の主を、見まちがうはずはなかった。彼は、それを自分に納得させるために、声を出してつぶやいた。

「小田切美子……」

「ええ、そうですけど」

と相手はおっかぶせるようにいった。映画女優ともなれば、こんなことには馴れているのだろう。

「……ご用は？」

「はあ」伝蔵は、やっとわれに返った。「自分は……わたくしは、ここの地主の……」

「まあ、それじゃ、中河原さん……」

ドアをあける前から浮かべていた非難の表情を、小田切美子は、いそいで消滅させた。

「失礼申し上げました。さあ、どうぞおはいりになって……」

ドームの中は、高さ二メートルほどの板で、いくつかに仕切ってあったが、伝蔵はそのうちの応接間らしい一隅に通された。

「女中が出かけているものですから。いま何か暖かいものを……」

「いや、あの……」

どうぞおかまいなく、という言葉を懸命に記憶の底からひきずり出して、十五年ぶりに使おうとしたときは、すでに時機を失していた。伝蔵は、仕方なくビックリ箱のようにスプリングがとび出したソファに坐り、応接間の中を見まわした。

床には古風な絨毯《じゅうたん》がしいてあり、仕切りの角の所に戦前のRCA製2A3ダブルプッシュ電蓄がおいてある。しかし、それは実際には使われていないらしく、蓋の上に、小田切美子の若いころのブロマイドと並んで、フィルコのオートチェンジャーつきの小型電蓄がおいてあった。となりにあるレコードケースも同様で、SPレコードがぎっしりつまったケースの上に、GI用のVディスクが数十枚、裸で積み重ねてある。

室内がうす暗いので、伝蔵は立って行って、美子のブロマイドをながめた。美子が両肩の出たイブニングを着て、無理に笑っている。それを見ると、伝蔵は急に寒くなってきた。コンクリート製のドーム内は冷えびえとしている。この広さでは、ちょっとやそっと闇の炭を使ったぐらいでは役に立ちそうもなかった。もっと窓を大きくすればよかった、と伝蔵は後悔した。

足音が聞こえてきたので、伝蔵は、いそいでビックリ箱の上にもどった。

「何もございませんけれども……」

伝蔵は十五度の礼をしてから、美子がテーブルにおいた盆の上を見た。コーヒーのはいったカップと、白砂糖が山のようにはいった壺がのっている。やはり、スターともなればちがう、と伝蔵は感心した。

「中河原さんは、フィリピンにいってらっしゃるとうかがいましたけれども……」

「はあ、自分は、きのう復員したのであります」

「まあ、さようでいらっしゃいますか。それなら、こちらから、ごあいさつにいかなくちゃならないのに、わざわざ反対にお越しいただきまして……」

伝蔵は十五度の礼をくり返し、美子は伝蔵のコーヒーカップに砂糖を山盛り二杯入れてくれた。

「どうぞ、さめないうちに……」

また十五度をやって、伝蔵はカップをとった。鼻の先に近づけただけで、収容所で何度か飲んだ、米国製の粉末コーヒーとわかった。

伝蔵は一口飲んで、カップをおくと、たずねた。

「ご主人は、おつとめですか」

「は?」

美子がへんな顔をしたので、伝蔵はいい直した。

「及川さんは……」

「及川ってあたくしですけど?」

「いや……」

「及川って、あたくしの本名なんです、及川美子」

「………」

「あら、あたくし、ひとりですのよ、オールドミスですけど」

「オール……」

伝蔵は真っ赤になり、いそいでカップをとって、コーヒーを飲み干した。そして、カップをおいたとき、彼は一つの質問を思いついていた。

するど、美子がいった。

「あのう、この建物のことですけれども……」

「え?」

伝蔵は機先を制されて、たじろいだが、ここで予定した質問をしてもおかしくない、と気がついた。

「……ええと、及川さんは、ご家族は?」

「女中と二人だけですの。でも、急にうちを探そうとしても、この住宅難では……もうしばらく、おいていただければ……」

「いえ、いいんです。どうぞ、ここにずっとおいでになってください。ぜひ、及川さんにいてもらいたいんです」

「まあ、ほんとですの。ありがとうございます。助かりますわ」

美子は大喜びで、しきりに頭を下げた。

だが、伝蔵は壁を見つめて、つぶやいた。

「そうですか、女中さんと二人きりですか」

「ええ」美子は急に笑顔を引っ込めた。「でも、広いですけど、間仕切りはあたくしがつけたものですし、ほかの方にはいられると……」

「いえいえ」と伝蔵は気がついて、いった。「ほかの人を入れるようなことはしませんから、ご安心ください。ただ、その……ご婦人ばかりで不用心ではないかと……」

「大丈夫ですわ。コンクリートの建物ですし」

「そうですか。それから、あなたのほうで、ご親戚の方か何かを同居させるのは、一向にかまいませんから、どうぞご自由に」

「はあ、ありがとうございます。でも、あたくし、親戚は一人もいませんのよ」

「そうですか。親戚はおられないんですか」

伝蔵は、また熱心に壁を見つめはじめた。

「あの、コーヒーお代わりいたしましょうか」

「いえ、もう」伝蔵はカップの上に手をかざした。「失礼しますから」

「まだおよろしいじゃございませんの」

美子がしきりに引き止めたが、伝蔵は「ちょっと用事もありますので」といって立ち上がった。

美子は、焼け残った門柱の所まで出て、見送ってくれた。

「またぜひいらしってくださいませね」

伝蔵が及川美子に、用事がある、といったのは本当だった。そして、それはカシラのうちの押し入れの中にあった。

ドームから帰ると、伝蔵は奥の部屋の押し入れから、行李《こうり》をとり出した。その中には、彼が昔着ていた背広や下着類が全部はいっていた。背広類は、おかみさんが毎年陰干しして、ナフタリンを入れておいてくれたので、虫食い一つなかった。ツイードの上着は別として、あとは半年ほどしか着ていないわけだから、まだ充分着られる。それに、カットも、元の世界のスタイルをとり入れて作らせたものだから、決して流行遅れではなかった。当分着るものには不自由しない、と伝蔵は安心した。

行李の底に、ガスライターと腕時計がはいっていた。ガスライターのほうは、さすがにガスが蒸発してしまっていたが、腕時計のほうは二、三度振ってみると、秒針が動き出した。製造会社が、このことを知ったら、さぞ喜ぶだろう、と伝蔵は思ったが、世間の人の目にふれるのはまだ早すぎるので、彼は二つの品を、また行李の底へしまいこんでしまった。

そこへ、カシラがはいってきた。

「その洋服、アイロンかけねえとだめだな、だんな」カシラは、あぐらをかくと、何かを畳においた。「タバコ買ってきた。のんでください」

紺の地に四角い灰色の字がはいったデザインのピースだった。

「どうも……」

「ねえ、だんな、これから先、どうなさるおつもりで?」

「それなんですがね」

伝蔵はピースの箱から一本抜いてくわえ、カシラに一本すすめた。

カシラは立ち上がって、壁際の机の前へ行った。机の上には、経済学の本や英語の辞書がならんでいた。カシラは、その横にあるマッチと灰皿を持ってきて、坐った。

「良文のやつ、もったいないのみ方をしやがる」

カシラは、ピースを耳にはさみ、毛糸の腹巻きから真鍮《しんちゅう》のキセルをとり出すと、灰皿から三センチほどの吸いがらをつまみ上げて、それにつめた。

伝蔵がマッチで二人のタバコに火をつけ、カシラは一服吸うと、まばたきしながら、いった。

「だんな、おうちのほうは、まだ?……」

カシラは、伝蔵が勘当された道楽息子であるという考えを、十五年間、牢乎《ろうこ》として守り抜いてきたらしい。

「ええ、きのうちょっと寄ってみたんですが、父が死んで、母がいま、うちを切りまわしてるんです。でも、うちのあとつぎには、その……一番下の弟が、ちゃんといるから……」

われながら見事なアレンジだ、と伝蔵は思った。

「そいじゃあ」カシラはニコニコし出した。「また、うちに……」

「ええ、できたら、ごやっかいになりたいんですが」

「やっぱし……ようがすとも。だけど、すまねえが、しばらく、この部屋で良文と一緒でがまんしてください」

「良文君に悪いですな」

「とんでもねえ。こっちこそ、かえって良文と一緒じゃ、だんなに悪くて。ちょっとの間、辛抱してください。すぐまた、裏に一間建て増ししますから」

カシラは闇材木を使って建築をやり、中々景気がいいようだった。

「……とにかく、かまわないから、いつまででも、うちでごろごろしててください。昔だんなに世話になったんだから、恩返しだ」

「どうも……」

カシラは立ち上がって、出て行こうとしたが、しきいぎわでふり向いた。

「あ、そいからね、だんな、そとで変な酒を飲まないでくださいよ。バクダンだとかなんだとか、目のつぶれるやつがあるらしいからね。へたすると、こないだの椎名町《しいなまち》みたいになっちまう」

「椎名町？」

「だんなは知らねえわけだな。こないだ、椎名町の銀行に変な男が来て、みんなに毒を飲ませてね」

「ああ、あれか」

「え？」

「なんてったっけな」

伝蔵の記憶にある椎名町事件は三十一年も前のことである。彼は、どうしても犯人の名を思い出すことができなかった。

だが、カシラは椎名町事件どころではないらしく、台所へかけこんでいった。

「ばあさん、ばあさん、だんなはやっぱし……」


夕方、出張から帰ってきた隆は、伝蔵を見ると、とびついてきて、本人であるかどうか、たしかめた。それから、愛妻を闇市に走らせ、中河原伝蔵歓迎会の準備をととのえさせた。おかげで、隆夫人はその夜、真夜中すぎまで、真っ赤な目をして、二人につき合わされるハメになった。

隆は、昔伝蔵が予想した通り、奨学金で大学の工科にはいり、徴兵猶予の恩典に浴していた。ただし、彼の専攻は造船工学ではなく、電気工学だった。

「おじさんのおかげで、ラジオいじりが好きになったからですよ。だから、ぼくは、中河原さんには大いに感謝しなけりゃいけないんだ。造船科なんかへはいったら、いまごろ失業していただろうし……ぼくは、いまの電機会社へはいれて、本当によかったと思ってるんです」

「会社のほうは、うまくいってるの?」

「ええ、小さな会社ですが、大いに将来性があります。それに、ぼくは、いまの会社にはいったおかげで……」

「あなたっ」

と隆夫人が横から、いった。彼女は、お酌しているだけなのに、真っ赤な顔をしていた。

「なるほど」と伝蔵はいった。「たしかに将来性のある会社だ。これほどの美人を事務員にしているくらいだからね」

「いててっ」

と隆がどなった。気の毒に、彼は伝蔵の身代わりに、ももをつねられたらしかった。

それから、二人は専門の話に移り、伝蔵は弱電界の近況を、つぶさに知ることができた。

終戦と同時にラジオの需要が急激に増加した結果、昭和二十一年には並四の製作が中止され、高一以上スーパーを含む生産高が七十七万、昨二十二年には八十万に達している。ほとんどが軍放出の六・三V球を使用したもので、神田のラジオ屋街には、イカリのマークがついたメタル・チューブや、MT4B、MT3Sなどの送信管、それにUY807あたりが多量に出まわっているということだった。

伝蔵は、それとなくさぐりを入れて、トランジスターがまだ発明されていないことを、たしかめた。ウイリアムソン・アンプや、マッキントッシュ・アンプも同様だった。

伝蔵の脳細胞は、にわかに色めきたった。もちろん、彼は、トランジスターを発明したのはベル研究所だったことを覚えていたし、あとの二つのアンプもちゃんと発明者の名が冠せられているのだから、昔のレイ子の論理からおして、彼が特許を取ることはできるはずがない。だが、何か……たとえば、トランジスターがベル研究所で発明された後に、その開発を行う、というようなことで金儲けができそうに思えたのである。

隆も専門家であるだけに、伝蔵の口ぶりから、その何かを感じとったようだった。伝蔵が一時ごろ、再三に渡る隆夫人の大げさな目配せに、とうとう腰を上げると、彼はいった。

「おじさん、これからの予定は?」

「予定って?」

「ええ、つまり、これからのお仕事の」

「いや、べつに。だから、もし何かあったら……」

「そうですか。それじゃ、ひとつ、ぼくにまかしてくれませんか」

4

伝蔵の就職は、とんとん拍子にきまった。

数日後、隆につれられて、彼の勤めている会社に行き、そこにあった試作テープレコーダーの改良点を指摘しただけで、社長は青くなって重役を召集した。三十分後、伝蔵は木造二階建ての社内で一番上等な椅子に坐り、契約書をつきつけられていた。

米軍ジャンパー改造の仕事着を着た、三十代の社長は「設計主任として、よろしかったら、あしたからでもお願いしたいのですが」といって、フィリップモリスをすすめてくれた。伝蔵は、タバコは一本もらったが、設計主任のほうは、ことわることにした。理由は、この会社が伝蔵の記憶にある会社だったからである。

数年後、浜田俊夫が、この会社へ入社してくる。そして、伝蔵は、記憶の隅々までさぐっても、この会社に中河原という設計主任がいた覚えはないのだった。

結局、伝蔵は、他社との関係を持たない、特許権は会社に属する、という条件で、技術顧問として、外部からアイデアを提供することになった。

「とりあえず、顧問料として月々五千円差し上げたいと思いますが、いかがでしょう？」と社長がいったので、伝蔵は「五十円ですか」と聞き返した。すると、隆が横から「中河原さんは、先月復員なさったばかりなのです」と口を出した。社長は「それは、どうもごくろうさまでした」といって経理係を呼び、すぐ第一回の顧問料を支払ってくれた。

伝蔵は社長と共に社内を一回りして二、三の助言を与えたのち、隆と一緒に、近所のしるこ屋に落ち着いた。

「隆君、いろいろとありがとう。社長さんは、近々一席設けるから、きみと一緒に来てくれって、いっとられたよ」

「そうですか。とにかく、よかったですね」

「ああ、月々五千円も、もらえるなんて……」

「ぼくの給料の倍近くですよ」

「えっ、隆君も何千円て月給もらってるのかい？」

「いやだなあ、おじさん、ぼくだって……」

「きみ、いまの物価はどのくらいなんだい？　食費や何か……」

「そうですね。配給だけだったら、毎月の食費は三百円ぐらいのもんですが、配給だけじゃ、もちろん足りないし……それで、闇で銀メシの食事なんかしようとすると、一回で二百円や三百円、すぐかかってしまう。ふしぎな世の中ですよ」

「へえ、すると、たとえば大学生の学費なんか、月々どのくらいかかるんだろう?」

「月謝なんかは、そんなに値上がりしてないから、大したことはないでしょうね。本代が少しかかるとして、学費としては月に千円もあれば足りるんじゃないですか。おじさん、なんで……」

「うん、じつは、その、知り合いに母親一人、息子一人のうちがあってね。母親が女手一つで髪床をやってるんだ。きのう、客のふりをしてちょっと寄ってみたんだが、それとなくきいてみると、息子がちょうど、ことし中学卒業で、本人は大学へ行きたがっているんだが、学費が出せなくて……」

伝蔵は、月給五千円がきまったうれしさのあまり、やたらにしゃべりたくなるのに、必死にブレーキをかけた。

「だから、学費の援助をしてやろうかと思うんだ。ラジオいじりが好きな子でね」

「ほう、そりゃ、ひとごととは思えないな。なんだったら、ぼくも一口乗りましょうか」

伝蔵は、しるこ屋を出て、会社に残る隆とわかれると、公衆電話にはいった。番号問い合わせにかけて、ある中学校の番号をきき、その番号をダイヤルして、彼は二十分近く話していた。それから、文房具屋へ行って便箋《びんせん》と封筒を買い、それを持って郵便局へはいった。郵便局備えつけのペンがチビていて書きにくく、彼は便箋四枚の手紙を書くのに三十分以上もかかった。オールドミスの局員が「郵便局は手紙を書くところじゃありませんよ」とヒステリーを起こしたので、伝蔵は「わかってます。私は為替を組んでもらいに来たのです」と答えて、その通りにした。為替を手紙と一緒に封筒に入れ、さらに書留にしてくれるよう、ヒス嬢に依頼した。

郵便局のすぐ近くに、国電の駅があった。伝蔵はそこへ行き、横浜までの切符を買った。

彼は、若いころ、もし自分に匿名で学費の援助をしてくれた人がわかったら、できるだけのお礼をしようと思っていた。

いまこそ、それを実行するために、彼は南京町《なんきん》へ行って、たらふくごちそうを食べることにしたのだった。

5

カシラは頭が真っ白になり、おかみさんは半白になり、隆は七三に分けるようになった。しかし、三人とも、顔かたちは、伝蔵が十五年ぶりに会って、すぐ本人と識別できた程度に、原形を保っている。

その中にあって、オヤブンの良文だけは、伝蔵はいまだにそれがオヤブンであるとは信じられないほどだった。昔、丸顔だったのが、あくまでも細長い顔になり、背も三尺そこそこだったのが、いまでは伝蔵と肩を並べるほどのノッポになっている。

外見ばかりではない。オヤブンの口にする話題は、すでに自動車や軍艦、東郷元帥ではなくなっていた。

ある晩、伝蔵とならんで蒲団にはいったオヤブンは、ピースの煙をくゆらせつつ、こんなことをいい出したのだった。

「おじさん、集団見合っていうの、知ってますか」

「そんなのがあるそうだね、おどろいた世の中だ」

「あした、多摩川で、その集団見合があるんですが、ぼく、ちょっと行ってみようと思うんです」

「ええっ、だって、きみはまだ……」

十九歳だというのに、オヤブンもとんでもないアプレゲールだ、と伝蔵はあきれた。

「ちがいますよ」オヤブンは赤くなった。「大学の新聞部のやつが、あした探訪に行くっていうから、一緒に行くことにしたんです」

「なんだ、そうか。カシラだったら腰を抜かしていたぜ」

「へへ……どうです？　おじさんも一緒に行きませんか」

「え？」

「たくさん若い女性が来るんだから、中には、きっと美人もいますよ。もし気にいった人がいたら、ぼくが交渉してあげます」

「きみ、おとなをからかうもんじゃないよ」

「からかうなんて、とんでもない。おじさんは、人生の一番大事な期間を、戦地ですごしてきたんだ。これから大いに青春を楽しむべきですよ。あしたは、べつに用事はないんでしょう」

「うん……いや、そう、あしたはちょっと行くところがあるんだよ」

「そうですか、それは残念だな」

ピースを灰皿に捨てると、大学の応援団の副団長であるオヤブンは、たちまちイビキをかきはじめていた。


翌朝十時ごろ、伝蔵はよそゆきに着替えて、カシラのうちを出た。べつに行くあてはなかったが、うちでぐずぐずしていたら、オヤブンに集団見合につれて行かれてしまう。大勢の若い女にジロジロ見られる場所へ行くなんて、爆弾をかかえて敵陣に飛び込むほうが、まだましというものだ。

新宿の帝都座で、クラーク・ゲーブルとグリア・ガースンの「冒険」という映画をやっている。それでも見に行くことにするか、と伝蔵は思った。が、考えてみると、きょうは日曜日である。混んでいるかもしれない。

ふと見ると、伝蔵はドームの前へ、さしかかっていた。

新聞の芸能欄に、小田切美子はなんとかの撮影を終えて目下自宅で休養中、とあった。とすれば、及川美子は在宅のはずだ。

先日、わかれぎわに「またぜひいらしってくださいませね」といった声の響きは、けっして単なる社交辞令ではなかった、と彼は自分にいい聞かせ、ドームの入口に近づくと、勇を鼓してノックした。

顔を出した若い女に名前をいうと、女は「ちょっとお待ちください」といって奥へ消えた。すぐ「大家さんがお見えになりました」という声が聞こえてきた。この間来たとき留守だった女中は、もし中河原という人が来たら、その人は大家さんだから追い返さないように、といわれているのに違いない。

「まあ、よくいらっしゃいました」

出てきた及川美子は、にこやかにそういったが、それが本心でない証拠に、応接間へ案内してコーヒーを出すと、堅い表情で伝蔵と相対した。いよいよ追い出しに来たのかと、覚悟をきめているらしい。彼女も、大家の伝蔵が、住む家がなくてカシラの家に同居していることを知っているのだ。

そこで、伝蔵は話を一つ、こしらえた。

「いま、この先の土地を見てきた帰りなんです。そこに、うちを建てて住もうと思いまして」

「まあ、さようでいらっしゃいますか」美子はたちまち、ニコニコして、アメリカ製のバターフィンガーというチョコレートをすすめてくれた。「おひとつ、どうぞ」

「はあ、どうも……私は映画が好きで、むかしから小田切さんのファンでした」と伝蔵は、こんどは本当のことをいった。「それで、きょうは一つ、サインでもしていただこうと思いまして」

「まあ……」

二人の共通の話題としては、昭和初期の映画のことしかなかったが、それでも一時間ほど時間をもたせることができた。当時の、ある映画に、岩が崩れてきて美子が下敷きになるシーンがあったが、その岩がハリボテであったことをはじめて聞かされ、伝蔵はホッとした。彼は、この十五年間、美子があの撮影で怪我をしなかったかと、心配しつづけてきたのである。

「いろいろな小道具がありますわ。一度、撮影所へいらっしゃいません？　中をご案内しますわ」

「はあ、ありがとうございます」

そのときまでに新しい服を一着作ろう、と伝蔵が思っていると、女中がはいってきて、なんとかさんがお見えになりました、と告げた。

と美子が立ち上がったので、伝蔵もそれにならった。

「それでは、私はこれで……」

「あら、まだおよろしいじゃありませんの」美子はふり返って、いった。「ファンの人なんです、ご紹介しますわ」

「はあ、でも、また……」

玄関に立っていたのは、米軍の軍服を着た、色の黒い男だった。中尉の階級章をつけているのに気がついた伝蔵は、思わず十五度の礼をした。が、相手はラジオの修理屋か何かだと思ったらしく、答礼をしてくれなかった。

「おかまいしませんで。また、どうぞお遊びに」

美子の声と、二世中尉のメガネ越しの視線に送られて、伝蔵はドームを辞した。そして、門のほうに目をやった瞬間、彼は思わず驚嘆のうなり声を上げた。

「ほう……」

門の前に、ピカピカの新車がとまっていた。近寄ってフロント・グリルを見ると、リンカーン・コンチネンタルという字が浮かんでいた。

その後、伝蔵は三日に一度ぐらいの割で、ドームをたずねるようになった。

しかし、美子に会って話ができるのは、ごくまれだった。新しい映画の打ち合わせがはじまったとかで、美子は留守勝ちだった。また、美子が在宅のときでも、門の前にリンカーン・コンチネンタルがとまっているので、伝蔵のほうで引き返してしまうこともあった。

そして、美子に会って話をしている最中に、リンカーン・コンチネンタルがやってくることもあった。

二度目に二世中尉とかち合ったとき、美子が「山城さんです」と紹介してくれた。山城中尉は握手の手をさしのべ、「ジョージと呼んでください」といった。

二人きりのときの美子の話では、ジョージ山城中尉の父親が戦前からの美子のファンで、中尉は最初、父からことずかったファンレターを持って、たずねてきたということだった。

山城中尉は二十七、八歳のようである。美子は映画年鑑によると、ことし三十五歳ということになっているが、アメリカ人の目から見れば、おそらく二十二、三歳にしか見えないだろう。米国人である山城中尉が足しげく美子をたずねてくるのは、ファンである父親の代理としてばかりではなく、あるいはほかに何か野心があるのかもしれなかった。

「このあいだ、山城さんに、GHQのオフィサース・クラブへつれていっていただきましたのよ。ほら、神田にある、元の如水会館……二階にスターダスト・ルームっていうのがあって、フルメンバーのバンドがはいっていて、ダンスするようになってますの。真っ暗な中に、ミラーボールが五色に輝いて、とてもすてきでしたわ」

真っ暗なスターダスト・ルームに美子を招待することなど、とても伝蔵にはできるはずはなかった。彼としては、闇で手に入れたサツマイモか何かを、美子にプレゼントするのが関の山だった。

6

カシラは六十六になるのに、まだ中々さかんである。

「ちょいと観音様へおまいりにいってくる」といって、一週間に一度は出かけて行くので、年をとると信心深くなるものだと伝蔵は感心していたのだが、ある日、新宿の帝都座の前を通りかかると、そこから出てくるカシラとバッタリ会ってしまった。帝都座五階の小劇場の看板には「額縁ショー」と書かれ、裸の女の写真が貼ってある。なるほど観音様におまいりにちがいない、と伝蔵はあらためて感心した。

「ばあさんにゃ内緒だよ、だんな」

カシラは、尾津組マーケットの裏へ行って、焼酎をおごってくれた。

「だけど、なんだね、ハダカの女を大っぴらに拝めるなんて、まったくいいご時世になったね」

「カシラも、いい年をして……」

「へへへ……だけど、おたがい、いつの間にか、いい年になったね。だんなは、いくつになったっけ」

「かぞえで四十五だ」

戸籍では、中河原伝蔵は明治三十七年生まれということになっている。元の浜田俊夫として年齢を計算すると四十八歳になるわけだが、伝蔵もそんなことはもう、すっかり忘れてしまっていた。

「四十五か。そいじゃ、早く身を固めたほうがいい」

「え?」

「だんなも早くおかみさんをもらうこってすよ。四十っつらさげて、ひとりもんなんてのは……」

「しかし、急にそういったって、結婚するには相手が必要だし……」

「相手?　相手なら、ちゃんといるじゃありませんか」

「どこに?」

「丸天井のおくさんでさ」

「えっ」

「おっと、もったいねえ、焼酎こぼしたりして……あすこのおくさんなら、器量はいいし、活動の役者にゃめずらしく地味な人だ。年も、だんなとはちょうどつり合うし、似合いだと思うんだがね」

「しかし……」

「しかしもヘチマもあるもんか。だんなだって、あのおくさんがきらいなわけじゃないんでしょう?」

「そりゃ……」

「へへ、赤くなったよ、だんな。とにかく、そんなら早いほうがいい。早くしないと、悪い虫がつきそうだから」

「虫が?」

「あすこにゃ、若僧のアメリカ人の二世が、かよってるってえじゃありませんか。だいぶしつっこく、おくさんにいいよってるらしい」

「………」

及川家の女中は、カシラが世話したということだった。情報網は完璧である。

「アメ公なんかに、あのおくさんをとられたら、日本のためにもならねえ。なんだったら、あっしがおくさんに会って、かけ合ってきやしょうか」

「ま、待ってくれよ、カシラ、しばらく待ってくれ」

カシラのおかげで、伝蔵はドームへ行きにくくなってしまった。翌日、カシラが焼き芋を新聞紙でくるんで、早く行ってこいと、しきりに煽動《せんどう》したが、伝蔵は「会社の仕事があるから」といって、オヤブンの机に坐り、大型ノートに丸や三角を書きならべた。カシラが焼き芋を一つだけ机の上にのせて出て行ってしまうと、彼はノートの上にリベラルという雑誌をのせて、読みはじめた。

するとと、午後になって、カシラがとびこんできた。

「だんな、たいへんだ」

伝蔵は、いそいでリベラルごとノートを閉じたが、それ以上あわてる必要はなかった。もう、召集令が来る気づかいはないのである。

「どうしたんですか」

「たいへんだよ。エムピーが来た」

「MPが?」

「中河原伝蔵はいるかって。どうする?」

「どうするって、とにかく出ましょう」

伝蔵が玄関へ出てみると、白いヘルメットの米兵が二人、立っていた。その二人の中間に、小さな黒い物体があったが、よく見ると、それは駐在所の巡査だった。

「中河原伝蔵さんですな」

と巡査がいった。

「はあ……」

「じつは、この米軍憲兵隊の方がこられまして、調べたいことがあるから、CICまで出頭してくれちゅうことなのですが……」

巡査はしきりに恐縮していたが、MPの命令は、とりも直さず、マッカーサーの命令である。そのマッカーサーは天皇陛下以上の権力を持っている、とあっては、もちろん出頭しないわけにはいかなかった。

「いま仕度してきますから」

伝蔵は、部屋にもどって、着替えをはじめた。

しきいぎわに、カシラとおかみさんと、隆のおくさんが目白押しにならんで、伝蔵の着替えを見まもっている。

「だんな」とカシラがささやいた。「なんか、闇がバレたのかね」

「うん、この間、ラッキーストライクをワン・カートン買ったことかもしれない」

伝蔵は古いツイードを着て行くことにした。このまま沖縄へつれて行かれて重労働、ということも考えられる。

玄関の前にジープが待っていた。運転する白人MPの横に巡査が乗り、伝蔵は、顔もからだつきも小結の力道山そっくりの二世MPと一緒に、後部座席に乗せられた。

ジープが駐在所の前を通りかかると、巡査は「サンキューベルマッチ」といって、降りて行ってしまった。伝蔵は、フィリピンの山中で道に迷ったとき以上に、心細くなった。

伝蔵の心細さは三十分以上つづき、九段のCICの建物の玄関に到着すると、さらに増大した。彼がジープを降りると、力道山はヒュッと口笛を吹き、一緒に来いというジェスチュアをした。力道山は、伝蔵が逃げるはずはないと確信しているらしく、階段を上って、目的の部屋の前に着くまで、一度もふり返らなかった。

西部劇などによく出てくる腰の所だけのドアの前で、力道山は部屋の中に何か英語でどなり、ついで、伝蔵のほうを向くと、ニワトリをトリ小屋に追いこむときのような仕草をした。伝蔵は、日本人として、できるだけニワトリに見えないような動作で、室内にはいった。

正面の大きな机の男が顔を上げた。

「あっ、山城さん！」

と伝蔵はさけんだ。

山城中尉は立ち上がり、

「ご多用中をわざわざおいでいただき、恐縮です」といって、机の前のパイプ椅子を指さした。「どうぞ、おあてください」

伝蔵が椅子に坐ると、中尉は胸のポケットからタバコを出して、机のはしに押しやった。

「お口に合わないでしょうが」

口に合わないどころか、それは伝蔵が最近好んで吸っているチェスターフィールドだった。べつに、闇取引の現場をおさえるためのワナとも思えないので、彼は一本抜いて、口にくわえた。

人間のほうも、大机のまわりをまわって、タバコの所へ来た。彼は、ジッポのライターで、伝蔵のタバコに火をつけると、机のはしに腰をかけた。山城中尉は足が短いので、ケリー・グラントやフランショット・トーンが同じ恰好をしたときとは雲泥の差があった。

中尉は、手にした書類綴りを開いて、

「では、わたしの質問に答えてください」と伝蔵にいい、横の机によびかけた。「マキ、アー・ユー・レディ?」

マキと呼ばれたのはタヌキそっくりの二世で、サージャントの階級章をつけていたが、彼は上官の中尉に向かって、ガムを嚙みながら「ヤア」と答え、タイプライターの前で両手を構えた。

山城中尉は、おごそかに訊問を開始した。

「ナカガワラ・デンゾさん、あなたは一九三三年、日本陸軍に召集されて、シナへゆきましたね、ライト?」

「はい」

と伝蔵は答えて、中尉の顔色をうかがった。

メガネの奥の、中尉の目はぼうばくとして、何を考えているのか、わからなかった。

「最初はホーペイ、それからシャントン、チャンスー、そして一九四二年にフィリピンに転属させられ、一九四五年、米軍の捕虜になりましたね」中尉は、そこでヒューッと口笛を吹き、サージャント・マキのほうを向いて「サーティーン・イアーズ・ミリタリー・サーヴィス!」

といって、肩をすくめた。

マキ曹長は、しかし、口笛から感嘆符まで記録しているのか、しばらく無表情でタイプをたたきつづけたのち、さあ次をやってくれ、というように中尉を見た。

「アー」と中尉は書類に目をもどした。「あなたは十三年の軍隊奉仕をしました。それは、あなたに対する日本陸軍の罰でしたね。なんのための罰でしたか。それは、あなたが反戦思想の持ち主だからでした」

「山城中尉殿!」と伝蔵はさけんだ。「自分は、けっして米軍の不利になるようなことはしませんでしたよ」

「ホアッ?」と中尉は目を丸くしたが、急に手を振って笑い出した。「オウ、ノー、ちがう、ちがう、われわれは、あなたを処罰するために呼んだのではありません。ネヴァ・マイン」

「え、それじゃあ、いったい?……」

中尉は書類をめくり、

「ここにマニラの軍事法廷で、あなたの上官が証言したことが、書かれてあります。中河原兵長は、このイクサは必ず負ける、だからイクサをするのは無駄だと戦友にいった。……あなたは、なぜ、このイクサは負けるといいましたか」

「それは、負けることがわかっていたからです」

「なぜ、負けることがわかっていましたか」

「それは」伝蔵は床から五〇センチほど上空でブラブラしている中尉の靴に目をやった。「なんとなく……」

「ナントナク? それ、どういう意味ですか」

「それは、その……」

「まだ、あります。あなたの上官は証言しました。一九四五年八月十二日、中河原兵長は、日本は十五日に無条件降伏する、だから抵抗するのはやめて山を降りよう、といった」

「………」

「このコピーは、マニラの米軍憲兵隊から送られてきました。マニラの憲兵隊は、去年、中河原伝蔵が米国秘密情報部の者だったのではないかと疑い、彼を調べました。しかし、彼はそれを否定しました。……わたくしは、このコピーをはじめて読んだとき、忙しかったので、ほっておきました。けれども、この間、小田切さんのうちで、あなたを紹介されたとき、中河原という名前をきいて、あの書類と同じだと思いました。それから、いろいろ調べて、そして、きょう、あなたを呼びました。……では、わたくしが、もう一度質問します。あなたは、米国秘密情報部員ですか？」

「もし、イエスと答えたら、どうするつもりですか」

「わたくしはペンタゴンに報告します。そうすると、あなたは莫大なほうびをもらえるでしょう。だから、答えてください。イエスですか？」

「私は嘘をつくわけにはいきません。答えはノーです」

「ノー？　そうですか。では、次の質問に答えてください。あなたは、いつ、どこで生まれましたか？」

「明治三十七年四月十九日、新潟県生まれです」

「それでは、あなたは新潟県で育ちましたね」

「ええ」

「子供のころいた町の名をいってください」

「高田市……」

「それは、あなたの本籍地ですね。よろしい。では、その町の様子を話してください。どんな町でしたか？」

「……道があって、うちがあって……」

「それでは、小学校のときの友達の名前を、いくつか、いってください」

「ええと……山田、中村……」

「ヤマダ、ナカムラ……日本では最も一般的《ポピユラー》な名前ですね。キャリフォーニアにも大勢います」

「…………」

「ここに、中河原伝蔵が小学校を卒業したときの記念写真があります」

「えっ」

伝蔵は、大声を出してしまったのをゴマかすために、二、三度せきばらいをした。

中尉は、書類綴りの中から、茶色になった写真をとり出して、伝蔵の目の前につきつけた。

「この中のどれが、あなたですか？」

「ええと」伝蔵は写真を受けとると、眉をしかめてみせた。「昔のことなので、よく思い出せない。写真もハッキリしないし……」

中尉は、机から離れて、写真をのぞきこみ、ニコチンだらけの指で、写真の一人を指さした。

「これが、中河原伝蔵さんです」

「え……あ、そうそう、思い出しました。たしかに、これが私です」

「ノー！」山城中尉は一歩さがって、写真のほうに指をつきつけた。「その人は中河原伝蔵です。けれども、あなたではない！」

「ええっ」

伝蔵は、思わず立ち上がった。が、力道山を思い浮かべるまでもなく、逃走が不可能なことは、わかっていた。

山城中尉は颯爽《さっそう》と机をまわり、うしろのスチールケースから何かをとり出して、もどってきた。

「あなたは、この人を知っていますか」

と、中尉が見せたのは、台紙に貼られた写真だった。中年の日本人の前向きと、横向きが写っている。

伝蔵は、しばらく見つめてから、首を振った。

「いいえ」

「知らない？　そう、あなたは、日本へ帰ったばかりだからね。この人は日本共産党の領袖……有名な人物よ」

「………」

「この人は現在ほかの名前を名乗っている。しかし」中尉は、かがんで、伝蔵がさっき落とした写真を拾い、二つの写真をならべてみせた。「さっきのこの人と、くらべてみなさい。まちがいなく同一人物……セイム・パースンね」

「………」

　中尉は、しばらく二つの写真を伝蔵の前にさらしたのち、やっと気がすんだらしく、茶色の写真を書類綴りにもどした。それから、スチールケースのほうを見て、ちょっと考えていたが、えい面倒だとばかり、台紙の写真のほうも、書類綴りにはさんでしまった。そして、机のチェスターフィールドを伝蔵にすすめて、自分も一本とり、二人のタバコに火をつけると、ふたたび机によじのぼった。

「あなたは、現在ほかの人の戸籍を名乗っている。なぜ、そんなことをしたのですか？そうして、あなたの本当の名前は、なんといいますか？」

「山城さん」伝蔵は、きっと中尉を見据えた。「あなたは、どうして私のプライベートなことを、さぐり出そうとするんですか。それが、あなたがたと、いったいなんの関係があるというんです？」

山城中尉は、肩をすくめ、両手をひろげた。

「関係？　重大な関係があるね。あなたは連合軍の勝利を、そうして勝利の日がいつであるかまで予言した。なぜ、あなたがそんなことを知っていたか、われわれCICとしては調べないわけにはいかないね」

「………」

伝蔵は、夢中になってチェスターフィールドを吸いはじめた。タバコの長さが一センチ五ミリほどになっても、彼はまだ吸いつづけていた。

山城中尉が、証人の火傷《やけど》を心配して、チェスターフィールドをとり、次のをすすめてくれた。

だが、伝蔵は、その手を払いのけて立ち上がった。

「山城さん、わかりました。全部お話しすることにしましょう。だが、二人きりで、ゆっくりお話ししたいのです」

7

神田一ツ橋にある如水会館は、終戦後間もなく進駐軍に接収され、GHQのオフィサース・クラブとして使用されていた。スターダスト・ルームと呼ばれる部屋は、その二階にあり、大きなドーム状になっていた。

黒く塗られた、粗いコンクリートの壁の所々に、ガラスの星がはめこまれ、ミラーボールの回転につれて、キラキラとまたたく。中央のダンスフロアをかこんで、ぐるりにテーブルがならび、一隅にＷＶＴＲの中継設備のあるバンド・スタンドが設けられている。照明設備は、ミラーボールのほかは、各テーブルに一本ずつともされたキャンドルだけである。おそらく、米国のどこかのナイトクラブを模して設計されたものだろうが、進駐軍が日本の建物を改造して作ったものの中では、上出来の一つといえた。入口の所で、キャンザスあたりの山出し将校の奥さんなどが、口をあけて内部をながめていることもしばしばだったのである。

山城中尉につれられた中河原伝蔵が、キョロキョロあたりを見まわしながら、スターダスト・ルームにはいったとき、バンドの演奏は、まだはじまっていなかった。ニューヨーク・ステーキとサラダの食事をしている間に、中尉は、礼儀正しく、まず自分の経歴を明らかにした。

彼の父は、山口県生まれの一世で、キャリフォーニアで大きな農園を経営している。そして、彼自身はマサチューセッツ工学大学を卒業し、さらにボストン大学で心理学を修めた碩学《せきがく》であった。本人自身が碩学というのだから、間違いない。山城中尉は、ときどき、むずかしい漢語を使う癖があった。

テーブルには、二人のほかに、若い女性が二人、つらなっていた。ＣＩＣの駐車場でリンカーンに乗りこむとき、中尉が彼女たちを紹介してくれたが、美人のほうはジェーンといって山城中尉のイーナズケ、器量のだいぶ落ちるほうはジェーンの友達でキティという名前だった。ジェーンが中尉の婚約者であることは、伝蔵にとって朗報だったが、二人がのこのこ、スターダスト・ルームまでついてきたので、彼はあわててしまった。二人は英語をしゃべっているが、彼女たちが日系二世であることは、キティのおさんどん的風貌からも、明らかだった。そこで「二人きりで話したいのですが」と伝蔵が中尉にささやくと、彼はカラカラと打ち笑い「両名の淑女方は、難解なる日本語は理解不能にて候」と答えたのだった。

食事がすんだところで、二人は淑女方を送って洗面所へ行き、用足しがすむのを待って、一緒にテーブルへもどった。椅子を引いて淑女方を坐らせると、中尉は自分の席について、ロウソクを手もとにひきよせ、パーカーの万年筆をとり出した。

「まず、第一に、貴殿が、なにゆえ、他人の戸籍を名乗っているのか、その理由をお聞かせ願いたい」

中尉はメニューをとって、その余白に、パーカーで第壹《だいいち》と書いた。「壹」という字が「第」の字の倍ぐらいの大きさになってしまった。

「いや、そのことよりもですね」

伝蔵は、その昔、レイ子に説明した通りの順序で、話すことにした。

レイ子のときは、こっちが信じてもらおうとして話したのだが、今回は向こうが説明を求めているのだから、ずっと話しやすい。それに、大東亜戦争や空襲の解説もいらないから、かなり手間がはぶけるわけだった。

しかし、話のはじめに、やはり、まずタイム・マシンを持ち出す必要があった。本当の経歴を明かすにしても、昭和七年生まれの浜田俊夫こと伝蔵が現在四十五歳になっているのだから、マシンを出さずには説明できない。

伝蔵は、いきなり、いってみた。

「山城さん、タイム・マシンを知っていますか」

「タイムウマアシン?」

と中尉はきき返した。

「ええ、H・G・ウェルズの小説にあるんですが……」

中尉はキョトンとした。

また映画のあらすじの紹介か、と伝蔵はがっかりした。

すると、横からジェーンが、中尉に英語で話しかけた。あたしの好きな曲だから踊りましょう、という意味のようだった。すでに、バンドの演奏がソフトな音ではじまっていたのである。

碩学は鞠躬如《きっきゅうじょ》と立ち上がり、ジェーンの腕をとって、行ってしまった。

伝蔵が、しばしあっけにとられていると、キティがいった。

「オドリシマセン?」

中尉の速成レディファースト教育のおかげで、伝蔵は思わず立ち上がってしまった。あとは、行きがかり上、キティの椅子を引いて、彼女と共にダンス・フロアにおりるよりほかなかった。

パートナーの容貌はともかくとして、あたりの雰囲気は、元の世界の赤坂のナイトクラブにそっくりだった。フル・バンドのダンスミュージック。まわりで踊っている外人たち。ミラーボール。話を長びかせて、中尉に毎晩ここへつれてきてもらおうか、と伝蔵は思った。

スローナンバーを二曲踊ってテーブルにもどると、中尉がビールとトム・コリンのグラスをならべて、待ち構えていた。

彼が立ち上がったのは、キティを迎えるためだけではないようだった。

「先刻、ユーがいったのはH・G・ウェルズのタイム・マシンのことね」

と、彼は片仮名の部分を流暢《りゆうちよう》な発音にして、いった。

「知ってますか」

「ヤア、昔、読んだね。バット、ホァット?……」

「それなら、話は早い」

さし向かいの席につくと、二人は熱心に話し出した。こんどは、ジェーンが話しかけても、中尉は返事もしなかった。

二十分ほどたって、ジェーンがヒステリーを起こす寸前、中尉は決然と立ち上がった。彼は、女性たちに緊急事態の発生をつげ、追い立てながらスターダスト・ルームを出た。

それから約一時間、リンカーン・コンチネンタルのV12エンジンの性能がフルに発揮された。女性二人は間違いなく築地の婦人部隊宿舎に送りとどけられ、伝蔵は、梅ケ丘のカシラのうちにかけこんでライターと腕時計、その他を持ち出してきた。その間、中尉はジェーンとのキスを普段の半分の時間に短縮し、伝蔵はねぼけまなこのおかみさんに事態を説明する余裕を持たなかった。

最後に、CICの玄関でリンカーンを乗りすてると、中尉は当直のサージャントに何かわめいて、スチームのよくきいた一室に伝蔵をつれこみ、日本人従業員を呼んで、ブルーリボン印の缶ビール二ダースとチーズクラッカーの大箱を持ってこさせた。

明け方まで、中尉は懸命に伝蔵の話に耳をかたむけ、夢中でビールを飲みつづけた。彼がもっとも興奮したのは、白木屋事件のくだりがすんだときだった。

「オー、プア・レー子さん！」といって彼は両手を仏教式に合わせ、しばらく瞑目《めいもく》していたが、ふいにパッと目を開いて、さけんだ。「あなた、未来のこと、知っている！ミーに教えてください。どんこ……元へ！　こんど、いつ、米軍はイクサをはじめますか？」

「一九五〇年です」と伝蔵は答えた。「朝鮮で動乱が起こり、米軍が出動します」

山城中尉は、まっさおになった。彼は、ヤマトダマシイの持ち合わせはないらしかった。

「わたくしは、あなたの話を、ぜったい誰にも話さないと誓います。ですから、そのイクサのこと、くわしく話してください」

8

山城譲治中尉は、上層部にどう働きかけたのか、「ＣＩＣにとって、かけ替えのない人物」であったはずなのに、二カ月後、退役《リタイア》して米国《ステーツ》に帰ることにきまった。その二月の間に、彼は「ユーを苦しめた罪ほろぼしに」といって、伝蔵と及川美子の仲をまとめるために奔走した。

最初にその話を持ち出されたとき、伝蔵は中尉に喰ってかかった。

「なんですって。とんでもない。そんなこと、できるはずがないことは、あなただって……」

「テイクリージー、デンゾさん、ミーの話きいてください。アー、ミーは小田切美子さんのこと、いろいろ調べました。美子さんは、及川トクジさんという映画のプロデューサーの娘です。けれども、血を分けた親子ではなくって、美子さんは一九二八年に、及川トクジさんの戸籍に養子として就籍しました。それ以前の美子さんの経歴は不明です。美子さんは、ミーに、昔のお話はカンベンしてください、といいました。何か他人に話したくない事情があるのでしょう。けれども、ユーだって、自分の経歴を美子さんに話すわけにいかない。だから、オアイコね」

「その及川トクジさんて人は、いまどこにいるんです？　いくつぐらいの人ですか」

「及川トクジさんは一九三九年、六十三歳でおかくれになった」

「……そうですか」

「アー、それから、ケー子さんという人のことね。ユーはケー子さんを、及川さんのうちの長椅子に、オイテケボリにしてきた。けれども、それは一九六三年のことだから、いまからでもまだ間に合う。とはいうものの、一九六三年、ユーは六十歳、ケー子さんは十七歳、トシが釣り合わない、釣りあわぬは不縁のモト……」

「そんなことは、わかってますよ。しかし……」

「アー、ところで、デンゾさん、ユーは及川さん……アイ・ミーン一九六三年にユーが会った男の及川さんね、その人の顔おぼえている？」

「いいえ、もう昔のことだから」

「十六年前に二回会っただけだからね。けれども、デンゾさん、ミーは、及川さんの顔、どんな顔だか、わかるよ」

「えっ？　どうして……」

「アー、ところで、デンゾさん、ユーは長い間、よその人の名前を名乗ってきたね。だから、もうそろそろ、苗字だけでも変えたほうがいいね」

「苗字を？」

「ヤア、ユーは美子さんと結婚して、彼女の籍にはいればいい。そうすれば、中河原という苗字をすてることができるね」

　山城中尉が黒紋付の羽織《はおり》袴《はかま》に威儀を正して、カシラと共に、ドームへ、ユイノーの使者に立ったのは、それから一月ほどたってからだった。

マイナス・ゼロ

1

電話が鳴っていた。

その電話機は、十数年前に取り付けられて以来、何千回も、同じようにして鳴りつづけてきた。いま鳴っているのも、あとになれば、その何千回のうちの一回として、かけてきた相手の名も、話の内容も、忘れられてしまうものかもしれなかった。いや、むしろその可能性のほうが多いといえる。

伝蔵にとって、印象に残っている電話といえば、これまでに、ほんの数回しかない。しかも、その中で、相手の声の調子から、かかってきた日付けまで、はっきり覚えているのは、ただ一回、電話が取り付けられて間もないころ、ある病院からかかってきた電話だけである。そして、彼がその電話の日付けを暗記しているのも、それが娘の生年月日と一致しているからなのだ。

電話が鳴りつづけている。電話機のある方向をにらんでいた伝蔵は、さっき廊下でけたたましい音がしたのは「ちょっと買物にいってきますから」という声だったにちがいないと推理し、舌打ちして、立ち上がった。

書斎の机から、廊下の電話機までは、約十歩ある。その間に、伝蔵は、以前社長に提案された「電話機が三十秒以上鳴り続けた場合、自動的に留守を告げ、相手の用件を記録しておく装置」というのをもう一度検討してみる必要があると思った。彼は、いま机の上にマイクロ・テレビをのせて、外国映画を見ていた。主人公が恋人を救うために悪漢の家にしのびこんだところで、電話が鳴り出したのだった。少なくとも、このとき、彼は「相手の都合を考えず、時をかまわず鳴り出す電話は、一種の暴力である」という説の信奉者だった。

しかし、伝蔵もすでに六十歳を越えており、受話器をはずして書斎に戻るというような乱暴はしなかった。彼は、考えられる電話の相手として隆を思い浮かべ、会社の重役のくせに、テレビも見ないで仕事に精を出している彼の生真面目さを呪いながら、受話器をとった。

「はい、及川ですが……」

彼が、そういいながら、電話機のダイヤルに目をやったのは、ふり返ったところで、家の設計上、書斎の中のテレビが見えるはずがないからだったが、彼は急に、生まれてはじめて電話機を見た人のように、熱心にダイヤルを観察しはじめた。

「ええ、うちにいますよ」

彼は送話器にいって、視線を僅かばかり動かした。ベッコウぶちの老眼鏡をかけたままなので、彼の目には、ダイヤルの数字が、はっきり映っているはずだった。そして、彼はその数字がよほど気に入ったらしく、数秒たって、

「そうですか、ではお待ちしています」

といって、送話器をかけてしまってからも、しばらくじっとダイヤルを見つめていた。

伝蔵が書斎の机にもどったとき、マイクロ・テレビの画面には、髪をふり乱し、ネクタイのひん曲がった主人公が映っていた。が、すぐカットが変わり、主人公の顔があった位置に、帽子掛けが映った。主人公の俳優は、画面の左隅に現われていたが、伝蔵の目は帽子掛けに据えられたままだった。それから、彼はスイッチに手をのばして、テレビを消してしまった。

「すっかり忘れていた」と彼はつぶやいた。「おれは、あのとき、一月前に……」

三十分ほどたって、伝蔵のうしろで、ドアのあく音がした。だまって書斎へはいってくる人物といえば、泥棒を除いては二人しかいないはずだったが、伝蔵は、そのどちらであるかを確認するために、ふり向いた。

「美子か」と彼は、つまらなそうにいった。「ヒロミは、まだ帰ってこないかい」

「お夕飯までには帰るっていってたわ。あら、何していらっしゃるの？　ヒロミちゃんの宿題？」

机の上のマイクロ・テレビはすでに姿を消し、代わってノートや本がごった返していた。本は和英辞典が二冊、それに「誰にもわかる英文法」「模範英習字」などの書物だった。

「いや、英語の手紙を書こうと思ってね」

と伝蔵は説明した。

「だまって本を持ち出すと、ヒロミちゃんにおこられるわよ」

「それが、急に山城さんに手紙を出したくなったもんだから」

「まあ、山城さんに……そうね、そろそろ連絡しておいたほうがいいかもしれないわね」

「えっ」

伝蔵は、もしペンを持つ手を休めていなかったら、航空便用の便箋を、一枚無駄にしてしまうところだった。

「切符も、もうじき売り出すらしいし、ホテルの予約も早いほうがいいから……なにしろ、日本ではじめてのオリンピックですものね」

「そうだ、そうなんだ」

伝蔵は熱心に賛意を表した。

「ジェーンさん、どうしているかしら。あたしからよろしくって書いてね」

美子は机の横に来て、伝蔵の手もとをのぞきこんだ。

伝蔵は、彼女が女学校を出ているかどうか、いまだに知らなかった。しかし、もし出ていたとしても、彼女は卒業以来三十年以上、英文法と関係を断っているわけである。本人も、いまさらヨリをもどす考えはないらしかった。彼女は、日本語の手紙のときのような検閲を行わず、

「おいしそうなオサシミがあったから、買ってきたわ」

といって、書斎を出て行った。

及川伝蔵は、毎日、夕食のときに、日本酒を二合ずつたしなむことにしていた。健康法としてこれ以上のものはないと彼は確信しており、酒屋の主人ほか賛同者も多かった。酒の肴《さかな》としては、伝蔵はあっさりしたものを好んだ。カバヤキや肉類など、脂っこいものは、夏の間、ビールを飲むときにはいいが、日本酒とは合わない。日本酒の肴には、やはりタコや貝の酢の物、それになんといっても刺身が絶好である。

その日の夕食のテーブルでは、美子が買ってきた刺身のほかに、山城譲治氏が酒の肴となった。

「ヒロミは、山城さんのこと、おぼえているかい？　あれはヒロミがいくつのときだったかな、山城さんが日本へ来たのは？」

「昭和三十二年でしたわね」と美子がいった。「だから……」

「小学校の三年のときよ」

と、牛肉の大和煮を頰ばりながら、本人が答えた。啓美の前には、刺身はならんでいなかった。彼女は魚がきらいで、肉類専門だった。野菜は好きだから、栄養のかたよる心配はなかったが、毎日肉ばかり食べていたのでは、いまに雲つくばかりの大女になってしまうのではないかと、伝蔵はそれが気がかりだった。すでに、母親の美子より背丈がある。

「……アメリカから来た人で、うちへ一晩泊って、死んだおとうさまのお骨を山口のお寺へおさめにいった人でしょう?」

抜群の記憶力だ、と伝蔵は思った。体格も頭脳も最高……この啓美を健康優良児に選ばなかったなんて、文部省の役人は、いったい何をしているんだろう。

「死んだなんていっては、いけないよ」と伝蔵はたしなめた。「おなくなりになったといいなさい。そう、山城さんのおとうさまは、六年前に、おなくなりになった。山城さんは、日本語はしゃべるほうはペラペラだが、読むほうは、あまり得意じゃない。それで、おとうさまが生き……お元気だったときは、一世のおとうさまに読んでもらっていたらしいんだが……」

「それで、きょう英語でお手紙書くことにしたのね」

「そうなのよ」と美子がすかさずいった。「来年のオリンピックには、ぜひいらしっていただこうと思って……切符のことやなんかあるから、早いほうがいいでしょ。それで、ヒロミちゃんの本を……」

「いいのよ、ママ。それで、パパ、お手紙もう書いちゃったの?」

「ああ、書き上げたよ」

「そう……」

助力を求められることを期待していた啓美は、がっかりした様子だった。彼女は将来エアホステスたらんとして英語の勉強に力を入れており、外国のペンパルとも文通しているのである。

じつは、伝蔵は単語を四つほど書いたとこで気がついて、ローマ字で手紙を書き上げたのだが、もちろん彼は、それを白状して啓美の父親に対する尊敬の念に水を差すような真似はしなかった。

「ヒロミは、いつも航空便を出しているんだね。あした、出してきてくれるかい?」

「いいわよ」

伝蔵は盃をあおり、愛娘に笑顔を向けた。

「ところで、ヒロミは、だいぶ学校以外の本を持っているようだね」

「まあ、ヒロミちゃん、ほんと? あなた、どんな本ですか、まさか……」

「ハハ、心配いらんさ、むずかしい英語の本だよ。なあ、ヒロミ」

「ええ、ハードボイルドのミステリーやＳＦよ、ママ」

「エスエフ？」

「空想科学小説よ。ほら、宇宙人だの、ロボットだの、タイム・マシンだの出てくる……」

「タイムマ……それ、なあに？　いったい」

「時間をとんで、過去や未来の世界に、自由に行ける機械よ」

「まあ、そんな変な機械があるの」

「だから空想科学だって、いったでしょ。空想よ」

「あら……」

母と娘は、声を上げて、笑い出した。

父親は、せきばらいをした。

「ところで、庭のドームのことなんだがね。だいぶ、いたんできたから……」

「あなた、でも、あすこは、いろいろ思い出のある場所ですから……」

「ちがうんだよ」と伝蔵は笑った。「少し中を整備したほうがいいと思ってね」

数年前から、伝蔵は、ドームを近所の人に無料で貸していた。ちょうどいい広さなので、町会の会議や、鮮魚商組合の合唱団、隣のご隠居が考案した椅子式茶の湯の講習会など、利用者が多く、その人たちのラーメン注文の取り次ぎに音を上げて、直通電話を引いたほどだった。それだけに、中のよごれは甚だしく、伝蔵は、いつか壁に落書きするやつの現場を押さえて、とっちめてやろうと思っていた。

五月にはいると、伝蔵は、駅前の楽器店が二階を二時間五百円で貸していることを調べて、町会事務所その他に教え、ドームに職人を入れた。

ドアや蛍光灯の取り付けは簡単だったが、内外の塗り替えをやらせたので、足場が全部取れたのは、二十四日の夕方だった。

「どうも、ごくろうさま、おかげで立派になった」

と、伝蔵は、オヤブンをねぎらった。カシラはすでに隠居して、いまは次男のオヤブンがあとをついで、建築の請負をやっていたのである。

「おじさん、じつは椅子がまだなんですよ。ソファは来たんですが、おくさんに三十脚っていわれた折り畳みの椅子のほうが、工場に在庫がないから四、五んち待ってくれっていうんで……二十四日中に納めるようにって、はなっからいっといたんですがね」

「いいんだよ、椅子は」

美子は、駅前の楽器店に歩調を合わせて、こんどから使用料を取る意気込みのようだが、伝蔵は当分ドームをひとに貸す気はなかった。

「……まあ、一杯やらないか」

彼は、そこへ美子の代理で啓美が運んできたウイスキーを、オヤブンにすすめた。

「おじさん、せっかくですが、あたしは、これからまた仕事があるもんで……」

どうして、先代なぞにくらべると、ずっとしっかりしている、と伝蔵は思った。

「そうかい、そりゃ残念だな。じゃあ、いつかまた、ゆっくり飲もう」

ウイスキーの瓶とグラスを棚に残したまま、三人はドームを出た。

「おとうさんに、よろしくな」

「ええ、いっぺん、みなさんで遊びにきてください」

オヤブンは、門の中に入れてあったライトバンに乗りこむと、乱暴に吹かして、出て行った。昔の職人は歩いて帰ったから、酩酊《めいてい》してもかまわなかったわけだ、と伝蔵は心中カシラを弁護した。

ライトバンが見えなくなると、伝蔵は母屋に戻りながら、タバコに火をつけた。

「あら、パパ、そのガスライター、新しく買ったの?」

と、横の啓美がのぞきこんだ。

「いや、これは昔買ったやつだよ」ずっと昔だと伝蔵は思った。「こないだまで使ってたのをなくしたんで、また使うことにしたんだ。これは、ほんとによくもつ」

啓美はニッコリした。

「パパは、よく置き忘れるのね」

「そうだ」と伝蔵はつぶやいた。「忘れていた……」

「あ、ほんと。前のライター？　どこに忘れたの？」

「いや、そうじゃなくて、ヒロミはこの前、夕食のときにタイム・マシンとかいう物の話をしていただろう」伝蔵はタイム・マシンという言葉を、わざとぎこちなく発音してみせ、「それの出てくるＳＦ小説を持っているのかい？」

原作の小説のほうも、一度読んでみたかったのである。

「持ってるわよ、バッチリ」

「ばっちり？」

「いちばん古いのがＨ・Ｇ・ウェルズの『タイム・マシン』ていう中篇、これはタイム・マシンが出てくるだけのクラシックだけど、ほかに、カッコいいタイム・マシン・パラドックスを扱ったのが、たくさんあるわよ」

「かっこいいなんて変な言葉は、やめなさい。パラドックスというと、逆説だね」

伝蔵だって、それくらいは、わかる。

「そうよ。いちばんカッコ……代表的なのが親殺しのパラドックス」

「親殺し？」

「タイム・マシンで過去の世界へ行って、そこにいる、自分の、結婚前の父親を殺したら、現在の自分はどうなるかっていうの。いろいろな作家が、いろいろな答えを出してるわ。あたしのお部屋へいらっしゃいよ、パパ」

母屋の玄関をはいると、啓美は先に立って自分の部屋へ行った。

彼女は、横文字の本が並んだ本棚の前で見まわしていたが、つと一冊を引き抜き、

「この中の『最初のタイム・マシン』ていうのなんか、初歩者《ビギナー》にはいいわよ」

と、父親に差し出した。

「おや、これは日本語じゃないか」

ついでに辞書の借用を申し込まないですむ、と伝蔵は喜んだ。

「いまSFは流行なんだもん。翻訳はたくさん出てるわ」

「そうか。じゃ、これ、ちょっと借りていいかい。このごろ、夜、なかなか寝つけないもんだからね。今晩でも読んでみよう」

伝蔵は本を持つと、ゆっくり啓美の部屋を出た。が、ドアをしめたとたん、脱兎のごとく、書斎へかけこんだ。

啓美が貸してくれたのは、東京創元社発行のフレドリック・ブラウン作・中村保男訳「スポンサーから一言」という本だった。伝蔵は机の前に坐ると、啓美のいった「最初のタイム・マシン」というのが出ている頁を開いた。それは、ほんの二頁ほどのショート・ショートだった。

グレインジャー博士はおごそかに告げた。

「皆さん、タイム・マシン第一号であります」

三人の友人がそれを見つめていた。

六インチ立方ほどの箱で、ダイアルが数個とスイッチがひとつついている。

「これをただ手にとって」グレインジャー博士は言った。「お望みの年月日にダイアルを合わせ、ボタンを押す、それだけで——あなたはもうそこにおります」

博士の友人のひとりであるスメドレーはその箱に手を伸ばし、それを取って調べた。

「ほんとに効き目があるんですか」

「簡単なテストをすませてあります」と博士は言った。「一日前に目盛りを合わせて、ボタンを押してみました。すると、わたし自身が——うしろ姿ですが——ちょうど部屋から出てゆくところでした。ちょっと、どきりとしましたね」

「そのとき戸までとびだして行って、ご自分の尻をけりあげてみたら、どういうことになっていたでしょうね」

グレインジャー博士は笑った。「たぶん、それはできなかったでしょう。過去を変えることになりますからね。そこが時間旅行につきもののパラドックスというわけです。もしだれかが時間をさかのぼって行って、そのひとのおばあさんとまだ結婚する前のおじいさんを殺したら、どうなるか」

　スメドレーは箱を手に持ったまま、急に他の三人からあとずさりしはじめた。その顔は大きく笑っていた。「それこそぼくのやろうとしていることなんだ。きみたちがしゃべっているあいだにダイアルの日付を六十年前に合わせておいたのさ」

「スメドレー、やめろ！」グレインジャー博士はとびだした。

「お待ちなさい、先生。さもないと、今ボタンを押してしまいますよ。邪魔しなければ、説明をしましょう」グレインジャーは歩をとめた。「ぼくもそのパラドックスは聞いています。いつも興味をそそられましたね、なにしろ、機会があったらぼくは自分の祖父を殺したいと思ってきたんですから。祖父をぼくは憎んでいました。情なしのいじめやで、おばあさんやぼくの父母の人生を悲惨なものにしたんです。ぼくの待ちに待っていたチャンスがこれです」

　スメドレーの手が伸びてボタンを押した。

　急にすべてがかすんでいった……スメドレーは野原の中に立っていた。一瞬ののちには彼は自分の方位を定めることができた。やがてグレインジャー博士の家の建てられるべき所がここであるならば、彼スメドレーの曾祖父の農場はここから南へ一マイル行った所にあるはずだ。彼は歩きだした。途中で彼は立派なこん棒になる木片を拾った。

めざす農場の近くで彼は赤毛の若い男がむちで犬を打っているのを見た。

「やめろ!」と叫びながらスメドレーは駆けよった。

「おせっかいはよせ」と若者は言って、またもやむちを打ちおろした。

スメドレーはこん棒を振りおろした。

六十年たって、グレインジャー博士はおごそかに言った。「皆さん、タイム・マシン第一号であります」

二人の友人がそれを見つめていた。


伝蔵は、やはりと思った。

彼は、三年前の全学連の安保反対闘争以来、かつての昭和七年における自分はあまりにも臆病すぎたのではないかという思いにかられつづけていた。日本が大東亜戦争に突入していくのを防ぐなどということは、彼一人の手には負えなかったかもしれないが、それでなくとも、父が昭和十四年に中支戦線で戦死することを知っていながら、それを防ぐ手段を何一つ、講じようとしなかったのである。戦死するのは父の定められた運命であり、それは絶対に変更できるものではないと、最初から決めてかかっていた。しかし、昭和七年へ行ったときに、たとえ父を襲って怪我をさせてでも、召集令に応じられないようなからだにしておけば、父は戦死しないですんだかもしれない。新聞で全学連の記事を読むたびに、伝蔵は若いころの自分の無気力さに腹が立つのだった。

ところがいま、このショート・ショートを読んでみると、よくわからないところもあるが、とにかく、やはりフレドリック・ブラウンも、レイ子と同じように、過去を変えようとするとパラドックスが生じると解釈しているらしい。これで、仲間が一人ふえたわけだ。伝蔵はホッとした。自分は、やはり、このスメドレーや全学連のような真似をしないでよかったのだ。

しかし、ことはまだ全部落着したわけではない、と伝蔵は自分にいい聞かせた。この五月二十七日がすむまでは、自分は依然として、かつて一度体験した過去の世界の中にいるのだ。その間、自分の不注意から、過去の事実を変え、パラドックスを起こすようなことは、ぜったいにしてはならない。

あと三日が山だ。伝蔵は、壁にかかっている、映画会社のカレンダーを見据えた。

2

翌朝、七時ごろ、伝蔵は台所に姿を現わした。

味噌汁用のネギをきざんでいた美子が、目を見張った。

「まあ、どうしたの？　こんなに早く起き出して。いつもより二時間も早いじゃないの」

「いや、冷えたもんだから」と伝蔵はいった。「便所へいくついでに、ちょっと寄ったんだ」

「じゃあ、早くいってらっしゃいよ」

「うん、あのね、こないだもいったけど、今晩会社の人が来ること、わかってるね」

「お食事は出さなくていいんでしょう」

「うん……それで、もしかすると、きょうその人から電話があるかもしれないから、そうしたら、どうぞおいでくださいって、いってくれないか」

「そりゃ、もちろん、そういいますわよ。お仕事関係の方を、あたしがことわるはずないじゃありませんか」

「そうか、そりゃ、そうだな」


伝蔵が、次に台所へ姿を現わしたのは、十二時ちょっと前だった。

美子は、こんどは干物を焼いていた。

「あなた、ちょっとそこを開けてくださらない？　煙がこもってしようがないから」

「うん」伝蔵は、いわれた通りにしながら、煙ごしに話しかけた。「例の人から電話あったかい？」

「いいえ」

「え……でも、さっき電話が鳴ってたじゃないか」

「あれは電話局からよ。何とかのテストですって」

「へえ……じゃ、その前のは？　ほら、八時半ごろ鳴ってたじゃないか」

「あれはヒロミちゃんが出たのよ。お友達から、らしかったわ」

「そうか。おかしいな」

「いいじゃないの。きょうお見えになるってことは、たしかなんでしょう」

「うん……午後から、かけてくるのかもしれないな」


夕方、伝蔵は台所へ姿を現わさなかったので、夕食のおかずを前もって知ることができなかった。

彼は台所へ行く必要がなかった。午後からずっと書斎で耳をすませていたのだが、電話は一度も鳴らなかったのである。

夕食のおかずは、ポークチョップだった。啓美の好物である。

友達とボウリング場へ行ってきたという啓美は、しばらくポークチョップに熱中していたが、やがて人心地がついたらしく、顔を上げた。

「けさ電話があったわよ」

「お友達からでしょ」

と美子がいった。

「ううん、浜田さんて人から」

「えっ」

伝蔵は、例によって、盃をとり落とした。

「ヒロミちゃん、ほら、ふきん持ってきて」

「それで、なんだって？」

と、伝蔵は啓美を追って、台所へ行った。

「こんばん、おうかがいしますって」

「ヒロミは、なんていったんだい？」

「はあ、うかがっております、どうぞおでかけくださいって」

「…………」

「いいんでしょ？　それで。パパ、けさここでいってたじゃない」

「……うん」

「九時ごろ、お見えになるそうよ」

九時ちょっと前に、伝蔵はピースの缶を持って応接間にはいった。彼は、いつも来客の前に、テーブルの上のシガレット・ケースにタバコをつめることにしていた。客が吸うのは、せいぜい二、三本だが、そのシガレット・ケースは、タバコを切らしたときのスペア倉庫として、重要な役割を果している。

伝蔵は、ピースを一缶ぶんつめ終わると、腕時計を見ながらソファに腰を下ろし、ピースを一本取って、くわえた。それから、コールテンの部屋着のポケットをさぐって、ライターを食堂へ置き忘れてきたらしいことに気がつき、タバコを元に戻してしまった。彼は、中指の腹で膝をたたきながら、ひとわたり室内を見まわした。

文学全集や歴史大系など、一度も読んだことのない本が並んだ低い本棚の上に、小型ラジオとポータブル・テレビが置いてある。ラジオは、一月ほど前に会社から届けられた今年の新型で、内部の配線は伝蔵が四年前に設計したものと同じだが、キャビネットは、新しく数十万円を支払って、なんとかいう有名な人にデザインを依頼したものだそうである。そのデザイナーの名を聞いたとたん、美子がここへ運び入れて飾ってしまったので、伝蔵はまだそのラジオの音を聞いたことがない。

このキャビネットの形状では、低音にピークが生じるのではあるまいかと、伝蔵は急に気になり、立ち上がってラジオの前へ行った。しゃがんで、ラジオのコードを本棚のわきにあるテーブルタップにつなごうとしたとき、伝蔵の目に、見覚えのある美人の顔がとびこんできた。テレビの横に飾ってある、美子の若いころのブロマイドだった。

伝蔵は、コードをつなぎ終わってから、もう一度、ブロマイドの額に目をやった。それを手にとると、あたりを見まわした。本棚の本の間に、一〇センチほどの隙間があるのが見つかった。彼は額をそこへつっこんで二、三歩さがってみた。額は、いかにも取り出してごらんなさいという恰好をしていた。伝蔵は、いそいで、また額を取り出してしまった。歴史大系が倒れかかってきたので、テーブルのピースの空缶を取って、隙間につめこみ、倒壊を喰い止めた。空缶は丁度いいサイズだった。

伝蔵は、額をかかえて、応接間を出ようとした。が、瞬間、チャイムが鳴り出し、彼はたたらを踏んでしまった。

伝蔵の決断は早かった。彼は、額をラジオの横に伏せて、応接間をとび出した。

3

男は頭を下げて、しきりに何かいっている。

伝蔵は、挨拶どころではなかった。彼は、この家の設計に大きなミスがあることに気がついていた。玄関の真正面に廊下が続いており、各部屋から誰かが顔を出せば、玄関の客に丸見えになってしまう。目と目が合ってしまえば、美子はもちろん挨拶に出てくるだろうし、その場合、相手の呈する反応はブロマイド如きの比ではないはずである。そして、そんなことは、今夜の台本には書きこまれていないのだ。

「まあ、どうぞおはいり下さい。お話は中で……」

伝蔵は、相手を玄関に招き入れ、その男が脱ぎいいパンプスをはいていないことに腹を立ててから、抱くようにして、応接間に誘いこんだ。

後手にドアをしめると、伝蔵はホッとして、相手にソファをすすめ、自分も腰を下ろした。相手は、ソファの端に浅く腰をかけて、名刺を差し出した。

伝蔵は、受け取って、型通りおしいただいてから、名刺に目を落とした。瞬間、彼は愕然《がくぜん》として、わが目を疑った。そこには、こう書かれてあったのである。「キャバレー・フルハウス　コズエ」

伝蔵は懸命に、事態を理解しようと努めた。目の前の男が今夜来訪予定の人物であることは、改めて見直さずとも、服装その他から、はっきりしている。しかし、その人物が、なぜこんな名刺を出すのか……。

伝蔵は、ふと、それが普通の名刺であることに気がついた。つまり、女性がよく使う小型の、角を丸くそいだりしたものではなく、男性の誰もが使用している標準サイズの名刺なのである。

伝蔵は考えた。おそらく、目の前の男は、この普通サイズの、ホステスの名刺を、自分の名刺と一緒にポケットに入れておいたのだろう。そして、自分の名刺と間違えて取り出し、伝蔵に渡してしまうまで、気がつかなかったのだ。

いや、渡してしまうまで、どころではない……伝蔵は、昔の自分の失策に、はじめて気がついた。自分は三十一年間、あのときに渡した名刺が自分のであることを、確信しつづけてきたのだ。

しかし、伝蔵は、三十一年前のことで、顔を赭《あか》めている余裕はなかった。

それよりも、と彼は思った。そうすると、目の前の男は、この名刺が会社の肩書のついた浜田俊夫の名刺であることを確信しているわけだ。

そこで、伝蔵は、相手に表を見られないようにして、こずえの名刺を部屋着のポケットにおしこみ、ただちに自己紹介に移った。

「ごらんの通りの隠居生活で、名刺を持ちませんが、及川といいます」

伝蔵は、ここ数年間、行きつけの洋服屋などで、浜田俊夫に出喰わさないよう、注意に注意を重ねてきた。もちろん、相手はタイム・マシンの存在をまだ知らないのだし、白髪の老人が未来の自分であることに気づくはずはないが、白髪が目立つだけに伝蔵は会った人の印象に残りやすい。だが、浜田俊夫と及川伝蔵は、今夜が初対面でなければならないからである。

相手の男は、初対面の、自分の約二倍の年齢の老人を前にして、しゃちほこばり、膝に手をおいて、その手を見ながら切り出した。

「わたくし、今夜たいへんあつかましいお願いで上がりました。じつは、いきなり、まことにぶしつけでございますが、お宅のお庭に研……ドーム型の建物がございますですね。あそこを今夜しばらくの間、よろしければ……いえ、ぜひ使わせていただきたいのですが……」

伝蔵は「ほう」と答えておいて、相手を観察した。これが若いころの自分の顔だろうか、と思った。

隆が、前からよく「うちの技術部にいる浜田という男は、おじさんの若いときに、瓜二つですよ」といっていた。伝蔵自身は、昭和七年の世界へ行ってカシラの家にいたころ、二日に一度、髭を剃るときにほんの数分間、鏡に映った自分の顔を見るだけだったが、隆のほうは年中伝蔵の顔を見ていたわけだから、その証言は間違いないはずである。やはり、これが当時の自分の顔なのだ。

「じつは、ある人が……いえ、ある人に、わたくしは頼まれたものですから……必ず、ここへ来てくれるように……その人は、あのとき……戦争中です。ここに住んでいました。その人が、今夜ここで……」

浜田俊夫は、しどろもどろになっていた。見ず知らずの人に、いきなり変なことを頼んで、ことわられはしまいかと、必死になっているらしい。

しかし、伝蔵にしてみれば、浜田俊夫は決して赤の他人ではなかった。彼は、肉親の苦悩する様を座視するにしのびず、さっそく助け舟を出すことにした。

「なるほど、ときどき、そんな話がありますね。戦地で約束して、十年後に靖国神社で会おう、なんていう、あのたぐいですね」

「はあ」

浜田俊夫は、餓死寸前の人が握り飯をもらったときのような顔をした。

「そうですか。いや、わたしはかまいませんよ。そういうことでしたら、どうぞご自由にお使い下さい」

浜田俊夫は新品のハンカチをとり出した。彼は、正札を振りとばしながら、汗をふき、

「ありがとうございます。ほんとに勝手なことばかり申しまして……」

「いえいえ」

伝蔵は、正札がソファの下にもぐりこんだのを見とどけて、相手のからだに目をもどした。浜田俊夫は、新品のハンカチを使っているばかりでなく、仕立ておろしのツイードの上着を着込み、床屋でつけてもらったオーデコロンのにおいをプンプンさせている。

このツイードの上着を紺の背広に代えれば、五年前の、銀座のレストランでのオヤブンの状態にそっくりになる、と伝蔵は思った。

そのときのオヤブンは、現在のおくさんの前で棒を呑んだようになったまま、とうとう一言もしゃべらなかったが、今夜の浜田俊夫のほうは、結構多弁だった。

「もし、ごめいわくでなければ」と彼は、またはじめた。「ひと通り、事情をお耳に入

れておきたいのですが……」

その声の調子には、迷惑だと答えたら、首でも絞められそうな気配が感じられたので、伝蔵はいそいで承諾することにした。

「ええ、それは……」

（もちろん）といいかけたとき、ドアをノックする音が聞こえてきた。

「あ、ちょっとお待ちを……」

伝蔵は早口にいい残して、ドアにかけつけた。ドアに一番近いソファに坐っていたのと、日頃の晩酌健康法のおかげで、彼は、美子より先に、自分の手でドアを開くことができた。

目分量で二〇センチほどあけたドアから、伝蔵は首だけ無理につき出して、ささやいた。

「あとは、あたしがやるからいいよ。ヒロミは寝たかい」

「ええ、とっくに」

「じゃあ、きみも先に寝たらいい」伝蔵は盆をもぎ取って、浜田俊夫の所にもどった。

「家内なんですが、寝間着なので失礼するといっています」

危機を脱した伝蔵は、スラスラと美子の代弁をやってのけた。もちろん彼は、いま、美子が何を着ているかなど、見とどけている余裕はなかったのである。

「それは」と浜田俊夫は腰を浮かして盆を迎え入れた。「こちらこそ、かえって夜分おそく、なにして……」

「ミルクにしますか、レモンにしますか」

と伝蔵は右手を盆の二〇センチ上でとめて、きいた。

「それでは、ミルクを……あ、すみません」

やはり血は争えないものだと伝蔵は感心して、紅茶にミルクを入れて浜田俊夫に渡し、自分のにもミルクを入れた。

浜田俊夫が黙っているので、事情の説明は取り止めになったのかと思っていると、そうではなかった。彼は、やがて、紅茶を一口飲んで茶碗をテーブルにおき、あらかじめ質問に備えて用意しておいたらしい、ものものしい導入部から、話し出した。

「じつは、わたくしがいま申し上げました約束というのは、十八年前のちょうど今月今夜、空襲の晩でしたが、ここに住んでいた人が焼夷弾の直撃を受けて亡くなる直前、最後に残した言葉だったのです……」

三十一年前と十五年前に、レイ子とジョージ山城に話したのが中継基地の役割を果し、伝蔵は中学二年のとき、つまり延べ四十九年前の出来事を、かなり詳しく覚えていた。だが、やはり細部、たとえば空襲のときに棺桶が配給だったなどというのは、もうすっかり忘れていたことなので、伝蔵も感銘を受けた。

話は次第に進展し、やがて昭和二十三年のことになった。伝蔵は喜び勇んで、当時の闇やMPの話を持ち出して相手の気をほぐしてやろうと、きっかけを待った。ところが、浜田俊夫が匿名の後援者のことを話しはじめたので、伝蔵は狼狽《ろうばい》した。相手は、まさか目の前に本人がいるとは知らないから、話をオーバーにする。しまいには、ロックフェラーかスーパーマン以外に該当者はないのではないかと思われるほどの人物像がデッチ上げられてしまった。伝蔵は仕方なく、夢中になって、カラーテレビの新方式のことを考えることにした。

約一時間後、やっと浜田俊夫の語調が変わった。

「そんなわけですから、誰かたずねてくるかもしれませんから、またごめんどうでも、よろしくお願いします」

「え?」

伝蔵は、思わず相手の顔を見た。

「わたくしは、夜中におじゃまするわけにもいくまいと思って、こうして早めにおうかがいしたのですが、相手の人だって、真夜中にだまってはいってくるようなことはしないでしょう。もうそろそろ来るかも……」

「ああ、なるほどね……」

この相手に話を合わせるのは大変だ、と伝蔵は思った。相手は、まだタイム・マシンであることを知らないのだ。これ以上一緒にいたら、ろくなことは起こるまい。

そこで、伝蔵は立ち上がった。

「それでは、わたしは向こうへ行っていますから、どうぞここでも研究室でも」彼は相手に合わせて、ドームをそう呼ぶことにした。「ご自由にお使い下さい。まだ起きてますから、何かあったら、このベルをおして下さい」

伝蔵は壁のボタンを指さした。それを使うようなことは、たしか起こらなかったと思うが、念の為だった。

「それから、退屈でしたら、このテレビでもラジオでも……」

テレビは、あしたで見おさめになるのだから、たくさん見ておいたほうがいい。

「タバコも、ここにありますから、よろしかったら……」

ピースだって、向こうにはない。

「では、よろしく……」

伝蔵は、うっかり、タイム・マシンをお願いしますという意味のつもりで、そういってしまったのだが、さいわい浜田俊夫は戸締まりその他のことと受け取ったらしく、彼を最敬礼して見送ってくれた。

ドアを出た所で、腕時計を見ると、十一時少し前だった。十二時までに「看護婦物語」を全部見られる、と伝蔵は思った。

書斎にはいると、彼自身は「ショットガン・スレード」を見ることにした。そのあと、三十五分からプロ野球ハイライトがある。彼は、さっき途中まで見た広島・巨人の結果と、ひいきの東映の勝敗が知りたかった。

そこで、伝蔵は忙しく動いた。まず、横の棚にあるポータブル・テレビを机の上に持ってきて、座布団を二枚重ねた椅子の上にあがって、あぐらをかく。イヤホンを耳にはさんで、テレビのスイッチを入れる。あたりを見まわし、イヤホンをはずして、椅子を降り、棚の上からハイライトを持ってくる。椅子に上がって、イヤホンをはめ、ハイライトを一本抜いて、くわえる。ポケットに手をつっこむ。椅子から降り、イヤホンが自然にはずれる。ドアから出て行こうとして、棚の上にあるマッチに目をとめ、それを振ってみる。マッチを持って、椅子にもどる。マッチをすって、ハイライトに火をつける。マッチの火を振り消しながら、あたりを見まわす。腰を浮かしかけるが、やめて、ハイライトの包みの上に、マッチの軸の残骸をのせる。椅子を降りて、机の下に落ちているイヤホンを拾う。机の角に頭をぶっつけて、イヤホンのジャックは、もっとしっかりした物にすべきだと思う。椅子に上がって、ジャックを乱暴に差しこみ、イヤホンを耳にはめる。

それほどの努力を払ったにもかかわらず、テレビはちっとも面白くなかった。毎週のことだから、たまには出来の悪いのもあるのだろうと伝蔵は思い、「看護婦物語」にチャンネルを切り替えた。が、途中からのせいか、このほうも、一向に話に引きこまれなかった。そこで、また「ショットガン・スレード」にもどったが、ちょうどタバコが短くなってしまったので、イヤホンをはずして立ち上がり、棚の上からクラッシック・カーの絵がついた灰皿を持ってきた。タバコを灰皿でもみ消し、伝蔵は次の一本に火をつけた。そして、イヤホンをはめずに、音の出ないテレビを、じっと見つめはじめた……。

伝蔵は、とつぜん、ハッとして、腕時計に目をやった。時計は十一時五十一分を指していた。テレビの画面は、コマーシャルらしく、美人が口をぱくぱくやっている。彼は、もう一度、腕時計に目をやった。こんどは、針ではなく、時計全体を見まわした。三十一年前から持っている、自動巻きのカレンダー付き腕時計である。二度目の使用をはじめたのは、ごく最近なので、使用期間は全部で三年ぐらいのものだが、その時計がスイスの工場で作られてから三十年以上たっていることは間違いない。それにもかかわらず、時計は、まるで新品のようにピカピカ光っていた。

伝蔵は、ふいに立ち上がった。浜田俊夫は十二時ギリギリまで応接間にいるはずである。それなら、まだ数分ある。

途中、寝室に寄って美子がぐっすり眠っていることをたしかめてから、伝蔵は足音をしのばせて応接間の前へ行った。本式に足音をしのばせたのは最後の四、五歩だけだったが、それだけでも大変な難行で、伝蔵は泥棒というのがいかに割に合わない商売であるかを痛感した。

ドアの前で、伝蔵は、もう一度、美子の寝室のほうを見た。それから、そっと床に両膝をついて、鍵穴に目を近づけた。

ありがたいことに、真正面に浜田俊夫が見えていた。横顔を見せて坐り、しきりにピースを吸っている。ほとんど二秒おきに煙をはき出すピースの先に、長い火と長い灰がつながっている。何度目かに口へ持って行かれたはずみに、その長い灰は、とうとうこらえきれず、ポロッと落ちた。浜田俊夫は、あわてて立ち上がって、一帳羅のズボンのもものあたりを払い、もうその必要はないのに、灰皿の上でピースを人差指でたたいている。だが、彼が立ち上がったおかげで伝蔵は、吸殻の一杯たまった灰皿の前においてあるガスライターを見ることができた。浜田俊夫とともに昭和七年の世界へ行くガスライターである。そして、食堂にある、伝蔵と共に昭和七年の世界へ行ったガスライターと同一の物なのだ。こっちのは、三十一年新しいだけに、燦然《さんぜん》と光り輝いている……。

と、浜田俊夫が腕時計を見た。伝蔵は、あわてて自分の腕の同一品を見た。十一時五十五分だった。まだ少なくとも二分は安全だ。伝蔵は新しいほうに目をもどした。

浜田俊夫は、すでに時計をはめた腕を下ろしていた。そしていきなり、伝蔵のほうに向かって突き進んできた。逃げ出すひまはなかった。が、伝蔵はとっさに、浜田俊夫の五分早い行動を判断した。ポットの紅茶、初夏の夜の冷えこみ……怪しまれないためには、機先を制することだ。伝蔵はドアを引きあけて、どなった。

「さっき、いうのを忘れましたけど、トイレはこの廊下を行って、つきあたりを左に曲がり、そのつきあたりの右側です」

相手は、口の中で何かいって、伝蔵の横を通りすぎて行った。

浜田俊夫が廊下を蹴立《けた》てて、姿を消すと、伝蔵は応接間の中をのぞいてみた。ライターは、テーブルにおかれたままになっている。伝蔵が、一歩ドアの中にはいろうとした瞬間、視野の隅に白い物が見えた。

彼はギクリとして、ふり向いた。奥の寝室のドアから、美子が半身をのぞかせていた。こっちへやってきそうな様子なので、伝蔵はいそいで、そこへ行った。

「どうしたの?」

と、美子は寝ぼけまなこでいった。

「なんでもない」

伝蔵は、美子の肩を押して、一緒に寝室へはいった。

「けんかでもしたの?」

「え……ちがうよ、浜田君がトイレへ行ったんだ」

「そう。非常識な人ね、浜田さんて」

「え?」

「こんな真夜中に、ひとのうちで、バタバタ大きな足音をたてるなんて……何事が起こったかと思ったわ」

「うん、その……彼は、まだ若いから。さあ、早く寝なさい」

「第一、はじめて来たうちで、こんなに遅くまで……」

寝入りばなを起こされた美子が、なおもブツブツいいつづけるのを、伝蔵はやっとなだめて、ベッドにはいらせた。いずれにしても、あさってになれば、美子に全部事情を打ち明けるつもりだった。あさっては、いろいろなことが起こるが、とても一人では手がまわりきらない。

とつぜん、パタパタという足音が聞こえてきた。足音は大きくなり、廊下のそとを通りすぎて行った。

「まあ！」

美子が、ベッドからはね起きた。枕もとの水上勉の小説が、パタリと床に落ちた。

「……あたし、いってやるわ、非常識も最高だわ」

「おい、待てよ」

伝蔵は、あわてて、とめようとした。が、いまでもときどきテレビなどに頼まれて、実際の年より十ぐらい若い役で出演している美子は、身軽に彼の手をすり抜けて、廊下へ出てしまった。

「おい」

あとを追って、伝蔵が廊下へ出てみると、美子はすでに応接間の前まで行っていた。

彼女はドアをあけて中をのぞきこんでから、玄関のたたきに目をやっている。

「帰っちゃったわ」と彼女は、伝蔵をふり返った。「あいさつもしないで。それにラジオはつけっぱなしだし。なんて人でしょ」

「彼は、いそいでいたんだよ。これから、また会う人があるんだ」

「まだ遠くへ行ってないわ。あなた、呼んできてよ。あたし、いってやるから」

「だから、彼はいそいでいるんだって。彼は、いい青年だよ。隆君も、将来有望だって、ほめているくらいだ」

「いくらお仕事のほうの才能がある人だって、つきあいってものがあるわ。あたし、こんど浜田って人が来たって、ここのうちの敷居を一歩だって、またがせませんからね」

「おい、ヒロミが起きてしまうよ、大きな声出して」

この一言は、効果をあげた。美子はハッと伝蔵を見上げ、夫婦は一緒に啓美の部屋へ行った。

「ボウリングで、くたびれたのね」

美子は、そうささやくと、啓美の毛布をかけ直した。

4

及川家のあたりは、高級住宅地である。だから、中に住んでいる人たちは、会社員にしても、課長クラス以上の高級サラリーマンばかりだが、伝蔵は、この晩になって、はじめて、それらの人たちが、いかに会社のために深夜まで精励恪勤《せいれいかっきん》しているかを知った。彼が二時ごろまでに五回聞いた自動車の音は、いずれも最新型の高級乗用車のエンジン音だったのである。

最後に、やっと、ピストンのすり減ったポンコツ車の気息えんえんとしたエンジン音が聞こえてきた。音は、すぐ近くで止まり、ほんの少し間をおいて、バックファイアをともなった轟然たる排気音が、深夜の大気をゆるがせた。

伝蔵は、思わず、横を見た。目が冴えてしまったわ、といって一時すぎまで小説を読んでいた美子の寝息は、いささかの乱れも見せていなかった。おかげで、一九三〇年型フォードの運転手は、彼女に非常識と罵られずにすみ、伝蔵は「どうも冷えたらしい」といういい訳を使わずに、ベッドからぬけ出すことができた。

伝蔵は、部屋着を羽織るために、明りをつける必要はなかった。窓のカーテンを透して、光がさしこみ、室内がほんのりと明るくなっていた。彼は、カーテンを少しあけてみて、対角線上の啓美の部屋に電灯がついていることを知った。

部屋着の袖に腕を通しながら、啓美の部屋へかけつけた伝蔵は、ドアを開いた瞬間、ホッと吐息をついた。彼はベッドのそばへ寄って、啓美の手を中に入れ、毛布をかけ直してやった。それから、枕の横にちらかっているノートとボールペンに気がついて、机の上に持って行った。一応、彼は娘のノートを検閲したが、メガネを寝室においてきたので、細かい字がきれいにならんでいることだけしか、わからなかった。

伝蔵は、ノートを閉じて、天井の蛍光灯を見上げ、さっき二人ではいったときに美子が消し忘れたのにちがいない、と思った。が、ドアの所へ行って、横のスイッチに手をのばしかけて、彼はもう一度蛍光灯を見上げた。ふと、さっき明りをつけなかったような気がしたのである。しかし、そんなことは、どうでもよかった。彼は明りを消すと、寝室へもどって、ズボンのポケットから鍵をとり出し、庭のドームへいそいだ。

芝生の中央に作られた小道の途中で、伝蔵は足をとめた。塗り立てのドームが、月光に真白く輝いている。もちろん、彼は、その後、真夜中にこのドームをながめたことなど、なかった。そして、三十一年前のことは、すでに記憶が薄れてしまっている。だが、それだけに、頭にあるイメージと違って、がっかりするようなことはなかった。これが、三十一年前のあのときに見た光景そのものなのだ。そう思うだけで、たまらない懐かしさがこみ上げてきた。

ドームの中にあるタイム・マシンも同じだった。伝蔵は、それによってひきおこされた事件や関係者を連想している余裕はなかった。彼は、マシンの前にかけよると、ただ、むさぼりながめた。

もし梯子があれば、上にのぼってみたいところだった。彼は、三十一年前にも、マシンの屋根だけは見ていなかったが、それにもかかわらず、ドームに梯子を置いておかなかったことを悔んだ。よく外国人が久しぶりの人に会うと、男同士でも抱き合ってキスするが、彼等は前に毎日会っていたころには、そんな真似をしたことはないに違いないのだ。

外観に堪能すると、伝蔵は内部へはいった。彼はキスの代わりに、中の壁をなぜまわしたが、すでにだいぶ気持ちが落ちついていたので、照明以外のボタンやレバーに手をふれるようなことはしなかった。正面の雲母板。メーター。それから、横の布製ポケット……彼は、その中に手を入れてみた。

伝蔵の心の中に、はじめて連想が浮かんだ。三十一年前、昭和七年の世界へ到着したとき、彼はそこにはいっていた紙幣で救われた……救われたと思い、後にその金のおかげで、生活できたのだ……。

「おかしいな」

と伝蔵はつぶやいて、袋の中の手を動かした。それから、伸び上がって、袋の中をのぞいてみた。メガネがなくても、その袋の中に、少なくとも米粒以上の大きさの物が何もはいっていないことは、一目でわかった。

彼は、ほかに袋がついているのではないかと、マシン内を見まわした。が、袋はどこにもなく、レバーの下や雲母板の横など、隅々までしらべても、紙幣は一枚も見つからなかった。

彼は、もう一度、正面からはじめて、順々にしらべてみることにした。が、正面に向き直った瞬間、足を踏みすべらせて、穴座席に転落してしまった。

すりむいた膝をなぜながら、彼は穴座席の中を入念にしらべた。そして、それが終わったとき、彼はやっと一つのことを理解した。

現在、マシンの袋の中は空である。だが、いまから二日後には、その中に、紙幣がはいっていなければならないのである。

5

伝蔵は、ぐっすり眠っているところを起こされた。

「あなた、じゃあ、いってきますからね」

「え……」

目の前に、中年の美人が立っていた。シャネル五番のにおいが漂っている。

「お食事は冷蔵庫にはいってますから」

「ああ……ゆっくりいってきなさい」

伝蔵は、マス席の切符をもらったとかで、きょう、美子と啓美が相撲見物に行くことになっていたのを思い出した。

「国技館のヤキトリはおいしいよ。あれを食べてきたらいい」

相撲協会のおかげで、きょう一日、美子の注意をそらすことができるのだから、それくらいの提灯持《ちょうちんも》ちをするのは当然だった。

「そうお」

美子は、三面鏡の前で、最後の点検を行っている。

「ずいぶん早いね」

と伝蔵はいった。いかに大鵬の全勝優勝のことが気にかかるとはいえ、美子がこんなに早く身仕度をすませるなんて考えられないことだった。

「まあ」美子は年より二十ぐらい若く見える顔を伝蔵に向けた。「いま何時だと思ってらっしゃるの？　もう二時よ」

「えっ、ほんとか。なぜ早く起こしてくれなかったんだ」

「だって、とてもよく寝ていらしたんですもの」

「ママ」と若いほうの美人が顔を出した。「早く行かないと、十両の取組、見れないわよ」

「そうだわ。あの人、きょう誰と当たるんでしたっけ?」

「花光よ」

「あなた、北の富士っておすもうさん、ごぞんじ? 十両だけど、とてもハンサムだし、あたし、将来ぜったいに有望だと思ってますのよ」

「バッグンよ、パパ」

「いいから、早く行って、十両でもハンサムでもなんでも応援してきなさい」

伝蔵は、美子と啓美を追い立てるようにして出してしまうと、ドームへかけつけた。べつにタイム・マシンに用事はなかったが、やはりそばにいないと気がかりだった。

伝蔵は、ソファを電話機の前にひきよせて坐り、職業別電話番号簿を膝の上にのせた。彼は、まず「古」という字を索引で引いた。

やがて、伝蔵は古道具屋、切手屋、古本屋などの番号を、かたっぱしからダイヤルしはじめた。

「ある人の生活がかかっているんです」

最初の四、五回、彼は意気込んで、そういったが、その言葉があまり効果をあげないらしいので、その次からは「お宅に昭和初期のお札はありませんか」だけにすることにした。

古道具屋に会社組織のは少ないらしく、さいわい、日曜日で休んでいる店は、ほとんどなかった。それに、みんな言葉遣いも丁寧で、中には和同開珎や太政官紙幣の出物を熱心にすすめてくれるものもあった。

伝蔵は、平均一分間に二通話ぐらいの割合で、電話をかけつづけた。途中から、鉛筆でダイヤルをまわすことを思いついたので、指先にできたマメは、ふっ切れずにすんだ。午後七時ごろ、彼は前のメモに六百二十五円七十六銭五厘と書きつけた。それまでに電話した古道具屋の在庫品の総合計だった。しかし、この金額では、浜田俊夫が向こうへ行っても、半年と生活できない。

間もなく、美子が帰ってくる。彼女に全部打ち明けて、ダイヤの指環や真珠の首飾りを借り、お札の代わりにマシンの袋へ入れておこうと彼は決心した。

が、ためしに、最後にもう一軒だけ、電話してみることにした。伝蔵が鉛筆を倒して選んだのは、深川にある質屋兼業らしい古道具屋だった。

「昭和初年のころの百円札が欲しいんですが……」

彼が暗誦すると、店主の声が返ってきた。

「ああ、ちょうどございますですよ。おとつい、地方の方がお見えになりまして、これが金にならないだろうかとおっしゃって、昔の百円札を百枚ほどお持ちに……」

「ほんとですか」伝蔵は、六百二十五円なにがしと書かれたメモ用紙を引きちぎり、その下の白紙の上で鉛筆を構えた。「……どこですか、お宅は。これから行きますから」

だが、結局、伝蔵はすきっぱらをかかえて車の運転をしないですんだ。店主は「こちらから、お届けにあがります」といい、「大口の品物は、いつもそうすることになっております」と店則を強調した。ヘソクリの都合があるのだろうと伝蔵は思った。

「今夜はもう遅いから」というので、「では明朝八時までに」と、伝蔵は相手に確約させた。


翌朝九時ごろ、伝蔵は、門の前に出ずっぱりだった。彼は、駅の方向と腕時計を、見くらべつづけていた。たしか、浜田俊夫は十時ごろにやってくる。美子を説き伏せてダイヤの指環を借りるには何分ぐらいかかるだろう、と彼は思った。

算出した時間にもとづき、ついに伝蔵が玄関のほうへ歩き出したとき、背後で声がした。

「及川さんのお宅は、こちらで……」

電話の声の主は、五尺ぐらいのチビだった。

「おそいじゃないか」

伝蔵は、上からどなりつけた。

「へ、すいません。うちのやつが、けさあたしが起きると、オミオツケを……」

「そんなこたいい、サッはどこだ?」

「これでございます。百枚をちょいとかけましたが……」

伝蔵は、札束をわしづかみにすると、ドームへかけつけた。

鍵を忘れたので、一度引き返してくると、古道具屋が待ちかまえていた。

「あの、お代は?……」

「あとだ」

伝蔵は、玄関へかけこみながら、どなった。

鍵をとって、ドームへ行き、札束をマシンのポケットへおしこむと、彼はあえぎながら、玄関へもどってきた。

「あの、お代を……」

「まだ、いたのか」伝蔵は、用意しておいた聖徳太子のほうを、とり出した。「一枚千円だったたな、全部でと……」

「九十五枚でございますから、九万と五千円で……」

変だな、と伝蔵は思ったが、とにかく支払いをすませることにした。

「まいどありがとうございます」

伝蔵が数えたと思っているだろうから、古道具屋がサバを読むはずはない。しかし、あのとき、たしか九千四百円だったはずだ。古いことだが、カシラに二百円払ったあとで、半端の二百円を持って銀座へ行ったのだから、間違いない。

とつぜん、伝蔵は思い出した。あのとき、おかみさんが数えていて……。彼はハッと目を上げた。

だが、オモチャの札で、一枚誤魔化《ごまか》したチビの古道具屋は、すでにいなくなっていた。

そして、チャイムが鳴り出した。

6

「やあ、いらっしゃい」

伝蔵は、ドアをあけると、浜田俊夫にそういっておいて、うしろの若い娘に目をやった。

「おとといの晩は、どうもいろいろとご迷惑をおかけしまして……お休みのようでしたので、帰りに、ついごあいさつもせず……」

浜田俊夫が、そういって丁寧に頭を下げているので、伝蔵は、

「いやなに……」

と答えて、さらに伊沢啓子をむさぼりながめた。

前の邪魔者が、頭を上げた。

「及川さん、この人は伊沢啓子さんといいまして、もとここに……」

いのだ。

「ああ」と伝蔵はいった。「ひとつどうぞよろしく」

彼は伊沢啓子に向かって軽く頭を下げた。及川伝蔵と彼女は初対面でなければならないのだ。

「あの、たびたび勝手なお願いをして申しわけないんですが、あの研究室へ、またちょっとはいらせていただけないでしょうか」

浜田俊夫が、おそるおそる、いった。

伝蔵は、さっそく、ズボンのポケットから、ドームの鍵をとり出した。

「かまいませんよ、どうぞどうぞ、ここにカギがありますから……」

伝蔵が鍵を差し出すと、浜田俊夫は変な顔をして、

「どうも」と受け取った。

「わたしは、ちょっと用事があるので」と伝蔵はいった。「失礼しますから、どうぞご自由に」

伊沢啓子より、美子のことが問題だった。彼女が出てきて、非常識者の来訪を知ったら、大騒動が持ち上がるにきまっている。

「あ、それは……かえっておいそがしいところを、おじゃまして申しわけありませんでした」

伝蔵は追い立てるようにして、ドアをしめ、後をふり返った。廊下には誰もいず、居

間のほうで電気掃除機の音がしてるだけだった。彼は、腕時計を見ながら、ゆっくり書斎へ行った。

机の前に坐って、タバコに火をつける。火は一度でついたが、彼は、そのポケットから取り出したガスライターを数回点けてみた。まだ、全然ガタが来ていない……。と、ドアがあき、電気掃除機をさげた美子がはいってきて、微笑みかけた。

「いまの若い人、どこのかた?」

「えっ」伝蔵はギクリとなった。「のぞいてたのか」

「感じのいい青年じゃない」

「え?」

「なかなかハンサムだし」

伝蔵は、美子が、おととい浜田俊夫の足音は聞いたが、顔は見なかったことに気がついた。

「会社の人でね……ヤマダ君というんだ」

おとといのほうを、ヤマダ君にしておけばよかった、と伝蔵は後悔した。

「一緒にいたお嬢さんは、妹さん?」

「いや、婚約者だよ」

伝蔵は思わずムキになって抗弁したが、考えてみると、伊沢啓子はまだ十七の小娘なのだから、妹に見られるのも無理はなかった。

「そう。で、ドームのことで見えたのね」

「え……うん」

美子はきっと自分と浜田俊夫の問答のおしまいのほうだけ聞いたのだろう。

「若い人たちのパーティってていいわね。そうだわ、よかったら、うちのドームで結婚式をあげるようにいったら？　でも、あなたも、なかなか気がきくわね」

「え？」

「恋人同士を二人きりにしてあげようと思って、ついていかなかったんでしょう？　じゃ、お茶は、あとで応接間で出してあげればいいわね。いま、沸かしてるの。……さあ、そこどいて」

伝蔵は、電気掃除機に追い立てられて、廊下へ出た。

腕時計を見ると、若い二人がドームへ行ってから、約十分たっていた。そろそろ、浜田俊夫がマシンのボタンをいじりはじめているころである。

伝蔵は、さっき、伊沢啓子より、浜田俊夫の顔のほうを、よく見ておけばよかったと思った。浜田俊夫は、間もなく、昭和七年へ行ってしまう。自分は、もう二度と彼に会えないのだ。

伝蔵が廊下を行ったり来たりしていると、美子が出てきた。

「いいわよ……お紅茶入れるから、ドームへ行って、お二人を呼んできて下さらない？」

「うん」

伝蔵は腕時計を見た。十二分たっていた。しかし、いますぐドームへ行けば、浜田俊夫は、おそらくまだ出発していないにちがいない。自分は、あのとき、かなり長い間、ためらっていたように思う……。

伝蔵は、夢中でサンダルをつっかけて、玄関を出た。ドームへ行って、浜田俊夫をとめるつもりだった。そうすれば、彼は、自分の経験した苦労を繰り返さないですむ。それに、伊沢啓子も一人ぼっちにならないですむ。その場合、昭和七年に行った浜田俊夫の後身である自分は、どうなるのか。そんなことは、どうでもいい。自分は、もう六十二歳の老人なのだ。

初夏の澄んだ青空に、研究室の白いドームがクッキリと浮かび上がっていた。しかし、そんなものをながめている余裕はなかった。伝蔵は入口にかけつけた。

だが、彼は、ドアの三メートルほど手前で、ハッとして立ち止まってしまった。目の前でピタリと閉ざされているドアは、ホテル式の、中からはいつでもあけられるが、そとからは常に鍵を使わないと開かない仕掛けになっている。美子が、ドームを人に貸した場合の後始末のわずらわしさを考えて、そうさせたのだ。

伝蔵は宙を飛んで、母屋にもどった。オヤブンにもらったスペアの鍵が、書斎にしまってあるはずだった。

「あなた、早く呼んできてちょうだいよ。さめてしまうわ」

お茶がさめてしまうどころの騒ぎではなかった。伝蔵は、机の抽出しの中身を全部床にぶちまけて、かきまわした。そのあげく、床に四つん這いになった彼のからだが机の足にぶつかって、机の上の筆立てがひっくり返り、その中から鍵が出てきた。

「まあ、何よ？　このさわぎは」

伝蔵は、美子をおしのけて、書斎をとび出した。すでに二十三分たっていた。

ドームにはいった伝蔵は、しばらく茫然としていた。

もう間に合わないであろうことは、ドームにはいる前から、大体察していた。やはり、すべては三十一年前に伝蔵が経験した通りにしか、運ばなかったのだ。

しかし、問題は、むしろこれからだった。この昭和三十八年の世界における、これから先のことは、三十一年前に経験していないのだ。さっきまでの出来事は、伝蔵にはすべて予想できた。が、これから先、どんなことが起こるか、彼には皆目わからないのである。

それだけに、これからは、いやが上にも慎重に行動しなければならない。そして、解決されるべき問題は山積している。

まず、このかわいそうな伊沢啓子を、どうしたらいいか。伝蔵は、ソファに近づいた。

彼女は、静かな寝息をたてて、眠っていた。横顔まで美子にそっくりだ、とこんな際にもかかわらず彼が思ったほど、彼女は美子によく似ていた。

と、伝蔵の来た気配を感じたのか、伊沢啓子が目を開いた。

「ねえ、俊夫さん」

と彼女は天井を見つめたまま、いった。愛情と信頼のこもった声だ、と伝蔵は思った。この啓子を、おっぽり出して昭和七年へ行ってしまった浜田俊夫は、なんというトンマな奴だろう。

「ねえ、俊夫さんたら……アラ」

伊沢啓子は、やっと伝蔵の姿に気がつき、とび起きて上着を胸にあてた。ツイードの上着である。

彼女は、マシンのあったあたりを見まわし、伝蔵の顔を見た。

「俊夫さんは、どこへ行ったんですか。タイム・マシンはどこへ運んだんですか」

「ええ、あの……」

とうとう大変なときが来た、と伝蔵は思った。しかし、何から話しはじめたらいいか……。

「……じつは、その……」

「でも、あのタイム・マシンはわたしのものだって、俊夫さんが……」

「ええ、あれはたしかに、あなたのおとうさんのものですから……でも、浜田君は……」

「まあ」伊沢啓子は、ふいに目を輝かせた。「それじゃあ、俊夫さんから全部話をお聞きになりましたのね」

「ええ、まあ……あの、向こうへ行きませんか。お話は向こうでゆっくり……」


伊沢啓子を母屋の応接間へ案内すると、伝蔵は居間へ行った。

「お湯がすっかりさめちゃったから、いま沸かし直しているのよ」

「うん」

「どうしたの、変な顔して。お二人は応接にいるんでしょ？」

「いや、それが……」

「あら、帰っちゃったの？」

「いや」伝蔵は声を低めた。「女のほうは、応接にいるんだけど……」

美子は、伝蔵のそばへ寄ってきた。

「男の人は、まだドーム？」

「いや、その、行っちゃったんだ」

「まあ、一人で帰っちゃったの？」

「……うん」

「そう。喧嘩したのね。なんなの？　原因は。どうせ、つまらないことなんでしょう？」

「それよりも、彼女をなんとかしてやらないと……」

「まあ、ショックだったのね。はじめて喧嘩したのかしら。彼女、泣いてるの？」

「泣いてはいないんだけど……」

「じゃ、おこってるのね。そんなら、トランキライザーでも、あげましょうか」

「うん……そうだ、あのね」

と伝蔵は、はじめて熱心な声を出し、美子の耳に何かささやいた。

「まあ」と美子は顔を上げた。「そんなことしていいの？　ひとさまの娘さんに」

「あの子は、両親がいないんだよ。これからは、あたしが親代わりになって、世話してやろうと思ってるんだが……とにかく、いまは……」

美子は数秒間、伝蔵の顔を見つめたが、だまって台所へはいって行った。

美子がいれてくれた紅茶の茶碗を持って、伝蔵は一旦、書斎へ寄った。抽出しの中身が床にちらばっているので、ときどき使っている睡眠薬を探し出すのに、手間はかからなかった。

伊沢啓子は、応接間で、固くなって、待っていた。

「いま、ちょっとあれしますから、ちょっと待ってて下さい」

伝蔵は、意味不明なことをいって、紅茶をテーブルの上にのせ、応接間を出た。美子が廊下に立っているのを押しもどして、一緒に居間へはいった。

美子は、心配そうに、伝蔵を見上げている。

「だいじょぶだ」

と彼はいった。たしか、伊沢啓子は、けさから何ものどを通していないはずだ。自分が応接間を出た瞬間、紅茶にかぶりついているにちがいない。

が、伝蔵は、一応十分ほど待ってから、応接間へ行った。彼は、すぐ応接間から顔を出して、廊下の美子を手招きした。

美子は、応接間にはいってくると、こわごわソファへ目をやった。

三面鏡を友とし、自分の容貌の隅々まで知りつくしている美子が、相似形を前にして、どんな反応を呈するか、伝蔵は緊張して見まもった。

美子は、ソファにもたれて寝息をたてている伊沢啓子を、しばらく観察していたが、伝蔵の顔を見て、

「この子、ここへ寝かしておく?」

とささやいた。その表情の様子では、自分の若いころはもっと美人だったという結論を得たらしかった。

「ちょっと、手をかしてくれ」

二人は、伊沢啓子を、寝室に運び入れた。

「これで、夕方までは寝ているだろう。いや、ちょっとこみ入った事情があってね。今晩、話すよ」

その前に、まだ、することがある。

「……じゃあ、この子のこと、たのむよ。あたしは、これからちょっと、カシラのところへいってくる」

7

「いらっひゃあい、だんわ」

カシラは八十一になっていたが、歯が抜けているのと、耳が遠いだけで、まだ元気なものだった。

「オヤブン、いますか」

と、伝蔵がワレガネのような声を出すと、カシラは、

「へえ、そうですか」

と、感心してくれた。

そこへ、オヤブンが出てきた。

「兄貴が持ってきてくれた補聴器を、耳がくすぐったいからって、ちっとも使おうとしないんですよ。おじさん、あたしに何か……」

「ああ、ちょっと手を借りたいんだがね。今晩、若い人を二、三人、まわしてくれないか」

「いいですよ。パーティの準備ですか」

「いや、そうじゃないんだが」

今夜十時ごろ、ドームへタイム・マシンがもどってくる。昭和七年へ行った浜田俊夫が、若いころのカシラに頼んで足場を組ませ、その上から飛ばすのだが、帰りの搭乗《とうじょう》者《しゃ》は、浜田俊夫ではなく、例の巡査である。その巡査を、なんとかしなければならない。

「じつは、ちょっと、ある人とトラブルがあってね。その、つまり、三十年ほど前のことなんだが、いまだにその問題が解決していないんだよ。今晩、ドームへ、その男が来るんだが、手の早い男なんだ。それで、万一のことがあるといけないから、加勢をたのみたいんだ。なにしろ、柔道の達人なんでね」

「おじさん」オヤブンは、昔のカシラそっくりに、胸をポンとたたいた。「……まかしといて下さい」

伊沢啓子は、夕方になっても、昏々《こんこん》と眠りつづけていた。分量を間違えてしまったのではないかと伝蔵は心配になり、ときどき、寝室へはいって、息をしているかどうか、たしかめた。きっと丸二日寝ていないせいだろうと、彼はそのたびに、自分にいい聞かせた。とにかく、このぶんだと、あすの朝まで寝ていそうだった。

夕食後、伝蔵一家は、いつもの通り、揃って居間で、テレビを見つづけた。コマーシャルのたびに、伝蔵と美子がそわそわしながら部屋を出入りしたが、それは必ずしも今夜にはじまったことではないので、啓美もべつに気にしていないようだった。

九時ちょっと前に「アンタッチャブル」が終わると、美子がテレビを消した。これも、平常通りの、解散の合図だった。

しかし、いつもだと、ここで番組の寸評が試みられ、発展してボウリングの是非論になったりするのだが、今夜に限って、伝蔵がまず規則を遵守して、まっさきに立ち上がった。彼は、啓美がしかたなく「おやすみなさい」といって出て行き、その足音が消えるのを待ちかねて、居間を後にした。

寝室で、伊沢啓子の胸が上下しているのをながめているところへ、美子がはいってきた。伝蔵は、なんとなくうろたえて、顔を赭らめ、ベッドの端へ腰を下ろした。

美子は、三面鏡の前の椅子を、伝蔵の前へ引き寄せて坐り、さあ、という顔をした。

「ええと」

と伝蔵は腕時計に目をやった。九時ちょっとすぎであることは、もちろん見ないでもわかっていた。

「もうじき、ドームへ、オヤブンたちが来るんだ」

「あら、こんなにおそく？」

「うん、なに、ちょっとしたことでね。すぐ、すむよ。だから、お茶も何もいらない」

オヤブンたちは、約束通り、九時半にやってきた。

「やあ、ごくろうさま」

門の前に立って待っていた伝蔵は、すぐ一同を、ドームの前へつれて行った。オヤブンのほかに、若い者が四人、みんな現場用のヘルメットをかぶり、手に手に野球のバットを提げている。

伝蔵は、一同に円陣を作らせて、作戦を説明した。

「あたしは、これから中で相手と話をする。もし談判不調になって、身の危険を感じたら、すぐこれを吹く」彼は、ポケットからとり出した呼笛を、小さく鳴らしてみせ、「そうしたら、中にはいって、相手を組み伏せてもらいたい。ことわっておくが、あまり手荒な真似はしないように」

タイム・マシンが出現したのは、十時四分だった。

伝蔵が何十度目かの視線を腕時計にやって、目を上げたとき、マシンは床の一メートルほど上空に現われ、轟然と床に落下した。そとのオヤブンたちが、中の格闘の音ではなく、どこかで花火工場か何かが爆発したんだ、と考えているであろうことは、間違いなかった。

伝蔵は、ソファのかげで、呼笛を握りしめた。

一秒、二秒……マシンのドアがサッと開いて、中から黒い物が転がり出た。黒い制服の巡査は、マシンのドアを押しつづけていたらしい。

が、柔道で受け身を習っている巡査は、すぐヒラリと立ち上がり、あたりを見まわした。そして、マシンに目をとめて、つぶやいた。

「そうか、エレベーターだったのか」巡査は、ふたたびドームの中を見まわしていたが、やがて、つぎの意見を発表した。「秘密の地下工場かな……」

それを聞いた瞬間、伝蔵の頭に、あるアイデアがひらめいた。彼は、ソファのかげから、立ち上がり、

「おいっ」とどなった。「なにをしとるか、ここで」

「えっ」

と、巡査はふり向いた。

伝蔵は、おごそかに、いった。

「ここは帝国陸軍の地下兵器工廠、わしは憲兵大佐中河原伝蔵である」

「はっ」巡査は直立不動の姿勢をとり、挙手の礼をした。「じっは、その……」

「機密保持のため、警察官には大いに協力してもらわねばならん」

「はあ、あの……」

「よし、ごくろうだの」

伝蔵は、ウイスキーの瓶のある棚の所へ行った。さっきの残りの眠り薬を、ポケットに入れておいてよかった、と思った。

「おい、一杯やらんか」

と、伝蔵は、ふり向いた。

五分後、伝蔵は、ドアをあけて、顔をそとへ出した。オヤブンはじめ一同が、決死の形相で待ち構えていた。

「すんだよ」と伝蔵はいった。「話がついた」

伝蔵は、空手初段の腕前を見せられなくて残念がるオヤブンたちをつれて、駅のそばの酒蔵へ行き、おかみに飲みたいだけ飲ませてやるように、たのんだ。

「おじさんは?」

「あたしは、ちょっと、やり残した仕事があるもんだから……」

うちへもどりながら、伝蔵は、やはりH・G・ウェルズの「タイム・マシン」から話をはじめようと思った。数年前、あらためてジョージ・パル製作の映画を見たとき、美子をつれて行かなかったことが悔まれた。そうしておけば、手間が一つ、はぶけたのだ。

しかし、今回は、なんといっても、タイム・マシンの現物がある。レイ子や山城氏のときのような未来の証拠品はなくても、マシンさえ見せれば、美子は、きっと話を信じてくれるだろう。

話の中には一部、美子に聞かせたくない所もある。だが、美子だって、三十一年も前のことを、いまさら取り立てて騒いだりはしまい。それに、伊沢啓子の今後のことを、美子と相談するためには、どうしたって、そのことを説明しなければならない。

自宅に帰った伝蔵は、居間の明りが消えているので、すぐ寝室へ向かった。美子は、三面鏡の椅子に坐ったまま、待っているのかもしれない。聴き手が熱心であればあるほど、話し甲斐もあるというものだ。

美子のほかに若い女性がいるのだから、当然自分はノックすべきだと思い、伝蔵は寝室のドアを、かるく二度たたいた。が、返事はなかった。伝蔵は、啓美の部屋のほうに目をやった。美子は、また、そこで啓美とロバート・フラーの話か何かしているにちがいない。伝蔵は、しかし、今夜は、そこへ行って二人の夜更しをなじる気は起こらなかった。

この中に、伊沢啓子が一人で寝ているのだ……伝蔵は、年齢を忘れ、胸をときめかせながら、そっとドアを引きあけた。

「あっ」

伝蔵は息をのんだ。三面鏡の椅子は、さっき美子が引き寄せたままの位置にある。だが、その上にも、ベッドの上にも、誰もいない……。伝蔵は、啓美の部屋へ、かけつけた。

そこにも、美子はいなかった。真っ暗な部屋の中に、啓美だけが静かに眠っている。伝蔵は、うち中の部屋を、のぞいてまわった。それから、彼の七四キロのからだが、せわしく、廊下を行ったり来たりしはじめた。

「おい、美子……」

とつぜん、彼はハッと立ち止まった。彼は、いそいで、寝室へかけこんだ。思った通り、さっきベッドの横にかかっていた、浜田俊夫のツイードの上着がなくなっていた。

二つあるドームの鍵のうち、一つは伝蔵のポケットにはいっている。だが、もう一つは、けさ彼が浜田俊夫に渡し、浜田はそれを上着のポケットへ入れたはずなのだ。

ドームへ急行した伝蔵は、ポケットの鍵を使うことはなかった。ドアは開け放しになっており、彼はドームへ向かう小道の途中で、すでに何事が起こったかを理解していた。入口の正面には、何も見えなかったのである。

マシンのあった位置の少し横に、二人の人物が倒れていた。

一人は、伝蔵が三十一年間の苦労を味わうことになった原因を作った人物で、彼はマシンの機密保持のために、イビキをかいていた。

もう一人は、伝蔵の三十一年間の苦労を大幅に癒してくれた人物だった。彼女が息をしていないことを知ったとたん、伝蔵の視野の中のドームがグルグルまわり出した。彼は必死に、彼女の脈をさぐり、胸に耳をあてて、やっとドームの回転をとめた。

「美子、おい美子」

伝蔵は、美子をゆすぶったり、頬をたたいたり、うろ覚えの人工呼吸をしたりした。それから、気がついて、棚のウイスキーを持ってきた。巡査はグラス二杯で酔うより先に寝てしまったから、ウイスキーはまだ、だいぶ残っている。伝蔵は、巡査に飲ませたグラスを使わず、瓶からラッパ飲みして、口うつしに美子に飲ませた。

彼女のほうは、ウイスキーを飲む気も、キスをするつもりもなかったわけだから、かたくとじた唇に閉め出しをくって、ウイスキーの大部分が首筋の方へ流れて行ってしまった。が、それが水を浴びせたのと同じような効果をあげたようだった。彼女はピクリとからだをふるわせて、目を開いた。伝蔵は、いそいで彼女を抱き起こした。

「美子、あたしだ、だいじょぶか」

美子は、じっと伝蔵の顔を見つめた。そして、ふいに変なことをいい出した。

「オイカワさん……」

「え？」

伝蔵は思わず腕の力をぬいてしまった。が、美子は自分の腕でからだをささえ、原位置を保った。

「あなたが及川さん、あなたが……あたし、どうしよう」

「どうしようって」

「あなたが、あのときの……昭和三十八年の世界へタイム・マシンで着いたときの、おうちのご主人……」

「ええっ、なんだって」

伝蔵は仰天した。ふたたび、ドームがグルグルまわり出した。

美子は、コンクリートの床の上に坐り直し、伝蔵の顔を見つめて、早口にいった。

「あたし、いま全部思い出したんです。あの娘さんが目をさまして、とび出していったのを追いかけて、ここへ来たら、あれが……あれはタイム・マシンだったんです。その中へ、あの子がはいったので、あたしもつづいて……そうしたら、雲母板が下から光りはじめているのが見えて、あたしはハッとして……そのとき、もう何か思い出しかけたんです。そうしたら、あの子に表へつき出されて……それで、いまここで目をさましたら……」美子は屹《きっ》と伝蔵を見た。「あたしは及川美子じゃなかったんです、あたしのほんとの名前は……」

美子の名前をいう声がドームに反響し、その余韻が消えると、巡査の気持ちよさそうなイビキだけが残った。

二人は、しばらく、そのイビキの細部を聞き分けることに熱中しているかに見えた。それから、二人は、たがいに、相手が早く、何かいい出さないかと待った。そして、伝蔵のほうが折れた。

「美子」彼は、やはり永年呼び馴れたほうを使うことにした。「いったい、何が起こったんだ？　話してくれ」

彼女は、伝蔵の視線を避け、マシンのあった付近を見ながら、話しはじめた。

「あたしは、あの晩、ここのお宅の寝室で目をさますと、フラフラと、この研究室へ来てしまったんです。あたしは、両手でしっかりと、俊夫さんの上着を持っていました。そのポケットにある鍵で、ドアをあけて、研究室の中へはいって……そうしたら、マシンがあったわ。あたしは、マシンの中へはいって……」

「………」

「マシンの計器の数字を見て、すぐ俊夫さんが自分の意思でそれを動かしたことがわかったの……。マシンだけもどってきたのは、俊夫さんの身に何か起こったのにちがいない、あたしは助けにいこうと思ったんです。夢中で計器を調整して、レバーを倒して……ボタンを押したら、雲母板が光り出して……さっき見たのと同じだったわ。そう、そうしたら、変なおばさんがはいってきたから、いそいで、マシンのそとへつき出して、ドアを……あら、それじゃあ、あのおばさんは……」

「いいから、それからどうした?」

「ええ……雲母板の光がだんだん上にあがって……こわかったわ。それから、急に空中にほうり出されたような気がして……気がついたとき、あたしはマシンの床の上に倒れていました。頭をどこかにぶつけたらしくて、とても痛くて……そうして、何もわけがわからなくなっていたんです。どうして、自分がそこにいるのか。自分が誰なのかさえも」

「そうか」伝蔵は長大息した。「記憶喪失か……」

「ええ、あたしは三十六年間、そのことを忘れていたんだわ」

「三十六年?」

「ええ、あすこは昭和二年だったから」彼女は、はじめて伝蔵のほうを向いた。「ことしは昭和三十八年でしょ。ですから……」

「でも、なんで、きみは昭和二年なんかへ……」

「わからないんです」彼女は、またマシン消失位置に目を向けた。「あたしは、昭和九年へ行った俊夫さんを助けるために、その前へ行って待っていようと思って、昭和八年へ行くことにしたんです。マシンの目盛りをたしかに合わせたつもりなんだけど、どうして……」

「美子、ちょっと待ってくれ」

伝蔵は、電話機の所へ行って、メモに数字を書きならべた。

十二進法の問題だった。彼女は昭和八年へ行こうとして、目盛りを三十年前――30に合わせたつもりが、⓪⓪⓪③⓪、12×3＋0＝36、つまり三十六年前に合わせてしまったのだ。

愛妻の三十六年間の疑問を一瞬にして解決した伝蔵は、引き破いたメモ用紙をヒラヒラさせながら、意気揚々と彼女のところへもどった。

「美子、わかったぞ」

だが、彼女はふり向かなかった。

「あの人はどうしたのかしら」マシンのあった空間に目を据え、五十三歳の伊沢啓子は、つぶやいていた。「あたしは、あの人にとうとう会えなかった。昭和九年へ行った俊夫さんは、どうしたのかしら。いま、どうしているかしら。生きて……」

この問題の解決も、伝蔵にとっては、いとたやすいことだった。

「生きてるとも」と、彼は大声でうけあった。「いま、きみの目の前にいるよ」

9

伝蔵と美子は、期せずして、同時に身の上を打ち明けることになった。住居の寝室にはいると、二人は、まず相手の秘密を早く知ろうと、たがいに、必死になって話をゆずり合った。ついで、質問合戦に移り、相手が記憶をたどるのを、もどかしがった。

途中でタバコが切れてしまったが、応接間へピースを取りに行く時間も惜しまれた。伝蔵は、灰皿の吸い殻を器用に吸いながら、美子に昭和七年の生活を根掘り葉掘り聞かれ、同時に、美子の半生をほぼ知ることができた。

伊沢啓子は、昭和二年、タイム・マシンの中で気がついたとき、すべての記憶と、浜田俊夫のツイードの上着以外のすべての物を、失っていた。ひとりぼっちの彼女は、あとで梅ケ丘付近とわかったあたりを、茫然とさまよい歩いた。

でも、若い女が一人で歩いていれば、いつの時代でも、必ず誰かが手をさしのべてくれる。最初に話しかけてきた若い男は、親切に旅館へつれて行ってくれた。だが、そこで男がもっと親切にしてくれようとしたので、彼女はやっとのことで断わって、そこを脱け出した。次に会った労働者風の男は、困っているなら、その上着を売ればいい、おれが売ってきてやるといってくれた。そして、上着はいい値に売れたらしく、労働者は二度と彼女の前にもどってこなかった。警官を呼ぼうと思っていると、警官のほうで彼女のそばへ寄ってきてくれた。名前や住所をきくので、答えられなくて悪いと思っていると、警官は、彼女を灰色の建物の中の暗い部屋へ案内してくれた。そこには、女の浮浪者やスリなぞが大勢いて、彼女はもう、ひとりぽっちではなくなった。

そこで二日二晩一緒に生活した共産党員の女の世話で、彼女はマッチ工場の女工として働くことになった。早く仕事を覚えるようにと、毎日、監督さんや同僚がよってたかって文句をいってくれ、彼女は汗まみれになって働いた。ところが、ある日、寄宿舎の同室の女の報告によって、彼女が妊娠していることがわかり、会社側では、さっそく、彼女の健康のために、明日からほかの仕事を探したほうがいいといってくれた。

その後、彼女は共産党員と一緒にビラを刷ったり、留置場にはいったりしていたが、昭和三年の春、木賃宿の一室で、赤ん坊を生んだ。産婆の代わりをつとめてくれた公園のキャラメル売りの婆さんが「これから、どうするね」ときいてくれたが、彼女はどうしようもなかった。そこで、ある日、とうとう、赤ん坊に、手紙と、その三日前に十銭で買ったガラガラをつけて、永遠に別れることにしたのだった。

赤ん坊を失った彼女が、魂の抜け殻みたいになって、浅草の瓢箪池のほとりをトボトボ歩いていると、中年の紳士に呼びとめられた。もう、どうなったってかまわないと思ってついて行くと、紳士は五十銭の上天どんをおごってくれ、「活動写真は好きかい?」ときいた。だから、映画館へつれて行ってくれるのかと思っていると、紳士は、六区のはずれで円タクを呼びとめた。そして、三十分ほどたって着いた先は、旅館ではなく、映画の撮影所だった。

紳士は、及川徳司という有名な映画製作者だった。撮影所の人たちは、われ先にと及川氏の前にとび出してきて、ペコペコ頭を下げた。及川氏が、その一人に何かいうと、たちまち割烹着姿のおばさんたちが現われて、彼女を一室につれこみ、四方から襲いかかってモミクチャにした。二時間後、彼女は鏡に映った美人を見て仰天し、何よりもまず、及川氏にそのことを知らせた。及川氏は、ニッコリして「いま、きみの芸名を考えていたんだよ」といい、小田切美子と書いた紙を見せてくれた。

「それからあとのことは、映画女優として、新聞や雑誌に出ていたから、ごぞんじでしょ?　そうだわ。スクリーンで、あなたのほうは、何度もあたしに会っていたわけね」

彼女は、自分の身の上話を、そう結んだ。

伝蔵は、しかし、まだ質問が残っていた。

「きみ、さっきいった赤ん坊のことだがね」

「あら」彼女は、すばやく、いった。「誤解しないでよ。あれは、あなたの赤ちゃんよ」

「そうじゃないんだ。いや、それはわかってるんだが、その赤ん坊は、その後どうなったんだい?」

「死んだわ」

「死んだ?」

「ええ、あの子は、その後ある人の養子になったんだけど、空襲で……あっ」

「美子、どうした?」

伝蔵は、彼女の顔を、のぞきこんだ。彼女は、穴のあくほど、ベッドの端を見つめていた。そのまま、ゆっくりと、暗誦するように、しゃべり出した。

「あたしは、赤ちゃんが生まれたとき、頭に浮かんだ名前をつけたんだわ……赤ちゃんを、あそこにおいてきたときに、〝よろしくお願いします〟って書いた紙に、その名前を書いて……」

「美子!」伝蔵のもどかしさは極限に達した。「それは、なんて名前なんだ、え? それから、どこへ捨てたんだ?」

彼女は、シーツを見つめたまま、答えた。

「ケイコ……啓子って名前をつけたの」

「………」

「なんだか、とってもいい名前だと思って……」

「それ、それで、捨てた場所は……」

「孤児院の前よ……国立の……遠い所のほうが心が残らないと思って……」

伝蔵は、シーツを見つめる仲間に加わった。

彼の耳に、彼女の声が聞こえてくる。

「赤ちゃんと別れたあと、一年たって、あたしは映画に出て、お金がはいるようになって……孤児院にいる啓子を引き取ろうと思ったんだけど、及川のおとうさんに相談したら、いまそんなことをすると、人気にひびくから、しばらく我慢しなさいっていわれて……四、五年たって、啓子が親切な人の養子になったってきいて、啓子のためにもそのほうがいいと思って、とうとう名乗り出るのをあきらめたんだわ。終戦になったとき、啓子がその義理のおとうさんと一緒に戦災で死んだってきいて、あたしすっかり気落ちしてしまって……それから、啓子がおとうさんと一緒に住んでいたという焼跡の土地を、無理にたのんで貸してもらって、そこへ住んだんだわ」彼女は、目を上げて、伝蔵の顔を見た。「あたしが伊沢啓子だったのね。国立の孤児院で育って、おとうさまの養子になって、タイム・マシンで昭和三十八年へ行って、昭和二年へ行って、啓子を生んで、啓子を国立の孤児院の前へ捨てて……。あの子が、あたしだったんだわ。そうして、あたしがあの子を……。あたしは……」

10

二人にとって、現在なし得ることは、ウイスキーをグラスについで飲むことだけだった。二人は、ときどき、たがいの顔を盗み見ながら、気息えんえんとして、ウイスキーをあおりつづけていた。少なくとも、寝室にナイト・キャップ用としておいてあったホワイトホース一瓶が空になるまでは、同じ状態が続きそうだった。

だが、ふいに、二人の耳もとで、声がした。

「パパもママも、あんまりウイスキー飲むと、毒よ」

「まあ、ヒロミちゃん、寝てなきゃダメじゃないの」

と、美子が母性本能に目覚めた。

「だって、真夜中に、二人で大きな声で話してるんだもん、いやでも目が覚めちゃうわ」

「…………」

「ねえ、パパもママも、そんなにカッカすることはないと思うわ。ママは自分の母親で、自分の娘だった。パパは、自分の娘と結婚してしまった。だけど、過去にそういうことがあったとしても、現在こうやって幸福に暮らしてるんだから、いいじゃない。いってみれば、パパたちは最高の近親結婚かもしれない、でも、その間に生まれたあたしは、こうやって、身体に異常もなくて、ピンピンしてるんだから、何も心配いらないわよ。そりゃ、ママたちは、きょうはじめて、そのことを聞いたんだから、ショックだったかもしれないけど……だけど、山城のおじさんなんか、前から……」

「えっ、お前、どうして山城さんのことを……」

「パパ、悪いけど、あたし、この前、出してくれって頼まれたお手紙、あけて見ちゃったのよ」

「お前……」

「それから、あたし、山城さんと二回、お手紙の往復をしたわ。山城さんは、二十五日にぜひ行きたいけど、仕事のことでダメだから、あたしに、代わりによく見張っててくれって……山城さんは、パパが浜田俊夫さんであることも、ママが伊沢啓子さんであることも見抜いていたわ。ただ、ママはどうして、過去を隠しているんだろうって。あたしが子供だから、山城さんのおじさんはハッキリ書いてこなかったけど、ママには何か暗い過去があるんだろうって思ってるらしいわ。でも、それが単なる記憶喪失だってわかって、ほんとにスッキリしたわ。あたし、さっそく、山城のおじさんに、手紙でお知らせする。……ねえ、ママ、元気お出しなさいよ。あたし、ママみたいなすてきな人が、自分のお姉さんだってわかって、すごくうれしいのよ」

啓美は、美子の手をとって、握った。が、ふいに、それをはなして、母親兼姉を見つめた。

「そうだわ、ママ、あれはどうなったの?」

「なあに? あれって」

「タイム・マシンよ。ママは昭和二年へ行って、タイム・マシンを降りて……そのあと、タイム・マシンはほったらかしになっちゃったんでしょ? だれかが持ってっちゃったのかしら。ねえ、パパ」

「そうだ、あたしが昭和七年へ行ったときは、もうこの辺に、タイム・マシンらしいものはなかった。おかみさんもそういっていた。だれかが盗んだんだ。ひどいやつだ」

「がっかりね。もう、タイム・マシンは見れないのね」

「待って、ヒロミちゃん……思い出したわ。マシンから出たとき、あたしはそれがタイム・マシンだってことも忘れてしまっていたから、いったいこの緑色の金庫みたいなものはなんだろうと思って、見まわしてみたの。それから、フラフラ歩き出して、少し行ってからふり返ってみたら、もうマシンはなかったのよ。まるで消えてしまったように……」

「消えてしまったって……美子、いったい……」

「ママ、ちょっと待って。そのお話、変だわ。だってママがここからタイム・マシンに乗って行ったのは十一時ごろでしょう。真夜中じゃない。この辺は野原だったはずなのに、まっくらな中で、どうして緑色の金庫みたいなんて、わかったの？」

「待って……そうだわ、あたしがそとへ出たとき、空が明るくなりはじめていたんだわ。夜明けだったのね」

「あ、ほんと。じゃ、ママは五、六時間、ずっとタイム・マシンの中にいたわけね」

「ちょっと待ってね。記憶のつぎめのところを思い出してみるから……そうだわ、あたしは何時間も何時間も、マシンの中でぼんやりしていた。それから、ふと、ここはどこだろうと思った。せまくて、電気がついていて……そうだわ、三十六年前のことなのに、まるで、ついさっきのことみたい……あたしは壁にある棒みたいのをいじって、それを反対側に倒して、それから貝殻のボタンを押したのよ」

「レバーを未来にして、発進ボタンを押したんだな、どうして……」

「きっと、人にマシンを見られてはいけないという潜在意識の作用ね。無意識にやったんだわ。そうして、すぐ表へ出たのよ」

「それじゃ、マシンは、夜明けに、ここへ帰ってくるわけだ」

「そうよ、パパ、だから、夜明けまでに、ドームの床をとりこわさないと、タイム・マシンが衝突しちゃう！」

「大変だ」

伝蔵は、カシラの家へ、ふっとんだ。
寝ぼけまなこで出てきたオヤブンは、父親と同じで、なんのためになどという余計な詮索はしなかった。彼は、ただちに、カシラまで動員して、手分けして若い者を呼び集めてくれた。
伝蔵は、うちに帰ると、親娘三人で、ドームの巡査を雨戸にのせて、書斎に運び入れた。イビキの具合では、そのままでも昼ごろまで眠っていそうだったが、啓美のアイデアで、美子が家中の酒類を持ってきた。そして伝蔵は、マジック・インキで画用紙に書いたものを壁に貼りつけた。

〈特殊任務ヲ與ヘル。コノ中カラ密輸ノ酒ヲ鑑別セヨ。中河原大佐〉

三人が書斎を出て、ドアに鍵をかけたとき、エンジンの音が聞こえてきた。オヤブンが、大型トラックに鑿岩機《さくがんき》とコンベアー・ベルトを搭載して、乗り着けたのだった。

∞

伝蔵夫婦と啓美は、ならんでソファに坐り、前の床にある直径五メートルほどの丸い穴を、熱心に見つめていた。

　オヤブンは、その穴を、ものの三十分ほどで、作ってくれた。伝蔵は、朝になったら、オヤブンに八万円支払い、さっき起き出してきた近所の人たちの家を、菓子折を持ってまわらなければならなかった。

　それだけの費用をかけて現われるタイム・マシンなのだから、どうあっても、出現の一瞬だけは、見逃すわけにいかなかった。

「まだかな」

　と、伝蔵は待ちかねた。

「もうじきよ」美子は少し明るくなった窓を見やって、答えた。「夜が明けはじめたときだったから」

「ねえ、パパ」と、二人の間の啓美がいった。「タイム・マシンが来たら、どうするつもり?」

　伝蔵は、啓美を通り越して、美子の顔を見た。

「あたし」と、美子の声も、啓美を素通りした。「タイム・マシンに乗るのは、もうこりごりだわ」

「うん……ここへ、ずっとおいておくことにするか。それとも、未来へとばして、帰してしまうか」

「パパ、それはいけないわ。タイム・マシンがある以上、バッチリ活用しなくちゃ。未来の人に返すのは、いつからでも遅くないんだから」

「ヒロミ、お前は知らないんだ。パパたちは……」

「わかってるわよ、さっきのお話、聞いちゃったから。だけど、使い方を間違えなければいいんじゃない?」

「…………」

「タイム・マシンがあれば、いろいろなパラドックスを解決したり、循環をつくったり……」

「なんだい、ジュンカンて」

「SFに出てくるのよ。タイム・マシン物に」

「小説だろう。作り話さ」

「でも、実際にだって、できると思うわ。だって、あたし、おととい一つ、ほんとに実験してみたんですもん」

「まあ、ヒロミちゃん、まさか……」

「ママ、だいじょぶよ、タイム・マシンには、まだ乗ってないから……ねえ、パパ、一服しない?」

「お、タバコ持ってきてくれたのか。ちょうど切らしていたんだ」

「パパ、そのライター、すごくピカピカしていると思わない?」

「うん。ほんとに、これはよくもつ。買ってから三十一年以上たっているわけだからな」

「ちがうのよ。それは浜田俊夫さんが買ったばかりの、バッチリ新品のガスライターよ」

「え?」

「あたし、おとといの晩、浜田さんが、十二時ちょっと前に、トイレへ行ったすきに、パパが食堂へ忘れた、古いほうのガスライターと、すり替えたのよ。浜田俊夫さんは、古いほうのライターを持って、昭和七年へ行ったんだわ」

「なんだって……」

「浜田さんが買ったライターは、いま、パパが持っている。浜田さんが持って行ったライターは、どこで買った物でもなく、どこで製作された物でもないわけよ。ただ、昭和七年から昭和三十八年まで、この世に存在するだけ……」

「たしかに、これは新品だ。前にあったキズがない。だとすると、あたしが三十一年前から持っていたライターは、さらに、その三十一年前の……じつに、ふしぎだ」

「SFでは、よく使う手よ。存在の環っていうの。感じでしょ。でも、タイム・マシンがあれば、もっといろいろなことができるわ」

「というと……」

「未来へ行って、伊沢先生のことを調べることができるのは、もちろんだし……過去へ行って、たとえば人を助けることも……」

「でも、ヒロミ……」

「パパが、過去を変えようとして、変えられなかったことは、知ってるわ。でも、パパは、やっぱり過去を少し変えたのかもしれないわよ。パパもふくめて、だれも変えられたことに気がついていないだけで……SFでいう、歴史の自己収斂作用《しゅうれんさよう》。矛盾が起こらないように、記憶や何かが修整されるのよ」

「………」

「ママのおとうさまの伊沢先生を助けることができるかもしれないし……」

「ヒロミちゃん、ほんと?」

「ええ、それから、若いころのママやパパの苦労を救ってあげることも、できるかもしれないわ」

「………」

「もちろん、若いころのパパやママをつれてきちゃうことは、大きなパラドックスが起こるからダメだけど、最小限の修整はできると思うわ。たとえば、若いころのママに、お金を上げて、苦労しないようにするの。だけど、そうすると、ママは映画スターなんかにならないでしょうね。そうよ、小田切美子なんて映画スターのいなかった世界。きっと、そういう世界に変更できると思うわ」

三人は、だまって、前方の空間を見つめはじめた。

小さな窓の向こうが、白みかけていた。

夜が明ける。

新しい未来が開かれようとしている。

そして、新しい過去が開かれようとしていた。

あとがき

私は一度、ほんのしばらくの間だが、記憶を失ったことがある。

終戦の翌年の春、私は東京八重洲口の前にあったキャバレーで、ダンスバンドのバンドマンとして働いていた。ある夜、仕事を終えて、鍛冶橋の交差点のあたりを歩いていると、向こうから四、五人の米兵がやってきた。すれちがいざま、米兵の一人がいきなり私にアッパーカットをくわせ、私は歩道の上にのびてしまった。

(当時は、よくこんなことがあったのである)

どのくらい時間がたったかわからないが、私は息を吹き返して、立ち上がった。頭のなかが、ガンガンしていた。あたりの様子がどうもおかしい。

……あかりがたくさん見える。なぜ灯火管制をしていないんだろう。空襲があったらどうするつもりなのだ、それに自分は変なハデな服を着ている。どうしてゲートルを巻いて、防空服装をしていないのか。

たしか十分ぐらいで、正常に戻ったと思う。その十分の間、私は約一年ぶんの記憶を失っていたわけである。

この話をSF作家の友人にしたら、「十分間、過去の世界へいっていたわけだね」

と笑った。しかし、私はその反対だと思う。

一年ぶんの記憶を失った私は、主観的には〝空襲中〟の人間だった。それが、あたりを見まわしてみると、〝終戦後〟の世界にいたので、驚いたのである。つまり、私は〝未来〟の世界へ行った体験をしたといえる。

私は、こういう物の考え方が好きで、それをいくつも積み重ねて行くうちに、「マイナス・ゼロ」のストーリーができあがった。

小説にするにあたっては、過去の資料を調べることが必要だった。その段階で、こんどは間違いなく、いろいろな〝過去〟を体験することができた。

当時の「少年倶楽部」にのっているサトウ・ハチロー氏のロサンゼルス・オリンピックの感想文を読んだときは、松内アナウンサーの実感放送が聞こえてくるような気がした。

畏友・五十嵐平達氏にいただいた、むかしの車のカタログは、印刷したてのようにカラーがあざやかで、定価三千円さえ支払えばすぐにでも車が手にはいりそうな錯覚を起こさせた。

昭和七年ごろ、ちょうどエロ・グロ・ナンセンスの時代の銀座のカフェーやバーなども、写真などで見ると美人の女給が揃っていて、尖端的なサービスをしてくれ、百円もあれば信じられないほどの豪遊ができたという。〝現在〟の銀座で、河出書房新社の藤田三男、龍円正憲の両氏と飲んでいて、そんな話をしていたら「どこかにタイム・マシンがないかなあ」という話になってしまった。

だから私は、趣味でやっているクラシック・カーの模型製作を、タイム・マシン製作に切り替えようかと思っている。

昭和四十五年八月

広瀬　正

解　説

星　新一

ことし、つまり昭和五十二年が「宇宙塵」の二十周年に当る。柴野拓美さんのはじめた日本最初のＳＦ同人誌である。私もそれに発表した作品によって作家になったわけでもあり、ふりかえってみると、まさに感慨無量だ。

最近の田中光二さん、山田正紀さんに至るまで、わが国のＳＦ作家はほとんど「宇宙塵」に関係している。こんなに作家を出した同人誌は、ほかにないのではなかろうか。筒井康隆さんは、そもそもは家族同人誌「ヌル」で名を知られるようになったのだが、一時期「宇宙塵」に作品を書いていた。彼はコンスタントに注文を受ける作家になるまで、意外と長い苦闘時代をすごしているのである。知らない人が多いだろうが。

これは一例。いちいち書いていたら、思い出はとめどなく広がる。すんなりと作家になった者もあり、苦しみの時期を持った者もあるが、いまやみな順調である。こんな時代になろうとは、創刊の時には夢にも考えなかった。そして、あれこれ回想し、最も残念でならないことの第一が、広瀬正さんの死去である。現在のＳＦ作家たちの多忙さを見るにつけ、私はいつも思うし、言うのである。

「広瀬さんが生きていてくれたらなあ」

彼が執筆をつづけていたら、ほかのどの作家にもない個性を発揮し、この分野を一段といろどりのあるものにしてくれたはずである。

しかし、私と広瀬さんとは、生前とくに仲がよかったわけではない。昭和三十五年ごろ、私はすでに一流誌とはいえないまでも、原稿の注文がかなりあるようになり、翌三十六年には新潮社から最初の短篇集が出るまでになった。したがって「宇宙塵」の月例会合、これは非常に楽しいものであったが、毎月出席とはいかなかった。作品を仕上げるのが優先していたし、生活を確立しなければならなかったのである。

広瀬さんが「宇宙塵」に加入し、しばしば顔を見せるようになったのは、その少し前である。つまり、私とは入れちがいといった形になってしまったのだ。ふとりぎみの人で、どことなく風格があった。そして、彼は「宇宙塵」に「もの」というショートショートを発表した。たぶん、これが彼の最初のSFではないかと思う。

この全集に収録されるから、内容についてはふれないが、読んだとたん、まことに奇妙な気分になった。ここまでとほうもなさに徹するのは、容易でない。そして、日本的なところがよかった。

「あれはすごい作品だぜ」

私は会う人ごとにそう言ったし、あるいは「宇宙塵」の投書欄に賛辞を送ったためか、それが広瀬さんに伝わった。つぎの年の年賀状には、こう書きそえてあった。

「星さんにほめていただいて、とてもうれしく思いました」

その作品は「ヒッチコック・マガジン」に転載されもした。そこまではいいのだが、結果的に彼のためには、気の毒なことになったのではないかと、後悔しないでもない。

広瀬さんはタイムマシン物の短篇を「宇宙塵」にしばしば書くようになったのである。そして、それらがつぎつぎと商業誌へ転載とはいかなかったのである。そもそも、タイムマシン物の短篇というやつは、量産できるしろものではないのだ。へたをすると泥沼におちこみかねないのである。つまり、それだけ魅力もあるわけで、広瀬さんはそれにとりつかれてしまった。

ハインラインの「時の門」という、タイムマシン物の極限といった作品がある。架空論理を複雑に組み合わせたもので、これを越える作品は当分あらわれないだろう。一方、F・ブラウンの「実験」のような軽妙きわまりない作品もある。広瀬さんは自分の活躍の場所をどのへんに置こうかと、タイムマシンと取り組み、楽しみ、悩み、模索しつつあった。

それからしばらくして「宇宙塵」に「マイナス・ゼロ」が長期にわたって連載された。私は月刊の連載というのは読む気になれず、そのままにしていた。題名から、時間パラドックスをこねまわした内容かと思っていた。

それをまとめて読んだのは、さらに何年かたってからである。かなり改稿されたそうだが、とにかく私が読んだのは河出書房の単行本によってだ。

そして、まさにびっくりした。かくもすばらしい作品だったのか、である。もっとも、それ以前に、それに匹敵するショックは小松左京さんの『日本アパッチ族』によって受けてはいた。

SFを長篇で書く場合、いかに日本の風土に適合させるか。私はその問題への解答がみつからず、長篇を書けず、書かずにいた。『日本アパッチ族』を読み、ああ、こういう方法があったのかと思った。

そして『マイナス・ゼロ』を読み、こんな手法もあったのかと、またまた感心させられた。お読みになっておわかりのように、SF界に限らず、日本人によって書かれた小説のなかで、きわめてユニークな作品である。直木賞の候補になったのも当然である。

タイムマシンが、じつに無理なく活用されている。広瀬さんは長く迷ったあげく、ついに独自なその利用法をつかんだのだ。これによって彼は、自分が長篇型の作家であることを知り、二作目、三作目へと歩みはじめた。

彼の出版記念パーティの時、私ははじめて彼に年齢を聞き、私より二つ上の大正十三年うまれであることを知った。

ならない。

「じゃあ、兵役はどうだったんです」

「大学は工学部にいましたから、徴兵延期がありました」

広瀬さんがジャズの分野で活躍していたことは知っていたが、工学部卒業とはその時に知り、まったく意外な感じがした。それがなぜジャズの道に入り、さらに小説執筆へ専心しはじめたのか、そのあたりをもっと聞いておきたかったと、いまになって残念でならない。

そのあと、週刊読売で広瀬さんの『エロス』の連載がはじまった。私はそれも、本になるまで読まずにいた。題名からエロチックなものを想像し、彼らしくないことをはじめたなと思ったものだ。どの作品にも共通しているが、彼は題名のつけ方で損をしていたのではなかろうか。内容を暗示させる、もう少し親しみやすいものを考え出すべきだった。

しかし、単行本になったのを読むと、たちまち引きこまれた。『マイナス・ゼロ』もそうだったが、私の場合、昭和十年ごろの東京が舞台となると、なつかしさもあって、もう夢中になってしまうのである。

『エロス』もまた、そのたぐいの作品だったのだ。なんと、本郷曙町がでてくるではないか。そこは、私が生れ少年期をすごした土地なのである。自分自身がタイムマシンで運ばれ、昔に戻ったような気分だった。

曙町付近の描写が不足で残念だが、それでいいのだ。そこまでくわしくやられたら、それこそ私はうんざりし、大切な宝を他人に持ち去られたような気分におちいっただろう。

しかし、共有していい宝、すなわち銀座をはじめとする描写はすばらしく、その時代のざわめき、空気のにおいまで感じさせてくれた。

昭和十年代に書かれた風俗小説はたくさんあるが、いまはほとんど読まれていないらしい。古びてしまったのだ。しかし、広瀬さんの作品は、いずれも新鮮なのである。おそらく、将来においても古びないのではなかろうか。まさに、空前の手法といっていいと思う。

あの古きよき時代も、まさか数十年後に、このような作家の手によってよみがえさせられようとは、予想もしなかったにちがいない。

その点、北杜夫さんの『楡家の人びと』とともに、貴重な作品といっていいと思う。もっとも北さんは山手育ち、広瀬さんは銀座育ちと、そこにおのずとちがいがあらわれているが。

かつて私は、広瀬さんの作風をブラッドベリやフィニイの系列と書いたことがある。ノスタルジアの作家なのである。しかし、それらとも微妙にちがうことに気づき、それはなぜかの判定が下せないでいた。それが、最近になって、やっと気づいた。アメリカと日本のちがいなのである。

日本、とくに東京においては、爆撃によって焦土と化し、そのあとに出来たものは、以前と似ても似つかぬ風景なのだ。もはや古き東京は、なにもない。回想すればあまりに痛切で、ありふれたノスタルジアだのセンチメンタルだのでは処理しきれない。ニューヨークやシカゴとはちがうのだ。広瀬さんの作品には、感傷がなまであらわれていない。

その消え去った過去を、広瀬さんは彼なりに再建しようとしたのである。彼の専攻が建築だったと知って、なるほどと思った。できるだけくわしく再建することにより、一段と深みのあるノスタルジアを示そうとしたのだ。そして、それは成功している。しかし、これはとほうもない大計画であり、大作業である。なにかの時、彼が言った。

「あのころの銀座の店の並びを、すっかり調べましたよ」

これには驚かされた。しかも、銀座だけにとどまらず、当時に関するあらゆることを調べていたのである。そのころのアサヒグラフも大部分を集めたようなことも言っていた。

時を越えてのSFとなると、どれもこれも激動の時代にねらいをつける。しかし、広瀬さんは過去のおだやかな時代という前例のないことを考えついた。作者も楽しみながら書いているなと感じさせる。SFらしさが強く出ていないのもいい。理屈なしにその作品世界に入ってゆけるのである。

それにしても、惜しい死である。彼はいくつかの構想をたてていたという。それを完成させることなく、いなくなってしまった。そのなかには、戦前の東京を舞台にしたものも含まれていたらしい。もっともっと、それを読ませてもらいたかった。

広瀬さんの作品には、人柄を反映して、どぎつさが少なく、ゆったりしたものが流れている。その一方「宇宙塵」のパロディ版「宇宙鹿」を出したりしたこともあり、かなりのユーモア精神を持っていた。そして、そのユーモアは品がよかった。

本来なら、もっと解説らしい文を書くべきなのだろうが、ひとつの解釈を読者に押しつけるのは、どうかと思う。とくに広瀬さんの作品の場合、さまざまな受け取り方があるのではなかろうか。そのため、あえて彼についての思い出を書いた。彼の作品の生れるに至った経過の参考としてお読みいただければさいわいである。

（昭和五十二年二月、河出書房新社刊、広瀬正・小説全集1「マイナス・ゼロ」より転載。）

集英社文庫　目録（日本文学）

集英社文庫

マイナス・ゼロ

1982年２月25日　第１刷
1998年11月15日　第12刷
2008年７月25日　改訂新版　第１刷
2024年10月16日　第７刷

定価はカバーに表示してあります。

著　者　広瀬《ひろせ》　正《ただし》

発行者　樋口尚也

発行所　株式会社 集英社
東京都千代田区一ツ橋2-5-10　〒101-8050
電話　【編集部】03-3230-6095
【読者係】03-3230-6080
【販売部】03-3230-6393（書店専用）

印　刷　中央精版印刷株式会社　株式会社美松堂

製　本　中央精版印刷株式会社

フォーマットデザイン　アリヤマデザインストア　　マークデザイン　居山浩二

Printed in Japan　ISBN978-4-08-746324-8 C0193
この書籍は、2016年7月28日に著作権法第67条の２第１項の規定に基づく申請を行い、同項の適用を受けて作成されたものです。